나의 삶, 분지 이야기

일기와 함께한 50년

일기와 함께한
50년

초판 1쇄 발행 2019년 6월 11일

지 은 이   김도현
발 행 인   권선복
편   집   천훈민
디 자 인   김소영
전 자 책   서보미
마 케 팅   권보송
발 행 처   도서출판 행복에너지
출판등록   제315-2011-000035호
주   소   (157-010) 서울특별시 강서구 화곡로 232
전   화   0505-613-6133
팩   스   0303-0799-1560
홈페이지   www.happybook.or.kr
이 메 일   ksbdata@daum.net

값 25,000원
ISBN 979-11-5602-726-3   (03800)

도서출판 행복에너지는 독자 여러분의 아이디어와 원고 투고를 기다립니다. 책으로 만들기를 원하는 콘텐츠가 있으신 분은 이메일이나 홈페이지를 통해 간단한 기획서와 기획의도, 연락처 등을 보내주십시오. 행복에너지의 문은 언제나 활짝 열려 있습니다.

나의 삶, 분지 이야기

일기와 함께한 50년

김도현 지음

도서
출판 행복에너지

여기까지 왔습니다.

하지만 다시 시작입니다.

저편 먼 듯 가까운 곳,

가까운 듯 먼 곳 60년사를 향하여~

"일기와 함께한 50년"

'나의 삶, 분지 이야기'

『일기와 함께한 50년 – 나의 삶, 분지 이야기』

본 책은 2016년 1월에 제본(製本)하여 제한적으로 소개하였습니다만 주변의 권유로 이번에 정식출간하게 되었습니다. 분량이 꽤 많은 편이어서 웬만큼 최소화하였습니다. 그러다 보니 훌쩍 반세기 세월을 거슬러 누구나 한 번쯤은 겪었음직한 펜팔의 추억, 그 추억담이 된 듯도 합니다.

본 책은 제19화까지의 화두(話頭)로서 연대기(年代記)로 서술하였고, 또한 유기적(有機的)이어서 차차(次次)로 읽으셔도 좋습니다.

제가 본 책을 펴낸 목적 중의 하나는 보다 많은 이들에게, 특히 청소년들에게 일기쓰기를 권유하고 싶기 때문입니다.

"일기를 쓰시라. 이제라도 늦지 않다. 일기쓰기는 그대를 멋쟁이로 빚어줄 뿐 아니라 반드시 역사의 승자로 이끌어 줄 것이다."
감사합니다.

▶ 독자님들의 이해를 돕기 위하여 독자님께서 보내주신 '소감문' 세 편을 뒤쪽(442쪽)에 소개하였습니다.

저자 **김도현** 드림

머리말

어느 기분 좋은 날, 새 남방셔츠를 입고 거울 앞에 서니 날아갈 것만 같았다. 거울 속에는 해맑쑥한 한 소년이 살포시 미소를 머금고 있었다. 창 너머로는 산들바람이 불어와 더없이 상쾌하였다. 나는 움츠렸던 어깨를 활짝 펴고 거리로 나섰다. 그리고 어린 시절 뛰놀던 정든 요람, 저~쪽 수성들판을 향해 마구 내달렸다.

계절은 참으로 상큼하였다. 높고 푸른 하늘에는 고추잠자리 떼가 곡예 하듯 나닐었고, 널따란 황금빛 들녘에는 농부들의 분주한 손길이 결실의 기쁨을 반추하고 있었다. 낭만의 계절 가을이 무르익고 있었다.

나는 돌아오는 길에 문득 무언가 쓰고 싶다는 충동을 느꼈다. 쓰지 않고는 배길 수 없는 절실함이 나를 사로잡고 있었다. 나는 작심하고 일기를 쓰기 시작하였다. 내 나이 열다섯, 1964년 10월 10일이었다.

일기를 쓴 지 7년째 되던 해 고민거리가 생겼다. 이듬해(1971년) 2월의 입대영장 때문이었다. 군 생활이 3년간이나 되고, 월남전도 한창인데 과연 그 세월을 무사히 보낼 수 있을까? 정착지도 없는데 일기장들은 어디에다 보관해야

하나? 그러다 보니 일기장에 더 애착이 갔다. 그래서 일단 간추려 두기로 하였
다. 200자 원고지 800매 분량이었다.

일기를 쓴 지 37년째 되던 해, 김성환 화백의 '고바우 영감'을 마주할 기회가
있었다. 소감은 '정말 오랫동안 쓰셨다. 대단한 분이시다'였다. '4컷 시사'의 주
인공 '고바우 영감'은 1955년 2월 동아일보를 시작으로 조선일보, 문화일보를
거치며 2000년 9월에 종료된 정치 풍자만화이다. 나의 관심사는 '고바우 영감'
의 연재 기록이 햇수로는 45년, 일령으로는 1만 4,139회가 된다는 사실이었
다. 그런데 세월이 흘러 이제 나의 일기가 햇수로 52년, 일령으로는 1만 8,700
회를 훌쩍 넘어섰다.

이 세상에는 일기가 책으로 남겨진 예가 더러 있다. 『난중일기』, 『열하일기』,
『백범일지』 등…. 중요한 것은 그 기록의 주인공들이 파란곡절을 겪고서도 끝
내 의미 있는 삶, 훌륭한 삶을 살았다는 것이다. 누구나 그렇듯 나도 그런 삶을
살고 싶다. 훌륭한 사람이 되고 싶다.

이 글을 쓰면서 사명감이 생겼다. 모든 이들에게 일기를 권유하고 싶어졌다. 특히 청소년들에게는 절실하다. 역사는 승자의 것이라지만 나는 덧붙여, 기록하는 자의 것이라고 말하고 싶다.

일기는 자신을 성찰하고 문장력을 기르며 자기 역사를 남길 수 있는 기록문화의 산물이다. 장차 이 나라를 짊어져야 할 청소년들은 일기를 쓰게 됨으로써 가정의 소중함을 깨닫고, 왜 성실하게 살아가야 하는지, 왜 목표를 향해 최선을 다해야 하는지를 깨닫게 될 것이다. 나는 감히 말하고 싶다. 멋진 삶을 원하거든 꼭 일기와 함께하시라고.

IT선진국을 자부하는 대한민국 사회이다. 인터넷과 SNS를 통해 눈 깜짝할 사이에 모든 것을 제시할 수 있는 그런 세상이 되었다. 하지만 어쩐지 씁쓸함이 배어 있다. 간직하려는 의미보다는 건네려는 의도가 더 짙어 보이기 때문이다.

'품다'라는 말은 품속에 넣거나, 가슴에 안거나, 몸에 지니는 것을 의미한다. 육필 수기의 가치는 오로지 품고 있다는 것이다. 켜켜이 쌓인 빛바랜 일기장의 의미는 그 무엇보다도 소중한 가치라고 말하고 싶다.

기왕에 간추려 두었으니 훗날 잘 다듬어 책으로 만들면 어떨까? 나의 생애가 한 권의 책으로 남겨진다면 그보다 더한 영광이 또 있으랴!

그렇듯 입대 전 소망했던 대로 이번에 일기 51주년에 즈음하여 이 책을 내놓게 되었다. 많이 부족하지만 그저 일기 예찬론자의 찬미가(讚美歌)로 이해해 주셨으면 한다.

내가 갈 길은 아직도 멀다. 성실히, 부끄럽지 않은 삶을 살고 싶다. 일찍이 꿈꾸어 왔던 '인연의 고향'에서 모든 사랑하는 이들과 영원히 함께하고 싶다.

2015년 12월

김 도 현 배상

철저한 삶의 흔적들을 읽으며

나는 이 책을 대하며 너무나 놀랐다. 50년 동안 쓴 일기를 책으로 출판하다니! 또한 저자의 한평생 삶에 용해되고 쌓인 수많은 사연, 지난날의 애환, 긍지와 보람, 수치스러움과 부끄러움 등의 솔직한 고백에서 또한 깊은 감동을 느꼈다.

누구나 필요한 원고를 쓰고 정리하여 배열하고 체계를 세워 책을 만들 수 있는 일이다. 그러나 자신의 삶에 대한 기록을 가식없이 고스란히 책으로 출판한다는 일은 결코 쉬운 일은 아니다. 왜냐하면 자기가 쓴 일기를 그대로 다른 사람에게 소개하고 공개하는 데에는 엄청난 용기와 결단이 필요하기 때문이다.

사람들은 자신의 성공과 승리, 영광과 자랑, 선행이나 우월성 등은 즐겨 내세우나 자신의 잘못이나 실수, 부족함이나 나약함 등은 철저히 가리거나 곧잘 감춘다. 이러한 세태나 우리의 일상적인 심성을 헤아릴 때, 저자 김도현 님이야말로 정직하고 성실한 성품의 용기 있는 생활인이요, 청소년의 건전한 성장과 발달을 염원하는 진정한 교육자라 생각한다. 이 책의 첫머리에서 저자는 일기의 가치와 필요성을 역설하며 청소년들에 대한 순수한 애정을 잘 드러내고 있다.

일기를 쓴다는 일, 그것은 우리에게 시대 감각이나 정신과 너무나 동떨어진 느낌이 들지도 모른다. 솔직히 말해 일기를 쓴다는 것은 무의미하며 귀찮은 일이라 일축해 버리는 것이 우리의 현실이다. 그렇다고 아득한 학창 시절처럼 의무적으로 매일의 일기를 새삼 쓰자는 것은 아니다. 아무리 분주한 일상이라도 오늘 하루 '나'의 생활을 돌이켜보고 살피는 일은 결코 무의미한 것이 아니다. 이는 오히려 자기성찰을 통해 삶의 여유를 누릴 줄 아는 자신의 지혜라 할 것이다.

오늘날 어린 학생들이나 청소년의 사회적 문제는 감당하기 어려울 지경에 이르렀다. 우리 시대와 사회가 깊이 고민하고 걱정해야 할 절실한 과제를 무수히 안고 있는 실정이다. 이제 곧 세상에 선보일 김도현 님의 『일기와 함께한 50년』이 학교 교육현장에 널리 보급되어 학생들의 올바른 가치관의 정립, 목표를 향한 도전정신과 자존감의 고취, 삶의 아름다움과 보람을 안겨 주는 범본으로서 교육의 힘찬 길잡이가 되길 크게 기대하며 추천사에 갈음하는 바이다.

2015년을 보내는 12월 끝머리에서

손 병 현 (前 대구교육청 남부교육장)

目次

제1화

탈선

1.

1963년 중3 6월, 대구 중심가 사일동 누나네 집.

누나는 늘 아침 시간이면 한바탕 난리를 치르곤 했다. 초·유치원생이 셋씩이나 되는데 ─아이가 줄줄이 넷이다─ 거기 나까지 덧붙어 이른 등교를 하였기 때문이다. 나도 늘 부랴부랴 바빴다. 혹여 지각을 할까 봐 조바심이 났다. 하긴 학교가 먼 탓이기도 했다. 아무튼 그 와중에도 누나는 늘 나의 등교를 챙겼고 때때로 기를 불어넣어 주곤 하였다.

"우리 동생이 인자 머스마 티가 나네? 다 컸대이!"

"누부야! 나 중3이다. 목소리도 걸걸해졌고 여드름 꽃도 피고 머스마 맞다!"

"머스마 맞다꼬? 그라마 인자 한시름 놓아도 되겠네? 도시락은? 차비는? 뭐 빠뜨린 거 없나?"

"누부야는… 내가 얼라가? 다 잘 챙깄다~!"

"그라마 됐다. 우리 막내이 큰 인물 될낀데, 차 조심하고 잘~ 갔다 온나~!"

어느 하루 등교 때 옷깃을 매만져 주던 누나와 내가 나눈 대화이다. 그처럼 누나는 늘 나에게 살가웠다. 본디 천성이 그렇다고는 하지만 달리 사연이 있었다. 근년에 불어닥친 친정(親庭)의 연이은 불운(不運) 때문이었다. 그것은 또한 갓 서른을 넘긴 누나가 남몰래 눈물을 훔치곤 하는 연유(緣由)이기도 했다.

나는 초등학교 때만 해도 아주 착실했고 공부도 썩 잘하는 아이였다. 당연히 6년 개근을 하였고, 마지막 한 학기를 놓쳤어도 줄곧 우등생이라는 훈장을 달고 있었다. 세상에 부러울 게 없고 안 되는 일도 없는, 이를테면 유복한 가정의 애지중지 막내둥이였다. 그러던 내가 그 무렵 남의 눈치를 살피곤 하는 고약한 버릇이 생겨났다니 −어느 날 누나가 누군가와 하는 말을 우연히 들었다− 그게 곧 누나의 눈물인지도 모른다.

나는 지난해, 그러니까 1962년 늦가을 자형이 양품(洋品)매장을 겸하고 있는 누나의 집으로 거처를 옮겨왔다. 그때만 해도 솜털이 보송한 앳된 아이였는데 중3이 되면서 키도 부쩍 자랐고, 신체 이곳저곳에 변화도 느껴지니 속내도 야릇하였다. 하긴 뿐만이 아니었다. 마음의 안정마저 잃고 있었다. 공부가 싫어졌는가 하면 자꾸 산만해졌다. 돌이켜보면 나의 그러한 변화는 학교 친구 희호를 사귀면서 비롯된 듯싶다.

나의 친구 희호는 피가 끓어 주체를 못하는, 이를테면 열혈남아였다. 늘 거들먹거리면서 자기과시를 하곤 하였고, 그것도 모자라 주먹자랑을 하기 일쑤였다. 항상 줄 잡힌 바지를 모양내어 입고 한껏 멋도 부렸다. 행여 등하굣길에서 인근 학교 여학생들과 마주칠새면 짐짓 공격적으로 으스대기도 했다. 뿐만 아니라 우람한 체격에다 운동실력 또한 대단하여 도무지 맞상대가 없는 독불장군이기도 하였다.

지난해 가을 어느 점심시간 때의 일이었다. 이미 오전 수업 중에 도시락을 까먹어 버린 희호가 불쑥 나에게로 다가왔다. 그리고 막 젓가락질을 하는 나의 도시락을 다짜고짜 엎어버렸다. 까닭인즉,

저에게 감히, 감히? 불만스런 눈길을 보냈다는 것이다.

나는 꼼짝없이 당했지만 어떤 저항도 하지 못했다. 그저 고개를 숙인 채 슬그머니 눈치를 보며 흩어진 주변을 정리할 뿐이었다. 그렇건만 그는 멈추지를 않았다. 나를 일으켜 세우더니 왼손으로는 나의 고개를 치키고 오른 손바닥으로는 가슴팍을 밀치며 조롱을 하였다. 그렇다 하더라도 조금만 더 참으면 마무리될 성도 싶었다. 하지만 그의 조롱은 멈추지를 않았다.

나는 더는 참지 못하고 입술을 깨물었다. 몇 걸음 뒤로 물러나 거리를 가늠하며 그를 매섭게 쏘아보았다. 뜻밖의 상황에 잠시 주춤하긴 했지만, 그는 곧바로 나에게로 달려와 발차기를 가해 왔다. 나는 그만 보기좋게 고꾸라지고 말았다.

이전 같았으면 반 친구들이 만류할 새 나는 그저 나 죽었네 하고 고개를 숙이고 있으면 그만이었다. 그러나 아니었다. 너무나 속이 상했다. 무참하게 짓밟힌 자존심을 생각하면 사생결단이라도 해야 할 형국이었다. 나는 마침내 결단하고 벌떡 일어섰다. 그리고 있는 대로 악을 쓰며 그를 향해 돌진하였다.

교실은 한순간에 난장판이 되고 말았다. 반원들은 우리 둘의 싸움 주위를 구름처럼 에워싸며 난장판을 부추기고 있었다. 하긴 그들로선 재미있는 구경거리였다. 결과야 불을 보듯 뻔하겠지만 그 과정만은 흥미로워 '오늘 도현이 저 아가 아무래도 잘못 걸렸다', '좀 참지 어데 누구한테 함부로 덤비노?' 등, 한마디씩을 하며 끼어들고 있었다.

그러나 우리 둘의 싸움은 의외로 길어졌다. 주먹과 발길질이 마구 오갔고 더러는 허공을 가르기도 했다. 그러다 마침내 엉겨 붙었다.

내가 그의 기술에 걸려 쓰러지자 곧바로 그의 누르기가 들어왔다.

나는 필사적으로 방어했다. 그리고 한껏 두 다리를 뻗어 올려 – 내 하반신이 아주 긴 편이다– 그의 상체를 사정없이 밀어 젖혔다. 순간 자세가 뒤바뀌게 되었고 나의 독기 서린 반격이 시작되었다. 반 친구들은 전혀 예상 밖의 싸움을 흥미진진하게 지켜보면서 호들 갑을 떨고 있었다.

싸움이 중단된 것은 담임 황돈수 선생님의 불호령 때문이었다. 반원들은 너나 할 것 없이 화들짝 놀라 한쪽으로 비켜섰다. 그리고 잔뜩 화가 나신 담임선생님의 눈치를 살폈다. 담임선생님은 잠시 뜸을 들이시더니 우리들에게 딱 한마디 말씀을 하였다.

"친구보다 더 좋은 것은 없다이. 학교보다 더 신성한 곳도 없다 이. 그런데 너거는 지금 교실에서 친구끼리 싸움박질하고 또 구경 하고…, 너거가 얼~마나 큰 실수를 저질렀는지는 너거가 더 잘 알 끼다. 반성해라. 알겠제?"

그러다 오후 수업이 시작되었고, 우리 둘의 싸움은 그렇듯 흐지 부지 끝이 나고 말았다.

그 일이 있고 나서 아이들의 싸움 뒤가 그렇듯 희호와 나는 금세 친해졌다. 우리는 등하굣길을 함께하였고 틈만 나면 이마를 맞대었 다. 한두 달 학기가 지나는 동안 나는 더 이상 착실하거나 유순한 아이가 아니었다. 학반뿐 아니라 학교에서도 새로운 이름 석 자로 떠올랐다. 하지만 정작 주목해야 할 점은 내 가슴 깊은 곳에서의 간 단치 않은 동요였다.

나에게 친구가 생겼다는 것은 모처럼의 활로이기도 했다. 나는 한동안 외톨이였다. 마음 아픈 일들을 겪느라 여유도 없었거니와 그럴 만한 환경은 더욱 아니었다. 그저 공부하는 것만이 당연한 일과인 줄 알았다. 그런데 희호와 어울리다 보니 그와 함께하는 세상은 전혀 딴판이었다. 마치 우물 안 개구리의 나들이처럼 사뭇 오묘하기만 하였다.

희호는 내가 미처 알지도 못하는 드넓은 세상을 가지고 있었다. 하굣길이면 이 거리 저 골목을 휘젓고 다녔고, 때로는 중학생으로서 감히 엄두를 못 낼 영역까지도 넘나들었다. 내딛는 걸음도 당당하여 어느 누구도 그의 앞을 가로막지 못했다. 어쩌다 마주친 또래들도 하나같이 그의 우월성을 인정하며 고개를 숙이는 것이었다.

희호와 나는 마침내 멋진 콤비가 되어 거리를 활보하였다. 다른 동네까지 진출, 좌충우돌하며 기세 싸움을 벌였고 기가 꺾인 또래들을 동료로 맞아들였다. 권위를 앞세우느라 원치 않는 싸움을 벌이기도 하였다. 어찌하든 패배는 있을 수 없었고 승승장구하며 무대를 넓혀갔다. 웬만큼 시간이 흘렀을 때 우리 둘의 명성은 뒷골목에까지 알려졌고, 이른바 조직 세계조차도 우리 둘을 주목하게 되었으니, 이 조짐이야말로 나의 사춘기 시절 탈선의 단초였다.

2.

대구시민들은 대구역을 출발점으로 반월당네거리까지의 거리를 '중앙통'이라고 불렀다. 그 거리를 중심으로 바둑판 모양의 시가지가 형성되었고, 대구권 문화와 상권들이 그곳을 중심으로 이루어지는 만큼 그 지대를 포괄하여 '시내'라고 하였다. 그 한가운데로 이색적인 풍경, 이를테면 활주로처럼 닦아놓은 광활한 공터에 한여름에 들며 눈길을 끄는 것이 있었다. 약령시장에 이어서 대구의 명물로 자리 잡은 이른바 '야시장'이었다.

야시장은 어떤 물건이든 갖추고 있어서 거래가 활발하였고 가격 또한 저렴하여 시민들의 호응도가 높았다. 또 매일 밤마다 장이 서기 때문에 더위를 피해 나온 시민들의 휴식공간이며 눈요깃거리가 되기도 하였다. 더러는 남사당패들과 약장수들의 곡예까지 곁들고 보니 그야말로 금상첨화였다.

하지만 호사다마(好事多魔)라고나 할까? 문제가 하나 있긴 하였다. 그 지역을 무대 삼아 터줏대감 노릇을 하고 있는 이른바 '종야'라 일컫는 조직세력 때문이었다. 하긴 야시장은 예로부터 텃세가 드센 곳이었다. 대구의 이름난 어깨들이 그곳을 주 무대로 활동하였고, 5·16 이후 쇠락하였다고는 하지만 그들 계보는 면면(面面)이 이어지고 있는 실정이었다.

아무튼 '종야' 일파는 타 지역의 세력들로부터 그곳 상인들을 보호한다는 명분 아래 상권에 부쩍 참견하고 있었고, 얼마 전에는 '도전자'라 부르는 막내 피라미조직까지 추인(追認)하여 저들 세력을 한층 과시하고 있었다.

하지만 신생(新生) 도전자는 그저 풋내기들의 별난 몸짓일 뿐 그 이상도 이하도 아니었다. 작달막한 키에 야무진 몸매를 하고 있는, 채 스무 살이 못 된 우두머리와 그를 비호하는 선배 세력들이 있긴 하지만 실제 구성원들은 대장 희호를 필두로 하는 중학졸업반 정도에 불과하였다. 그런 만큼 그들이 여느 아이들과 다른 점은 도무지 겁이 없다는 것, 이를테면 비교적 사춘기를 극성스럽게 보내고 있다는 점이었다.

아무튼 지역 3개 중학교의 별난 아이들 7명으로 구성된 그들 도전자는 그곳 야시장 뒷골목의 은밀한 공터에 아지트를 두고 저녁때만 되면 으레 몰려들곤 했다. 그들은 자기 우두머리를 '형' 또는 '매부리 형'이라고 불렀고 언제 어디에서든 충성을 다하였다. 또 매주 한 번씩 열리게 되는 '주례회'에 참석하여 대원으로서의 의무를 다하였다.

이를테면 주례회는 그들이 이어온 전통이었고, 기합으로 일관하는 힘겨운 의식이었지만 어느 누구도 불평하거나 기피할 수는 없었다. 그들은 은연중에 도전자의 일원이 된 것을 자랑스러워 했고, 그런 만큼 주례회를 통하여 스스로 존재감을 키워가고 있었다.

3.

신생(新生) 도전자가 지역 최강 벤허파를 꺾었다는 소문은 신선한 충격 속에 뒷골목 세계로 번져갔다. 더욱이 벤허파의 대장 바람이 도전자의 대장 희호에게 무릎을 꿇었다는 사실은 실로 엄청난 충격파를 던져 주었다. 더욱이 남대문 짱구파가 기습을 당하여 처참하게 무너진 사건까지도 도전자의 반격에 의한 것으로 밝혀지자 도전자는 일약 그들 하부 조직의 최강자로 떠올랐다.

도전자는 어디를 가든 유명세를 탔고 거침없이 뒷골목을 누볐다. 그리고 탄탄한 계파와 조직을 앞세워 그들이 목적한 바를 반드시 달성하였고 강자로서의 면모를 유감없이 발휘하며 저들의 영역을 넓혀갔다.

그러나 겨울이 시작될 무렵 그들 세계에 뜻밖의 회오리가 휘몰아쳤다. 대립하던 최대 계파 양대 조직이 이권을 앞세워 암투를 벌이던 중 인명 살상사건이 일어났고, 그로 인하여 주동인물 몇 사람이 체포되는 등, 급속히 사회적 문제로 떠오른 것이었다.

매스컴에서도 연일 대서특필 기사를 내보내는 등 난리를 쳤고, 급기야 경찰당국에서도 사회정화라는 화두를 내세워 조직배 소탕령을 내렸다.

이로써 뒷골목 세계는 완전 쑥대밭이 되었고 그들 도전자도 일대 위기를 맞았다. 설령 철부지들의 빗나간 의기로 치부하더라도 상황이 중대한 만큼 온전히 비켜 갈 수는 없었다. 더욱이 피신 방책을 찾던 중 다른 사건에 연루되어 뚝쇠가 잡혀가고 말았다. 도전자의 해체를 알리는 신호탄이기도 했다.

1963년 12월 겨울방학 기간.

도전자는 일단 피신처로 그들의 우두머리인 매부리의 고향을 선택하였다. 대구에서 백 리쯤 떨어진 경북 선산군의 어느 조용한 시골 마을이었다. 대원들은 얼마간 후덕한 시골 인심을 업고 매부리의 연고를 옮겨 다니며 피신이 아닌 여정을 누릴 수 있었다. 그러나 차츰 본색을 드러내게 되자 더 이상 반겨주는 이가 없었다. 기어이 쫓겨난 대원들은 장터의 허름한 여인숙에서 며칠을 보내야만 했다. 그러나 그곳에서도 속절없이 쫓겨나고 말았다. 가진 돈조차 바닥났기 때문이었다. 대원들은 어쩔 수 없이 비렁뱅이가 되었다. 이곳저곳 기웃거리고서야 한 끼 식사를 해결할 수 있었고, 내키지 않는 곳까지 찾아다니고서야 잠잘 곳을 마련할 수 있었다. 한 끼의 식사가, 하룻밤의 잠이 얼마나 고달프고 구차한지를 뼈저리게 느껴야 했다.

하지만 며칠이 흘러갈 즈음엔 그마저 불가능하여 완전 백기를 들고 말았다. 이젠 뚝쇠처럼 당할지언정 되돌아가야만 할 상황이었다. 하지만 그마저 어렵게 되었다. 돌아갈 차비조차도 없었던 것이다. 하는 수 없이 희호와 뚱보가 경비조달을 위하여 구걸버스를 탔다. 그러나 하루, 이틀 시간이 지나도 둘은 돌아오지 않았다. 아니, 돌아올 수가 없었다. 궁여지책으로 매부리가 나섰다. 그러나 초장에 워낙 신용을 잃은지라 그의 가족들, 아니 주변 인척들조차도 그를 외면하고 있었다. 이제 더는 기댈 곳도 없고 헤어날 방법도 없었다. 정말이지 무슨 변고가 일어날 것만 같은 그런 절체절명의 상황이었다.

그런데 어찌된 일일까? 어디에서 어떻게 수소문하여 왔는지 뜻밖에 죽도와 격수의 어머니가 차례로 나타났다. 그리고는 잽싸게 둘을 낚아채고는 한 점 여지없이 떠나버렸다. 나와 왈패 둘이서 하룻밤을 엉겨 붙어 잔 그다음 날, 이번에는 또 왈패의 형이 나타나서 그를 앞세우고 떠나갔다. 격수는 큰소리쳐 가며 위세 좋게 떠나가더니 왈패는 흠씬 두들겨 맞고는 개 끌리듯 끌려갔다.

왈패마저 떠나고 보니 결국은 나만 혼자 남게 되었다. 나는 마치 난파선에 홀로 남겨진 선원처럼 혼자가 된 사실이 너무나 서글펐다. 나는 마을버스 종점이 바라다보이는 양지 쪽에 쪼그려 앉아 시외버스를 기다리고 있었다. 행여 누군가가 찾아올지도 모른다는 기대감 때문이었다.

장날이어서인지 꽤 많은 사람들의 왕래가 있었다. 하지만 이따금 도착하는 버스는 낯선 사람들만 내려놓고 떠나가곤 하였다. 날이 저물어 가는데도 아는 사람의 모습은 보이지 않았다.

해가 저물자 차가운 바람이 매섭게 몰아쳤다. 나는 스웨터 하나 걸치지 못한 군용 염색작업복 차림으로 추위와 맞서야 했다. 조금만 더 조금만 더 하고 기다려보았지만 아는 사람의 모습은 좀처럼 보이지를 않았다.

나는 불현듯 누나의 다정한 얼굴을 떠올렸다. 누나는 지금쯤 기다리다가 지쳐 눈이 빠졌는지도 모른다. 다시 형들을 떠올렸다. 형들은 저들 막내가 먼 곳 백 리 길에서 이렇듯 추위와 굶주림에 떨고 있을 줄은 꿈에도 모르리라. 다시 희호를 떠올렸다. 짜식은 차비를 구하기는커녕 제 아버지에게 호되게 맞아 다리몽둥이가 부러졌는지도 모른다. 그렇다면 그렇다면 나는 대체 누구를 기다려 여기에 죽치고 앉아 있단 말인가?!

나는 감당할 수 없는 허탈감에 빠져들었다. 그리고 합격자 명단을 다시 훑어본 수험 낙방생처럼 그제야 자신을 찾아나서 줄 사람이 없다는 것을 수긍하였다. 금세 서러움이 묻어나면서 눈물이 핑 돌았다. 격리된 전염병 환자처럼 모든 사람들로부터 소외된다는 것은 견딜 수 없는 아픔이었다. 그렇기에 옳지 못한 줄 뻔히 알면서도 이들과 어울려 히히거렸는지도 모른다.

소한 절기 강추위가 거세게 몰아친 다음 날 늦은 오후, 뜻밖으로 매부리 형이 출발을 명령하였다. 예기치 못한 상황이었지만 나로서는 당연히 매부리 형의 명령을 따를 뿐이었다. 매부리 형은 마을버스 종점에서 막무가내로 앞장서고 있었다. 아무려면 매부리 형도 계획했던 일은 아니리라. 가족들과 무슨 일이 있었겠지. 아마도 홧김에 내린 바보 같은 결정일 테지. 아까는 서자 취급한다고 악다구니를 퍼붓더니 버스도 타지 못하고 어떻게 가려는 것인지? 족히 백리 길은 된다는데 과연 걸어서 갈 수나 있을는지? 그런 생각들을 하면서 내키지 않는 발걸음을 옮겨 놓을 뿐이었다.

나는 풀죽어 걷는 동안 문득 자신의 모습을 떠올려 보았다. 나는 누구인가? 사람은 맞는가? 뼈가 그대로 드러난 해쓱한 얼굴, 고슴도치 같은 뻣뻣한 머리칼, 기름때가 번들거리는 누더기 옷. 실로 사람의 모습이 아니었다. 굳이 사람이라고 우겨 본다면 일주일 정도는 묵은 패잔병의 몰골은 아닐는지…?

어느덧 짧은 해는 기울고 꼬부라진 먼짓길이 길게 이어졌다. 앙상한 가로수들이 모진 바람을 견디지 못하고 휘청거렸다. 두어 시간 걸었더니 다리도 아프거니와 배가 너무 고파왔다. 출발 때는 만사가 귀찮았는데 매부리 형이 건네준 건빵을 오도독 씹다 보니 감칠맛이 났다. 하지만 금세 바닥이 드러나 버렸다. 그러자 감당할 수 없는 식욕이 있는 대로 솟구쳤다. 나는 초롱불이 졸고 있는 가게 앞을 스쳐 지나며 먹을 것을 게걸스럽게 쑤셔 넣고 있는 자신의 모습을 떠올렸다. 먹을 것에 환장한 두더지, 굶주린 들짐승, 나는 아무래도 사람이 아니었다. 나는 스스로 비웃으면서도 또 한 차례 군침을 삼키고 있었다.

우리는 어느덧 오십 리 길을 걷고 있었다. 걷기가 점점 힘들어져 때때로 전조등을 밝히고 달려오는 자동차들을 향해 구원의 손짓을 하였다. 자칫 하다간 차에 부딪칠 수도 있으련만 그런 건 아무래도 좋았다. 얼마나 구원의 손짓을 한 것일까? 요행으로 트럭 한 대가 우리들 앞에 멈추어 섰고 우리를 무슨 짐짝인 양 실은 뒤에 다시 달리기 시작하였다.

적재함은 텅 비어 있었다. 바람은 더욱 휘몰아쳤다. 한동안 뒤뚱대다가 운전석 쪽에 등을 밀착하고 퍼드러져 앉았다. 겨우 몸을 가누긴 했지만 여간 매서운 바람이 아니었다. 그렇잖아도 얼어붙은 몸을 사정없이 후벼 파고 있었다.

나는 두 손으로 애써 칼바람을 막다가 문득 뒤차 전조등에 비친 매부리 형의 모습을 보았다. 그의 얼굴은 푸르죽죽하여 죽상을 하고 있었고 있는 대로 일그러져 흉측한 몰골을 하고 있었다. 순간, 나는 우두머리의 신화가 말짱 허상임을 깨달았다. 모든 난관을 극복하고 헤쳐가리라 믿었건만 실상은 차비 한 푼 구하지 못하는 바보 멍청이가 되어 혹독한 이 겨울 밤길을 쫓겨 가는 중이었다.

트럭은 어느덧 태전교 위를 달리고 있었다. 나는 멀리 도심의 불빛이 보이자 차츰 불안해지기 시작하였다. 아무래도 아무래도 다가올 현실이 두려웠다. 이제 목적지에 닿으면 누군가를 욱대겨서 허기진 배를 채우게 되리라. 자칫하다간 아니 십중팔구는 홀로 리어카 포장마차 안에서 사그라져 가는 연탄불을 부여잡고 긴긴 밤을 지새우게 되리라. 매부리 형은 날 새기가 무섭게 또 나를 데리고서 치고 부수며 난투극을 벌일 것이다. 희호는 지금 어쩌고 있을까? 짜식은 의리가 없다. 그보다도 이제 나는 저네 집 근방에조차도 갈 수 없으리라. 누나네 집은…? 벼룩이도 낯짝이 있다지 않는가! 반색하는 누나의 얼굴에 무심한 자형의 얼굴이 겹쳐오므로 고개를 젓고 말았다.

이제 무심한 트럭은 팔달교 위를 달리고 있었다. 나는 뒤차 전조등에 비친 매부리 형의 몰골을 다시 한번 확인하면서 마치 중형을 선고받은 미결수처럼 고개를 떨구고 말았다. 뒤차가 추월해 가자 주위는 다시 컴컴하였다. 나는 칠흑 같은 어둠 속 저편을 응시했다. 갑자기 어디선가 스포트라이트가 비치면서 거기 처참한 감옥의 실상들이 드러나고 있었다. 얼마 전 뚝쇠가 잡혀간 감옥이었다. 이어서 짱구의 모습도 보였다. 그는 냉소 띤, 아니 살기마저 띤 표정으로 이죽거리며 다가오고 있었다. 그가 사라지자 이번에는 정복차림의 순경이 나타났다. 그는 수갑을 손목에 감아 돌리면서 득의양양하고 있었다. 그 영상들은 심약아(心弱兒)가 되어 버린 나의 뇌리를 강타했다가 서서히 사라져 갔다.

나는 하얀 겨울밤 하늘을 맥없이 올려다보았다. 무수한 별들이 영롱하게 빛나고 있었다. 거기 유난히 반짝이는 별 하나가 어머니의 모습이었다가 사라져 갔다. 아주 뭉클한 가슴이 물결이 되어 출렁거렸다. 트럭 엔진소리가 주체할 수 없이 흘러내리는 나의 눈물을 휘감고 앙칼지게 우짖고 있었다.

제2화

작별

1. '나의 어머니'

3년 전 1960년 6월, 초등 6년 시절.

저녁 노을이 질 무렵 하늘이 다시 잿빛으로 둔갑하더니 천둥, 번개를 동반한 폭우가 쏟아지기 시작하였다.

"무슨 날씨가 이래 사납노?"

"요새, 날씨가 미쳤는갑다."

하굣길 교문을 나서던 학동들이 허겁지겁 건너편 문구점 앞으로 뛰어들며 외쳤다. 차양용 천막 아래 도사린 채 원망스레 하늘을 쳐다보지만 폭우는 그칠 것 같지 않았다. 빗방울이 거칠게 내려치는 아스팔트 위로는 행인들의 발걸음이 질서 없이 내닫고 있었다. 젖은 팔뚝에 소름이 돋으면서 으스스한 한기도 느껴졌다.

"택철아, 우리 그냥 비 맞고 뛰자!"

내가 냅다 뛰쳐나가며 친척뻘 택철이를 재촉하였다. 비를 피한답시고 책가방을 머리에 얹고 정신없이 내달렸지만 수성교에 못 미친 방천시장 어귀에서 멈춰 서고 말았다. 교복은 속까지 젖어들고 있었다.

"좋은 중학교 들어갈라 카마 과외도 하고 비도 맞아야 되는 갑다. 인자 6개월 남았다!"

숨을 헐떡이면서 택철이가 투덜거렸다.

하늘은 오히려 기세를 더하였다. 어둑한 아스팔트 위로는 흙탕물이 넘쳐흘렀고, 길가 플라타너스 한 그루가 웅크리다 못해 아예 뿌리째 나뒹굴고 있었다.

"도현아, 뛰자! 이래 죽으나 저래 죽으나 마찬가지 아이가!"

이번에는 택철이가 먼저 뛰쳐나가며 외쳤다.

수성교 위를 부지런히 내달렸다. 다리 위여서 바람이 드세었다. 아래로는 누런 황톳물이 삼킬 듯 치솟으며 맹렬히 흐르고 있었다. 다리를 건너고부터는 뛰지 못하고 걸었다. 교복이 흠뻑 젖었기에 아예 바지를 걷어붙이고 터덜거리며 걸었다. 발걸음을 뗄 때마다 고무신이 질척거렸다.

"니, 내일은 꼭 비둘기 도고! 이쁜 거 한 쌍으로… 알았나?!"

파출소 앞 갈림길에서 갈라설 때 택철이가 다짐을 받으려는 듯 큰소리로 말했다.

바로 뒷동네에 안식원이라고 부르는 상이용사촌이 있었다. 6·25전쟁으로 부상당한 국군사병들과 그 가족들이 모여 살고 있는 곳이었다. 국가보조금으로 생계를 유지하는 형편이어서 집이라고는 해도 마치 하모니카 같이 빼곡하게 늘어선 콘크리트 막사에 지나지 않았다. 하지만 그들은 못다 이룬 평화를 염원하듯 막사 처마 아래로 총총히 비둘기 집을 지어놓고 수많은 비둘기들을 기르고 있었다.

지난해 5학년 때의 가을이었다. 아버지를 위해 이발사를 초빙하러 가던 나는 그곳을 스쳐 지나면서 황홀한 광경을 보았다. 주변의 밭과 들, 그리고 지붕이며 마당이며 할 것 없이 엄청나게 많은 비둘기들이 운집하고 있었기 때문이다.

비둘기 떼는 누군가가 앞장서 나닐면 그 뒤를 쫓아 하늘을 선회하였고, 그러다 어느새 사뿐히 내려앉아 사이좋게 노닐며 마치 동화 속에서나 보듯 꿈의 동산을 그려내고 있었다. 색상도 흑갈색과 흰 바탕에다 갈색 점을 띤 것 등, 다양했지만 그중에서도 순백색과

금빛색의 비둘기가 인상적이었다. 나는 며칠 후 집 본채 처마 밑에 예쁜 비둘기 집을 단장하였다. 그리고 안식원에 가서 한 쌍의 비둘기를 구해가지고 왔다. 딴은 머리를 쓴답시고 며칠을 가두었다가 풀어 놓았더니 어디론가 날아가서는 영 돌아오지를 않았다. 또 안식원을 다녀와서는 이번에는 깃을 잘라 놓았더니 종종거리기만 하고 다니다가 바둑이에게 화를 당하고 말았다. 다음엔 삼덕로터리 부근의 화교(華僑) 집에 가서 어렵사리 구해왔으나 결과는 마찬가지였다.

한 풀 의기(意氣)가 꺾였지만 마지막으로 한 번만 더 해보자는 생각으로 다시금 안식원에 들러 한 쌍의 비둘기를 구해가지고 왔다. 돌아오는 길에 곰곰이 생각해 보니 멋진 아이디어가 떠올랐다. 깃은 차차 자라나는 것이므로 잘라 낼 것이 아니라 일부를 뽑아주면 될 성도 싶었다. 자랄 때까지는 꽤 시간이 걸리게 되므로 그 사이에 길들인다는 착상이었다.

한 달 후 우리 집에서도 마침내 한 쌍의 비둘기가 나닐게 되었다. 수컷은 찬란한 금빛이었고 암컷은 흰 바탕에 금빛을 띤 것이어서 아예 '금둘이'라는 이름까지 붙여 주었다. 금둘이네는 다정다감하여 연신 입맞춤을 하였고 언제 어디에서든 함께하였다. 둘은 때로 소풍도 가고, 때로 모이사냥도 즐기면서 자기들만의 세상을 만들어갔다. 어떤 때는 수컷이 목깃을 세운 채 암컷 주위를 돌며 구~욱 구~욱 위용을 부리는가 하면 무료할 때면 지붕 기와 위에 사이좋게 앉아 나의 모습을 기다리기도 하였다. 내가 모이를 든 주먹을 쳐들고 구~욱 구~욱 하고 불러대면 날렵하게 날아와 반가움을 표하는 것이었다. 올 들어 금둘이네는 아기를 기르기 시작하였다. 그리하여 식구

가 아주 많이 늘어났다. 나는 마침내 내가 그렸던 꿈의 동산을 이룩
하였고 주변 아이들의 부러움을 한 몸에 받고 있었던 것이다.

　잠업시험장 건너편의 집 골목길로 들어서자 잔뜩 한기도 들거니
와 정신도 몽롱하였다. 골목길은 개울물이 넘쳐흘러 황토바다가 되
었고 곳곳으로 위험이 도사리고 있었다. 조심조심 발걸음을 떼어가
며 집 대문까지 겨우 이르렀다. 빗소리에 들리지 않을까 봐 바락 악
을 쓰며 대문을 거칠게 두드렸다. 가정부 누나에게 이끌려 대청마
루에 오르고는 그대로 쓰러졌다. 막 어둠이 깔리고 있었다.

　눈을 뜨니 큰방 아랫목 폭신한 이불 속이었다. 바깥엔 여전히 비
가 퍼붓고 있었다. 온누리의 평화가 집안에 쏠린 것처럼 아늑한 느
낌이 들므로 비오는 밤이 싫지만은 않았다. 비오는 날이면 엄마가
손수 만들어 주는 꿀맛 같은 도넛이 있었고, 무엇보다 그윽이 따사
로운 엄마의 품이 있었다. 엄마의 품은 이 세상 그 어떤 것과도 바
꿀 수 없는 행복의 요람 그 자체였다.

　그러나 그날 밤은 그렇지가 않았다. 왠지 모를 음산한 기운이 짙
게 드리워져 있었다. 처마 밑의 금둘이네마저 연신 울어대고 있었
다. 구~욱 구~욱 금둘이네가 구슬피 우는 걸 보면 무슨 사연이 있
는가 보다. 무슨 일일까, 무슨 까닭일까? 아~ 맞다! 택철이 때문인
가 보다. 헤어지는 게 싫은가 보다. 원망스러운가 보다.

　다시 잠이 들려고 하는데 살며시 방문 여는 소리가 들렸다. 작은
형이 다가오더니 이마를 짚어 주었다.

　"형아, 엄마는 와 안 오시노?"

　"몸이 많이 뜨겁네!"

"엄마는 와 안 오시노 카이?!"

궁금하긴 마찬가지였다. 가족들 모두가 엄마에게 간 것 같은데 많이 안 좋으신 것인가?

"형아, 엄마한테 가 보자!"

"이 밤중에 어떻게 가노?"

"그래도 가보자~!"

작은형은 대놓고 졸라대는 나를 진정시키려고 손을 꼭 잡아주었다. 처마 밑의 금둘이네는 여태도 그치지 않고 구슬피 울어대고 있었다.

한잠에 곯아떨어졌는데 누군가가 깨웠다.

"문현(가명)아, 도현아. 퍼뜩 일어나 봐라. 엄마 오셨대이!"

택철네 재당고모부가 황급하게 모기장을 걷어내면서 채근하였다.

"고모부! 엄마가 와 한밤중에 오십니꺼?"

밤중이 아니라 희뿌연 새벽녘이었다. 고모부가 허겁지겁 앞장섰으므로 얼떨결에 덜 깬 눈을 부비며 뒤를 따랐다. 언제 그랬냐는 듯 비는 멎어 있었다.

대문을 나서 골목길을 따라 걷는데 큰길 쪽으로부터 무언가 소리가 들려왔다. 쫑긋 귀 기울여보니 울부짖는 소리였다. 또렷이 뇌리에 싸늘하게 들어서는 예감, 불길한 징후. 덜컥 가슴이 내려앉았다.

미친 듯이 큰길로 뛰쳐나갔다. 거기 가족들의 통곡소리 한편으로 청십자를 두른 하얀 운구차가 눈에 선명하게 들어왔다. 와락 눈물이 솟구쳤다. 나는 울었다. 땅바닥을 뒹굴며 몸부림치고 울었다. 울어도 또 울어도 눈물은 그치지를 않았다. 울다 지친 나의 신음소리가 엄마 소를 잃은 송아지의 울음이 되어 비 멎은 새벽 하늘을 배회하고 있었다.

　오랜 산고 끝에 강아지를 낳은 바둑이가 집 앞 찻길을 건너다 치여 죽었을 때 몹시도 슬펐었다. 꿈틀거리고 있는 강아지들이 측은할수록 바둑이에 대한 원망은 짙어 갔다. 우유병 꼭지를 정성들여 빨렸지만 예닐곱 마리나 되던 강아지들은 약속이나 한 듯이 하나 둘 죽어만 갔다. 나는 바둑이를 용서할 수가 없었다. 생각하면 할수록 강아지들이 가여워서 견딜 수가 없었다. 하지만 얼마간의 세월이 흘렀을 때는 그만 그 원망을 거두고 말았다. 아니, 거두지 않을 수가 없었다. 미처 눈도 뜨지 못한 아가들을 남겨둔 채 홀로 먼 길을 떠나야 했던 바둑이의 가슴이 나보다 더 쓰라리고 아팠을 테니까….

　꽃나무를 유난히 사랑했던 어머니는 집터 넓은 공간을 정원으로 꾸며놓고 갖가지 꽃들과 나무로 단장하였다. 담장 쪽으로는 감나무를 심어 울타리로 삼고, 앵두나무, 석류나무, 무화과는 그 앞에, 그리고 키가 큰 황초, 홍초, 다알리아는 그 다음에 심었다. 수국, 백합, 제라늄, 히아신스 등은 다음으로, 그리고 자주, 노랑, 분홍색 꽃을 피우는 채송화는 맨 아래쪽에다 배열하였다. 손수 두엄을 만들어 철따라 적당히 섞어주며 자식들처럼이나 소중히 길렀다.

　경북고녀(경북여고) 제1회 졸업생인 어머니는 일찍이 원불교에 귀의하여 부처님의 가르침을 받았고 사랑과 자비의 삶을 지향하며 다소곳하게 살았다. 지난해 불어 닥친 태풍 사라호로 그 아름답던 정원을 깡그리 망친 것도, 몸서리나는 아버지의 숙환도, 가세(家勢)가 급격히 기울어진 것조차도 결코 탓하지를 못했다. 오로지 온 가정의 비애를 홀로 삭이며 뜻밖의 발병으로 일주일간을 고행(苦行)한 그 순간까지라도 꽃들의 환한 웃음과 새들의 합창을 반겨 들으며 생전에 소망하던 그곳, 참 고향으로 훨~훨 날아간 것이었다. 1960년 6월, 어머니 연세 53세, 내 나이 만 11살, 초등6년 시절이었다.

　삭막한 여름방학이 끝나고 무거운 마음으로 대문을 나서는 나의 시야에 전혀 낯선 세계가 펼쳐지고 있었다. 싱그러움을 자랑하던 나뭇잎들도, 약동의 아스팔트도, 그 위를 달리는 자동차들마저도 생기를 잃은 채였다. 친구들의 장난기가 아스라이 들렸고 선생님의 채찍질에도 전혀 감응하지 못했다. 멀거니 허공을 바라보는 나의 뇌리에 뿔 돋친 마귀할미가 소름끼치는 웃음을 웃고 있었다. 마귀는 엄마를 포승한 채 마구 짓누르며 사정없는 회초리질을 하고 있었고 선혈이 낭자한 엄마는 마귀의 발아래 쓰러져 무어라고 애원하고 있었다. 높은 곳에서 낮은 곳으로, 낮은 곳에서 더 낮은 곳으로 나의 머리가 곤두박질치고 있었다.

2. '나의 아버지'

아버지는 경북 안동(임동)에서 비교적 부유한 가문의 장손으로 태어났다. 초년은 이상과 신념에 가득찬 행운의 시절이었다. 유복한 가문의 자제들이 그렇듯 가까운 도시 대구로 진출한 아버지는 대구고보(경북고교)를 졸업하였고, 이미 재학 중에 경북 육상의 단거리종목을 휩쓸며 그 명성을 드날렸다. 아버지는 단거리 세 종목 기록을 6년간이나 보유할 정도로 독보적인 존재였다.

훗날 유력지 대구 매일신문사에서는 '경북스포츠 야사(野史)'라는 연재 기사 제목 아래 당시의 향토 육상 활약상을 다음과 같이 기술 (記述)하였다.

"초창기 향토 육상이 일찍이 뿌리를 내릴 수 있었던 것은 대구부민운동회, 춘계시민대운동회 등 각종 운동행사가 풍성하였기 때문이다. 운동회 때마다 학교대항전이 펼쳐져 각 학교에서도 육상선수 발굴에 주력하였다. 특히 단거리 부분이 인기를 독차지해 100m, 400m계주는 운동회 때 중등부 육상경기의 하이라이트였다.

단거리 선수들은 대구고보(경북고교)에 가장 많았다. 100m에서 왕좌를 차지한 서팔룡 씨와 김일동(아버지) 씨를 비롯하여 최인호(대한육련이사장 역임) 씨, 이상옥 씨 등 기라성 같은 선수들이 진을 치고 있었다. 이들 4명으로 구성된 400m계주 진용이 당시 향토 육상계는 물론 전국제패의 야심을 품었던 대구고보 릴레이 팀이다.

서 씨 등이 재학하던 시절인 1920년대 중반 대구고보는 100m, 200m, 400m계주 등 향토 단거리 부문을 휩쓸었다. 해마다 4, 5월 달성공원에서 열리는 운동회는 이들의 독무대였다.

대구고보 400m계주 팀은 1926년 전국제패의 꿈을 안고 제2회 조선신궁경기대회에 출전하였다. 경성운동장에서 펼쳐진 최종결승에서 경성사범 팀에 분패하여 준우승에 머무르긴 했지만 처녀출전으로 향토 육상을 전국무대에 알리는 쾌거를 올렸다.

서 씨와 최 씨가 졸업한 후에는 김일동(아버지) 씨가 두각을 나타냈다. 주 종목이 단거리인 그는 100m, 200m, 400m 등 세 종목에 걸쳐 경북기록을 보유하고 있었다. 해마다 4, 5월 달성공원에서 운동회가 열릴 때면 항상 1위로 골인. 그의 인기는 도내에서 물 끓듯 하였고 그의 기록은 향후 수년간이나 지속되었다."

아버지는 졸업 이후 향토 체육 발전과 후배 양성을 위하여 힘쓰는 한편 스포츠 칼럼니스트로도 활동하였다. 이후 관직에 투신하여 20여 년 봉직하는 동안 대구시청 사회과의 과장 직위까지 오르는 등 비교적 순탄한 길을 걸어왔다. 아버지는 공직자로서 그리고 사회지도층으로서의 직분에 충실하였고 공사(公私) 분별을 확실히 하면서 청백리(淸白吏)를 지향하였다. 시민들을 위하여 일하는 것을 기꺼워하였고 그러기에 사회과장의 직분은 천직이기도 하였다.

한편 아버지는 한 가문 장자로서의 소임에도 충실하였고 이웃어른으로서도 도리(道理)를 다하였다. 6·25전쟁 직후에는 곤경에 빠진 친인척들을 위하여 의식주는 물론, 일자리와 자립할 수 있는 기회를 부여하였고 불우한 이웃들을 위해서는 무엇이든 희사하며 아낌없이 지원하였다. 아버지는 공존공생(共存共生), 즉 더불어 사는 세상을 소망하였고 몸소 실천하려고 애썼다. 아버지는 훗날 인구에

회자되는 몇 가지 일화를 남겼다.

일화1 〉

　1953년 6월 반공포로 석방 당시 쫓기던 포로 몇 사람이 어쩌다 우리 집으로 발길을 들여놓았다. 이 사람들은 자칫 전쟁 와중에 가족을 잃은 사람들이나 미군(美軍)과 마주칠 경우 목숨을 잃을 수도 있는 위험한 처지였다. 아버지는 전전긍긍하고 있는 이들에게 진한 연민을 느낀 나머지 한 끼나마 따뜻하게 식사 대접을 하였고 안전을 담보하기 위하여 그중 한 사람에게는 당신의 양복까지 입혀 용의주도하게 돌려보냈다. 주변 사람들은 양복 한 벌이 결코 아깝지 않은 당신의 인간애를 두고 칭송을 아끼지 않았다.

일화2 〉

　어느 명절 때는 아버지로부터 은혜를 입은 부하 직원 한 사람이 선물 꾸러미를 들고 집으로 찾아왔다. 어머니는 아버지의 성정을 익히 아는지라 마음만 받겠다며 선물을 사양하였다. 그러나 그 직원도 한사코 물러서지 않았다. 크게 은혜를 입은 사람의 작은 정성이니 부디 내치지 말아달라는 것이었다. 그럼에도 어머니는 뜻을 굽히지 않았다. 이에 그 직원은 선물꾸러미를 내던지다시피 하고 도망치듯이 가 버렸다. 이에 어머니는 아버지의 눈치를 살펴가며 그 선물꾸러미를 슬며시 내놓았다. 결과는 불을 보듯 뻔하였다. 어머니는 그 길로 수소문을 하여 그 직원의 집을 다녀와야만 했다.

일화3 〉

　행정당국의 조치로 우리 가족이 살고 있던 시청관사가 헐리게 되었다. 몇 채의 관사가 있었는데 아버지는 솔선수범해야 한다며 어머니에게 속히 이사할

대구고보 시절의 아버님

중년의 아버님 모습

것을 당부하였다. 어머니는 곤혹스럽다 못해 죽을 맛이었다. 시간이 좀 필요한 사안인데 재촉을 하니 서둘러 움직이지 않을 수 없었다. 우여곡절 끝에 간신히 이사를 마치긴 하였다. 그런데 이사 직후에 그 행정조치가 번복되어 없던 일이 되고 말았다. 이에 그곳은 상당 기간 동안 공터로 남게 되어 관계자들로 하여 금 쓴웃음을 짓게 하였다.

그런데 아버지의 순탄한 삶에도 마흔이 되던 해에 일어난 한 비 극적 사건으로 인하여 빨간불이 켜졌다. 겨울방학 때, 고향(안동 임 동면)에서 어린 삼남매를 태워 오던 지프차가 언덕길을 내려오다 그만 전복(顚覆)해 버린 사건이었다.

비보를 접하게 된 아버지는 넋이 나간 채 현장으로 달려가야 했 고 겨울밤 냉혹한 눈구덩이 속에서 한참을 허둥대야만 했다. 아버 지는 그로 인해 초등 6년생인 둘째딸을 잃고 말았고, 훗날 치명적 상처로 치닫게 되는 동상(凍傷)을 입게 된 것이었다.

아버지는 둘째딸을 허망하게 떠나보낸 것을 몹시 자책하였다. 잊으려고 애써 보지만 오히려 딸의 모습이 되살아나 견딜 수가 없었다. 환상에 시달리기도 했다. 당신을 향해 천진한 웃음으로 안겨오는, 눈에 넣어도 아프지 않을 예쁜 딸의 모습이었다. 아버지는 딸의 모습이 눈에 밟혀 한때 실의에 빠지기도 했다. 그러다 2년 뒤에 마흔을 훌쩍 넘긴 나이에 새 생명을 잉태하였다. 둘째와 꼭 닮은 딸을 낳고 싶었다. 이듬해 마침내 새 생명이 태어났다. 하지만 딸 아닌 아들이었다. 5남매의 막내인 나, 김도현의 출생이었다.

아버지의 동상(凍傷)은 자신도 미처 의식하지 못한 사이에 악화일로로 치닫고 있었다. 한국사회는 6·25전쟁의 와중이었다. 공직자의 직분은 막중하였고 그러기에 치료에 매달릴 형편이 아니었다. 하긴 방심한 탓도 있었다. 하지만 설령 치료에 전념하려고 해도 당시 지역사회에는 변변한 의원조차 없는 실정이었다.

내가 아홉 살이 되던 해 아버지의 상처는 이미 당신에게 외출을 허용하지 않고 있었다. 당신의 숙환, 그것은 웅지를 품었던 관직 생활의 좌절을 뜻하였고 병마와 싸워야 하는 인내력을 요구했으며, 다른 한편으로는 어머니와 우리들 5남매에게 엄청난 충격파를 던져주었다.

아버지의 살림은 꽤 많은 상속자임에도 불구하고 점차 궁색해지고 있었다. 부득이 세를 놓기 위해 길가 쪽 응접실 공간을 가게로 개조해야 했고, 널따란 마당 정원을 반분(半分)하여 건너채를 짓기도 하였다. 한편으로는 사업을 한답시고 탁구장도 개장해 보았고 연탄공장도 운영해 보았다. 하지만 당신에게 사업이란 워낙 어울리지 않아서 급기야는 생활고까지 겪게 된 것이었다.

엎친 데 덮친 격으로 당신을 강타한 것은 어머니와의 사별(死別)이었다. 아마도 그것은 막내인 내가 졸지에 어머니를 잃은 것보다 더 가혹하였는지도 모른다. 이미 쉰을 넘긴 아버지는 예전의 건장했던 모습을 잃은 채 창백하고도 수척한 얼굴을 하고 있었고, 턱수염은 거칠고도 희끗하여 오랜 병마와 싸운 흔적이 역력하였다. 암울한 그림자만이 짙게 드리워져 있을 뿐이었다.

막내인 나는 어머니와의 이별 후에 아버지의 반려자가 되었고 손과 발이 되었다. 아버지는 비록 집안에 갇혀 지냈지만 일상만은 엄격하였다. 아버지는 주로 신문을 보거나 문학전집을 탐독하며 소일하였지만 흐트러짐이 없는 자세로 당신의 심신을 애써 무장하고 있었다.

나는 그러한 아버지를 보면서 무언가 경외감 같은 것을 느꼈다. 그러나 기묘한 것은 그 느낌 뒤에 오는 씁쓸함이었다. 아버지의 모습에는 언제나 무언가 형언할 수 없는 공허감 같은 것이 묻어 있었고 그것을 지켜봐야 하는 나의 마음을 너무 무겁게 하였다.

나는 결코 아버지를 수수방관할 수가 없었다. 가엾고 안타까운 마음에 남몰래 눈물을 훔치다가도 돌연 아버지에게 화투짝을 내밀며 패를 떼 볼 것을 고집하였고, 마지못해 화투 패를 떼는 아버지를 동그마니 지켜보며 짐짓 만족한 표정을 짓기도 하였다. 그마저 부족할라치면 아버지의 장난기를 부른답시고 방바닥을 구르며 까불거렸고 이에 맞장구치는 아버지의 모습에 만족하여 연신 곤두서기를 하기도 하였다.

그러나 그 모든 것은 순간의 위로에 지나지 않았다. 나날이 악화

되는 아버지의 동상은 막바지로 치닫고 있었고 기어이 절체절명의 순간이 다가오고 있었다.

아버지의 쾌유, 그것은 나의 간절한 소망이었다. 내 모든 것을 다 내려놓는다 해도 조금도 아까울 게 없는 절실한 소망이었다. 하지만 나의 소망은 점차 빛을 잃어가고 있었다. 아버지는 마침내 대수술의 용단을 내려야 했고 기어이 수술대 위로 올라야 했다. 그리하여 안타깝게도 우측 발을 잃고 말았고 종내는 보조기를 부착한 모습으로 가족에게 돌아온 것이었다.

나는 울고 또 울었다. 매우 슬피 울었다. 출렁이는 나의 뇌리에 군중들의 박수갈채 속에 위풍당당하게 달려오는 아버지가 있었다. 마침내 결승선을 통과하는 자랑스러운 아버지의 모습이 있었다.

나는 한동안 슬픔을 가눌 수가 없었다. 그러나 얼마간의 시간이 흘렀을 때는 생각을 달리하였다. 아버지는 그 지긋지긋한 병마에서 풀려나게 되었고, 또한 새 삶을 찾게 되었으니 그것만으로도 얼마나 다행이냐며 자신을 위로하였다. 하지만 내가 잠 깨기 전 이른 새벽에 막내를 의식하며 조심스럽게 보조기를 부착하곤 하는 아버지의 가슴을 읽노라면 너무나 소중한 것을 잃고 말았다는 생각에 아픔을 곱씹고는 하였다.

얼마 후 1961년 6월 어느 날, 학교에서 돌아오는 길에 깜짝 놀랄 만한 환희의 순간이 있었다. 전혀 뜻밖으로 집 부근 초원에서 아버지가 산책을 하고 있었기 때문이다. 낯설게 지팡이에 의지하고 있기는 하지만 조심스레 발걸음을 떼며 걷는 모습은 분명히 아버지였다.

"아버지가 걸으신다. 나를 향해 손짓하며 걸으신다!"

나는 기쁨에 겨워 쏜살같이 달려갔다. 그리고 파묻히듯 아버지의 품에 안겼다. 아버지도 으스러지게 나를 품으며 머리를 쓰다듬고 토닥여 주었다. 나의 눈에서 눈물이 흘러내렸다. 기쁨을 주체할 수 없는 행복한 눈물이었다. 아버지의 눈에도 눈물이 어렸지만 애써 감추려 하고 있었다. 그간의 아픔을 단박에 씻어주는 감동적인 순간이었다.

그날 이후 나는 이발사를 초빙하기 위하여 동네 어귀의 이발소를 찾지 않아도 좋았다. 학교에서 돌아왔을 때 아버지의 모습이 보이지 않아도 좋았다. 아버지는 단정한 모습을 되찾게 되었고 친척(親戚)이 있는 속리산 지역으로 가족 여행을 다녀오기도 하였다. 나는 다시금 동네 아이들과도 어울리게 되었고 학교에서도 편히 공부할 수 있게 되었다. 그러나 나의 평정은 그리 오래가지 못했다. 아버지는 기어이 심각한 생활고를 겪게 되었고 가계를 꾸리기 위하여 구차한 외출을 해야만 했다. 아버지는 점차 기력을 잃어가고 있었고 어쩌다 약물까지 오용하여 엄청난 부작용에 시달리기도 하였다. 그 모든 상황을 고스란히 지켜봐야 했던 나는 속수무책 상태에서 가슴이 미어지는 아픔을 곱씹어야 했다. 이러한 일련의 사연들은 내 평생 동안 지워지지 않을 쓰라린 상처임에 분명하였다.

그해 겨울, 학교에서 돌아와 대문을 막 들어서려는데 왠지 섬뜩한 기운이 느껴졌다. 본채 앞마당 가운데로 자그마한 제상 하나가 차려졌고 그 위 향로에서 향불이 타고 있는 것을 본 탓이었다.

집안은 괴이한 정적에 쌓여 있었다. 불길한 생각을 애써 누르며 대청마루에 올랐더니 가느나마 흐느낌 같은 소리가 들려왔다. 철렁 가슴이 내려앉았다. 불현듯 등교하기 직전 허리가 잠긴 채 엎드려 있던 아버지의 모습이 떠올랐다. 떨리는 가슴과는 달리 마음만은 침착하였다. 요행을 바라는 심정으로 큰방 문은 열지 않고 큰방과 소통하고 있는 뒷방으로 갔다. 거기 아버지의 모습은 없었다. 다시 요동치는 가슴을 누르며 큰방과 통하고 있는 앞문을 살며시 열었다. 아~ 거기 병풍이 둘러진 아래로 하얀 천이 무언가를 판판하게 덮고 있었다. 온몸이 굳고 말았다. 불길한 예감이 현실로 다가선 순간이었다. 찬찬히 천을 내리니 거기 아버지가 홀로 누워 있었다. 헝클어진 반백의 머리카락, 이랑처럼 패어진 이마 주름, 싸늘하게 다문 입술, 그리고 감지 못한 눈. 나는 그만 왈칵 눈물을 쏟고 말았다. 닭똥 같은 눈물이 하염없이 흘러내렸다. 나는 아버지의 가슴에 얼굴을 묻고 한없이 한없이 오열하였다. 흥건한 눈물이 아버지의 가슴팍을 적시고 있었다.

"아부지예, 아부지예~!"

나는 아버지의 눈을 고이 쓸어내리며 최후의 작별을 고하였다. 구~욱 구~욱! 구~욱 구욱! 금둘이네마저 밤늦도록 울어댔다. 나는 망연자실하여 그냥 그대로 멍청히 앉아 있었다. 외딴 방에 홀로 앉아 꼼짝 않고 굳어 있었다. 나는 더는 울지 않았다. 아니, 울지 못했다. 말라버린 눈물자국 위로 마지못한 눈물을 한 차례 더 흘렸을 뿐 더는 울지 못했다. 1년 반 만에 아버지마저 떠나보낸 나의 두 눈에 더 이상의 눈물샘은 없었다. 1961년 12월, 아버지 연세 55세, 내 나이 만 열두 살, 중학1년 시절이었다.

1962년의 나

이듬해 1962년 3월.

"이백 평 대지에다 본채 튼튼하게 지어 놓았겠다. 큰길가에 자리 잡았겠다. 이발소 자리 말고도 점포가 두 개는 거뜬히 들어설낌니 더!"

복덕방에서 번질나게 드나들더니 마침내 집이 팔렸다. 큰형이 살림을 맡은 지 3개월 만의 일이었다. 집안 꼴이 이 지경이 되도록 처가에서 지내고 있던 무심한 나의 큰형은 아무래도 믿음직한 형은 못 되었다. 새 터전을 일구리라 기대했건만 오히려 떠날 준비를 마친 것이었다.

"부채를 청산할라카마 그래도 모지랜다이!"

형수가 들으랍시고 우리 형제들에게 내뱉는 말이었다. 하긴 무남독녀로서 귀하디귀하게 자란 형수여서 다 큰 시동생을 셋이나 거둔다는 것은 애당초 말이 안 되는 것이었다. 더구나 살림마저 거덜이 난 판국이어서 짜증만 늘 뿐이었다.

초저녁 무렵 집이 팔렸다는 소식을 듣고 택철네 고모부가 달려오셨다.

"아이고, 형님! 인자는 참말로 끝장났심더. 풍비박산이 났심더. 정든 이 집 멀리하고 불쌍한 막내이 남겨 놓고 우째, 우째 눈을 감았심니까? 그라고도 늘 택철네, 택철네 카시면서 먼 친척뻘인 우리들 걱정만 하셨십니꺼, 형님~!"

고모부는 땅바닥에 털퍼덕 주저앉아 넋을 잃은 사람처럼 땅을 치며 통곡하였다. 마루 위 큰형의 시선은 물끄러미 허공을 향하고 있었다.

밤이 늦었기에 잠자리에 들었다. 어느 한순간 그 어떤 큼지막한 것이 내려 앉아버린 충격이 우리 삼형제의 가슴을 무겁게 짓누르고 있었다.

"형, 우리 안 가마 안 되나?"

막내인 나의 애절한 물음에 둘째 성현(가명)도, 셋째 문현도 말이 없었다. 하긴 할 말이 있을 리 없었다.

"형, 나는 참말로 가기 싫은데….."

정말이지 나는 큰형이 무섭기만 하였다. 더구나 정나미 떨어진 형수랑 함께 살게 된다니 저절로 한숨이 나왔다. 하지만 엄연한 현실이었고, 그것은 큰형이 우리들 세 동생에게 내린 최후의 판결이었다.

한 달 후, 신암동으로 이사를 하게 되었다. 그래도 둘째 성현은 대학생(2년 수료, 휴학)이어서 조금 떨어진 이웃에 자취방을 하나 얻고 그대로 동네에 머무르게 되었다.

나(중2 진학)는 금둘이네와도 작별을 고하고 작은형 문현(고2 진학)과 함께 큰형을 따라 나섰다. 한 시절 학동들이 누릴 수 있는 행운을 모두 누렸기에 동화처럼이나 꿈같은 시절이었다. 정든 요람이었다. 나는 뒤돌아보고 또 돌아보며 못내 아쉬운 발걸음을 떼야 했다. 1962년 4월이었다.

나는 이후 큰형 댁 생활 6개월 만에 다시 누님 댁으로 거처를 옮겨 생활하게 되며 기어이 가출 소년으로 전락하고 만다. 한편, 오매불망 동생들과 합류하기 위해 절치부심(切齒腐心)하던 둘째 성현은 1년 8개월간의 우여곡절 끝에 전기를 맞게 되는데 이어지는 사연은 성현 형이 운영하게 된 동일약방으로부터 시작된다.

제3화

재기

1.

1964년 새해 전야, 수성동 소재 동일약방.

잔뜩 성에가 끼어 있는 약방가게 출입문 창밖으로 하얀 겨울밤이 얼어붙어 있었다. 성현은 가끔 송년회를 즐기던 사람들이 찾아들므로 늦은 밤이 되어서야 폐점을 하고 잠자리에 들었다. 길게 누워 기지개를 켜노라니 피곤했던 하루가 솜처럼 녹아내렸다.

머리맡 라디오에서 새해를 알리는 시보가 들려오면서 댕~댕~ 하고 보신각의 타종 소리가 여운을 남기며 울려 퍼졌다. 나라의 안녕과 발전, 국민들의 건강과 평화를 기원하는 가운데 바야흐로 1964년 새해가 밝아오고 있었다.

'나는 누구인가, 나는 나의 길을 제대로 가고 있는 것인가?'

성현은 새해 새날을 맞아 숙연해졌다. 그리고 생각에 잠겼다. 살아가야 한다는 것, 배움을 마무리해야 한다는 것, 그것은 아무것도 가지지 못한 성현에겐 실로 벅찬 과제였다. 홀로 외로이 보낸 세월

20개월, 지난 가을학기에 어렵사리 복학(3학년 1학기)은 하였지만 형편은 늘 어려웠다. 그나마 누나의 일부 후원에 힘입어 약방가게 하나를 개업하기에 이른 최근의 상황은 행운이었다.

그런 만큼 이제라도 가게를 잘 운영하여 하루 속히 안정을 찾는 것, 그리고 세상이 요구하는 바람직한 인간상을 구현하기 위하여 열심히 공부하는 것, 그것이 곧 자신의 새해 설계이자 소망이라는 생각을 해보았다.

한편, 신년 인사를 위하여 사일동 누나네 양품(洋品)매장에 들렀던 셋째 문현은 형이 약방(약사 없이 양약을 소매하는 곳)가게를 개업하였다는 반가운 소식에 곧장 범어동행 버스에 몸을 실었다. 형이 오랜 고생 끝에 가게를 내었다니 뛸 듯이 기뻤지만 반면에 아주 충격적인 이야기도 있었다. 동생 도현이가 겨울방학이 되자 바로 가출을 해버렸다는데 여태 돌아오지 않고 있다는 소식이었다.

수성교 너머 첫 정류장에서 버스를 내린 문현은 이내 큰길 바로 우측에서 동일약방이라는 새 간판을 찾아내고 한걸음에 약방문을 열고 들어섰다.

"형! 기쁜 소식 듣고 바로 찾아 왔다!"

"반갑다, 어서 온나!"

"형이 개업을 했다 캐서 꿈인가 싶었다."

형제는 모처럼 들뜬 기분으로 기쁨을 나누었다. 지난 여름 어머니 기일(忌日) 이후 첫 만남이었다.

"요새는 어째 살고 있노? 견딜 만하나?"

20개월 전 동생과 함께 신암동 큰형 댁으로 거처를 옮겼던 문현은 이후 석 달 만에 그곳을 뛰쳐나오고 말았다. 부모를 여의었으면 당연히 큰형 댁이 본가인데도 세상일이 꼭 그렇게 돌아가는 것만도 아닌 듯하였다. 가뜩이나 주눅이 들어 운신이 어려운 형국인데 때 맞추어 식사해야 하고 속옷도 챙겨 입어야 하고 교통비도 타내야 하는 등 무엇 하나 불편하지 않은 것이 없었다. 학교생활만 해도 교통이 아주 불편하여 등하교 시간이 갑절이나 소요되었다.

그러나 그런 것은 부득이하다 하더라도 진정 견딜 수 없는 것은 '큰형 내외가 자신들을 소외하고 있지 않는가' 하는 의구심 때문이었다. 정말이지 매사 대화는 사무적이었고, 눈 한번 제대로 맞추어 주지 않았다. 고약한 생각인지 모르지만 어찌 보면 너희들 빨리 떨어져 나가라는 의미로도 느껴졌다. 그럼에도 불구하고 달리 어찌 운신할 방법이 없으므로 꾹 참고 견딜 수밖에 없었다.

그러던 어느 날 학교 단짝 명석이가 참으로 고맙게도 이쪽 사정을 헤아리고 제안 아닌 제안을 해왔다. 같이 공부하면 더 효율적일 수 있으므로 미안한 생각은 버리고 자기네 집으로 들어오라는 것이었다. 그것도 강권하다시피 하였다. 한동안 망설였지만 학업만은 중대사이므로 낯 두꺼운 짓을 해버렸다. 혼자 남게 될 동생이 더욱 측은하게 느껴지지만 나중에 잘 되어 보살피면 된다는 것으로 핑계를 삼았다. 그리하여 친구가 혼자 사용하고 있는 문간방에 둥지를 틀게 되었고, 그게 어느새 1년 반이라는 세월이 흘렀다.

"형, 나는 괜찮다. 그런데….."
손님이 들어오는 바람에 대화가 끊겼다.

열댓 평쯤이나 될까? 가게는 출입구 쪽에 야트막한 투명유리 진열장이 하나 놓였고 좌우 가장자리로도 키 큰 진열장들이 놓여 있어 여러 약품들을 진열하고 있었다. 뒤쪽으로도 진열장이 하나 있는데, 다시 그 뒤편으로 살림방 하나와 부엌 공간이 딸려 있는 단출한 구조였다.

손님이 나가고 다시 둘이 되었다.

"형, 이번에 대학 떨어져서⋯."

"소식이 없길래 짐작은 하고 있었다. 먹고살기도 힘든 형편에 무얼⋯ 심기일전해서 내년에 붙으면 안 되겠나. 너무 상심하지 마라."

문현은 고3으로서 얼마 전 대학입시에 응했었다. 언감생심 더부살이 주제에 지역명문, 그것도 최상위 학과를 지망했다가 아깝게 실패하고 말았다. 다른 학과는 도무지 눈에 차지 않아 일찌감치 재수(再修)를 결정하였다.

"그렇고 인자 너거 내하고 같이 살아도 된다. 도현이도 데리고 와야 안 되겠나?!"

성현은 한껏 부풀어 있었다. 형으로서의 권위와 자랑스러움이 묻어 있는 단호한 어투였다.

하지만 문현은 주저하지 않을 수 없었다. 모처럼 좋은 여건이 갖추어졌는데도 동생이 가출을 하고 없으니 무어라고 답변해야 할지⋯, 그렇다고 그냥 넘겨버릴 일도 아니므로 매우 난처하였다.

"형, 그런데 도현이가 누부야 집을 나갔다 칸다. 보름이 되도록 소식이 없다 카네. 누부야가 큰 걱정을 하더라."

"뭐, 뭐라꼬?! 이놈아가 가출을 했다꼬?!"

성현의 가슴이 철렁 내려앉고 있었다. 한동안 참담한 침묵이 흘렸다.

성현이 치러야 할 삶의 과제에는 배움과 가게 일만이 전부는 아니었다. 바로 두 동생의 아픈 현실 때문이었다. 성현은 결코 동생들에 대하여 무심할 수 없었다. 동생들의 소식은 언제나 그의 귓전에 있었고 그러기에 따갑기만 했다. 하지만 동생을 탓하기에 앞서 새삼 형에 대한 원망이 짙게 묻어났다.

성현은 두 동생과 더불어 자신에게 주어진 차디찬 현실이 형 내외의 몰인정 때문이라고 단정하기는 싫었다. 부모의 비극적 말년을 남의 일처럼 내팽개친 형의 방관적 행태는 이해할 수 없지만 그렇다고 지나버린 과거사를 두고 형 탓만 하는 것도 옳은 처사는 아니라는 생각 때문이었다. 그럼에도 상황이 이렇게 되고 보니 너무나 속이 상하였다. 하지만 끓어오르는 속을 가까스로 달래었다.

성현은 지난날 아버지가 남긴 편지 사연을 결코 잊을 수가 없다. 그 사연은 결국 아버지의 유언이 되었고 한편으로는 명령이기도 하였다. 그러기에 그의 뇌리에는 언제나 동생들의 안타까운 현실이 있었고 하루빨리 동생들과 합치고 오순도순 잘 살게 되기만을 소망해 온 것이었다.

"그라마 빨리 막내를 찾아야 된다! 문현아, 빨리빨리!"

성현은 바짝 정신을 가다듬고 동생을 독려하며 비상조치를 내렸다. 마음이 몹시 아프고 힘들지만 심기일전하자. 그리고 막내를 찾자. 그것은 지금 그 순간 이들 형제에게 주어진 최우선 과제였다.

2. 아버지가 남긴 편지

성현아!

짚이는 게 있어서 아버지가 적는다.

웃음이 끊이질 않았던 우리 가정이 지난해 여름 네 엄마를 떠나보내고부터는 어쩔 수 없이 생기를 잃고 말았구나. 무릇 삶이라는 것이 마음 같지만은 않다만 그래도 네 엄마의 잔잔한 미소가 얼마나 소중했던가를 뒤늦게야 깨닫게 되었구나. 이제 와서 돌이킬 수는 없지만 살아생전 네 엄마에게 좀 더 따뜻하게 대해주지 못했던 나의 처사가 한없이 부끄럽고 원통하구나. 이 순간 못 견딜 정도로 가슴이 저미어 온다.

특히 꽃을 사랑하였던 네 엄마였기에 세를 놓느라고 그 넓은 앞마당 정원까지도 망쳐버렸던 나의 소치가 가슴이 아프구나. 그러나 엎질러진 물을 어찌하겠느냐. 이제부터라도 네 엄마의 유지를 생각하며 우리들의 정원을 차분히 가꾸어야 하지 않겠느냐.

성현아, 꼭 이러지 않아도 될 것을 네 누나가 서두르는 바람에 오늘 병원으로 가서 수술대에 오른다. 수술이라고는 하지만 회복이 아니라 상실을 의미하는 만큼 스포츠맨이었던 아버지로서는 아무래도 기묘한 운명이 아닌가 싶다. 십수 년 동안 네 엄마를 괴롭혀 왔고 또 너희들 가슴을 아프게 했던 이 흉물이 나와 영욕을 함께 하면서 마침내 종말을 고하게 되는가 보다.

성현아, 어느덧 대학 2년생이 된 나의 믿음직한 둘째야. 너는 이 아버지를 대신하여 어린 동생들의 기둥이 되어주었고 쓰디쓴 현실을 잘 감당하며 네 몫을 충분히 해 주었다. 피치 못한 일이었지만 지난날 장작을 패게 하고 연탄을 찍게 하는 등 아직은 어린 너에게 너무 몹쓸 짓을 시킨 것 같아 참으로 미안하고 안타깝기 그지없구나.

성현아, 네 형도 있지만 너에게 기대하는 바가 큰 것은 그만큼 네가 책임감이 있고 또 사명감이 뚜렷하다는 걸 잘 알고 있기 때문이다. 아버지 때와는 달리 이제 마음껏 기개를 펼 수 있는 시대가 되었으니 너희들은 훗날 이 나라를 걸머질 주역으로서 착실히 굳건히 성장해야만 한다.

네 동생 문현이는 비교적 몸이 약하여 걱정이지만 올해 명문 경북고교에 입학했으니 -그러고 보니 우리 모두가 동문이구나- 잘 다독이고 깨우쳐서 온전하게 성장하도록 보살펴 주거라.

그리고 막내는 아직 어리기는 해도 당차고 총명해서 한 시름을 놓는다. 제 학급에서 급장을 도맡아 하고 1등 성적은 당연하다 할 만큼 출중한 아이인데 졸지에 제 엄마를 잃더니 기가 많이 꺾이고 말았구나. 이제 중학생이 되었고 사춘기로 접어드는 만큼 삐뚤어지지 않게 잘 보살펴 다오.

성현아,

남아란 모름지기 기개가 뚜렷해야 한다. 항상 굳세고 대범해야 한다. 여의치 않다고 좌절하거나 주변 환경에 예민해서는 안 된다. 비록 불우하다 해도 목표한 바를 향하여 꾸준히 정진할 수 있는 사람, 그리하여 자기 발자국을 분명하게 남길 수 있는 사람, 욕심을 내자면 모두가 더불어 사는 세상을 지향하는 사람, 그런 사람이 훌륭한 사람인 것이다.

성현아, 아버지는 이제 병원으로 떠난다. 동생들에게는 알리지 않았으면 싶구나. 짚이는 게 있어서 아버지가 적었다. 아버지 잘 다녀오마.

1961년 5월

아버지가 적었다

다음 날 문현은 일찌감치 머리를 싸매고 동생을 찾아 나섰다. 먼저 동생의 예상되는 활동 반경을 그려본 뒤 아지트로 알려진 야시장을 이 잡듯이 뒤지며 수소문을 하였다. 인근의 봉산동과 대봉동까지 뒤졌다. 그러나 뾰족한 성과가 없었다.

다시 야시장에다 진을 쳤다. 동생 또래들로 보이는 몇몇 녀석들을 다그쳐보았지만 뭔가 실마리가 잡힐 듯도 한데 결정적인 단서는 잡지 못했다. 그러다가 닷새쯤 되었을 때 등잔 밑이 어둡다더니 인근 덕산시장에 동생이 나타났다는 제보를 받고 한달음에 달려갔다.

하느님 맙소사! 지금 제 앞에 서 있는 이 아이가 제 동생 도현이가 맞기는 한 겁니까? 사람이기는 한 겁니까? 문현은 반가움에 앞서 상거지 꼴을 하고 있는 동생을 보는 순간 피가 거꾸로 솟는 울분을 억제할 수가 없었다. 그래서 덮어놓고 동생의 빰을 한차례 힘껏 올려붙였다. 그리고 이유 여하를 불문하고 무지막지하게 잡아끌고 형의 가게로 향했다. 앞세워 몰아치고 가는데 수심에 찬 아버지, 어머니의 얼굴이 아른거려 미칠 것만 같았다. 문현의 가슴이 오만가지 상념으로 미어터지고 있었다.

매부리 형과 함께 그 지겨운 시골에서 쫓겨온 나는 이미 이전의 내가 아니었다. 그러나 피라미 조직의 일원이라고는 하지만 조직을 이탈한다는 것은 결코 쉬운 일은 아니었다. 그래도 이판사판 작심을 하고 결행의 날만 노리고 있었다. 그러나 중요한 것은 이탈을 한다고 해도 어디엔가 마땅히 갈 데가 없다는 현실이었다. 정말이지 그간 보름 남짓한 가출 기간, 돌이켜 보면 정녕 떠올리고 싶지 않은 악몽의 나날이었다.

어릴 적 삼형제
위로부터 문현 형, 성현 형, 나

죄를 짓고는 온전하게 살아가지 못한다. 탈선행위를 일삼는다면 그것은 곧 파멸일 뿐이다. 산다는 것은 결코 녹록하지가 않다. 굳게 마음 고쳐먹고 착실히 살아가지 않으면 안 된다. 거처할 곳이 마땅히 없다고 해도 결코 좌절해서는 안 된다. 세상이란 이렇듯 혹독한 것이다.

그러한 생각들이 자신을 일깨워 주었지만 그렇다고 하여 당장 터전이 생겨나는 것은 아니었다. 하지만 무엇보다 괴로운 것은 누나에 대한 죄책감이었다. 큰형네로부터 소외당하여 누나네 집으로 거처를 옮길 때만 해도 그것이 은혜인지 미처 몰랐었다. 하지만 지금의 상황으로 미루어 볼 때 만약 누나마저 이 세상에 없었다면 어찌 되었을까 깨닫다 보니 정신이 번쩍 들었다. 그렇건만 불량한 행동을 서슴지 않고 가출까지 해버렸으니 그것이 얼마나 큰 죄인지를 자책하지 않을 수 없었다. 그렇기에 비록 함께 살지는 못하더라도 용서만은 빌어야 한다는 생각으로 누나네로 향하곤 했지만 그럴 때마다 온갖 잡생각들이 떠올라 용기를 잃고는 하였다. 오늘 작은형과 맞닥뜨릴 때만 해도 생각은 온통 누나에게로 쏠려 있었던 것이다.

성현은 끌려온 막내의 사나운 몰골을 보게 되자 울컥 화가 치밀었다. 하지만 드러내놓고 나무라지는 못했다. 그렇잖아도 잔뜩 주눅이 들어있을 터인데 질책만 할 수는 없는 노릇이었다.

하긴 깊이 따져보면 일이 이 지경이 되고 만 것은 반드시 막내의 잘못만도 아닌 듯했다. 아니 오히려 풍비박산이 난 가정의 비운을 막내가 혼자 짊어진 것인지도 모를 일이었다. 어느 가정 못지않게 행복하였던 지난날, 가족의 마스코트인 양 목마를 태워가며 애지중지하였던 아버지, 형제들이 오순도순 밤 새워가며 동화로 꽃을 피웠던 지난 시절, 어느 누구에게도 당당하였던 세월, 세월들….

성현은 저도 모르게 깊은 한숨을 내쉬었다. 그리고 지난날 누나에게 막내를 맡기던 그날, 그 다방에서의 일을 상기하였다.

성현이 자리 잡은 다방 가장자리로 관상용 수족관이 하나 놓여 있었다. 거기엔 여러 종의 열대어와 물고기들이 노닐고 있었고 저마다 예쁘고 신비로운 모습을 하고 있어 은근히 눈길이 갔다. 그러나 평범하기에 되레 눈길을 끄는 물고기도 있었다. 배기관에서 뿜어대는 물거품 사이를 유유하게 헤엄치고 있는 두 마리의 금붕어인데 그들은 마치 형제처럼 사이좋게, 그리고 소박하게 노닐고 있으므로 자신도 모르게 정감이 갔다.

그런데 그들을 그윽이 음미하고 있는 사이 갑자기 망막이 흐려오며 기묘한 현상이 일어났다. 다른 물고기들은 잠시 순간에 사라졌고, 동생들로 바뀌어버린 두 마리의 금붕어만이 팔딱거리며 곤두박질치고 있는 것이 아닌가! 배기관의 작동은 이미 멈추었고 차차로 죽어가는 그들의 모습을 속수무책 지켜보던 어느 순간, 그만 전

율하며 비명을 지르고야 말았다. 잠시 후 정신을 가다듬고 보니 손님들이 의아한 듯 모두 이쪽으로 시선을 보내고 있었다. 신경과민 현상이 빚은 해프닝이었지만 그래도 성현의 기억 속에는 사실인 듯 잠재하고 있는 잊지 못할 사건이었다.

성현은 실로 오랜만에 재회한 두 동생을 연민의 눈길로 바라보면서 배기관이 작동을 멈추어버리는 그런 일은 결코 있어서는 안 된다고 굳게 다짐하였다.

"도현아!"

성현이 한동안의 침묵을 깨고 막내를 감싸 안았다. 그리고 어깨를 다독여가며 정감있게 말했다.

"도현아~ 우리 지난 이야기는 하지 말자. 형들이 못나서 동생 하나 돌보지 못했다. 우리 지금부터라도 정신 바짝 차리고 함께 잘 살마 안 되겠나?"

"……"

막내는 반응은 않고 잔뜩 주눅이 든 채 고개를 숙이고 있었다.

"도현아! 형한테 빨리 대답 안 하나!"

문현이 조바심이 나서 재촉하고 나서자, 그제야 막내가

"형, 잘못했다. 인자 다시는 안 그라께!"

하고, 어렵사리 답변을 하였다.

"오야, 인자 됐다! 문현아, 니 퍼뜩 가서 도현이 입을 옷가지 좀 사오너라. 그라고 도현이는 이발소와 목욕탕에 갔다오고… 형은 맛있게 밥 지어 놓으께!"

막내의 눈에 눈물이 맺혔다. 오랜만에 느껴보는 따사로운 정이 마냥 겨워서 눈물을 그렁거리고 있었다.

저녁나절 삼형제는 근사하게 한 상 차려놓고 맛있게 먹고 떠들며 재회의 기쁨을 나누었다. 제법 사람 사는 맛이 느껴져 저절로 흥이 났다. 모처럼 활짝 웃으며 어깨도 폈다. 그러나 문현은 늦은 밤 다시 친구 명석이네로 떠났다. 성현은 애써 말리지는 않았다. 어찌 보면 굳이 합칠 일도 아니거니와 공부를 하려면 그곳이 더 나을 수도 있다는 판단 때문이었다.

"형, 걱정하지 마라. 인자는 나도 거처할 곳이 생겼으이꺼네 거지는 아이잖아!"

문현은 그렇게 여유까지 부려가며 기분 좋게 떠나갔다.

성현은 막내와 둘이 남게 된 늦은 밤에 작정하고 아버지의 편지를 꺼내 보이며 막내를 다독였다.

"도현아! 어떻노? 인자 우리 딱 붙어서 잘 살자. 그라고 이 편지는 예전에 아버지가 수술하러 가실 때 형한테 남기신 사연인데 경건한 마음으로 읽어 보고 마음에 꼭 새겨 놓아라. 알았제?!"

나는 기도하는 마음으로 아버지의 편지를 읽어내려 갔다. 나는 아버지의 만년을 늘 가까이에서 함께 하였지만 이렇듯 엄숙한 말씀을 들어보지 못했다. 나는 문득 아버지가 살아계실 수도 있다는 생각을 하였다. 그러자 못 견디게 아버지가 보고 싶어졌다.

"아버지 잘 다녀오마."

그 마지막 말씀이 잔잔한 울림이 되어 가슴에 전해져 왔다. 그렇다. 아버지는 살아계신다. 치료를 위하여 병원에 가셨을 뿐, 잠시 주무시고 있을 뿐, 언젠가는 반드시 돌아오시리라.

나는 갑자기 솟는 기운을 느끼면서 낯설기만 했던 세상을 향하여 불끈 주먹을 치켜보았다. 그리고 믿음직한 형의 곁에서 모처럼 아늑하고도 포근한 잠을 청했다.

"남아란 모름지기 기개가 뚜렷해야 한다. 항상 굳세고 대범해야
한다. 여의치 않다고 좌절하거나 주변 환경에 예민해서는 안 된다.
비록 불우하다 해도 목표점을 향하여 꾸준히 정진할 수 있는 사람,
그리하여 자기발자국을 분명하게 남길 수 있는 사람, 욕심을 내자
면 모두가 더불어 사는 세상을 지향하는 사람, 그런 사람이 훌륭한
사람인 것이다."

3.

마치 먼 나라에서 온 이방인처럼 나에게 주어진 새로운 환경은
마냥 서먹서먹하고 어설프기만 했다. 어머니를 여의면서부터 시작
된 3년 반의 세월은 그만큼 충격적이었고 더욱이 근간을 불량소년
으로 살아왔다는 자책감은 나를 한층 더 곤혹스럽게 하였다. 또한
형과의 터울이 8년이나 된다는 것도 아주 불편한 점으로 작용하였
다. 형은 형의 도리를 다하기 위하여 나름 애를 쓰건만 정작 그 수
혜자인 자신은 왜 그것을 정직하게 수용하지 못하는지 모순이 아닐
수 없었다.

하지만 나는 한두 달 시간이 흐르는 가운데 형의 가게 일을 익히
고 밥 짓고 빨래하는 사이에 점차 정화되어 갔고 순전했던 옛 시절
로 돌아가고 있었다.

얼마나 어리석은 지난날이던가! 그룹 생활에서 공연히 남을 해치
고 괴롭혔던 그 못된 행위들도, 가족을 남보다 못하다며 원망했던
그 비뚤어진 정신도 한때의 악몽인 것처럼 서서히 걷혀져 갔다. 식
욕도 왕성하여 무엇이든 잘 먹었고, 먹고 싶은 것을 실컷 먹을 수

있다는 사실이, 그 현실이 믿기지 않을 정도로 꿈만 같았다.

나는 오래전부터 교분이 있는 동네 어른들과도 교통하였고 또래 아이들과도 다시 어울리는 등 동네생활에 적응하기 시작하였다. 한편으로는 틈틈이 책갈피도 넘겼고 취미생활을 한답시고 뭔가 긁적거리고는 멋쩍은 웃음을 흘리기도 하였다.

나의 감성, 곧 나의 시심(詩心)에 관하여 굳이 말하자면, 초등학교 5학년 시절의 사연 하나가 있다. "선정되는 글은 교지(校誌)에 실릴 테니 정성껏 써보라."는 선생님의 말씀에 나는 '불'이라는 제목의 동시(童詩)를 제출하였고 부족하지만 교지에 실리기도 하였다. 그러기에 나의 시심은 초등 시절부터 꿈틀거렸던 듯하다. 그 까닭은 나의 감성이 유달리 예민하였던 탓이리라.

하지만 엄격히 말하자면 나의 감성이 시(詩)라는 장르로 승화하기엔 많이 부족하다. 그러므로 그냥 메시지다. 이를테면 띄운 메시지는 반드시 메아리가 되어 돌아온다. 칠정(七情)의 모양새로… 그리하여 자위(自慰)를 하고 소망을 하고 다짐을 한다. 때로는 절규가 되기도 하고 미련(未練)으로 남아 허공을 떠다니기도 한다. 몸부림과 그리움을 대신하기도 한다.

아무튼 안정을 찾게 된 나는 아버지의 생전의 모습을 좇아 신문을 꼼꼼히 읽게 되었고 문학작품을 읽는 등, 취미생활도 곁들였다. 그리고 무슨 좋은 날이 되면 또래들과 만나 우정의 싹을 틔우면서 일상의 폭을 넓혀 갔다. 세상은 포근하고도 기꺼웠다. 하고 싶은 것도 많고 꿈도 키워가고 싶었다. 나는 비로소 평범한 소년으로 되돌아왔고 세월은 어느덧 1964년 중추절을 향하고 있었다.

대답

어르신을 마주할라치면
반드시 물으십니다
궁금해하십니다

나는 궁색합니다
답변을 못하고
머무적거립니다

그런데도 다시 물으시니
더는 침묵할 수가 없습니다

혹시, 이렇게 대답하면
아니 되겠지요?

"저는 안동 김문 29세손,
아버지는 휴면업(休眠業)을 하시고
어머니는 참 고향에 가셨지요
저희 집은 저~기 아래
천하동(天下洞)에 있습니다"

중3 시절, 1964년 5월

어머니날

친구야
아름다운 계절이다
푸른 5월이다
축복의 날이다

나는
참 고향의 길이 막혀
나의 가슴에
하얀 카네이션을 담는다

친구야
너의 집이다
'어머니 마음'을 노래하며
빨간 카네이션을 드린다

친구여,
정성을 다하여
생전에 효도하렴
존재만으로 축복이거늘

나는 비로소
분홍 꽃이 되어
어머니를 불러본다
솜털처럼 포근하다

어머니가 보고프다
어머니가 제 오신다

휴학 중, 1964년 5월

추석날

오늘은 추석날
집집마다 차례상 차려
조상님 모시기에 나섰다

거리는 온통 추석빔
선물꾸러기도 다양하다

형과 나는
약방가게에 갇혔다
명절 차례상, 가족 모임
그런 건
잊은 지 오래이다

거리엔
나들이가 한창이다
한 무리의 형제들이
요란스레 스쳐간다

왁자지껄 기고만장
웃음꽃이 만발했다

이 못난 아이도
학동시절엔
꽤 싸돌아 다녔다네
찧고 까불고
의기양양했었지

나의 형은 마냥
누더기 감색점퍼 차림
아까부터
'활명수'만 나른다
이따금
동생의 눈치를 살피다간
마주치면 딴청이다
웃음조차 공허하다

두둥실

저 달님에게

그 너머 부모님에게

다소곳이 빌어본다

세상은 다만

가던 길을 멈추고

우리를 잠시

밀쳐 두었을 뿐

머지않아

보듬고 품어주리라

모두가 부산하고

즐거운 추석날

오늘이란 하루가

참으로 더디 가누나

휴학 중, 1964년 9월

4.

10월이 왔다. 새 남방셔츠를 입고 거울 앞에 서니 날아갈 것만 같았다. 거울 속에는 해말쑥한 한 소년이 살포시 미소를 머금고 있었다.

나는 움츠렸던 어깨를 활짝 펴고 거리로 나섰다. 그리고 코스모스 하늘거리는 들녘 농로를 따라 수성들판을 누볐다. 돌이랑 순이랑 소꿉장난하던 꿈같은 시절이 달차근한 흙냄새를 불러와 추억의 물결을 출렁이게 하였고, 울긋불긋 단풍으로 단장한 가을산은 한껏 자태를 뽐내며 메아리를 띄워 주었다.

나는 돌아오는 길에 문득 무언가를 쓰고 싶어졌다. 쓰지 않고는 배길 수 없는 절실함이 나를 사로잡고 있었다. 나는 작심하고 일기를 쓰기 시작하였다. 일기는 사고할 것을 촉구하였고 많은 것을 깨닫게 하였다. 삶의 의미는 사고에서 비롯되고, 사고의 바탕은 진실이어야 하며, 진실하게 살기 위해서는 반성하는 습관을 길러야 하고, 그 과정에서 인성이 형성된다는 것을 알게 되었다.

그러나 일기는 언제나 생산적인 것만은 아니었다. 과거와 현재와 미래를 아우른 것이 삶이라면 나의 과거는 지워버리고 싶은 시제였다.

나는 나름대로 애를 썼다. 하지만 지난날의 아픔은 또렷이 되살아나곤 했다. 어쩌면 과거는 헤어날 수 없는 수렁이었다. 밤만 되면 빠져드는 깊은 수렁이었다. 하지만 기어이 극복해야만 할 과제이기도 했다.

내일을 지향하는 지혜로운 삶은 어떤 것인가, 나는 고뇌하기 시작하였다. 고뇌하는 청년의 길 문턱을 노크하고 있었다. 첫눈이 오고 1965년, 새봄이 찾아들고 있었다.

나는 3월이 되자, 1년간의 공백을 떨쳐 버리고 사립학교인 K고교에 진학하였다. K고교는 예술교육을 지향하는 신설학교로서 이른바 특수목적 고등학교였다. 내가 지망한 음악과를 비롯하여 미술과와 무용과 등의 3개 학과로 각과 30명씩으로 구성되어 있다. K고교의 경우 일반 과목과 전공 과목을 병행해야 하는 어려움도 따르지만 그럼에도 세인의 주목을 끄는 것은 일찍이 예술 분야를 전공한다는 특수한 성격과 지역 유일의 남녀공학이라는 특성 때문이었다.

내가 K고교를 선택한 것은 음악이 평소의 관심 분야인 데다가 선천성이 있다고 믿는 만큼 열심히 노력하면 반드시 성공할 수 있다는 확신 때문이었다.

나의 음악 수업은 피아노에 맞추어 멜로디를 구사하며 성역을 안정하는 것으로 시작되었다. 나는 음악이란 보고 부르고 듣고 깨닫는 것이며 멜로디와 리듬, 그리고 하모니가 아름답게 화음을 이룰 수 있을 때 비로소 완성된다는 것을 깨달을 수 있었다.

나는 방과 후에 바이올린 연주를 위한 과외 레슨도 받으면서 나름대로 열심히 공부하였다. 학교가 끝나면 체육관으로 향했고 비지땀을 쏟으며 육체미 운동을 하였다. 아주 바쁜 일정들이 이어졌지만 하고 싶은 것을 할 수 있다는 뿌듯함으로 피곤함도 잊고 하루하루를 보람 있게 보낼 수 있었다.

모름지기 학생의 본분은 열심히 배우고 공부하는 것. 비록 어려움이 뒤따른다 해도 최선을 다하는 것. 그러기에 쓴 것을 다하면 단

것이 온다는 교훈도 있지 아니한가! 묵묵히 공부하는 학생, 과제에 충실한 삶, 그것은 재기의 기틀을 마련한 나의 소박한 꿈이었다.

한편, 나는 지난 2월 서울 응암동에 살고 있는 한 여고생과 뜻밖의 편지를 주고받게 된다. 그로 인하여 나의 학창시절은 그녀와 펜팔이라는 이름 아래 불가분의 인연을 맺게 되며 '분지(盆地)'라는 주제(主題)를 두고 숱한 사연을 이어가게 된다.

제4화

펜팔

예희(가명) 씨!

안녕하십니까? 친구 희호가 서울로 이사를 하더니 한참 지나서 이제야 소식을 전해 왔네요. 무척 반가웠습니다. 그렇지만 예희 씨를 소개하면서 빨리 편지를 보내라고 하니 그저 얼떨떨하기만 합니다. 막상 펜은 들었어도 무엇부터 시작하고 어떻게 써야 하는 건지…. 그러나 미지의 서울 소녀를 향한 지금의 심경은 마냥 설레기만 합니다.

나는 한때의 실수로 중학 졸업 후 휴학 중에 있는 대구 토박이 소년 김도현이라고 합니다. 가정이 불우하고 부족한 게 많아서 나서기가 두렵지만 친구 희호의 우정 어린 성원에 힘입어 용기를 가져 봅니다.

예희 씨,

나는 희호와 동갑내기이고 식목일인 4월 5일이 생일입니다. 현재 진행형으로 167cm의 키에 보통 체구이며 혈액형은 A형으로 비교적 조용한 성격이라고 할 수 있습니다. 취미는 문학, 음악, 야구 등이고 초등학교 때 형들 어깨 너머로 배운 장기 실력은 제법이지요. 요즘도 동네 어른들의 끈질긴 요청으로 한판 승부를 겨루곤 한답니다. 초등 특별활동 시간에는 3년 내내 주산반에서 활동하였고 그때만 해도 특기생으로 뽑힐 수 있는 4급을 땄습니다.

예희 씨,

희호와는 중학교 2학년 때부터 사귀었고 둘도 없는 친구입니다. 중학교 때는 멋 모르고 까불었지만 이젠 제법 어른스러운 우정을 나누게 되었지요. 인연이 남달라서 서울로 전학을 하고도 서로 편지를 주고받는 사이가 되었습니다. 더욱이 이렇게 이종사촌이라며 예희 씨를 소개까지 하니 그저 고마울 따름이지요. 친구 희호는 명랑하고 활달하여서 예희 씨에게 많은 것을 보여 주게 될 것입니다. 기대해도 좋습니다.

예희 씨,

첫머리에서 말했지만 나는 한때 꽤 말썽을 빚은 바 있는 불량소년이었지요. 천성적으로 싸움을 싫어하는 성격이지만 어쨌든 실수는 실수였으니 좋은 경험이라 여기고 앞으로는 훌륭한 사람이 되도록 노력할 것입니다. 예희 씨의 따뜻한 우정을 기대합니다.

1965년 2월 17일

김도현 보냄

도현!

뭐라고 쓸까 망설여지는구나. 처음부터 반말로 하면 건방지다고 하겠지? 하지만 연필친구니까 편안한 기분으로 얘기하는 걸 너도 찬성하리라 믿어. 나의 외사촌인 희호에게 얘기 많이 들었어. 그래서 친구가 되고 싶어서 부탁한 거야. 나에게 이미 편지했다고? 어떤 편지인지 아직 받아보지는 못했지만 회답 기다릴 걸 생각해서 쓰는 거야. 나의 답장이 네가 알고자 하는 것에 어긋난다 하더라도 이해하고 읽어 주렴.

나의 이름은 안예희이고 희호보다 한 살 많아. 생일은 3월 19일. 혈액형은 A형이고 키는 159cm. 취미는 음악, 스케치, 등산, 독서 등인데 꽤 즐기는 편이야. 특기는⋯ 그냥 미루어 짐작해 주렴. 현재 H대학 부속고등학교(미술 전문) 1학년인데 곧 2학년이 돼. 학교는 내가 소속한 실내장식과 외에 건축과, 도안과, 도자기과, 목칠과, 금속과 등 여섯 과로 나누어져 있고, 서울에는 남녀공학이 둘 밖에 없는데 그중 하나가 우리 학교야. 별의별 유머러스한 일이 일어나곤 해. 또 서울에는 미술 전문, 공업 전문이라는 전문학교가 둘이야. 참 이상하지? 하지만 우리 학교 학생들이 어디를 가나 인기거든. 왜냐고? 와일드하고 명랑하고 비교적 깨끗해. 학교 이야

72

기는 그만하고 우리 집은 번잡한 도심지가 아니고 외곽 공기 좋은 응암동 이라는 곳에 있어. 희호네 큰형이 사는 녹번동과는 얼마 떨어져 있지 않은 곳이야. 희호가 큰형네에 사니까 나랑은 자주 만나. 얼마나 입심이 좋은지 네 얘기를 듣고 호기심이 발동했지 뭐야. 앞으로 잘 부탁해. 좋은 연필친구가 되도록 말이야. 너도 보통은 아닌 것 같던데…. 그럼 오늘은 이만 줄이겠어. 안녕!

1965년 2월 19일
안예희

'추서'

네가 어떻게 생겼을까? 편지를 잘 쓰네. 이름 뒤에 '씨' 자를 뺐으면….

방금 전에 편지받았어.

예희야,

오늘 너의 첫 편지 반갑게 받아 보았어.

약방가게를 보고 있는 중인데 우체국 아저씨가 다녀갔어. 예쁜 글씨체로 나의 이름 석 자가 씌어 있는데 어찌나 설레고 가슴이 뛰었는지…. 감사하고 감격하고, 이루 말할 수 없는 감정이었어. 처음 희호가 소개 글을 보내 줄 때만 해도 한 번쯤 그러다 말겠지 했는데 정말 고마워. 물론 좋은 친구가 될 거고.

예희야,

오늘은 우리 가족을 소개할게. 우린 5남매야. 큰형님(36)과 아래 누님(32) 한 분이 있어. 물론 두 분 다 이미 오래 전 결혼을 하였고 그 아래로 성현(23) 형과 문현(18) 형, 그리고 나야. 막내인 나는 위로 형이 셋이나 되는 셈이지. 그리고 둘째인 성현 형과 내가 이곳 약방가게에서 함께 생활하고 있어.

성현 형은 경북대학교 법정대학에 다니는데 이제 4학년이 돼. 작년 말 공개선발 때 KBS대구방송국 전속 가수로도 뽑혀서 현재 활동 중이야. 그런 까닭에 동네 사람들에게도 인기가 있는 편이야. 가정환경이 좋지 못해 몇 차례 휴학을 하는 등, 우여곡절을 겪고 있지만 작년 겨울에 이 약방 가게를 차려서 운영하고 있어. 그리고 약방은 약국과 달리 약사가 없이도 양약을 판매할 수 있도록 허가가 난 곳을 말해. 형 혼자서도 벅찬 형편인데 동생까지 챙기느라고 고생하고 있어.

셋째가 문현 형인데 경북고교를 막 졸업하였고, 현재 친구네 집에서 기거하고 있어. 여기서 우리와 함께 지내면 좋을 텐데… 좁은 공간에 셋씩이나 있으면 모두가 불편하다고 그냥 전처럼 친구네 집에서 지내겠다고 하네. 글쎄, 결국 우리를 배려하였다고 할까?

아무튼 지금 설명한 내용이 우리 가족들의 현재 상황이야. 가게에서 살림도 하는지 궁금하지? 물론이야. 형과 내가 분담하기로 했지만 어디 그럴 수가 있어? 내가 해야지. 어? 벌써 여섯 시가 다 되었네. 이러다가 저녁 식사 늦어져 기합받겠다. 오늘은 이만 안녕!

1965년 2월 ××일

도현

현아,

안녕, 잘 지냈어?

이제 막 학교에 다녀와서 내 방을 정리한 뒤에 편지 쓰는 거야. 너의 두 번째 편지 잘 받아 보았는데 넌 웬 형이 셋씩이나 되니? 난 누이 휘둥그레

졌어. 우린 아버지, 엄마, 언니, 그리고 남동생이 다야. 그래서 항상 조용해.

　현아, 네가 밥을 한다고? 나 지금 웃고 있어. 부엌에 있는 널 상상하면서 말이야. 밥이 3층으로 되지 않는지? 손에서 반찬 냄새가 나겠지? 설거지랑 집안 청소랑 정말 우습구나. 한 번만 봤으면. 어머! 현아 얼굴이 빨개졌네. 미안. 또 미안.

　현아. 희호에게 보낸 너의 편지를 읽고 방바닥을 구르며 웃었어.

　"짜식! 죽은 줄 알았더니 살아 있었구나!"라는 서두부터 얼마나 웃겨대는지 혼이 났어. 현아에게 그런 여유가 있다니 참 기뻤어.

　현아, 항상 그렇게 웃으면서 대범하게 살아. 이해타산이 심하고 멋만 아는 사람은 싫어. 상대방의 잘못까지도 원만하게 풀어갈 수 있는 그런 도량이 있는 사람이 좋아.

　현아, 첫 편지에 반말로 건방지게 써서 "이거 곤란한데…" 하고, 걱정하지 않았어? 난 말이야. 처음에 "예희 씨!" 하고 왔기에 편지를 읽으면서도 차마 손을 대지 못하고 멀리에 놓구 읽었었어. 내가 한창 연애라도 하고 있는 것 같은 그런 감정이 느껴졌기 때문이야.

　참, 현아! 너 일기 쓰니? 난 어렸을 때부터 일기를 써 왔는데 지금은 가방에 하나 가득이야.

　현아, 내일부터 네 편지 어떻게 기다리니? 매일 오면 좋겠어.

　현아, 오늘은 이만. 이제 나 공부해야 돼. 시험이 있단 말이야. 공부 열심히 하라고? 그래 열심히 할끼다. 안녕!

1965년 2월 ××일

예희

예희야,

안녕? 요즘은 내가 다른 세상에서 사는 것 같아. 너와 편지를 나누게
되고부터는. 시험이 있다면서 공부는 열심히 하고 있는지? 혹시 나 때문
에 방해가 되지는 않을까 걱정이 되네. 며칠 전엔 나도 진학 문제로 지망
하는 학교에 다녀왔어. 아직 공개하기 이르지만 오래전부터 준비해 왔으
니까 좋은 결과가 있을 거야.

예희야, 넌 아주 단란한 가정에서 다복하게 살고 있구나. 우린 여형제가
많지 않아 아쉬운데…. 아버지, 어머니께서도 훌륭하신 분일 테지? 그러
나 난 부모님 얘기를 하는 게 좀 그래. 희호에게 들었을 테니까 숨길 수도
없고.

예희야, 아버지는 유명한 스포츠맨이셨어. 관직생활도 하셨고…. 현재 내가 살고 있는 이곳 수성동의 명칭도 아버지의 아이디어라고 해. 당시에 아버지가 대구시청의 사회과장으로 근무하실 때인데 원래의 '하동(아랫동네)'이라는 명칭이 의미상 좋지 않다며 민원이 있었다고 해. 마침 부근에 '수성교'라는 큰 다리도 있고, 또 '수성못'이라는 큰 유원지도 있고 해서 그런 아이디어를 내셨다고 들었어. 청렴하다는 평가를 받으셨고 남들을 위하여 많은 일들을 하셨다고 하니 나도 아버지와 같은 그런 훌륭한 사람이 되고 싶어.

어머니는 자애롭고 헌신적인 분이셨어. 제상에 올리는 문어오림 솜씨가 워낙 뛰어나서 친·인척들이나 주변사람들 모두가 감탄을 하곤 했어. 나도 명절 때나 제사가 있을 때면 어머니가 다소곳이, 그러나 능수능란하게 가위질하시는 모습을 곧잘 보았거든. 어머니의 손끝에서 태어나는 공작, 봉황새 등의 신기했던 작품들이 지금도 눈에 선해. 또 아주 꽃나무를 사랑하셔서 우리 집 마당의 정원에는 항상 꽃들이 만발해 있었어. 깨꽃이라는 꽃이 있는데 빨간꽃 끝에 꿀 성분이 묻어 있어서 그걸 뽑아서 쪽쪽 빨아 먹던 기억도 있고.

하지만 두 분이 1년 반 만에 잇달아 돌아가셔서… 그래도 주변 사람들이 두 분이 함께 떠났으니 천생연분이라며 사랑이 지극해서 저세상도 함께 가셨다며 슬픔에 빠져 있는 우리 형제들을 위로해 주곤 했었어.

참, 예희야! 일기 쓰느냐고 물었지? 난 지난해 10월부터 일기를 쓰고 있어. 기간은 짧지만 이젠 하루도 빼놓을 수 없는 중요한 일과가 된 것 같아. 예희도 일기를 쓴다니까 정말 반갑고, 한 가방이나 된다니 놀랍고 또 부럽기까지 하네.

예희야, 일기란 자기반성을 위해서 꼭 필요로 하고 또 문장력도 향상이 된다니 얼마나 좋은 습관이야? 또 역사적으로도 훌륭한 가치가 있다고 해.

알고 있겠지만 그 유명한 '안네의 일기'라고… 나치 독일이 유태인을 학살할 당시에 주인공인 안네 프랑크가 2년 동안 다락방에 갇혀 살면서 써온 일기가 세상에 알려져 엄청난 반향을 일으켰다고 하잖아. 얼마 전 신문에서 자세히 읽었어.

그것뿐이야! 우리 대구의 명덕초등학교 5학년에 다니는 이윤복이라는 아이가 쓴 '저 하늘에도 슬픔이'라는 일기책도, 소년가장의 슬픈 사연을 구구절절하게 담고 있어서 요즘 우리들에게 큰 감명을 주고 있잖아! 그런 본보기를 생각해 보면 정말 일기는 대단한 위력을 가지고 있다는 생각이 들어.

예희야, 나도 일기로서 남들에게 감동을 줄 수 있는 그런 삶을 살 수 있을까? 나중에 세월이 흘러 어른이 되면 일기장이 쌓여 역사를 이룰 거고….

예희야, 정말 생각만으로도 근사하다. 그렇지? 얘기하다 보니 끝이 없겠다. 너의 편안한 내일을 위하여 오늘은 이만 안녕히!

1965년 2월 ××일

도현

현아!

지금은 늦은 밤이야. 봄비가 오고 있어. 지금 일기를 쓰면서 네 생각을 하고 있는 중인데 어쩐지 네가 슬퍼 울고 있을 것만 같아서 불안한 마음으로 편지를 쓰고 있어.

현아, 이번 너의 다섯 번째 편지 부모님 생각에 절절하게 젖어 있는 너의 글을 읽으면서 난 어쩌면 바보라는 생각을 했어. 너를 위로하지도 못하면서 어쩌지도 못하는…. 이 대목이 자꾸만 마음에 걸려.

"평소엔 못 느끼지만 특별한 날이 되면 너무 힘들어. 세상에 홀로 남겨진 것 같은 텅 빈 기분, 아무리 헤어나려 해도 빠져드는 수렁 같은 것, 그래서 남몰래 가슴앓이를 하며 눈물을 훔치기도 해. 나는 정말 명절이라는 것이 거추장스럽기만 해. 그래서 무시하려고 해. 그런데 그게 잘 안 되네…."

현아, 너의 외로움을 이젠 좀 알 것 같아. 그동안 얼마나 아프고 쓸쓸했을까? 나처럼 부모님 슬하에서 멋모르고 살아온 철부지에 비하면 현아는 정말 훌륭하다는 생각이 들었어.

현아, 그러나 다른 이보다 일찍 비극이 온 것뿐. 다른 건 모두 같을 수도 있어. 누구나 한 번씩은 치러야 할 일인 걸. 자꾸 생각하면 아프기만 한 것. 모두 잊고 생활에 충실해 봐. 먼 곳에 있지만 네 가까이에서 성원할 거야.

현아. 이제 우리 이런 얘기 그만해. 나까지 눈물이 흘렀어.

현아, 나 부탁 하나 해도 될까? 내가 열 번째 편지 보내거든 너의 사진 한 장만 보내줘. 왜냐고? 그냥… 솔직하게 말하면 나를 이렇게 심각하게 만든 사람이 어떻게 생겼는지 보고 싶어서.

현아, 너 친구 많지? 나에게도 소개해줘. 그래서 우리 함께 우정을 나누면 어떨까? 훗날 우리들의 자랑스러운 추억을 위해서.

현아, 바깥에는 아직도 비가 내리고 있어. 이런 날엔 현아는 잠을 제대로 못 이루겠지? 그러나 잘 자. 내일을 위해서. 감기 걸리지 않게 이불 꼭 덮구. 안녕! 꿈나라에서 만나!

1965년 2월 ××일

예희

예희야,

오늘도 학교 잘 갔다 왔겠제? 나는 잘 지낸다. 그런데 오늘은 나도 심각한 이야기 좀 하자. 니, 와 사람 챙피하게 만드노? 내가 니 울적하라꼬 그런 편지 쓴 줄 아나? 비오는 날은 잠도 못 자는 줄 아나? 아이다. 니가 생각하는 것 같이 내 그래 약한 머스마 아이다. 비록 가난하고 외롭기는 하지만도 나는 내 나름대로 사는 방법이 다 있는 기다. 조금도 걱정하지 마라이!

예희야,

그리고 내 친구에 대해서 물었는데 오늘은 친구 소개 좀 하꾸마. 동네에서 개구쟁이 시절부터 사귀어 온 친구는 충운, 식우, 그리고 종하 등이 있다. 모두 좋은 친구들이다. 그런데 오늘은 그 중에 호섭이라카는 친구를 먼저 소개할라 칸다.

옛날 우리 집에 세 들었던 사람이 가게를 냈는데 그기 이발소다. 그 이발소에서 기술 배운다꼬 일한 소년이 지금 내가 말할라카는 호섭이라는 친구다. 내가 중1 적에 엄마가 돌아가신지 불과 1년 반 만에 또 아부지가 안 돌아가싯나! 그때 내가 하도 충격을 받아서 오열하다가 고꾸라져 있었는데 그 친구가 내가 안 돼 보였던지 국화만두 한 봉지를 넌지시 내밀면서 말을 걸더라.

"도현아, 기운 차려거라! 이카다가 니까지 상하겠다이. 이거 묵고 정신 차려거라." 카면서 근심스러운 얼굴로 나를 지켜보고 있는데 어찌나 고맙던지…. 그래서 기운을 채리고 일어났다 아이가. 그런데 또 뭐라 캤는지 아나?

"도현아, 내 이런 소리 하마 안 그래도 아픈 니 마음 또 아프게 하는지 모리겠다만도 나 역시도 참 불쌍한 놈이다이. 경남 고성이 우리 고향인데

1964년의 나

나도 우리 홀엄마 슬하에서 작년까지도 농사 거들고 살았다 아이가. 농촌 형편이라서 겨우겨우 학교는 마쳤지만도 쥐꼬리만한 밭뙈기로는 묵고 살기가 힘들어서 이곳 대구까지 안 왔나…. 생고생하면서 댕기다가 기술을 배아야 묵고 살겠다는 생각이 들었다. 그래서 여게 이발소 '시다'로 들어와서 만날 첫날 남의 머리 깜기고, 수건 빨고 이래 산

다. 나는 아부지 얼굴도 제대로 모르고 살았다이. 내 같은 놈도 있는데 니는 좋은 형들도 있고 하이꺼네 기운 차리거라! 도현아." 이카고 타이르는데 내가 우짜겠노? 고만 정신을 차려야제.

호섭이가 바로 그런 친구인데 어떤 스타일이냐 하면 한마디로 갈매기형이다. '갈매기'가 뭔고 궁금하제? 날이 '갈'수록 '매'력을 느껴 자꾸만 '기'다려지는 친구라~ 이 말이다.

그라고 내가 우리 집이 팔려서 지 하고도 이별을 했었는데 2년쯤 있다가 이곳 동네에 다시 와 보이꺼네 근방 이발소에서 일하고 있다가 나를 보고는 먼저 악수를 청하더라. 억수로 반갑어 하면서. 요새도 자주 보는데 인자는 반기술자로 일하고 있다. 지 꿈이 뭐라카는지 아나? 이발사 자격증 빨리 따갖고 이발소 하나 차리는 기란다. 그래서 내가 공부 열심히 해서 지 이발소 하나 채려줄라 칸다. 이만하마 의리 있제?

이왕에 말이 나왔으이 에피소드 하나 들려줄끼다. 호섭이의 진짜 이름이 뭔지 모르제? 참말로 이거는 해외토픽감이다. 그 이름도 거룩한 '박치'다 박치. 그런데 성이 강씨다. 사실로 '박치'라는 뜻이 넓을 博, 다스릴 治, 결국은 두루두루 잘 다스린다는 뜻 아이겠나?! 참말로 기똥차게 좋은 이름이다이. 그런데 듣기가 영~ 안 좋다 아이가. 박치기하는 생각이 먼저 떠오르제? 강하게 박치기하는 거 말이다. 그런데, 이 친구가 또 내한테 붙인 별명이 뭔지 아나? '도치'다 도치. 와 그런 별명을 붙였는지 잘 모리겠다만도 내가 해석하기로는 내 머리가 유난히 숱이 많고 뻣뻣하다. 그래서 고슴도치를 줄인 말인지? 아이마 경상도 말로 도끼를 도치라고도 하는데, 내가 도끼날 같이 날카로운 면이 있다고 그카는지 모리겠다. 우쨌든 지캉 내캉 만나서 신바람 날 때는, 지가, '도치야!' 카고 부르마, 내가, '와, 박치야?' 카고, 대답하고는 낄낄낄 웃는다.

재미있제? 요새는 충운이까지 '치'자 돌림을 넣어서 '충치야!' 카고 부른다. 뜻이 좀 그렇다만도… 아예 '치치' 그룹이 생겨 가지고 우리 동네를 팍팍 주름 잡는다 아이가. 그런데 우리 5총사인 식우, 종하까지 그렇게 부르마, '식치', '종치', 그렇게 되는데… 그건 아무래도 안 되겠제? 회의 안건에 한 번 붙여 봐야 되겠제?

예희야,

니 그라고 사진타령 했는 거, 니 참말로 그칼래? 지가 사진을 보낸다는 말은 일절없고 와 내만 사진 보내라 카노? 서울가시나들은 다 그렇게 염치가 없나? 내사 안 보낼 끼다…. 와, 입이 샐쭉해지노? 뭐라꼬? 모처럼 부탁인데 야박하다꼬? 그래, 알았다. 알았다. 니 열 번째 편지 받거든 사진 보내 주꾸마. 그런데… 나는 참말로 못났다이. 눈도 쪼맨하고 볼품없이 생겼다. 그렇지만도 사나이답게 사는 데는 자신이 있다. 누구에게도 안 밀질 끼다.

희야, 인자 심각해지지 마래이. 걱정해줘서 고맙다. 그라마 오늘은 고만 쓸란다. 니도 이불 잘 덮고 잘 자거라! 그라고, 내 며칠 있으면 학교 간다. 1년간 쉬던 거 정리하고.

1965년 2월 ××일

도현

현아,

안녕? 입학을 진심으로 축하해. 마음 같아서는 달려가서 축복해 주고 싶지만… 아무튼 그동안의 묵은 때를 말끔히 씻어내고 열심히 공부 잘 하리라고 믿어.

현아, 이번에 편지 받아보고…. 무어라고 할까? 현아는 보통사람이 아니구나. 하느님이 축복해 준 사람이구나. 그런 생각이 들었어. 그 아픈 상처를 딛고 굳건히 일어선 것만 해도 대단한데 유머를 잃지 않는 의연한 모습에서 감동을 받았어. 절대로 입에 발린 소리가 아니야.

현아, 너 아버지같이 점잖지? 꼭 그럴 것 같아. 어질고 위트가 있는 원만한 성격의 소유자. 꼭 그러길 빌어, 응? 욕심쟁이라구? 아암. 아무래도 좋아!

현아,

호섭이라는 친구는 참 좋은 친구라는 생각이 들었어. 너그럽고 의지가 강한 친구인 것 같아. 공동의 꿈을 향해 열심히 노력하면 하느님의 축복이 내릴 거야. 충운, 식우, 종하는 어떤 친구들일까? 아무튼 멋진 우정을 나누기 바라겠어. 그러나 친구라고 무조건 감싸지만 말고 잘못하는 것이 있다면 서로 충고도 하면서 훗날 함께 훌륭한 사람이 되어야겠지? 친구따라 강남 간다는 말이 있지만 외로움을 잊으려고 친구와 휩쓸리다 보면 자칫 구렁텅이로 빠질 수도 있으니까 신중해야 해. 이해심이 있고 슬픔과 기쁨을 함께할 수 있는 친구가 참다운 친구일거야. 남에게 미움받는 인간이 되지 마.

현아, 내 편지 열 번째엔 약속대로 꼭 사진 보내줘. 눈이 작다고? 화장해. 뭐 그런 것 가지고 고민이람.

현아, 보내는 네잎클로버는 행운의 상징이래. 작년 여름에 우이동이라는 곳에서 스케치를 했었는데 무심코 눈을 내리니 이 클로버가 있잖아! 역시 난 행운아야, 그치? 오늘도 이만 안녕!

1965년 3월 ×일

예희

예희야,

오늘도 학교에 잘 다녀왔는지? 전공 수업도 잘 받았는지? 나는 오늘도 많이 바빴어. 하긴 요즘 늘 그런 편이긴 하지만. 학교 수업이랑 바이올린 레슨이랑 거기다가 또 체육관에 들러서 운동도 해야 하고. 요즘은 성현 형이 시험을 치르는 기간이어서 가게 일도 더 바쁘고….

체육관에서 무슨 운동을 하느냐고? 역기라는 기구를 이용하여 대흉근, 이두박근, 승모근 등 근육들을 단련하는 운동인데 흔히 우리들이 팔뚝을 굽혀가며 자랑하곤 하는 알통 근육이 바로 이두박근이야. 열심히 하면 아름다운 몸매를 가질 수 있다고 해서 '육체미 운동'이라고도 하지.

작은형 문현 형이 어릴 때는 몸이 약해 식구들이 걱정을 했었는데, 웬걸? 이 운동을 하고부터는 가슴둘레가 1미터가 넘어가고, 복싱까지 열심히 하더니 요즘은 아주 멋쟁이가 되었다니까. 그런 형이 부러워서 나도 시작한 거야.

예희야, 전번 편지에서 친구를 잘 사귀어야 한다고 했지? '친구' 하면 또 우리 작은형이야. 고교재학 중에 결성하여 지금까지도 이어져 오고 있는 '경종'이라는 모임의 아홉 명 멤버들인데 모두가 공부면 공부, 운동이면 운동할 것 없이 두루 뛰어나서 모두들 부러워한다고 해. 예희야, 우리 형제가 친구를 좋아하는 건 외로운 환경 탓도 있지만 천성으로 사람 사귀기를 좋아하기 때문인 것 같아. 나도 그런 모임을 만들어 친구들과 멋진 우정을 나누고 싶어.

예희야, 지금이 밤 9시쯤 됐는데 나로서는 이때면 한가한 시간이야. 바깥등이 밝으니까 약방 소파에 앉아 지나가는 사람도 쳐다보고, 그러다가 짓궂은 동네 아가씨들과도 마주치기도 해. 글쎄 얼마 전 퇴근시간 무렵에는 주변 공장에서 근무하는 아가씨들이 슬그머니 떼 지어 들어와서는, 그중의 한 명이 "저…, APC 2원어치만 주이소!"라고, 주문을 하는 거야. 얼굴을 붉히면서 말이야. 처음엔 몰라서 곧이곧대로 약을 내주곤 했는데, 몰려나가서는 저들끼리 뭐라고 막 해대며 킥킥거리고 난리를 치는 거야. 나중에 보니까 딴생각이 있는 것 같더라고…. 그래서 다음에는 "안 팝니더!" 하고, 정색을 하였더니 두어 번 더 그러고는 뜸해졌어. 그런 일 등으로 지루하지는 않아. 오늘도 이런저런 일 하다가 지금 편지를 쓰고 있는 거야.

예희야, 내 딴은 너에게 부지런히 편지를 보내는데 네가 경쟁이라도 하듯 보내오니까… 이러다 우리 시합이라도 붙는 것 아니야? 하긴 내친 김에 우리 내기 한 번 할까? 언젠가 첫 만남 때 진 사람이 이긴 사람을 100m 업어주는 것으로 하면 되겠네. 좋다고? 알았어. 그럼 내기하자. 아무려면.

예희야, 이제 등교한 지도 2주일이나 지났어. 전에도 말했지만 음악을 전공한다는 것은 예사로운 일이 아닌 것 같아. 분야가 넓고, 파고들면 들수록 새삼스러워지고…. 아무래도 몇 년이란 세월은 흘러가야 무언가 모습이 드러나겠지? 어쨌든 열심히 노력할 거야. 공부, 운동 모두.

예희야, 오늘 너의 열 번째 편지를 받고 사진 보낸다. 작년 가을에 찍은 건데 워낙 못 생겨서 실망은 않을는지? 하지만 나는 나일 뿐이야. 너에게 이미 말했지만 열심히 살아가는 소년, 그게 나야.

예희야, 나도 오늘 열 번째 편지 보내니까 이젠 네 모습도 보여주지 않을래? 아마 예쁘고 착한 모습이겠지?

예희야, 보내준 네잎클로버는 잘 받았어. 항상 행운이 깃들기를 바라는 너의 마음을 소중히 간직할 거야. 그럼 오늘도 안녕!

1965년 3월 ××일

도현

현아,

며칠 회답이 없어서 얼마나 걱정했는지 몰라. 오늘 학교에서 돌아왔더니 책상 서랍 속에 네 편지가 두 통이나 있잖아. 엄마가 챙기는 걸 깜빡했던 모양이야. 미안, 또 미안!

현아, 오늘 너의 사진을 받고 아버지 같은 인상을 자아내게 하는 모습을 보고 기쁨의 환호성을 질렀어. 의젓하던데? 한 치 어긋남이 없는 딱 과녁에 꽂힌 화살처럼 말이야. 그런 얼굴에 눈물을 흘려서야 될까?

현아, 내일부터 학교에 갈 때 널 데리고 갈 거야. 그리고 서울 어디를 가게 되더라도 너와 함께 할 거야. 물론 정기 공연 때도 너와 같이 마이크 앞에 서고 말이야.

언제 합창단에 입단했느냐구? 초등학교 2학년 때부터야. 또 중학 2학년 때는 어린이 시간 '무엇일까요?'에서 토막 대사가 있었는데 나는 거기에서 '영이' 노릇을 했어. 2년 동안 그러다가 고등 1학년 때에 어린이합창단에서 성인부로 편입했어. 무대엔 경험이 많아. 떨리는 경향은 없어. 그리고 일주일에 두 번 녹음해. 그래서 아침에 '창문을 열면'이라는 프로그램에 나가지.

현아, 너 스케이트 탈줄 아니? 서울에는 실내 스케이트장이 있어서 여름에도 마음대로 즐길 수가 있어. 난 초등학교 4학년 때부터 타기 시작했는데도 어찌된 일인지 남들보다 못한 것만 같아서 속이 상해. 그런데 어제는 하굣길에 스케이트장에 갔다가 봉변을 당하고 왔어. 넌 그런 불량학생 아니지? 정말 싫어.

현아, 학교에서 여학생들이 막 떠든다구? 우린 안 떠들어. 오히려 남학생들이 떠들어서 무안을 주어. 그럼 끝난 다음에 말다툼을 해. 하지만 결국은 여학생이 이기거든. 남녀공학은 참 좋아. 청소도 남자고, 꾸중도 남자가 듣고, 힘든 일도 남자고, 여자가 잘못해도 남자가 꾸중 듣고…. 동감이라구?

현아, 여학생들에게 비싸게 굴어. 한번 시시하게 되면 영영 그런 인상이 된단 말이야. 그리고 여자애들을 골려 주지 마. 역시 여자는 여자이니까.

현아, 오늘은 학교에서 무얼 배웠지? '황태자의 첫사랑' 중에서 '축배의 노래'? 아니면, 가극 '리골레토' 중의 '여자의 마음'? 아무거나 성의있게 해서 네 것으로 만들어 봐.

현아, 날더러 만능소녀라구? 너무 과분하다는 생각이 들어. 그런 표현은 하지마 응? 난 그저 취미가 그런 거니까. 그럼 현아도 만능소년이게? 음악, 운동, 집안일 뭐든지 다 잘 하니까. 하여튼 부러워.

현아, 100m 업어주기를 한다구? 좋아. 우리 여름방학 때는 만나게 되겠지? 그땐 현아가 먼저 얘기시켜. 아마 부끄러워서 쥐구멍을 찾을지도 모르니까. 어쩜 여름이 되면 철이 좀 들 것 같기도 하구, 의젓하게 어른 같은 나를 보여주고 싶어. 그리고 장난도 하구 놀라게도 해주고 싶구 골탕도 먹이고 싶구. 아무튼 꿈이 커.

현아, 너의 사진을 받고 나의 사진을 안 보내면 분명 욕하겠지? 그러나 어쩌지? 그럼 장난을 할 수 없는 걸. 모든 게 수포로 돌아간단 말이야.

현아 몇 달 안 남았으니까 꼭 참아. 그냥 예희는 단발머리에 얼굴은 가무스름하고 양 보조개가 들어가고 눈이 새카만 애라는 걸 말이야. 맘은 뭐랄까…? 그건 현아가 알아서 생각해.

다시 한번, 사진 보내주어서 감사합니다. 대구 토박이 소년님! 안녕!

1965년 3월 ××일

예희

나쁜 사람, 에이 미워!

난 이제 말 안 할래. 난 정말인 줄 알고 얼마나 울었는지 몰라. 어쩜 그런 무서운 거짓말을 해. 정말 속상해. 어쩔 줄 모르겠어. 희호도 엉엉 울고 난 밤에 한숨도 못 잤으니 현아의 책임이 크단 말이야. 그 다음 날은 공부도 안 했어. 전공 실기 4시간을 깡그리 엎드려 있어서 점수도 못 받고, 너에게 보낼 생일카드도, 사진도 그대로 태워 버리고, 과 애들은 영문을 몰라서 너의 유서를 보고 입만 벌리고 있었단 말이야. 하여튼 현아는 너무해. 에이, 미워!

난 이번 만우절엔 아무도 속이지 않았고 만우절인지도 몰랐어. 그러나 이제 그런 건 다 잊었어. 사실이 아니었기 때문에. 예전 같이 밝은 미소를 보낼 수 있으니까…. 그러나 다시는 그러지 않겠다고 약속해.

현아, 나보고 좀 부족하면 어떻고, 좀 못 생겼으면 어떠냐고 그랬지? 사실대로 말할게 잘 들어. 희호에게도 물어봐. 사실을 말해야 속이 시원할 것 같아.

현아, 난 얼굴이 검은 데다 보기 흉한 상처가 있어. 또 어릴 때 좋지 않은 병을 앓아서 걸음이 좀 불편해. 그래서 치마는 못 입어. 그러니 상상해 봐. 정말 현아하고 만나지는 못해. 죽어도…. 그냥 연필친구로 밖에는….
현아, 이제 날 상상하겠지?

1965년 4월 ×일

예희

예희야,

그동안 안녕? 참 큰일이네, 이러다가 내가 업어주게 생겼네. 중간시험
이 있으니까 일단 휴전하는 게 어때?

예희야,

오늘은 오랜만에 가게로부터 조금 떨어져 있는 수성들판이라는 곳을
다녀왔어. 학교에서 정구라는 친구를 사귀게 되었는데 그 친구의 집이 그
쪽에 있어서 말이야. 정구네 집을 다녀오는 길에 추억이 깃든 옛 우리 집
앞을 지나면서 많은 생각을 했어. 지금은 남의 집이 되었지만… 옛집은
여전히 수성들판을 바라보면서 우리의 슬픈 가족사를 말해주고 있다는
생각이 들었어.

예희야, 내친김에 고향 대구에 대하여 설명할 테니까 잘 들어 봐.

대구시청 홍보지에 따르면,

대구권 문화는 신천(新川), 금호강, 낙동강으로 이어지는 이들 세 물줄기
를 모태로 하여 성장했다고 해. 특히 신천은 금호강 지류(支流)로서 도시
전체를 가로지르고 있어서 우리 대구시민들의 젖줄이라고도 해.

그 신천으로는 여러 개의 교각이 세워져 있는데 그중 하나가 수성교야.
그 다리 너머로부터 동남방향으로, 즉 경산군 방향으로 국도를 내달리게
되면 이내 오른쪽으로 큰 평야가 펼쳐지게 되는데 그게 바로 아까 말한
수성들판이야.

다시 수성교로 되돌아가서 설명해 줄게. 수성교를 너머 국도를 달리면

곧바로 파출소가 나오게 되고 그 파출소를 지나면 바로 우측에 지금의 우리 약방이 위치하고 있어. 그리고 내쳐 조금 더 지나면 왼편으로 지난날 대구농림고교와 잠업시험장 자리였던 공무원교육원이라는 곳이 나오게 돼. 그곳 건너편 길가의 집이 바로 우리 집이었어. 내가 태어난 곳은 대봉동이라는 곳인데 거기서 유년시절을 보내다가 초등학교 입학을 얼마 앞두고 그곳으로 새집을 지어 이사하게 되었던 거야.

다섯 살 적 어느 봄날, 아버지의 손을 잡고 그곳 상량식에 갔을 때의 기억이 있어. 내가 초등학교에 입학할 때까지만 해도 그곳엔 덩그렇게 우리 집만 있었어. 결론적으로 그곳과 그 주변들이 나의 요람인 셈이지. 중1 때까지는 그곳에서 살았으니까.

그리고 내쳐 조금 더 올라가면 왼편으로 시내버스 종점인 남부주차장이 나오는데 지금 충운네는 그 곳에서 구내식당을 크게 운영하고 있어. 그 주차장 맞은편 쪽이 수성들판 방향이고, 그 방향을 따라 잠시 올라가다 보면 아까 얘기하던 정구네 집이고…. 그 주변에는 나의 초등6년 시절, 즉 1960년도에 개교하였던 대구동중학교가 위치하고 있어. 우리 집 건너편에 있던 대구농림고교가 1955년도에 그곳으로 옮겨 간 것인데 대구동중학교는 그 학교의 병설학교야.

우리 또래들이 그 학교 운동장에 우르르 몰려가 야구며 농구를 한답시고 뛰어 놀기도 했었지. 그리고 거기서부터 널따란 수성들판이 펼쳐지게 되는데 끝닿은 곳에 수성못이라고 하는 유원지가 있어. 그 들판에 나가서 잠자리며 메뚜기를 잡던 기억도 있고…. 아무튼 우리 동네의 그림은 대충 그런 정도야. 소개했던 친구들도 모두 동네 그 1km 반경 안에 살고 있다고 보면 돼.

예희야, 편지를 쓰다 보니까 옛날 생각이 절실해서 지금 이 순간 꿈을 꾸는 것만 같아. 어린 시절 마음껏 뛰놀며 꿈을 키우곤 했지. 고향이라는 게 그래서 좋은가 봐. 향수라는 것, 애틋한 그리움. 어때? 오늘밤 꿈나라로 가서 다시 뛰어놀고 싶다. 그럼, 오늘도 이만 안녕!

1965년 4월 ××일

도현

현아,

오늘 정성어린 너의 생일선물을 받고 기쁘고 고마워서 한동안 말을 잊었어. 마당 연못가에 앉아 금붕어들이 노니는 걸 보면서 마음은 줄곧 현아 너에게 가 있었단다. '남녀 못난이 한 쌍'이지만 율동이 재롱스러워 혼자 웃기도 했어. 우리에게 행운을 안겨줄 마스코트니까 오래오래 간직해야겠지!

현아, 지금 숙제랑 청소랑 마치고 너에게 지지 않으려고 또 다시 연필을 굴리고 있는 중이야. 너를 업고 100m를 달릴 생각을 하면 기가 차서… 지금쯤 내가 빨간우체통에 부친 편지가 기찻길을 달리고 있을 거야.

현아, 며칠간은 회답 좀 하지 마. 왜냐구? 내가 할 때마다 현아가 부지런히 회답하면 난 너에게 이길 수가 없잖아. 두 번이라지만 편지로는 많은 숫자야. 난 내가 이겼다고 생각하고 있었는데 이게 웬일이람?

현아, 음악 방면으로 무섭게 의욕을 품고 있는 모양인데 참 반가워. 그러니 더욱 바쁘고 고단하겠지. 몇 번 얘기하는 거지만 무리는 하지 마. 네가 고단해서 병이라도 난다면 내가 힘들어진단 말이야.

현아, 너의 36번째 글은 매우 화려했어. 매일 그렇게 명랑하다면 얼마나 좋을까? 너의 마음처럼 기분을 꽃으로 장식하면서 마음껏 즐거워했어.

현아, 내 글씨 알아 볼 수 있겠니? 난 은근히 걱정이 돼. 네가 혹시 '뭐 글이 이렇담, 어? 이게 무슨 자야? 얘, 호섭아. 이게 무슨 자겠니?' 할까 봐서 말이야. 내가 생각해도 현아 네 글씨체는 마음에 들어. 넓적넓적한 게 말이야.

현아, 너 여자친구 많지? 나에게도 소개해줘. 왜냐구? 그래야지 나도 한몫 낄 거 아니야? 더 쓰면 좋겠지만 지금 막 동생이 쳐들어 왔어. 그럼 안녕!

1965년 4월 ××일

예희

예희야,

오늘 중간고사를 마치고 돌아와 편안한 마음으로 여유를 즐기고 있어. 시험이라는 게 늘 부담을 주는 것이니까. 다른 과목은 평소 실력에다 시험 범위를 몇 번 훑다보면 좋은 성적이 그리 어렵지 않아. 그런데 영어 과목은 단어를 모르면 전혀 불가능하니까 무조건 외워야 하거든. 그래서 이번 시험에는 단어를 120개까지 외워가며 치렀어. 성적이야 웬만큼 나오겠지만 참, 그게 그래.

아무튼 이번 시험은 잘 치렀고 그래서 한결 마음이 가볍네. 이제 학교 수업도 음악 분야도 탄력을 받게 된 것 같아. 예희는 어땠어? 물론 잘 하고 있겠지! 우리가 펜팔 한답시고 성적이 나빠지면 그건 아니니까 최선을 다하기 바라겠어.

예희야, 오늘은 다시 우리 대구지역 이야기를 마저 들려줄게.

대구시청 홍보지에 따르면,

우리 대구는 예부터 정치·군사·문화의 요충지였대. 신라 초기에는 달구벌이라 하였고 조선조 순종 때 대구부로 바뀌었다고 해. 그리고 1949년도 정부 행정개편 때에 비로소 대구시로 자리 잡았다고 하는군.

영남지방의 중심부여서 산업과 문화의 축을 형성하고 있고 서울과 부산에 이어 인구 100만 명을 바라보는 우리나라 제3의 도시, 6·25전쟁 때는 낙동강 방어선을 사수하기 위해 다부동 전투를 치르는 등 자유 수호를 위한 마지막 보루였다고도 해.

대구는 엄청난 팔공산맥(山脈)이 배후를 둘러싸고 있는데 최정산(905m), 비슬산(1,084m), 산성산(653m), 와룡산(300m)이 남과 서에 걸쳐 있고 동쪽은 높은 구릉으로 이어져 있다고 해. 그래서 '큰 대(大), 언덕 구(邱)'라는 지명이 붙어서 우리나라에서 제일 큰 분지도시가 되었다는 거야.

대구는 교육의 도시, 미인이 많은 곳, 사과 명산지 등으로 널리 알려져 있지만 전통 명물들도 꽤 많았다고 해. 약령시(藥令市)가 그중의 하나인데 8·15해방 전만 해도 대구의 약전골목(현재 남성로)은 전국 약재 거래의 중심지로서 1년 중 가을에 한 번씩은 약령시가 열리곤 했대. 행사 때면 밤낮을 가릴 것 없이 인산인해를 이루었다는 거야.

대구를 '교육의 도시'라고 부르게 된 까닭은 개화의 물결로 달성학교(1899년도)가 설립된 것을 계기로 초등교육기관들이 세워졌고, 이어서 중등교육기관인 계성학교(1906년도), 신명학교(1907년)가 세워져 많은 인재를 배출했기 때문이라고 해. 마치 증명이라도 하듯 우리 큰형은 계성학교, 또 누나는 신명학교를 졸업했어.

그 외에도 구한말 일본이 경제력으로 우리 민족을 침략하려 했을 때도 우리 대구시민들이 그 야욕에 맞서 국채보상운동(1907년)을 일으켰고, 또

한 4·19혁명의 기폭제가 된 2·28학생의거도 우리 대구 학생들이 앞장섰다고 하니 우리 대구시민들이 자랑스러워.

한편 대구의 이름난 풍경으로는 전번에 잠시 소개했던 수성못과 동촌유원지를 꼽을 수 있어. 수성못을 정적(靜的)인 아름다움이라 표현한다면 강변에 전개되는 동촌유원지는 동적(動的)인 아름다움으로 표현한다고 해.

그리고 앞산에 있는 '안지랑이'라는 골짜기도 있는데 경관이 아주 좋아서 우리 초·중학생들은 수성못과 동촌, 그리고 '안지랑이' 중 하나로 소풍을 가곤 하지. 초·중 때의 나도 그랬어.

또 하나 빼놓을 수 없는 것은 대구 중심지에 위치하고 있는 달성공원이라는 곳이야. 달성은 고려시대 때부터 유서가 아주 깊은 고을이었는데 지금에 와서는 다사, 화원, 현풍, 가창 등의 지역을 말하고 있지만 넓은 의미로는 그곳도 대구로 보면 된다고 해. 아무튼 달성공원은 대구를 대표하는 공원으로서 우리나라 최초의 방사식(放飼式) -가두지 않고 놓아기르는 방식- 동물원이 있어. 7천여 평이나 되는 잔디밭엔 공작, 꽃사슴 등이 자유롭게 노닐고 있고,「빼앗긴 들에도 봄은 오는가」의 민족시인 이상화 님의 시비(詩碑)가 있기도 해. 하나 덧붙여 이야기하자면 해마다 이맘때쯤 펼쳐지는 사과 꽃의 절경이지. 동촌, 반야월, 청천, 그리고 하양 일대에서 만발하는 흰 사과꽃은 아주 화려하고 아름답다고 해. 그래서 우리 고장의 빼놓을 수 없는 자랑거리가 되었다는 거야.

예희야, 마지막으로 하나만 더 이야기할게. 무엇이냐! 무엇이냐 하면? 바로 대구의 기후적 특성이야. 아까 '분지' 이야기가 나왔었지만 분지(盆地)라는 말은 사방이 산으로 둘러싸인 옴폭한 지역이라는 뜻이야. 이러한 지형적 특성 때문에 대구는 여름과 겨울이 계절의 대부분을 차지하고 있어. 이를테면 봄과 가을이 비교적 짧다는 거지. 그러므로 대구 사람들은 끈질

기고도 극단적인 기후의 악조건 속에서 살고 있는 셈이야. 특히 한여름 지열(地熱)이 섭씨 50도를 오르내리는 폭염은 다른 지역 사람들은 상상도 할 수 없을 만큼 아주 지독하거든. 그런데도 철물상이 많은 북성로 거리에 가보면 대장일을 하는 대장간이 있는데 한낮 땡볕 더위에도 벌건 쇳물을 부어가며 담금질을 하고 있으니 미루어 짐작이 갈 거야.

그렇다고 대구 사람들이 인심이 나쁠 것 같아? 절대 아니야. 다소 보수적이라고는 하지만 사귀면 사귈수록 정감이 간다고들 해. 그래서 대구 사람들의 기질을 곧잘 '밤송이'에 비유하곤 한다지. 껍질을 세 번 벗겨야 알밤이 나오듯 사귀면 사귈수록 더욱 알차진다는 뜻이야.

예희야,

나는 내가 태어나 살고있는 이곳 대구를 사랑해. 자랑스러운 대구시민이니까. 그리고 분지의 삶이 아무리 악조건이라지만 나는 그마저 사랑할 거야. 악조건을 무릅쓰고 굳건하게 제 갈 길을 가는 사람, 그리하여 제 소임을 다하는 사람, 이를테면 멋진 '분지의 사나이'가 되고 싶어. 그런 삶이 참다운 삶이 아닐까.

예희야, 또 길어졌다. 이번이 꼭 50통째야. 오늘을 기념하는 의미로 그동안 너를 생각하며 쓴 시 두 편 외에 최근에 쓴 시 한 편 보낸다. 부족하더라도 냉정하게 평가해주고 필요하다면 수정하여 주기 바란다. 안녕!

1965년 5월 ××일

도현

현아,

우리가 연필친구가 된 지도 어느새 만 4개월이나 되었어. 너와 내가 이렇듯 다정하게 편지를 주고받으며 따뜻한 우정을 나누게 될지를 누가 알았겠어? 벌써 편지가 쌓여 한 가방이나 되었어. 정말 모든 것이 고맙고 감사할 뿐이야.

현아, 전번 편지에서는 네가 사는 대구를 잘 소개해 주어서 고마워. 어찌나 자상하던지 이젠 대구를 상상할 수 있을 것도 같아. 그렇지만 나는 서울의 소개를 하려니까 막막한데 어쩌지? 미안해. 다음에 네가 서울에 오면 직접 다니면서 소개해줄게. 미안, 현아.

현아, 그런데 나 저번에 우스워서 혼났어. 왜냐구? 샛노란 봉투가 책상 위에 있기에 자세히 보니 현아에게서 온 것인데 모양이 이상하더란 말이야. 돌돌 말은 것도 같고…. 그런데다 뜯으려고 하니까 어찌나 세게 붙였는지, 게다가 기껏 뜯었더니 획이 저마다 춤을 추잖아. 더구나 연필로 공부시간에 썼으니 그 정도는 다행이라 보고.

아무튼 현아는 그렇게 보이지는 않는데 가끔 보면 개구쟁이 같아. 들켰더라면 어휴! 셋째 시간이라구 했지? 현아, 못 써요!

현아, 전번 편지에 실린 너의 시 잘 읽었어. 모두 가슴 속마음을 잘 표현한 의미 있는 시였어. 그리고 시를 보고 냉평을 해 달라구? 어떡하나? 에이, 참! 나에 대해서 쓴 시를 나에게 평을 하고 고치라니… 난 말문이 막혀버렸지 뭐야. 그리구 시의 제목 '애인이라 하고파'에 대해서는 아무리 풀이해 봐도 결국 한 가지밖에 풀이가 되지 않아. 무슨 의미일까? 현인 가끔 무안을 주는데 왜 그럴까? 나 무안해서 혼났어.

현아, 아무 때고 꿈이든 생시든 너희네 약방에 가서 네 동네 아가씨들의 성화처럼 나도 APC 2원어치 사러 갈 테니 각오해. 그 아가씨들에게 하는 것처럼 안 판다구 쏙 들어가지 말고 말이야.

요사이도 약방에 앉아서 지나가는 사람 관상을 보고 있니? 만약 내가 지나가면 무어라고 그럴지? 모르니까 막 주워 담겠지? 그런데 "네가 바로 현아로구나!" 하면 넌 무안해서 어떻게 할래? 활명수 속으로 들어갈래? 박카스 속으로 들어갈래? 큰일이다 그치?

현아, 피로해서 털썩 주저앉는 게 고작이라구? 학교생활이랑 운동이랑 집안일이랑 모두 바삐 해야 하니 몹시 피곤할 거야. 하지만 열심히 해. 노력 끝에 성공이란 말도 있잖아. 네 말처럼 멋진 '분지의 사나이'가 되기 위해선 남다른 인내와 노력이 필요할거야.

현아, 편지 쉬엄쉬엄하자고? 생각해 볼게. 그럼 너의 건강을 빌면서… 오늘도 안녕!

1965년 5월 ××일

예희

'추서'

거처를 옮기게 될 것 같다고? 불안해지네. 잘된 일일까, 못된 일일까?

나의 삶, 盆地 이야기

제5화
격리

1.

1965년 6월, K고교 음악과 교실.

"그러므로 진지하고도 심오하여 한순간이라도 딴전을 허용하지 않는 시간예술의 극치가 곧 음악이라고 할 수 있다. 때문에 여러분은 항상 음악인이어야 한다. 바이올린이든 플루트이든 트롬본이든 항상 곁에 두며 자나깨나 음악 속에서 생활하는 자세, 그러다 보면 어느새 몸에 배게 되는 음악성, 그것이 곧 음악가가 되기 위한 첫걸음인 것이다."

이기홍 교수님의 음악개론 강의가 이어지는 동안 교실 창밖으로 드러난 하늘은 잔뜩 찌푸려 있었다.

"음악이란 4위 일체의 조화다. 음악의 3대 요소가 리듬, 멜로디, 하모니라는 것은 여러분도 익히 알고 있는 것이지만 나는 거기에다

1965년 고1 때 교복 입고

한 가지를 더 추가하여 말하곤 한다. 그것은 바로 인성(人性)이다. 이를테면 인격과 인품을 제대로 갖추지 못한 음악가는 진정한 예술가가 아니라는 뜻이다."

대구시립교향악단 지휘자이기도 한 이 교수님의 이마에 송골송골 땀방울이 맺혔다.

"여러분은 신설학교가 겪어야 하는 여러 가지 어려움을 잘 극복하여야만 할 것이다.

초창기 학교가 한동안 겪어야 할 차가운 외면, 모든 게 불리할 수밖에 없는 기타 모든 여건들, 그럼에도 여러분이 돋보이는 것은 여러분의 빨간색 교복이나 감색 교복의 특성 때문이 아니다. 그렇다고 악기나 미술도구를 들고 다니는 유별난 등하교 때문도 아니다. 그것은 오로지 여러분이 일찍이 예술을 전공하고 있는 특수학교 학생이기 때문이다. 학교에서는, 아니 예총 경북지부에서는 여러분을 위하여 지역의 저명 예술인들을 총동원한 강사진을 구성하고 있다. 이제 걸음마를 하는 여러분이지만 좋은 환경과 여건 속에서 공부하는 만큼 예술가를 지망하는 학생답게 자부심을 가지고 분발해야 할 것이다."

이 교수님의 열띤 강의에 숙연해진 음악생도들… 말은 않아도 저마다의 가슴 가슴에는 예술가로서의 부푼 꿈이 아롱지고 있었다.

"이제 여러분은 점차 눈을 뜨게 될 것이다. 은연중 우러난 음악성으로 자연스럽게 눈을 뜨게 될 것이다. 마지막으로 한 번 더 강조하건대, 진지하고 심오하여 한순간이라도 딴전을 허용하지 않는 시간 예술의 극치가 음악이라는 것을 꼭 명심하도록!"

댕그랑~ 댕그랑~ 종이 울리면서 수업 일과가 모두 끝났다. 이 교수님이 인사를 교환하고 교실을 나서자 여학생들도 저들 교실이 있는 본관 쪽을 향해 우르르 몰려나갔다.

"저 가시나는 오늘도 1등이제?"

곁에 앉아 있던 한 친구가 여학생들 쪽으로 은근히 눈길을 주고 있다가 나 들으라는 듯 말했다. 수업 마치기가 무섭게 교실을 빠져나가곤 하는 효주(가명)를 빗대서 하는 말이었다. 나도 느끼고는 있었지만 굳이 대꾸하고 싶지는 않았다.

"와 대답이 없노?"

"그런가? 그라마… 우리 머스마들이 싫은갑지 뭐."

"그래? 그런데, 니한테는 와 말을 붙였는데? 무슨 말 하더노?"

잔뜩 부러움이 묻어 있었다.

"반가운 말이 아이더라. 우리 고1들은 상대 안 한다 카더라."

"와?!"

"코흘리개라꼬, 얼라라꼬, 적어도 대학생은 돼야 상대한다 카더라."

"그라마 우리는 말짱 헛거네. 그런데 나는 자꾸 저 가시나가 쳐다보인다 아이가! 니도 그렇나?"

"……"

나는 더는 말을 섞지 않고 청소함 쪽으로 향했다. 그리고 교실 친구들을 향해 당부의 말을 외쳤다.

"친구들아~! 오늘은 물청소하는 날이대이. 후딱 해치우자!"

모두들 부산을 떨어가며 맡은 바 구역대로 청소하기 시작하였다.

아닌 게 아니라 3개월 남짓 지켜본 그 아이는 예사롭지가 않았다. 체육시간 배구시합 때는 전위 포지션에서 활약하였는데 토스가 제법 유연하였다. 앳된 소녀가 언제 토스는 익혔을까? 그뿐이 아니었다. 전공 수업시간 피아노 반주에 맞추어 '봄 처녀'의 소프라노를 뽑을 때도, 다소곳이 앉아 바다르체프스카의 '소녀의 기도'를 두드릴 때도 경이로움, 그 자체였다.

"그래. 참한 여학생 하나가 눈에 띄긴 하더라."

나는 뒤늦게야 그 친구의 물음에 답하며 고개를 끄덕였다. 너저분하던 교실이 안정되고 청소가 끝나갈 즈음 누군가가 교실 문을 거칠게 열어젖히고 불쑥 들어섰다. 잔뜩 흥분한 표정의 정구(가명)였다. 그는 곧바로 나에게 다가와 재촉하였다.

"도현아, 나가자!"

그의 목소리는 주체를 못하여 떨리고 있었다.

"와 카노?"

"하여튼 나가자."

정구는 영문을 몰라 주춤하는 나의 손목을 막무가내로 잡아 끌었다. 그리고 곧장 교문 쪽으로 향했다. 무슨 일이기에 이러는 것인가?

"가방이라도 챙기고 가자!"

나는 교문을 나서는 것만은 내키지가 않았다. 그러나 그는 들은 척도 하지 않고 오히려 나를 잡은 손목에 힘을 더하고 있었다.

그를 따라 한참이나 걸어 당도한 곳은 어느 중국 음식점이었다. 정구는 홀 한쪽 구석진 방으로 자리를 잡더니 주인을 재촉하였다. 그의 메뉴에는 어찌할 틈도 없이 배갈 한 병이 포함되어 있었다. 나는 찜찜했지만 그의 다음 행동을 지켜볼 수밖에 없었다. 주문 메뉴가 식탁에 놓이자 그는 곧바로 배갈을 병째로 입에 대고 있었다.

정구는 중학교 미술동아리 때부터 모임의 리더 역할을 하였고 그런 연유로 첫 학기부터 미술과의 실장직을 맡고 있었다. 나도 음악과의 부실장으로 뽑힌 데다 집도 같은 방향이어서 우리 둘은 곧잘 어울렸다. 정구는 기골이 장대한 체구와는 달리 비교적 마른 데다가 창백한 얼굴을 하고 있었다. 어찌 보면 몸의 어딘가가 아픈 듯도 보였다. 그런 까닭인지는 몰라도 평소에 말도 없을 뿐더러 외곬의 기질을 드러내기도 하였다.

나도 그 무렵에는 고립된 생활로서 울적한 날들을 보내고 있었기에 우리는 어쩜 동병상련의 처지였고 서로를 챙기는 사이에 제법 우정이 싹트고 있는 중이었다.

정구가 배갈 두 병을 더 주문하여서는 한 병은 내 앞에다 놓고 다른 한 병은 그대로 손에 쥔 채 또 병째로 마셔대고 있었다. 그는 얼굴을 오만상 짓기도 하고 냅다 한숨을 쉬기도 하면서 금방이라도 분통을 터뜨릴 듯 씩씩거렸다. 이제나저제나 하고 기다려보지만 그는 도무지 말이 없었고, 그냥 혼자인 것처럼 병을 든 채로 연거푸 마셔대기만 했다. 이러다간 앞에 놓여 있는 병까지 마실 기세라 나도 별 수 없이 병을 들고 입술로 가져갔다.

배갈은 조금밖에 마시지 않았는데도 정말 지독하였다. 더러 맛보았던 막걸리와는 확연히 달랐다. 목구멍을 통과한 술이 식도를 긁어내리며 폭군의 침입처럼 무자비하게 파고 들었다. 혀가 어찌나 쓴지 조금 전 정구가 했던 그대로 오만상 얼굴을 하였다. 정말이지 삼킨 것을 되뱉고 싶을 만큼 지독하였다. 그럼에도 불구하고 나는 마시기 시작하였다. 친구의 가슴이 말문을 열어 무언가 응어리진 것을 토해낼 수 있다면 마냥 주저하고 있을 상황은 아니었다.

그는 한풀 수그러들어 네 번째 병을 주문하고부터는 잔으로 술을 마셔댔다. 도대체 무엇이 그토록 그를 아프게 했을까? 궁금하다 못해 역정이 일 지경이었다.

그러던 정구가 말문의 기미를 보인 것은 다섯 병의 배갈을 비운 뒤였다. 아주 굳게 마음을 다잡은 듯 다시 자신의 잔에다 술을 붓고는 꼴깍 단숨에 들이키더니 드디어 입을 열기 시작하였다.

"대구는 약하다이…."

"그래, 이야기해 봐라."

나는 반가운 마음에 자세를 고쳐 잡고 정구를 재촉하였다.

"이번에 서울에서 전국대회가 안 열리나! 그런데 학교에서 참가를 못하게 한다. 벌써, 세 번째 아이가! 뭐, 예산이 없다는 구실을 대길래, 우리가 자비로 출전하겠다캐도 무조건 안 된다는기라! 대구에서 대회가 열리면 나가라 카는데 대구는 약하다이. 대구에서 특상받는 정도는 아무것도 아인기라!"

정구가 더듬더듬 말을 내뱉고 나더니 나의 동의를 구하려는 듯 술잔을 들어 건배를 청하였다.

"그래, 마시자!"

건배에 응하기는 했지만 나로서는 어이가 없었다. 참 싱거운 친구라는 생각마저 들었다. 하지만 친구가 절박한 심경을 드러내고 있으므로 일단은 어떤 수단이든 다독여야 한다는 생각이 들었다. 그래야만 수습이 될 것 같았다.

"정구야. 니 심정 이해가 간다. 아마 학교 측에서도 여러 상황이 좋지 않기 때문에 또 계획된 일도 아이고 해서 거절했는갑다. 그렇지만도 미술과 전체의 결의사항이라카마 실장인 니가 한 번 더 간청해 봐라. 실기 대회도 교육의 연장선인데 혹시 또 아나? 승낙해 줄지."

정구는 다시 술잔을 들었으나 마시지는 않고 멈칫하고 있었다. 그는 마치 자기 속으로 빨려든 것처럼 풀린 눈을 한 채 멀거니 앞만 보고 있었다. 그러나 무엇을 보고 있는 눈은 아니었고, 그렇다고 앞에 앉은 나의 반응을 살피는 것도 아닌 듯했다. 그러더니 한참 후에야 아픔에서 벗어나려는 듯 한 차례 몸을 추스르더니 핏발선 눈에 눈물까지 글썽이면서 결연히 말을 이었다.

"내 인자 실장자리 내놓을란다. 학교도 그만두고. 참말로 모든기 귀찮타이. 빌어 묵을꺼! 가슴에 죽을병이 든 놈이 살면 얼마나 살끼라꼬!"

정구가 닭똥 같은 눈물을 흘려가며 내뱉은 말, 아니 독백이었다. 나는 그만 가슴이 철렁 내려앉았다. 이대로 두었다간 큰일이 날 것 같아 두려움마저 생겼다.

"정구야, 니 머라캤노? 그렇게 가슴 아픈 사연이 있었나?! 우리는 몰랐다이. 니가 그렇게 힘들게 살고 있는지… 그래도 친구야, 이럴 때일수록 정신 바짝 채리야 된대이. 참말로 아프거든 병원에도 가 보고."

나는 위기 의식에 젖은 나머지 갖은 머리를 다 굴려가며 깍듯이 그를 위로하기 시작하였다. 그리고 함께 마시고 토로하면서 울먹거렸다. 친구의 가슴이 말문을 열어 응어리진 그 무언가를 토해 낼 때마다 맞장구를 치며 함께 울먹였다.

정구는 아마도 동아리의 리더로서 그보다는 미술과의 실장으로서 서울의 큰 대회에서 큰 상 하나쯤은 받고 싶었으리라. 부실장인 준수(가명)가 여러 번 큰 상을 차지하였으므로 한 번쯤은 체면치레를 해야겠건만 몸은 몹쓸 병에 걸렸고 무엇 하나 되는 것이 없으니 얼마나 초조하고 답답하였을까. 그러다가 이 상황을 맞았으리라.

우리는 주거니 받거니 하면서 잔을 비워댔고 나중에는 무엇이 어떻게 돌아가는지도 모르고 서로 부둥켜안고 마냥 울고 말았다.

우리는 그렇게 아홉 병의 배갈을 마시고 나서야 그곳을 나섰다. 나는 축 늘어진 정구를 부축하기 위하여 정신을 가누어 보았지만 어디까지나 마음뿐이었다. 머리는 무엇에 찔린 듯 아파왔고 가슴은 불이 난 듯 후끈거렸다. 구토기가 일어 한바탕 쏟아내고 싶지만 그마저 여의치가 않았다. 그냥 그대로 주저앉고만 싶었다.

거리로 나서자 몸이 더욱 무너져내렸다. 하늘과 땅이 마구 교차하면서 사정없이 돌아가므로 몸을 가눌 수조차 없었다. 정구는 훨씬 더 심한 듯 보였다. 중심을 잃은 그의 큰 몸이 길바닥에 그대로 처박히는가 싶더니 잠시 사이에 구토를 하고 있었다. 나는 주위의 시선을 의식하여 얼른 그를 구원하려 하였다. 그러나 마음뿐, 몸이 말을 듣질 않았다. 가까스로 그에게 다가가 부축을 시도하곤 했지만 몇 걸음도 못 가서 다시 쓰러지곤 했다.

그렇게 몇 차례나 되풀이하여 전력을 쏟다 보니 차라리 술기운만은 좀 가시는 듯도 하였다. 하늘은 여전히 찌푸려 있었고 막 어두워지고 있었다. 나는 그래도 스쳐가는 행인들의 찌푸린 눈살을 느낄 수 있었기에 그에게 속히 귀가할 것을 종용하였다. 그러나 정구는 어인 까닭인지 자꾸만 학교로 되돌아 갈 것을 고집하였다.

학교 길목인 명덕로터리쯤의 갈림길에서 한창 그렇게 옥신각신할 때였다. 아뿔싸! 이를 어쩌나?! 마침 퇴근길 교무과의 최 선생님과 정면으로 부닥치고 만 것이다. 선생님은 우리를 발견하자 발끈하셨다. 학생의 신분으로 술을 마신 것도 모자라 학교 부근에서 추태까지 부리고 있다니 어처구니가 없다는 표정이었다. 더구나 선생님께서 낮에 교무실에서 이미 정구와 입씨름을 벌였다니 엎친 데다 덮친 모양새였다. 선생님은 우리를 불러 세워 한동안 호령호령하였고 학교 교무실로 발걸음을 되돌리셨다. 그리고 우리를 나란히 꿇어 앉힌 다음 따끔하게 응징을 내릴 기세였다.

나는 상황의 심각성으로 인하여 정신이 번쩍 들었다. 취기가 싹 가시고 있었다. 나는 몹시 후회하였다. 입이 열 개라도 변명의 여지가 없는, 그야말로 경거망동이었다. 정구를 집으로 돌려보내지 못한 것 또한 통탄할 일이 아닐 수 없었다. 하지만 지금은 후회나 하고 있을 그럴 때가 아니었다. 잘못을 빌고 용서를 구해야 할 상황이었다. 나는 다소곳이 선생님에게 용서를 빌었다. 절대로 의도한 것이 아니었다며 간절하게 용서를 구하였다. 하지만 정구는 나와는 달리 흠뻑 취기에 젖어 있었고 힐끔 선생님을 향해 불만스러운 눈길마저 주고 있었다.

"소위 학과의 간부라고 하는 놈들이…."

흥분하여 안절부절못하던 선생님이 마침내 정구의 멱살을 움켜잡고 흔들며 호통을 치기 시작하였다. 하지만 정구는 선생님이 흔들면 흔드는 대로 몸을 맡긴 채 아예 침묵하고 있었다. 어찌 보면 잘못한 것이 무엇이냐는 태도였다. 아니 급기야는 냉소마저 띠면서 선생님의 격분을 유발하고 있었다. 나는 곤혹스럽기도 하였지만 그보다는 잔뜩 겁이 났다. 돌아가는 상황으로 미루어 볼 때 헤어날 수 없는 수렁에 빠져든 게 분명하였다.

나는 다시금 용서를 빌었다. 온몸으로 호소하며 간절하게 용서를 구하였다. 그러자 이번에는 선생님의 분노의 화살이 나에게로 향했다. 정구에게 부닥친 울화가 급기야 나에게로 옮겨 붙은 것이었다. 나는 맞았다. 무릎을 꿇은 채 꼼짝도 않고 맞았다. 맞아서 수습될 일이라면 실컷 맞고나 볼 일이었다. 양 뺨에 불똥이 튀었고 온몸이 우지끈거리며 심한 통증이 왔다. 그럼에도 나는 빌고 또 빌었다. 정구의 죗값까지도 대신하여 빌었다. 나는 정구가 처벌을 면치 못한다면 정작 그 책임은 자신에게 있다고 생각하였다. 어려움에 처한 친구를 외면하고 만 셈이니 도리에도 어긋난다고 생각하였다.

한 차례 거세게 일었던 풍랑이 멎고 한동안 적막감이 흘렀다. 나는 이제 기운이 부친 선생님 앞에서 멍청하게 무릎을 꿇고 있었다. 정구는 쓰러진 채로 간간이 신음소리를 내고 있었고 하마 정신을 가눌 새라 참을성 있게 기다려 보는 선생님도 무표정인 채 침묵하고 있었다.

"너것들, 내일 교무회의에서 학칙에 따라 처벌할 끼다!"

얼마 후 선생님이 교무실을 떠나면서 남긴 말씀이 비수가 되어 내 가슴에 그대로 꽂혔다. 나는 더 이상은 견디지 못하고 고꾸라졌다. 모든 것을 잃게 되었다는 상실감이 나의 가슴을 모질게 후벼파고 있었다.

2.

나는 밤 9시가 되어서야 비로소 혼자가 되었다. 동문동 자취방으로 향하는 무거운 발길에 후텁지근하던 하늘이 마침내 비를 뿌리기 시작하였다. 정구와의 고통이 채 가시기도 전에 이번에는 쓰디쓴 현실이 나의 뇌리를 일깨우고 있었다.

어느덧 한 달, 약방가게는 더 이상의 운영이 어려워 동업을 하다시피 했던 투자자에게 물려준 상황이었다. 그리고 나에게 주어진 환경은 홀로 감당해야만 하는 자취생활이었다. 하긴 충분히 예견된 일이었다. 가게의 수입이 적지 않은 학비와 대출금 이자 등 과중한 부담을 극복하지 못했던 것이다.

한 달 전 약방 소파에 앉아 형으로부터 딱한 사정 이야기를 듣게 되었을 때 나의 가슴에는 거스를 수 없는 운명, 아니 짓궂은 운명에 대한 진한 오기가 서려 있었다. 극복할 만하면 다시 기습해오곤 하는 충격의 파장…, 이를테면 지난 1년 4개월간의 오붓했던 시절에 대한 미련이랄까. 미지의 세상에 대한 두려움이랄까. 아무튼 밀려오는 아픈 가슴을 감당할 수 없었다. 하지만 나는 정신을 가다듬고 두 눈을 부릅떠야 했다. 그리고 그 운명이라는 얄궂은 상대를 향해 다시 한번 전의를 불태워야 했다.

하지만 어언 한 달이 지난 지금 나는 다만 격리된 외톨이였다. 이를테면 배움의 전장에 홀로 남겨진 병사였다. 수많은 적군의 도발 속에서 막연히 아군의 지원을 기대하면서 쓰러져서도 안 되고 사로잡혀서도 안 되는 한 사람의 병사였다. 비는 세차게 내리고 있었다. 나는 더 많은 비가 내려줄 것을, 더욱 세차게 내려줄 것을 주문하였다.

친구들이 과외 수업하는 모습을 먼발치에서 바라보며 가슴 옥죄는 나날들, 하고픈 것을 외면한 채 벙어리가 되어버린 침묵의 나날들, 골방에 홀로 앉아 외로움에 허덕이며 몸부림치는 나날들. 그 무엇이 하나 제대로 있어 자신의 힘겨운 현실을 위로해 줄 것인가! 열심히 살아가겠노라고 큰소리치던 빛 좋은 개살구… 차라리 내처 꺼꾸러져버려라! 끝장이 나버려라! 그러면 외로움도 서러움까지도 한꺼번에 사라져 가리라!

나는 멈추어 선 채 비를 반겼다. 옷 속으로 스며든 빗물이 한기를 뿜어내는데도 그냥 그대로 흠뻑 비를 반겼다. 머릿결을 타고 흘러내린 빗물이 북받치는 눈물과 뒤범벅이 되어 새삼 격리된 현실을 야멸치게 일깨워 주고 있었다. 비는 줄기차게 퍼붓고 꿈길인 듯 제풀에 지쳐버린 나의 망막에 수심에 찬 소녀가 다가오고 있었다. 내

일이면 내려질 정구의 무기정학, 아니 소년의 근신 처벌이 못내 안
타까운 듯 눈물 젖은 모습으로 가까이 다가오고 있었다.

"현아, 너의 본분과 위치를 잊어서는 안 돼. 정분에 끌려 같은 무
덤을 파서는 자기희생밖에 남는 게 없단 말이야. 네 자신은 그 무엇
보다도 소중하단 말이야!"

소녀의 다정한 손길이 소년의 어깨에 닿고 소년의 오열을 따라
흔들리었다. 아주 소중한 것을 잃어버렸다는 모진 상실감은 아무것
도 가지지 못한 소년의 처절한 몸부림이 되어 마냥 그렇게 흔들리
고 있었다.

현아,

이번 너의 편지는 며칠 전에 온 건데 엄마가 잊었다며 오늘에야 주잖
아. 어찌나 미안한지. 그런데 요즘의 네 편지들을 되풀이하여 읽어보면 생
활이 무질서하기 이를 데가 없어.

현아, 형이랑 함께 지내지 않는다고 해서 기운이 빠졌을까. 매일매일 일
기를 쓰니까 항상 반성은 하고 있을 텐데 왜 날이 갈수록 이상한 생각을
하는지 알다가도 모르겠어. 자세히 말을 하지 않으니 무턱대고 꾸짖을 수
도 없고. 그러다 옛 불량소년 시절로 되돌아가는 것 아니야?

현아, 무엇 때문에 그러는 거야? 학칙을 어겨 근신 처분을 받았다고 하
지 않나. 실망이 너무 컸어. 현아를 그렇게 보지는 않았거든. 이제까지 보
고 싶던 생각이 싹 가실 정도야. 그런 못난이를 만나고 싶어 애태웠을 예
희는 아니잖아?

현아, 반성이란 입버릇이 아니야. 순간적 환경의 지배로 쓰러져 버린다
면 여태껏 훌륭한 사람이 되고 싶다던 너의 맹세는 잠꼬대가 아니고 뭐냐

말이야. 진실과 판단과 결심이 합쳐질 때 비로소 반성이 이루어지는 거야. 실로 깊이 반성해 봐.

현아는 이제까지 실수란 걸 안 하고 살아온 사람이었을까. 너무 환경에 기죽으면 못써. 어쨌든 현재 너의 정신은 흐트러질 대로 흐트러져 있단 말이야. 오늘은 인사도 안 하겠어. 바보. 못난이. 멍청이!

1965년 6월 ××일
예희

예희야,

미안해. 시험공부가 머리에 들지 않을 정도로 너의 꾸지람에 집착을 했었어. 잘못을 저지르고 꾸중을 듣고… 정말 이런 반갑잖은 절차는 밟지 말아야 하는 건데….

예희야, 아무튼 내가 잘못했어. 솔직하지 못한 건 나빴어. 사실 내가 거처를 옮긴 건 공부하기 위해서가 아니라 우리 가게가 남에게 넘어갔기 때문이야. 처음 아무것도 모르고 이곳으로 왔을 때 뭐가 어떻게 돌아가고 있는지… 형은 내가 충격을 받을까 봐 숨긴다고 숨겼지만 이 순간에도 그때 당황해하던 형의 모습이 눈에 선해. 그것조차 나중에 알게 된 것이지만….

아무튼 내가 형과 헤어진 건 이곳으로 거처를 옮긴 그 다음 날이었고 현재 한 달이 넘도록 못 만나고 있어. 어떤 상황인지… 나는 이렇게라도 견디고 있지만 형이 참 안 되었어. 불쌍하고. 형은 이제 대학졸업도 얼마 남지 않았는데 우리 동생들이 희생하더라도 형만은 꼭 성공해야 하는데….

예희야, 내가 요즘 정신이 흐트러진 건 사실이야. 매일 늦은 밤 일기를 쓰면서 그러지 않겠다고 다짐해 보지만… 그게 잘 안 되네. 운동이나 다른 것은 몰라도 레슨을 못 받는다는 건 너무 힘들어. 레슨도 제대로 못 받는 주제에 음악도라니…. 그래서 그런지 모든 것에 의욕이 없고 어설프기만 해. 나는 머리만 쓸데없는 잡것들로 채워진 난쟁이가 되어버린 거야. 지난 번 근신 처분을 받은 것도 결과적으로 그런 연유에서 저질러진 일이야. 모든 것이 굳세지 못한 나의 잘못이지 뭐.

하지만 예희야, 이제 난 너의 우정 어린 충고를 들으면서 결심했어. 이제부턴 실수하지 않고 꿋꿋이 살아갈 거야. 그래서 '갈매기'가 될 거야. 날이 '갈'수록 '매'력이 느껴져 자꾸만 '기'다려지는 그런 친구처럼 말이야. 거짓말이 아니란 걸 어떻게 증명해 보일까? 아무튼 너그럽게 용서해 주리라고 믿어.

꾸짖어준 너의 우정에 감사하면서 오늘은 이만 안녕!

1965년 6월 ××일

도현

현아,

난 지금 너의 글을 읽고 눈물이 날 정도로 감격했어. 글을 보고 참인지 거짓인지를 어떻게 알겠어? 나도 반성을 하라고 야단을 치고 나서 기분이 좋지 않던 참인데.

현아, 꾸짖어 주어서 고맙다구? 그런 말이 어디 있어. 우리 함께 훌륭한 사람이 되자고 약속했잖아! 그동안 고민 많이 했지? 시험 공부까지 지장이 있었다니 정말 미안해. 그렇지만 그러지 않고는 배길 수가 없었어.

현아, 요즘 생활이 무척 어려워졌던데 용기를 가져. 성현 형도 곧 좋은 소식을 보내올 거야. 참고 기다려 봐.

현아, 지난날 현아가 말했었지? 대구를 자랑하면서 분지의 악조건을 무릅쓰고 꿋꿋하게 살아가는 '분지의 사나이'가 되겠다고 다짐을 했었지? 현아는 꼭 약속을 지킬 거라고 믿어.

현아, 이제 곧 여름방학인데 꼭 서울에 놀러와. 며칠 남지도 않았는데 정말 올 수 있을까? 나도 네가 무척 보고 싶어. 너와 만나는 과정이 매우 즐겁고 재미있을 것 같아. 혼자서 상상하며 웃을 때도 많아. 처음엔 무어라고 얘기할까? 아마 네가 무어라고 얘기를 하면 얼굴이 빨개져서 아무 말도 할 수 없게 될 걸. 두렵기도 하고…. 그렇지만 얼마나 좋을까! 아무튼 현아, 꼭 놀러와. 손꼽아 기다릴게. 안녕!

1965년 7월 ××일

예희

제6화
서울 나들이

1.

1965년 7월 하순, 여름방학 기간.

대구역에 도착했을 때는 땅거미가 지고 열차 시각 19시 40분이 임박하여 있었다. 들뜬 마음에 노닥거리다 보니 시간을 놓친 것이었다. 허겁지겁 개찰구를 통과하여 플랫폼에 이르니 역사(驛舍)로부터 열차가 지연되고 있다는 방송이 흘러나왔다.

"괜히 난리를 떨었다이!"

준수가 나를 향해 멋쩍게 웃었다. 칼라박스와 이젤을 든 그의 모습이 하도 헝클어져 있어서 나도 싱긋 웃었다. 남방셔츠 차림의 나와는 달리 준수는 감색 교복을 착용하고 있었고 베레모가 인상적이었다.

플랫폼에는 수많은 사람들로 혼잡하였다. 열차는 부산역을 시발점으로 하는 용산행 열차였고 군인들을 우선으로 하는 군객 열차였다. 그러나 일반인들도 이용할 수 있을뿐더러 요금도 저렴하므로 오히려 서민들의 선호도가 더 높았다. 플랫폼에는 이곳저곳 장병들의 모습도 보였지만 서민들이 주류를 이루고 있었고 방학이 막 시작된 탓인지 캠핑족들의 모습도 더러 눈에 띄었다.

우리는 열차가 들어설 때까지 조금 전 황급했던 순간도 잊은 채 여전히 들떠 있었다. 이윽고 열차 도착이 임박했음을 알리는 안내방송이 흘러나왔고 멀리 시야에 열차 불빛이 보이게 되자 플랫폼은 금세 소요의 장으로 바뀌었다. 일부 소수에게 주어질 빈자리의 행운은 오랜 시간 불편을 겪어야 하는 그들로서는 당연한 기대치요, 바람이었다.

우리도 그들 가운데 하나였다. 미술 도구를 나에게 맡긴 준수가 난리판 속에서도 객차의 중간 창을 잽싸게 타넘고 있었다. 그러나 얼마 후 객실에 들어서고 보니 자리도 잡지 못한 채 머쓱한 표정을 하고 있으므로 쓴웃음이 났다. 객실은 드나들기도 어려울 만큼 통로마저 꽉꽉 채워놓았고 후끈한 열기에다 땀 냄새까지 절어 아주 혼탁하였다. 나는 왁자지껄한 난장판 속에서 준수와 겨우 의사소통을 하면서 열차가 낙동강 철교 위를 와드득거리며 통과할 무렵에야 비로소 서울로 가고 있다는 것을 실감하였다.

여름방학이 되도록 성현 형은 반가운 소식을 전해오지 않았다. 날이 가면 갈수록 초조하고 불안하였다. 바닥난 살림에다 모든 걸 자제해야 하는 현실이 힘에 부쳤지만 그래도 방학 기간이므로 꾹 참고 헤쳐가리라 마음먹었다. 서울 나들이도 형편상으로는 엄두조차 할 수 없는 한갓 꿈이었다. 그럼에도 굳이 상경 길에 나선 것은 서울 친구들이 여비를 보내면서까지 간절히 초청하였기 때문이다. 준수와 함께하게 된 것은 서울의 시상식에 참석하기 위한 일시적 동행이었다.

왜관역에 이르자 많은 군인들이 탑승하였다. 객실은 다시 한번 난리판을 치러 아수라장이 되었고 나와 준수와의 거리도 들락거리는 사람들에 의해 차츰 멀어지고 있었다. 하지만 그 북새통 속에서도 준수는 여전히 제 위치를 지키고 있었다.

그리고 보면 준수는 아담한 체구와는 달리 아주 야무진 데가 있었다. 재치도 있거니와 통솔력도 좋아 '정구와의 사건' 이후 미술과의 실장직을 이어받아 잘 수행하고 있었다. 미술 실력도 월등하여 이번에 또 서울의 수도여자사범대학교가 주최한 응모작품 서양화

부문에서 당당히 최우수상을 차지한 것이었다.

객실은 역을 거쳐 갈수록 더 혼잡해졌고 터질 듯이 복닥거렸다. 마치 한증막처럼 후끈하게 달아올라 있었다. 연신 통로를 비집고 들락거리는 판매원들의 호객 행위는 차라리 절규처럼 들렸고 여기 저기 주정꾼들이 토해내는 설왕설래(說往說來)까지 더하여 한층 난장판을 부추기고 있었다.

그러나 대부분의 승객들은 주변 사정에 개의치 않았고 일희일비(一喜一悲)하지도 않았다. 아마도 있는 사정 그대로를 수용하며 살아가는 서민들의 애환이 거기에 녹아있는 듯하였다.

열차는 추풍령을 지나 거침없이 북쪽으로 내달렸다. 어느덧 자정이 가까워졌고 대전에 이를 무렵에는 제법 속도감 있게 쾌주하기도 하였다. 대전에 도착하자 객실은 다시 한번 큰 소요를 치렀다. 그리고 꽤 오래 정차한 다음 특유의 지방 사투리를 몰아 싣고 다시금 달리기 시작하였다. 조치원에서부터는 승객들의 움직임도 완만해졌다. 자리에 앉은 사람들은 그들대로, 그러지 않은 사람들은 또 그들대로 객실 천정에 매달린 희미한 백열등 아래 차분히 가라앉아 있었다.

우리는 천안에 이르러 겨우 자리를 잡고 비로소 여유를 찾았다. 하지만 긴장이 풀린 나머지 이내 피곤한 몸을 움츠렸다. 나는 열차가 까만 밤의 정적에 빨려들고 있는 것을 의식하면서 나도 몰래 예희의 상념에 빠져들었다.

어쩌다 친구의 배려로 성사된 펜팔, 그리고 미지의 공간을 오로지 연필로 그득히 채워 넣었던 지난 5개월, 때로는 다정한 친구처럼, 때로는 귀여운 누이동생처럼, 더러는 의연한 누나처럼 시의적절하게 자신을 감싸 주었던 서울 소녀 안예희! 아~ 정녕 그녀와의 사연은 얼마나 가슴 깊은 곳으로부터 메아리쳤던가. 차창 밖은 칠흑같이 어두웠다. 이따금 스치는 것은 중소도시들의 희미한 불빛들… 나는 여정을 위하여 잠을 청했다.

줄기차게 어둠을 뚫고 달리던 열차는 이른 새벽 다섯 시가 되어서야 종착지인 용산역에 닿았다. 우리는 새벽 한기를 맞으며 인파로 북적대는 출찰구를 빠져 나왔다. 부옇게 드리워진 서울의 새벽 하늘. 나는 한바탕 심호흡을 하며 활기찬 첫발을 내딛었다. 마침내 서울 땅을 밟게 되었다는 뿌듯한 자부심이 미지의 서울이 베풀어줄 그 어떤 기대감과 더불어 가슴을 흔쾌히 적셔주었다. 아~ 먼 훗날 추억하게 될 수도 서울의 첫 일정이 막 시작되는 순간이었다.

우리는 산뜻한 기분으로 용산역 광장을 통과하고 거리로 나섰다. 하지만 발길이 닿는 데마다 들이대는 호객 행위는 볼썽사나웠고 야간열차의 종착역 주변이 풍기는 너저분함까지 더하여 개운치 않은 뒷맛을 남겨 주기도 하였다.

곧장 택시를 이용하여 서울역까지 도착한 우리는 상도동에 있는 준수의 친척 집으로 가기 위하여 영등포행 버스를 탔다. 시상식까지는 꽤 많은 시간이 남아 있었기 때문이다. 그러나 버스는 어인 일인지 다시금 용산역 앞을 스쳐가고 있었다.

내가 의아하고도 얼떨떨하여 "준수야, 와 도로 용산역이고?" 하고, 나직이 묻는데 "나도 모른다. 시키는 대로 했다 아이가!" 하고, 나지막이 대꾸하므로 쓴웃음이 났다. 그러나 그것은 이후에 일어날 고난의 행진에 비교하면 시작에 지나지 않았다.

아무튼 일단 몇 번 묻기는 했지만 준수의 친척 집까지는 무사히 도착하였다. 정성들여 아침밥을 챙겨주므로 잘 먹었고 잠시나마 피곤한 몸을 쉬기도 하였다.

시상식은 오전 10시 시민회관으로 예정되어 있었다. 우리는 일찌감치 출발하여 서울역까지는 잘 당도하였다. 그러나 이후 시민회관까지의 행로는 그야말로 험로(險路)였다. 정말이지 난리를 치르듯 하였다. 까닭은 순전히 여기저기 버티고 있는 지하도 때문이었다.

이를테면 입구를 찾아 들어 한두 차례 코너를 꺾다 보면 도무지 종잡을 수 없는 것이 방향이었다. 몇 차례 헛갈리다 보니 혹시 제시간에 못 닿을까 안달이 났고, 급한 마음에 서울말을 흉내내며 묻기도 하였지만 발걸음은 자꾸 멈칫거렸다. 부득이 편을 갈라 진퇴 방향을 확인해야 했고 서울역 인근 지하도를 통과할 무렵에는 온몸이 땀에 젖고 있었다.

그러나 그것도 관문일 뿐, 저쪽으로 빤히 시민회관 건물이 보이는 데도 막상 그쪽을 가려다 보면 또 지하도가 버티고 있었고 그러기를 되풀이하다 보니 머리가 핑그르르 돌았다. 겨우 시민회관까지 당도는 하였지만 온몸이 땀범벅이었고 그야말로 화려한 상경식을 치른 기분이었다. 다행히 시상식 시작까지는 다소 여유가 있어 마음을 다스린 뒤에 식순에 임하기는 하였다.

나는 시민회관 소강당에서 베풀어진 준수의 수상 장면을 유의(留意)하여 지켜보면서 아낌없는 축하의 박수를 보내었다. K고교의 명예와 위상을 한껏 드높인 영광의 최우수상, 정녕 자랑스러운 순간이었다.

그러나 박수를 끝낸 나는 왠지 울적하였다. 구태여 먼 이곳까지

와서 엑스트라로 전락한 듯한 서글픔이 은근히 가슴을 찔러오기 때문이었다. 어쩌면 그것은 자신이 음악도로서 겪고 있는 좌절과 또한 선망의 감성이기도 하였다.

"준수야, 참말로 축하한다. 최고다!"

나는 시상식이 끝나고 마주한 준수에게 그렇듯 진심 어린 축하의 뜻을 전하며 악수를 청하였다.

"니도 꼭 이런 날이 올끼다. 억수로 많은 사람들 앞에서 박수 받는 날 말이다."

준수도 미소로서 화답하며 나의 손을 굳게 잡아 주었다. 우리는 얼마 후, 서울역 부근에서 점심식사를 한 뒤 그만 갈라섰다. 준수는 또 다른 미술대회에 참석하는 일정이었고 나는 서울역 시계탑 앞에서 희호와 만나기로 되어 있었다.

2.

서울역 광장은 많은 사람들로 붐비고 있었다. 피서철이어서 그런지 배낭을 메고 있는 사람들의 모습이 눈에 많이 띄었다. 약속시간이 되어간다 싶을 때 저만치에서 희호가 나의 이름을 외치며 달려왔다.

"희호야, 오랜만이다."

우리는 반가운 마음에 주위도 의식 않고 환호하며 얼싸안았다. 가족 이사로 인하여 헤어진 지 근 1년 만의 상면이었다.

우리는 곧장 맞은편 버스정류장으로 건너가 불광동행 버스를 탔다. 그리고 독립문과 홍제동 고개를 지나 녹번동 정류장에서 내렸다. 언덕배기 돌계단을 올라 유명 여배우가 산다는 곳을 지나쳐 얼마간을 더 오르자 희호가 거처한다는 툇마루가 있는 외딴방 하나가 보였다.

"도현아, 여기가 내가 사는 데다."

나는 툇마루에 올라서 방안을 쓱 살펴보다가 그만 피식 웃고 말았다.

"아이고, 머시마 냄새야."

희호의 단칸방은 침구며 옷가지가 아무렇게나 어질러져 있었고 사내 냄새가 짙게 풍겨왔다. 아무리 치우고 꾸며본들 남자의 살림이란 다 그런가 싶었다.

희호는 간간히 특유의 그 슴벅눈을 하면서 "큰형이 바로 요 밑에 사는데 밥은 거기서 묵지만도 아르바이트로 아이들도 가르칠 겸 여게 따로 방 하나 얻었다 아이가. 그런데 너그 형들도 잘 있제? 우리 아부지 어무이도 잘 계신다. 지금은 둘째 형네가 사는 천호동에 계시는데 가끔 니 이야기도 하고 보고 싶어 하신다이." 하면서, 유쾌하게 지껄거렸다.

우리는 저녁나절이 될 때까지 동네를 한 바퀴 둘러보면서 지난날 얘기에 꽃을 피웠다. 서울이라고는 하지만 산중턱에 위치한 희호의 동네는 시골처럼 공기가 맑고 차분히 가라앉아 있었다.

밤이 되자 희호는 집 부근 야산 언저리로 그동안 사귀었다는 친구들을 네 명씩이나 불러 모았다. 그리고 조촐하게나마 나를 위한 환영식을 베풀어 주었다. 희호가 좌중에서 일어나 꾸벅 절까지 하면서 나를 소개하고 나서자 친구들이 박수로 맞아 주었다.

"친구들아, 고마워. 여기 도현이는 나의 오랜 친구이고. 또 내가 제일 좋아하는 친구야. 대구에 있는 동안은 항상 따뜻한 충고로 나의 길을 인도해 준 고마운 친구이기도 해. 아주 다정다감한 친구지. 비록 부모님을 일찍 여의게 되었지만 슬퍼하거나 좌절하지 않고 꿋꿋이 잘 살아가고 있어. 우리 앞으로 서로 격려하고 나누기도 하면서 좋은 친구가 되었으면 해. 그러기를 바랄 뿐이야.”

   희호는 언제나 흐뭇한 우정만을 나눈 친구는 아니었다. 친구는 외향적인 성격에다 비교적 개성이 강한 편이어서 본의는 아니라 하더라도 뜻밖의 실수를 저지를 때가 있었다. 그런 경우 사정을 잘 헤아려 우정 어린 충고를 하곤 했는데 그럼에도 실수를 되풀이하므로 마음이 심히 상할 때도 있었다. 어떨 때는 욱하는 심정으로 갈라서고 싶을 때도 있었다. 하지만 친구는 또 그만의 특유한 매력도 있어서 그럴 때마다 나의 화살을 교묘히 비켜가곤 하였다. 그러나 단지 그것만으로 그와의 우정을 지속해 온 건 아니었다. 나 자신도 부족할 수 있으므로, 또 누구든 잘못할 수도 있으므로, 좀 더 깊이 상대를 헤아리고 다독일 필요가 있다고 생각한 것이었다. 정녕 참다운 우정이란 상대의 결점을 들추어내는 데 있는 것이 아니라 함께 문제를 토론하고 개선해 나가는 데 있다고 여겼기에 나름 애를 썼고 그리하여 이제는 서로가 의지하며 돈독한 우정을 나눌 수 있게 된 것이었다. 희호의 환영사가 끝나자 모두들 열렬히 박수를 쳐주었고 다음에는 내가 일어나 답사를 하였다.

   “참말로 고맙십니더. 히야~! 그런데 우리 친구가 서울에 온 지 얼마 안 됐는데도 서울말을 참 잘~ 하네요. 환영해 주어서 고맙십니더. 그렇지만도 친구가 너무 추켜세워서 도로 부끄럽십니더. 저도 희호를 참 멋진 친구라꼬 생각합니더. 친구는 참 활달하고 진취

적이고 또 특히 운동을 아주 잘합니더. 우리는 중학교 댕길 때 유도 시간이 있었는데 그때 친구가 지도 대련을 도맡아 안 했십니꺼! 또 한 번은 개교기념일에 전 학년 대항 육상 5,000m 경기가 있었는데 친구가 우리 2학년 대표선수로 출전해서 우승을 안 했십니꺼! 노란 유니폼 차림으로 트랙을 열심히 도는데 우와~ 2등 선수와는 무려 한 바퀴 반 차이로 당당히 결승점에 골인 했십니더. 골인할 때는 참말로 멋지기도 부럽기도 했십니더. 하여튼 우리 희호가 좋은 친구임에는 분명합니더. 우리 서로 격려하면서 좋은 친구가 되었으면 합니더."

내가 장황한 인사말을 마치자 친구들이 박수를 쳐주었고 한꺼번에 몰려와 결의(決意)의 손을 내밀어 주었다. 허우대가 좋고 미남형인 윤광이는 태권도 유단자답게 나의 손을 치켜 올려주었고, 키가 훤칠하고 깡마른 형의 두용이는 나를 감싸고 안아주었다. 다른 두 친구도 호응한 뒤에 악수로 반겨 주었다. 나는 낯선 지역에서 의외의 환대를 받아 기분이 아주 좋았다. 그래서 우쭐하고 들뜬 기분으로 그들과 어울려 대화하면서 즐거운 한때를 보냈다.

밤이 늦어 그들과 헤어지자 다시 희호와 둘이 되었다. 나는 잠을 청하면서도 일기를 써 내려가는 마음으로 희호의 환영사를 되새겨 보았다. 헌데 왠지 꺼림칙한 생각이 들었다. 차분히 생각해 보면 나의 생활이 남보다 외롭고 힘들긴 했지만 그렇다고 남보다 훌륭하다거나 내세울 만한 것은 아니라는 생각이 들었다. 그러기에 칭찬을 들을 일은 더욱 아니었고 오히려 평범하지도 못한 자신이 칭찬을 들었다는 것은 실로 부끄러운 일이라 생각하였다.

시민회관에서 엑스트라로서의 아픔이 채 가시기도 전에 또 한 번

머쓱해져버린 나는 마치 산수 셈 못 풀어낸 아동처럼 그만 풀이 죽고 말았다. 시무룩이 앉아서 잠든 희호를 내려다보는데 거푸 한숨이 나왔다. 생각할수록 후회가 되고 부끄러웠다. 또한 이렇게 되고만 현실이 너무나도 안타까웠다. 자꾸만 죄어들어 답답한 가슴을 의식한 나는 벌떡 일어나 희호의 엉덩이를 무지막지하게 후려갈겼다. 그리고 놀라 깨어난 희호의 가슴을 헤집고 간질이기를 시도하였다. 희호의 간드러진 웃음 속으로 나의 잡념이 빨려들고 있었다. 여기는 서울, 찾아온 서울. 나는 멋진 여정에 있노라고 자위하였다.

3.

"야, 도현아! 예희 누나다!"

예희 일행과 마주친 것은 약속대로 이튿날 오전이었다. 날씨가 쾌청하여 일찌감치 동네 약수터에 가있자니 희호의 환호성이 머무는 저만큼 맞은편에서 또래 소녀 세 명이 이쪽을 향하여 다가오고 있었다. 나는 마침내 대망의 순간이 온 것을 반기면서도 막상 현실이 되자 어쩔 줄을 모르고 주춤하였다.

이윽고 또래 소녀들이 약수터를 향해 바짝 가까이 다가오고 있었다. 이제 마땅히 희호의 소개가 있으려니 하고 은근 대기하는 중인데 웬일인지 그는 딴청을 부리고 있었다.

마침내 가까이 다가선 소녀들 중, 먼저 감색 블라우스 차림을 한 소녀가

"언제 서울에 와서는 남의 동네까지 쳐들어왔담." 하고는, 눈을 흘겨가며 말했다.

뒤이어 청바지 차림을 한 소녀가 "어머나! 경상도 대구 머슴아 참

말로 키도 크네. 나하고는 만화 '꺼꾸리와 장다리' 같다. 그런데 얼굴은 와 저래 보~얗노? 가시나 같이." 하고는, 오른발을 연신 내려찍어가며 왈가닥처럼 말했다.

다음으로는 연초록 원피스 차림을 한 소녀가 "여보세요, 도현 씨~이! 어디 누가 진짜 예희인지 한 번 알아맞혀 보실래요? 솔직히 고백하세요. 누가 예희라면 더 좋겠어요. 네~?"

하고는, 마치 아동을 다루는 유치원 선생처럼 끼어들었다.

나는 전혀 뜻밖으로 소녀들의 공세에 내몰리게 되자 어쩔 줄을 몰라 쩔쩔맸다. 그저 멋쩍게 웃기만 하는데, 마냥 그럴 수만도 없어 자꾸 희호만 쳐다보는데 그는 여전히 말이 없었다. 소녀들은 그러고도 한 차례씩 더 짓궂은 언행을 이어갔는데 나는 그제야 그네들이 장난을 치고 있다는 걸 눈치챌 수 있었다. 그러나 입장은 더욱 난처하였다. 어쩌면 한 번쯤 당할 수도 있겠다고 여겼지만 까짓것 당당하게 대처하리라 마음먹었었다. 하지만 막상 부닥치고 보니 그렇지가 않았다. 아주 곤혹스러웠다. 더구나 구경꾼들이 자꾸 몰려들고 있는데 저네들 모두가 예희인 양 자처하고 있으니 실색을 할 지경이었다. 나는 그만 얼굴이 빨개졌고 가슴이 콩닥거렸다. 아니, 화끈거리는 얼굴이 스르르 눈꺼풀을 내려 다시는 고개를 들지 못하게 하였다. 어느 편지에선가 흉한 상처가 있다기에 더 이상의 질문을 삼간 것도 후회스럽고 모든 것이 뒤죽박죽이었다.

아무튼 마침내 도망이라도 불사할 판국에 이를 때였다. 아까부터 안절부절못한다 싶던 감색 블라우스 소녀가 쪼르르 나의 곁으로 바짝 붙어서면서

"여러분, 제가 진짜 안예희이거든요. 제가 진짜인 걸 증명할 테니

까 잘 들어보세요~ 으음, 김도현의 생일은 식목일이고, 혈액형은 A형, 나에게 열 번째의 편지에 사진을 보내주었고, 지난 만우절 때는 하도 요상한 장난을 쳐서 내 눈 밖에 난 사람, 게다가 가끔 나에게 무안을 주는 경상도 머스마. 에~또, 다음은 뭐더라?"

하고, 주절대자 그제야 희호가 크게 웃음을 터뜨리면서 감색 블라우스 소녀의 말을 가로막고 나섰다.

"그래. 인자 그만 하자. 정말 멋진 연극이었다이!" 하고는, 그녀의 오른팔을 높이 치켜올리고는 마치 권투시합에서의 링 아나운서처럼 "우리의 호프 안예희~!" 하면서, 그녀를 소개하였다.

그러자 몰려든 구경꾼들이 일제히 "와~!" 하고 함성을 지르면서 박수를 쳐주었다.

나도 여유를 찾고서 "신고합니다. 대구 촌놈 김도현, 서울여행 중 이상 무!" 하고 예희를 향해 거수 경례를 하며 끼어들자 그녀도 "음, 좋~아! 수~고한다. 김쫄병." 하고, 거수 경례로 답하면서도 마치 자신이 장군이나 된 양 걸음을 제쳐 걸어서 주변을 한바탕 웃음 도가니로 몰아넣었다.

이어 신바람이 난 희호가 다시 예의 링 아나운서처럼 "일동 주목~!"이라고 외쳐 시선을 끈 다음 "그럼 지금으로부터 오늘의 메인프로그램인 서울 · 대구 간의 펜팔에 덧붙여 '편지 많이 보내기' 시합에 대한 성적 발표가 있겠습니다. 미팅 룰에 의하여 진 선수는 이긴 선수를 등에 업고 저기 저쪽 소나무를 한 바퀴 돌아오도록 하겠습니다.

그럼, 청 코~너 서울특별시 소속 안예희 75통~, 홍 코~너 경상도 대구 소속 김도현 74통~! 이로써 오늘의 승리자는…", 이렇게 발표하며 예희의 팔을 치켜들어 승리를 선언하려 하므로 내가 부리나케 나서서 저지하며 "야~, 심판! 내 편지는 74통이 아이고 76통이다. 니도 잘 알잖아~!" 하고 항의하고 나섰다.

그러나 희호는 짐짓 점잔을 빼며 엄숙한 얼굴로 "판정 불복하면 이거 알제~?" 하고, 옐로카드를 내보이는 시늉을 하다가는 재빨리 예희의 팔을 치켜올려 버리는 것이었다. 그러자 주변 모두가 박장대소를 하면서 요절복통을 하였다.

"야, 이 나쁜 놈아!" 내가 투덜대면서도 마지못하여 예희를 업고 나서자 그녀는 양팔을 휘저으며 기고만장하였고 이에 다시금 폭소가 터져 나왔다.

우리들은 그렇게 마치 유희 끝의 유치원생들처럼 금세 허물없는 사이가 되었다. 그리고 오랜 동무들처럼 스스럼없이 흥겨운 시간을 가졌다. 희호의 익살은 그러고도 한동안 이어졌고 우리들은 점심시간이 될 때까지 마냥 즐거운 시간을 보내었다.

점심식사 후 나와 예희는 단둘이서 동네 뒷산에 올랐다. 산은 그다지 높지 않았지만 깊은 산에 오른 것처럼 그윽하였다. 이끼 낀 큰 암석들이 도도히 자리 잡은 사이로 싱그럽게 뻗어 오른 고목나무들이 태고의 울음을 우는 것 같고 전신주에서 들려오는 문명의 소리와 어우러져 야릇한 조화를 이루고 있었다. 나는 자연이 물려준 유산이 이곳 서울 하늘 아래에도 존재하고 있다는 것을 신비로워하며 문득 자신이 꿈을 꾸는 것은 아닌가 싶어 새삼 예희의 실체를 확인하였다. 그러나 그녀의 모습만으로는 여전히 미심쩍기로 몇 번이나 주변을 두리번거렸다.

나는 다시 한번 산의 소리가 듣고 싶어 가만히 귀를 기울였다. 산은 이제 낯선 자의 침입을 경계하지 않고 오히려 오래 머물러 달라고 속삭여 주었다. 나는 그 속삭임에서 은은한 산의 향취를 맡았다. 쓴 것도, 달싹한 것 같기도 한 오묘한 향기가 슬며시 후각을 자극하고 있었다.

나는 그 모든 것에 매료되어 산을 향해 메아리를 띄워 보냈다. 메아리는 산 벽을 타고 되돌아와 예희의 숨결이 되었고 슬며시 나의 귀청으로 돌아와 파르르 떨고 있었다.

나는 가만히 예희를 응시하였다. 정갈하게 땋은 갈래머리에 하얀 헤어밴드를 두르고 있는 그녀는 감색 블라우스에 감추어진 부드러운 몸매와 함께 활짝 피어 있었다. 윤이 흐르는 가무스레한 얼굴, 그리고 까만 두 눈동자가 볼우물이 패인 뺨을 타고 살며시 웃고 있었다.

나는 새삼 그녀와의 지난 사연을 일깨웠다. 그리고 두둥실 구름을 타고 가없는 향연을 음미하였다. 나는 아무 말도 하지 않았다. 굳이 말하지 않아도 충분히 아름답고도 행복한 시간이었다.

나는 늦은 오후, 예희를 따라 서울 구경에 나섰다. 넓고 깨끗하게 단장된 아스팔트며 꼬리에 꼬리를 문 자동차들의 행렬이며, 그리고 하늘을 향해 치솟은 고층 빌딩의 위용이 번화가를 찾은 나의 눈빛을 번쩍이게 하였다. 고층 건물 하나를 모조리 차지한 대규모의 '미도파백화점'에는 갖가지 상품들이 기발한 착상으로 진열되어 있었고 난생처음 탄 엘리베이터는 단숨에 상하운동으로 오르내려 가슴을 철렁 내려앉게 하였다. 이름난 명동 입구에는 한독제약회사의 선전 네온이 거창하게 걸쳐져 있었고 사람들의 물결이 쉼 없이 출렁이고 있었다. 나는 때로 쑥스러워 예희의 시선을 비켜가기도 했고 그러다 그녀와 시선이 마주칠 때는 짐짓 태연한 척 딴청을 부리기도 하였다. 어쩌다 한눈을 팔아 잠시 그녀를 놓치기도 했는데 기린 목이 되어 사방을 훑느라 혼쭐이 나기도 하였다.

우리는 땅거미가 내리는 석양을 느끼며 남산으로 향했다. 입구에 이르러서 케이블카를 달리니 가슴을 헤쳐 놓은 듯이 상쾌하였고 절로 휘파람이 나왔다. 예희도 휘파람을 따라 불며 마냥 즐거워했고 때로는 개구쟁이처럼 촐싹거리기도 하였다. 팔각정에서 내려다본 서울의 야경은 그야말로 장관이었고 보석 알을 박아놓은 듯 휘황찬란한 불꽃들이 가히 신천지를 이루고 있었다. 예희는 주요 명소 하나하나를 일일이 가리키며 자상하게 설명하여 주었고 나는 두 눈만으로 서울의 명물들을 하나하나 인지(認知)하는 행운아가 되었다.

예희는 남산을 내려오는 돌계단에서 유쾌하게 떠들며 가위바위보를 청해 주었다. '가위 한 칸의 나'와 '바위 두 칸의 예희'와 '보 세 칸의 하모니'가 펜팔의 깊이만큼이나 잘 어우러진 축복의 무대였다.

이튿날은 천호동으로 희호 부모님을 찾아뵙고 인사를 드렸다. 희호 부모님은 1·4후퇴 때 월남한 함경남도 실향민으로서 험난한 역사적 배경의 한가운데에 있었지만 결코 굴하지 않고 독실한 신앙을 바탕으로 작은 행복을 일군 훌륭한 분들이셨다. 넉넉하지는 않아도 웃음을 잃지 않고 땀 흘려 일하며 소박하게 살아온 아름다운 분들, 오랜만에 찾아온 자식의 친구에게도 따뜻한 미소로 반기며 포근히 안아주셨다.

나는 점심식사 후, 2박 3일간의 나들이 일정을 모두 마치고 석별의 정을 나누며 열차에 올랐다. 서서히 기동하고 있는 열차는 희호의 억척스런 달음박질을, 예희의 애틋한 손수건을 뒤로하고 자꾸만 멀어져 갔다. 쾌주하는 열차, 바퀴 음향은 곤두박질치는데… 나의 풋 가슴이 주체할 수 없이 요동치고 있었다.

4.

나의 서울 나들이는 기대 이상으로 많은 것을 얻어낸 획기적인 여행이었다. 미지의 서울을 어렴풋이나마 알게 되었고 친구 희호와 의 우정을 돈독하게 하였으며 예희와의 첫 만남도 아주 인상적이었 다. 하지만 무엇보다 소중한 가치는 지난날을 돌이켜볼 수 있는 계 기였다. 시민회관 시상식장에서 음악도로서의 아픔은 현실적인 문 제로 치부할 수 있다지만 친구의 환영사를 들으면서 야기된 찝찝한 마음만은 그냥 넘겨버릴 수 없었다. 좀 더 지혜롭게 당당하게 살아 오지 못하였다고 생각하니 너무나 아쉬웠다.

그러기에 나는 책상 앞에 다소곳이 앉아 다시 한번 지난날을 돌 아보기로 하였다. 마침 지난해부터 써 온 일기가 있으므로 그것을 살펴보면서 성찰(省察)하기로 하였다. 먼저 들뜬 마음을 누르기 위 하여 그간 읽고 싶었던 명작 소설 빅토르 위고의 『레미제라블』을 숙 독(熟讀)하기로 하였다.

'레미제라블'은 프랑스어로 '비참한 사람들'이라는 의미이며, 1815 년 프랑스 남부 디뉴라는 작은 도시를 배경으로 하는 인도주의적 소 설이다. 그것이 죄인 줄 알면서도 가난하기 때문에 도둑질을 해야만 했던 한 선량한 사람, 장 발장. 그러나 그는 오랜 감옥생활로 인하여 오히려 악인으로 변모하고 만다. 그러나 한 성직자의 교화를 통해 새 로운 인간으로 거듭나게 됨으로써 위대한 생애를 마친다는 감동적인 줄거리이다.

나는 장 발장이 자기 신분이 노출될 걸 알면서도 마차에 깔려 죽어가는 포쉴방 노인을 구출하는 장면과 거의 평생 자기를 괴롭혀온 원수와도 같은 자베르를 오히려 살려주는 인도주의적 정신에 박수를 보냈다. 또 법률에 엄한 자베르 경감이 전과자인 장 발장에게 패배하여 자살하는 것은 아무리 직업 윤리에 기인(起因)한다 하더라도 매우 아쉬운 대목이 아닐 수 없었다. 결국 규율만이 인간사의 전부가 될 수 없다는 것, 선(善)은 규율마저 초월할 수 있다는 고귀한 교훈을 얻었다. 그리고 테나르디에의 물질 만능, 기회주의적 사고방식은 지탄받아 마땅하며 포쉴방 노인이 수녀원에서 장 발장에게 쏟는 정성은 결초보은(結草報恩)의 정신이 잘 나타난 대목이라 생각하였다. 또한 장 발장이 자기 자신을 완전히 바쳐 팡티느와의 약속을 지켜낸 것은 무엇보다 소중한 가치라고 생각하였다.

나는 이 소설을 통해 참된 삶이 무엇인지를 깨닫게 되었다. 이를테면 선(善)은 반드시 악(惡)을 물리치고 만다. 악인도 선인(善人)을 만나면 성인(聖人)이 될 수 있다. 특히 주목할 점은 부족한 사람에게 동기(動機)를 제공하여 훌륭한 사람이 될 수 있도록 기회를 부여(附與)하는 것이 진정한 인간애이다 등 실로 깊은 감동을 받았으며 이에 지침서로 삼으며 실천하기로 하였다. 빅토르 위고 멋쟁이!

한편, 나는 레미제라블의 감동을 가슴에 안은 채 차분히 일기장을 읽어 내려갔다. 피식 웃음을 짓기도 하고 머리를 긁적이기도 하면서 일기장을 전부 훑어내린 나의 표정은 그러나 실망의 빛으로 바뀌고 말았다.

얼마나 바보스러운 지난날이던가. 긍정적인 면도 없는 것은 아니지만 결론부터 말하자면 여러 가지 모순에다 허점도 너무 많았다. 더구나 그 상태가 너무 오래 지속되었다는 것은 매우 충격이었고 그러기에 할 말을 잃고 말았다.

예컨대, 쓸모없는 짓거리를 하고서 기고만장했다든가, 하찮은 이들과 어울려 으쓱댔다든가, 또는 사내자식이 걸핏하면 눈물을 흘려 댔다든가, 필요 이상으로 처지를 비관해 의기소침했다든가 하는 점 등이 거슬렸다.

또한 정당한 행위임에도 기피하고 책임을 전가하려 했다든가, 열등의식에 사로잡혀 비겁한 처신을 하였다든가, 무언가 고난 앞에서 극복하려 들지 않고 운명처럼 여겼다든가 하는 점이 또한 그러하였다. 그야말로 빈껍데기뿐인 독선적 생활, 비열하고도 어리석고도 한탄스러운 날들이었다. 나는 그 모든 것이 너무나 부끄럽고 또 속을 들여다보인 것 같아 허망하였다. 그래서 며칠을 꼬박 칩거를 하였다. 그리고 절박한 심경으로 일기장을 모조리 불태워 버리기로 작심하였다.

자취방 부엌 한 모퉁이, 세 권의 일기장이 나뒹굴고 성냥불이 켜졌다. 허연 연기가 일고 점차 불길에 휩싸이는 일기장을 지켜보는 나의 가슴이 온갖 상념으로 얼룩졌다. 나는 일기장이 서서히 타들어가는 것을 집요하게 지켜보면서 굳게 결심하였다.

'이제부터라도 환부를 도려내고 이지러진 것을 바로잡자. 스스로 잘못을 빌고 떳떳하게 새 출발을 하자. 지나간 잘못은 죄스럽든 허망하든 잊어야 한다. 사람이라면 누구나 슬픔이 있고 아픔이 있는 법, 모든 것을 극복하고 이겨내자.'

나는 활활 타들어가는 불길 속의 노트가 한 줌의 재로 사그라지는 것을 씁쓸히 지켜보며 가슴 깊이 다짐하였다. 그리고 한 가지 아이디어를 떠올렸다.

'맞다! 그릇된 마음을 바로잡아 주고 올바른 길로 선도하여 줄 내 마음 속의 반려자를 맞아들이자. 그렇다. 그를 의인화(擬人化)하여 Reducer라고 이름 짓자. 리듀서는 남보다 못한 환경일지언정 남보다 장한 의지로 살아가는 자부심을 길러 줄 것이다. 그리하여 언제 어디에서 어떤 사람들로부터 칭찬을 듣더라도 결코 부끄럽지 않은 사람이 되겠다는 나의 맹서를 반드시 지켜줄 것이다. 나는 내가 걸어갈 길을 묵묵히 걸어가리라. 욕되지 않는 의미 있는 발자국을 분명하게 남기리라.'

나는 흐뭇한 마음으로 "리듀서, 고마워!" 하고 높은 저 하늘을 쳐다보며 소리쳤다. 이렇게 홀가분한 것을 모르고 공연히 끙끙거렸구나 생각하며 흔쾌한 마음으로 주변 청소까지 말끔히 하였다. 햇살이 따갑게 내려쬐는 여름날의 오후, 감나무에서는 매미 한 마리가 옹골차게 울어대고 있었다.

5.

나는 독서에 몰두하였다. 차분히 가라앉은 마음으로 페이지 한 장 한 장을 읽으며 마음의 양식을 쌓고자 하였다. 세종대왕, 신사임당, 이순신 장군, 안중근 의사, 김구 선생 등의 위인전을 읽으면서 훌륭하고 성스러운 주인공들을 향해 박수를 보내면서 왜 나라를 사랑해야 하는지를 새삼 새겼다.

한편으로 틈틈이 신문을 구하여 읽으면서 사회상에 대한 관심도도 높았다. 양로원과 고아원의 의미를 주관적으로 들여다보았고 요정거리에서 들려오는 왜색 가요에 분개하였다. 남파 무장간첩들의 만행을 통탄하였고 권투선수의 국위 선양을 기뻐하였다.

나는 사고한다는 것은 부드러운 인격을 갖추기 위한 것이며 그 과정에서 원만한 인품이 생겨난다고 믿게 되었다. 또한 웃고 산다는 것이 얼마나 고행인가를 깨닫게 되었고 그렇게 사는 삶이야말로 자랑스러운 것이라고 생각하였다. 내가 부러워하고 동경하는 것은 한두 가지가 아니었다. 열심히 공부하는 학생, 우애 있는 형제, 진정한 친구 등 궁극적으로는 멋지고 훌륭한 사람이 되어야 한다는 것이었다. 나는 목적한 바를 향하기 위하여 노력해야만 했다. 또한 늘 어떤 것이 바른 행위이며 어떤 것이 현명한 것인가를 숙고해야만 했다.

그것은 결코 쉬운 일은 아니었다. 말 한마디에서 행동 하나에 이르도록 최선의 방향을 찾아낸다는 것은 까다롭기만 했다. 또 그것이 공감을 받을 수 있을까 하는 점도 고민스러운 대목이었다. 가까이에 어른도 없이 혼자 판단한다는 것 또한 벅찼지만 그렇다고 팽개칠 수도 없는 것이므로 늘 노심초사의 연속이었다.

이에 스스로 많은 숙제를 안게 된 나의 가슴은 더욱 고독해졌다. 언제부터인가 나의 곁을 거머리처럼 붙어다니는 그 밉살스런 고독은 때때로 나의 가슴에 굴레를 씌워 세차게 조여오곤 했다. 나는 하얀 천장이 드리워진 낯선 자취방에 오도카니 앉아 고독과 마주하면서 바동거려야 했다. 녀석은 때로 비라도 내릴라치면 회심의 연타를 가해오며 나를 압도하려 들었다.

나는 몸부림쳤다. 밤거리로 뛰쳐나와 허우적거렸다. 밀려든 슬픔이, 허전함이 모질게 가슴을 파고들어 못 견디도록 아프게 쑤셔댔다. 울지 말자던 맹서는 한순간에 무너지고 자취방을 향해 돌아서는 나의 가슴이 흐느끼고 있었다. 비는 거침없이 내리는데 지쳐 잠들어버린 나의 머리맡에 한 소녀의 애절한 기도가 이어지고 있었다.

현아,

사진이 있었으니 망정이지 벌써 얼굴을 잊어버리고 쩔쩔맬 뻔했지 뭐야. 난 그래도 대화를 나누는 동안 널 뚫어지게 눈여겨보았는데 넌 부끄러워 날 바라보지도 못했으니 아마 기차 안에서 내 얼굴을 잊었을 거야.

현아, 약수터에서 처음 만났을 때 우리가 너무했었지? 실은 편지 속의 대화이긴 했지만 현아가 하도 의젓하게 느껴져서 만난다는 게 두렵기도 했거든. 혹시 말도 제대로 못 하고 홍당무가 될까 말이야. 그래서 친구들에게 지원 요청을 했던 것인데… 글쎄 그 깍쟁이들이 어찌나 단수가 높은지 도리어 당했지 뭐야. 그래도 현안 용케 잘 버텨낸다는 생각을 했었어. 아무튼 정말 멋진 만남이었어. 마치 한 편의 영화같이 말이야.

현아, 난 현아에게 좋은 인상을 남겨주지 못했다고 생각했는데 희호에게 나를 칭찬해 주었다니 얼마나 다행스럽고 고마웠는지 몰라. 현아의 첫인상은 뭐랄까, 처음엔 어리게 느껴졌지만 대화하는 것이 어쩐지 어른스러워서 그런 생각은 이내 없어졌어. 그렇게 봐서 그런지 다소 어두운 그림자 같은 것을 느꼈지만 현아가 유머러스하게 분위기를 잘 이끌어 주었기 때문에 감추어졌던 것 같아. 그런데 그렇게 순박한 얼굴을 가지고 한때 불량소년 짓을 하였다니 도저히 이해가 가지 않아. 턱 아래에 예쁜 점 하나가 있는 참 좋은 인상이었어.

현아, 결코 후회는 아니지만 너무 일찍 만났다는 아쉬움도 있긴 있어.

다시 말하면 펜팔이라는 이름 아래 두고두고 신비 속에 간직할 것을. 하기 너를 만나고 싶어 안달을 부려놓고 이제 와서 이런 말을 하다니 나는 참 염치가 없는가 봐.

현아, 어느덧 8월이야. 성현 형은 한번 만났는지? 고생이 심하겠지? 현아의 현실이 너무 딱해 보여서 잠이 안 올 정도야. 하지만 학생인 우리들이 뭘 어쩌겠어? 학생으로서의 도리를 다 하는 수밖에. 현아는 큰형님도 계신다는데 어쩜 그렇게 왕래가 없는 것인지? 이번 서울에서도 궁금하다 못해 물어봤는데 딴전만 피는 걸 보면 무슨 말 못 할 사연이라도 있는가 봐?

그렇지만 현아. 그럴수록 용기를 가져야 해. 너는 의지가 분명한 사람이잖아. '분지의 사나이'잖아! 그리고 남은 방학 기간 동안 떨어진 과목도 따라잡고 공부 열심히 하길 바라겠어. 그리고 무엇보다 건강에 유의해. 건강마저 해쳤다간 정말 큰일이니까! 그럼 오늘은 이만 줄이겠어. 서울에서는 대접이 시원찮았지? 미안해. 안녕!

1965년 8월 ×일

예희

예희야,

덕분에 무사히 도착했어. 여정에 너무 마음을 쏟은 탓인지 아주 오랫동안 아주 먼 곳으로 여행을 다녀온 기분이야. 아직도 서울 생각이 지워지지 않을 만큼.

특히 예희 너와의 만남은 재미있었고 퍽 인상적이었어. 먼 훗날 아주 멋진 추억이 될 것 같아. 공연히 애를 많이 쓰게 해서 미안하고 또 그간 정성껏 대해주어서 정말 고마워.

청호동 희호의 부모님께는 따로 편지 올렸지만 참 따뜻한 대접을 받았어. 대구에 사실 때는 너무 철이 없어서 애도 많이 끼쳤었는데 변함없이 친자식처럼 대해주시니 정말 고마웠어. 그분들에게 떳떳하기 위해서라도 꼭 성공을 해야겠다고 다짐했어.

예희야, 그리고 나 이번에 서울을 다녀와서 큰 홍역을 치렀어. 나는 그동안 큰 착각 속에 살아온 것 같아.

그래서 반성하는 마음으로 지난 일기장들을 모두 읽어 봤어. 그런데 너무 실망했어. 내가 바라던 것과는 너무나 동떨어진 삶, 그야말로 모순과 위선의 삶이었어. 그래서 깊이 반성하고 새로운 마음가짐으로 다시 출발하기로 결심했어. 굳게 맹서하느라고 지난 일기장도 모두 불태워 버리고 새 일기장에다가 이름도 붙였어. 'Reducer'라고. 진정으로 인도하고 가르쳐 달라고…. 그리고 일기장 첫머리에다 금언도 한 구절 써 두었어. 프랑스의 문호이자 1915년도 노벨문학상 작가이기도 한 로맹 롤랑의 명구(名句)인데 교훈으로 삼으려고….

예희야, 난 참 이상하다. 제대로 하지도 못하면서 욕심은 많고…. 그렇지만 뜻이 있는 곳에 길이 있다고 하니 반드시 좋은 결과가 있으리라고 확신해. 예희도 채찍질해 주면 좋겠어.

그리고! 그리고! 한 가지 깜빡했는데 말이야! 이번에 서울에서 너를 업고 소나무를 한 바퀴 돈 건 완전히 반칙이니까 꼭 기억해 두라고! 희호 그 자식이 억지를 써서 엉터리 부당판정을 내렸으니 다음에 만나면 혼을 내줄거야.

예희야, 약수터 사건! 생각만 해도 우습다 그자? 킬킬킬! 밤 귀신 되어서 예희네 집에 쳐들어 갈란다. 기다리래이. 킬~킬~킬!

"가라! 그리고 죽어라! 반드시 죽을 운명을 타고난 그대들이여.

가라! 그리고 괴로워하라! 반드시 괴로움을 겪어야 할 그대들이여.

산다는 것은 행복하기 위해서가 아니다. 산다는 것은 나의 할 바를 다하기 위해서이다.

괴로워하라! 죽어라! 그러나 그대가 마땅히 되어야 할 그런 자가 되라. 한 사람의 인간이 되라."

예희야, 로맹 롤랑의 메시지인데 어떨노? 잘 새겨두면 좋은 교훈이 될 것 같제. 안녕!

1965년 8월 ××일

도현

'추서'

아래 '허수아이'는 서울을 다녀와서 가슴앓이를 하는 와중에 정리한 글이야.

허수아이

끄무레한 날
어둠이 깔리면
슬그머니 찾아드는
찰거머리 불청객
꼴불견 밉상 자식

소년은
하얀 천정이 드리워진
자취방에 오도카니 앉아
마지못한 불청객과
맞씨름을 한다

이 밤처럼

끄물거리던 하늘이

비라도 뿌릴 새면

녀석은 기세등등

속살을 헤집는다

소년은

제풀에 자취방을 나선다

냉정한 밤

거리에 쫓겨나와

방황아(彷徨兒)가 된다

방황은,

빗방울이 되고

빗방울은 눈물이 되고

눈물은

부추겨 빗줄기로 내린다

방황은,

빗줄기는

바람결에 밀려오는 아버지의 추억

옛적에 사그라진 우리 엄마의 재

바이올린 E선상에 주저앉은 소망의 선율

하늘이시어

부디,

비를 거두어주소서

아니시면,

밤을 밝혀주소서

울지 말자던

소년의 맹서는 부질없고

허수아이,

한갓 허수아이가

이 밤을 흠뻑 젖어 샌다

고1 시절, 1965년 8월

현아,

그간 안녕? 오늘은 어찌나 더운지 목욕탕에서 아예 독서를 하고 있는
데 언니가 희호가 왔다고 알려 주잖아.

현아, 오늘은 희호가 한 통, 우편으로 한 통 그래서 두 통이나 내 손에
쥐어져 입이 함박꽃처럼 벌어졌어. 엄마에게 너를 '이틀에 한 통 씨'라고
소개하였는데 이러다간 '하루에 두 통 씨'가 되게 생겼어.

현아, 지난 일기장을 모두 태워버리고 새 출발을 한다구? 일기장에 이
름도 붙이고…. Reducer는 결국 선생님도 되고 부모님도 되고 친구도 되겠
네? 참 괜찮은 발상인데?

참 현아는 대단해. 다른 사람 같으면 되돌아보기는커녕 자신이 누구인
지도 모르고 살아가는데. 그런 일들이 모두 자기 발전으로 가는 길이니까
아주 잘 했어. 축하해. 리듀서도 안녕?

현아, 희호가 대구에서 너랑, 호섭이랑, 충운이랑 모두 만나서 우정을
나누고 왔다면서 자랑해 주었어. 참 부러운 친구들이야. 그리고 희호가 이
번 대구에서의 소감이라며 너에 대한 이야기를 많이 들려주었어.

현아, 나 지금 편지 쓰면서 울고 있어. 현아가 가엾다는 것보다 진실하
게 살기 위해서 노력하고 있는 그 의지에 감동했기 때문이야. 얼마나 갑
갑하고 쓸쓸할까? 내가 나빴어. 그런 현아의 마음을 위로하기는커녕 알아
채지도 못했으니까. 좀 더 현아를 알아야겠다는 생각이 들었어. 그리고 보
내준 현아의 '허수아비'라는 시는 외롭고 슬픈 현실을 굳은 의지로 풀어나
가려는 고독한 한 소년의 마음을 잘 표현했다고 봐. 가슴 깊숙한 곳까지
와 닿는 좋은 시였어. 현아는 어쩌면 시인이 될 거라는 생각이 들어.

현아, 용기 있게 살아. 인간이 사는 건 누굴 위해서가 아니고 자신을 위
해서야. 나도 노력할게. 현아가 동경하는 여인상이 되게 말이야. 그래서

우리 모두 진실 앞에 눈물 흘릴 수 있고 거짓 앞에선 꾸짖으며 깨우쳐 주는 그런 인간이 되어야겠지?

현아, 대구 날씨가 그렇게 더워? 아주 희호가 혀를 내두르던데. 대구 사람들은 대단해. 대구가 분지여서 지독스레 덥다고 하더니 안 가봐도 실감이 날 지경이야.

현아, 더워서 못 견딜 때면 Andy Williams(앤디 윌리암즈)의 'Stranger on the shore(해변의 길손)'를 들어봐. 왜 요즘 밤늦게 라디오 '한밤의 음악편지' 프로그램에서 오프닝 뮤직으로 나오는 곡 있잖아! 전번 만났을 때 현아가 'Autumn leaves(고엽)'라는 노래를 좋아한다고 했었는데 이 가수도 그 곡을 불렀거든. 중저음 가수니까 아마 현아 음역으로도 잘 어울릴 거야. 원어로 가사를 적어 보내니까 배워두었다가 언젠가 만날 때 들려줘. 애잔한 색소폰 선율에다 바닷가 정취가 물씬 풍기는 쓸쓸하면서도 의지가 굳은 그런 사연의 노래야.

예희는 무슨 노래를 좋아하냐구? 난 Ann Margret(앤 마거릿)의 'Slowly(스로우리)', 'What am I supposed to do(당신의 애인이 되고 싶어)'도 좋아하구, Elvis Presley(엘비스 프레슬리)의 'Love Me Tender(러브 미 텐더)', 그리고 Cliff Richard(클리프 리차드)의 'The Young Ones(더 영 원스)', 'Ever Green Tree(상록수)'… 이런 노래들 모두 좋아해. 그럼 오늘도 안녕. 하루하루 여름 잘 보내구….

1965년 8월 ××일

예희

제7화
추억

1.

1965년 8월 첫 주말.

"내일 새벽 여섯 시까지 동인로터리로 나오너라. 속리산으로 갈 거다."

성현 형으로부터 반가운 연락이 있었다. 속리산에는 큰고모가 하숙집 운영을 하고 있고 작은형 또한 거기서 입시 준비에 몰두하고 있으므로 횡재를 한 셈이었다.

밤잠을 설쳐가며 설레는 마음으로 약속 장소인 동인로터리로 나갔다. 성현 형이 버스 앞에서 기다리고 있다가 반갑게 맞아주었다. 근 석 달 만에 만나는 형이어서 아주 반가웠다. 하지만 인사말도 제대로 나누지 못하고 재촉하는 관광버스에 올라야 했다. 버스에 올라보니 대부분 부녀자들이었고 청년들과 나이 든 분들도 더러 눈에 띄었다. 좌석이 딱 맞아 떨어지는 걸 보면 맞춤버스인 듯하였다. 우리는 맨 뒷좌석에 나란히 앉았다. 그런데 찬찬히 둘러보니 유독 우리만 등산복 차림이 아니어서 꺼림칙했다.

버스 안은 몹시 소란스러웠다. 궁금한 게 너무 많아 빨리 물어보고 싶건만 주변 분위기는 그렇지를 못했다. 버스는 어느덧 시가지를 벗어나 국도를 달리고 있었다. 다소 안정된 듯도 하여 형과 막 대화를 나누려는데 이번에는 또 어떤 분이 형을 손짓까지 하면서 불렀다. 40대로 보이는 잘생긴 분인데 책임자인 듯하였다. 형은 한동안 좌석들을 차례로 살피며 인원 점검을 하는 듯했고 그러고는 그 책임자의 곁 운전석 옆 엔진 돌출부에 걸터앉아 뭔가 이야기를 나누고 있었다. 나는 버스가 옥천을 향해 달릴 동안 줄곧 형 쪽을 주시하였지만 돌아올 낌새를 보이지 않으므로 아예 단념을 하고 말았다. 그리고 무료하던 끝에 문득 옛 어린 시절로 돌아갔다.

　내가 태어난 곳은 대구 대봉동 165번지이며 나는 5남매 중의 막내이다. 위로 큰형과 누나는 본향인 안동 임동에서 태어났지만, 나머지 우리 삼형제는 모두 그곳에서 태어났다. 하지만 대봉동에서의 기억은 별로 없다. 다만 내가 태어나고 14개월 만에 6·25전쟁이 일어났기 때문에 나의 유년기는 온통 전쟁의 와중이었다고 해도 좋을 것이다.

　어렴풋하지만 내가 네다섯 살 적에 부스럼 병이 창궐한 적이 있다. 때문에 작은형과 함께 시청광장까지 찾아가 치료를 받아야 했고 그때 그 끔찍한 주사 바늘의 위용 앞에 울며불며 저항했던 기억이 있다.

　들은 바로는 막내인 나는 부모의 사랑을 독차지하였다고 한다. 그러기에 엄마의 속도 무던히 태웠으리라. 때로는 응석을 부리다 툇마루에서 굴렀다고도 하고 더러는 3년 터울의 작은형 얼굴에 손톱자국도 남겼다고 한다. 어디 그뿐이겠는가. 어쩌다 목에 생선가시가 걸려 기겁도 하였다고 하고 배가 몹시 아파 뒹굴며 몸서리를 친 적도 있다고 한다.

　그러고 보면 우리 엄마는 얼마나 노심초사하며 나를 길러냈을까! 아버지는 그저 싱글벙글하며 막내인 나를 애지중지하였다고 한다. 목마를 태워가며 기꺼이 동무가 되어주었다고 한다. 하지만 딸 하나 더 낳아보겠다던 부모의 기대를 한순간에 저버리고 맹렬하게 사내 울음을 터뜨렸다고 하니 우리 엄마와 아버지의 그때 속마음은 어떠했을까?

　사르르 눈 녹아드는 어느 봄날, 다섯 살 난 사내아이는 마당 한쪽 양지 바른 곳에 자리를 잡는다. 세상의 모든 것들이 신기하고 야릇하기만 하다. 눈망울을 굴리며 푸른 하늘을 올려다본다. 예쁜 솜구름이 헤엄치듯 미끄러진다. 저만큼 비행기가 날아간다. 형이 가르쳐 준 대로 종이비행기를 접어서 날려본다. 하지만 제대로 날지 못하고 떨어지고 만다. 하늘을 날 수만 있다면 얼마나 좋을까! 어디든 갈 수 있을 텐데. 예쁜 꽃도 한아름 따올 텐데…. 그래도 나는 엄마랑 있을 거야. 갑자기 엄마가 보고 싶어진다. 사내 아이의 초롱초롱한 눈망울에 눈물이 어린다.

나의 또렷한 첫 기억은 우리가 수성동에 새집을 지을 무렵 아버지를 따라 그 집의 상량식에 갔을 때가 아닌가 싶다. 초등학교에 입학하기도 전 어느 봄날, 아버지의 손을 잡고 기분 좋은 나들이를 하였다. 당도한 곳은 확 트인 초원이 있었고 바람도 시원하였다. 큰길 바로 안쪽에 널따란 집터가 자리하고 있었고 그 앞으로 작은 개울이 흐르고 있었다. 여러 사람들이 아버지의 모습을 반기며 바삐들 움직였다. 가까이 가보니 나무 기둥들이 일정 간격으로 세워져 있고, 그 아래 제상 위로 돼지머리 하나가 기괴한 모습으로 놓여 있었다. 어떤 한복차림의 아저씨가 다소곳이 붓을 들었다. '단기 4287년 5월…' 대들보에 상량문이 올려졌다. 아버지는 내내 흡족하게 웃으셨고 사람들의 환송을 받으며 발길을 돌리셨다. 나의 손목을 꼭 잡고서….

꼬마는 왼쪽 가슴에 하얀 손수건을 꽂고 또래들과 함께 학교 운동장에 모였다. 사내, 계집아이 할 것 없이 옹기종기 모였다. 잔뜩 긴장하고 놓칠세라 엄마 손을 꼭 잡았다. 머리는 바삐 돌아갔고 귀는 쫑긋하였다. 운동모 차림의 선생님들이 카드를 들추며 아이들의 이름을 부르기 시작하였다. 꼬마는 삼덕초등학교 1학년 2반에 편성되었다. 그러나 웬일인지 꼬마를 포함한 몇몇 아이들의 이름은 불리어지지 않았다. 정원 초과로 한 반이 더 늘어난 것이었다. 꼬마는 생각하지 못한 분반에 크게 당황하여 울음을 터뜨렸다. 첫 사회가 안겨준 것은 낯선 소외감이었다. 엉엉 울고 있는데 선생님이 달래 주었다. 포근히 안아 주었다. 1학년 10반 김성운 선생님이었다. 꼬마는 마침내 학동이 되었다. 기역 니은 덧셈 뺄셈이 낯설지만은 않았다. 두루두루 재미있었다. 1955년 3월이었다.

외딴 한가롭던 동네에도 이곳저곳 집들이 들어서고 제법 사람 사는 곳이 되어갔다. 집안에서 맴돌던 꼬마들도 대문 밖을 드나들며 또래들을 사귀기 시작하였다. 꼬마들은 서로에게 보배로운 존재였다. 또래들과 함께 야생초를 관찰하고 곤충들의 세계를 살펴보는 것은 여간 신비로운 일이 아니었다. 동네 앞개울에서 헤엄치고 놀며 고기들과 동무하는 것은 천상의 유희였다. 꽁무니에서 실 같은 것을 뿜어대는 거미, 빨간 색깔 고추잠자리의 날갯짓, 태양을 향하는 해바라기의 모습 등등 그저 신기롭기만 했다.

집 건너 잠업시험장에서 아기누에를 얻어와서 키워보았다. 부지런히 신선한 뽕잎을 먹였다. 봄이 되니 부화하였고 여러 번 잠을 자며 허물을 벗었다. 고치를 짓더니 번데기가 되었고 누에나방으로 변하여 짝짓기를 하였다. 알을 낳고 죽기까지의 한살이를 관찰하는 동안 생명체의 신비로움에 입을 다물지 못했다.

여름방학이면 분주한 일상이었다. 연구하여 고기채도 만들고 잠자리채, 매미채도 만들었다. 냇가며 논, 숲이며 가릴 것 없이 쏘다녔다. 붕어, 송어도 잡고, 매미, 왕잠자리도 잡았다. 일찌감치 방학 과제를 완수하고 여유를 부렸다. 바람 부는 날이면 연을 만들어 수성방천으로 나갔다. 기세 좋게 하늘을 오르며 재주를 부리므로 재미가 쏠쏠하였다. 비 오는 날이면 계집아이들과 뒤섞여 소꿉장난을 했다. 나무열매를 따와서 반찬으로 올리고, 몰래 가져온 쌀로는 밥을 대신하였다. 병원놀이도 수박놀이도 흥미로웠다.

겨울방학이면 특별한 재미가 있었다. 엄마가 털실로 떠준 털스웨터에 털장갑까지 끼고서 마음껏 쏘다녔다. 나무를 다듬고 철사를 끼우면 스케이트가 되었다. 고급 칼 스케이트를 지칠 때는 선망의 대상이 되었다. 빙판을 마구 휘저으며 훨훨 날았다. 얼음을 지치다 엉덩이가 젖으면 모닥불에 말려 입었다. 눈 오는 날이면 신바람이 났다. 길길이 날뛰었다. 숯을 붙여 눈사람도 만들고 눈을 뭉쳐 눈싸움도 벌였다. 팽이치기도 하고 제기차기도 하였다. 손등이 갈라져도 아픈 줄을 몰랐다. 평일이어도 멈추지 않았다. 때때로 몰려다니며 숨바꼭질도 하고 나무로 칼을 만들어 병정놀이도 하였다. 딱지를 접어 딱지치기도 하고 예쁜 돌을 골라 공기놀이도 하였다. 막대기를 만들어 자치기도 하고, 찰랑찰랑 구슬놀이도 하였다. 실뜨기를 하다 보면 요술에 걸린 듯 신기하였다. 끝말잇기도 재미있었다.

구슬놀이를 떠올리다 보면 에피소드 한 토막이 있다. 초등 2년 때였다. 작은형은 5학년이었고 성현 형은 이미 중3이었다. 한번은 작은형이랑 윗동네까지 진출하여 구슬 따먹기를 하였다. 그런데 우리가 갖고 있던 구슬을 몽땅 잃고 말았다. 낯선 동네인 데다가 상대는 중학생도 끼어 있고 어찌나 통이 큰지 당해낼 재주가 없었다. 그렇게 무참하게 당한 건 처음이어서 몹시 자존심이 상했다. 더구나 한 신주머니나 되는 구슬을 깡그리 잃었으니 아까워서도 견딜 수가 없었다. 집으로 돌아와 씩씩거리고 있었더니, 눈치를 챈 성현 형이 "너것들 입이 석 자나 나온 걸 보이 어데서 디게 당했구나." 하고,

빙긋이 웃었다. 우리가 대꾸 없이 시무룩이 풀죽어 있자니 "자, 나를 따르라. 따르는 자는 복이 있나니….." 하면서 유유히 앞장을 섰다. 성현 형은 어느새 다섯 꾸러미나 되는 빵빵한 구슬주머니를 뒷짐으로 지고 있었다. 상대는 그때까지도 기분 좋게 노닥거리고 있었다. 우리를 보더니 희희낙락하면서 "자~, 또 실실 한 판 붙어볼까!" 하고 빈정대기까지 했다.

성현 형도 빗대어 웃으며 다가가 마주 앉았다. 마침내 구슬 따먹기가 재개되었다. 구슬 따먹기란 이른바 '3치기'라고 하여 숫자 셋 중 하나에 승부를 거는 재미있는 놀이였다. 두세 번 통수를 재던 성현 형이 일거에 승부를 걸었다. 상대방의 구슬 양만큼 단판에 걸었으니 그들이 지면 그로써 끝장의 형국이었다.

"오~ 제발, 제발 도와주이소!"

결과는 우리들의 통쾌한 승리였다. 그때 아연실색하며 물러가던 그들을 떠올리면 지금 이 순간에도 웃음보가 터진다. 실로 우리 삼 형제는 얼마나 당당하게 개선하였던가.

그리고 보면 성현 형은 통이 큰 편이었다. 범어동 변전소 앞쪽 큰 못으로 잠자리를 잡으러 갈 때도 아예 쥐잡이용 사각 틀을 두 개씩이나 가지고 갔다. 한 마리도 잡기 힘든 왕잠자리를 언제나 가득가득 채워오곤 하였다.

한편 성현 형은 효자이기도 했다. 한때 아버지가 연탄공장을 운영할 때는 궂은일 마다 않고 여러 명의 일꾼 몫을 톡톡히 해냈다. 아마 다른 사람 같으면 온몸에 숯검정 칠을 하고 수동기계로 있는 힘껏 연탄을 찍는 그런 일은 엄두도 못 냈으리라. 불편하신 아버지를 대신하여 몇 년 동안이나 집안일을 도맡았으니 그것만으로도 효자가 아니겠는가! 그때 성현 형은 고등학생이었고 나는 그러한 형이 무척 믿음직하였다.

에피소드 하나가 또 있다. 초등학교 5학년 때이던가? 그날도 동네 공터에서 또래들과 신나게 어울려 있는데 웬 여학생으로 보이는 누나가 우리 주변에서 서성대고 있었다. 사복차림이긴 해도 정갈하게 뒷머리를 묶어 내렸고 키도 크고 늘씬하여 빼어난 미인이었다. 또래 하나가 그녀를 쳐다보더니 선녀 같다며 탄성을 지를 정도였다. 놀이에 열중하면서도 왠지 마음이 쓰이는 판국인데 어인 까닭인지 그녀가 나에게로 슬며시 다가와 "도현아, 너그 형 집에 있나?" 하고, 묻는 것이 아닌가!

나의 이름을 알고 있다니 반갑기도 하고 야릇하기도 하여 "이, 있는데요?" 하고, 더듬거리며 답했더니 조금 어색한 미소를 띠면서 "어… 부탁이 하나 있는데… 어른들 몰래 너그 형 좀 불러줄래?" 하며 유치원 선생님처럼 말하는 것이 아닌가.

나는 공연히 기분이 좋아서 "걱정 마이소, 실수 없이 하꼐예." 하고는, 마구 집 쪽으로 뛰어가며 슬쩍 뒤돌아보았더니 슬그머니 골목으로 숨어드는 것이었다.

집에 닿아 헐떡거리며 "형아! 왔다 왔어!" 하고, 새끼손가락을 치켜 보이자 성현 형이 얼른 눈치를 채고 반가워하면서도 "어, 그래? 아, 알았다" 하고는, 짐짓 태연한 척을 하였다. 잠시 후 큰방 쪽에 신경을 쓰면서 넌지시 대문을 나서던 그때 형을 생각하면 이 순간에도 피식 웃음이 난다.

그 후로 우리들의 선녀는 우리 또래들로부터 '캉가루(캥거루)'라는 별칭으로 통했다. 성이 강씨인 데다가 사랑스럽다고 하여 붙인 애칭이었다. 이후 6~7년이라는 긴 세월이 흘렀건만 지금도 우리들의 '캥거루'는 여전히 건재하다. 전속 가수가 된 후로는 인기도 남다른데 오직 '캥거루'만을 지향하는 형이야말로 역사에 남을 순정의 사나이가 아니겠는가!

하지만 성현 형과 달리 큰형에 대한 나의 추억은 보잘것없다. 아버지마저 돌아가신 직후 형수가 집안 살림을 맡았다. 하지만 왜 그런지 형수는 늘 시동생인 나를 애물단지 취급하듯 하였다.

첫 추석 무렵이었다. 그렇잖아도 부모를 여의어 한껏 서러움에 북받쳐 있던 명절인데 형수마저 나를, 시동생인 나를 늘 머슴 대하듯 하므로 나도 모르게 그만 발끈 대들고 말았다. 그로 인해 큰형에게 얼마나 호되게 맞았던지 며칠간을 끙끙거리며 앓아누웠다. 몸보다는 마음이 훨씬 아팠다. 윗사람에게 대든 것은 무조건 나의 잘못이지만…. 그러나 그 때문에 큰형에 대한 나의 선입관이 좋지 않은 것은 결코 아니다. 그보다는 부모님이 돌아가실 때를 전후하여 큰형이 우리 동생들 삼형제에게 안겨 준 비정함을 좀처럼 잊을 수가 없기 때문이다.

한번은 아버지 곁에서 무심코 큰형을 원망하였다가 혼이 난 적이 있다. 아버지는 정색하며 나를 크게 나무라셨다. 이후로 나는 큰형에 관한 이야기를 절대로 입에 담지 않는다. 실은 리듀서에게도 이런 대화를 한 적이 없다. 하지만 큰형이 우리 동생들 삼형제에게 남겨준 상처는 결코 아물지 않을 것이다. 오늘도 그리고 먼 후일까지라도….

추억에 잠겨 있는 사이 버스는 어느덧 옥천을 거쳐 보은 가까이를 달리고 있었다. 버스 안은 차분히 가라앉아 있었고 대부분 잠을 자는 듯했다. 보은에 도착했을 때는 잠시 휴식 시간이 주어졌다. 성현 형이 먼저 내려서 나를 기다리고 있다가 책임자로 보이는 듯한 아까 그분에게 인사를 시켰다.

홍 사장은 우리 고모가 속리산에 살고 있는 것을 알고 있을 정도로 우리의 사정을 잘 알고 있었고 나에게 친절하게 말을 시키며 성현 형을 '김 총무'라고 부르곤 했다. 성현 형은 단둘이가 되었을 때 우유랑 빵을 건네주며 비로소 그간의 궁금증을 털어놓았다.

성현 형은 그동안 학교의 수업에다 방송국의 일까지 겹쳐 취업이 늦어졌다고 말해 주었다. 보름 전쯤에 평소 알고 지내던 홍 사장의 섬유회사에 취직하여 총무과의 일을 맡아보게 되었고 또 홍 사장 댁에 기거도 하면서 가정교사 일을 겸하게 되었다고 한다. 첫 봉급이나 받고서 만나려 했으나 마침 회사에서 속리산으로 야유회를 간다기에 갑작스레 연락한 것이라 하였다. 그러면서 형은 속주머니에서 지폐 한 장을 꺼내더니 나의 바지주머니에다 찔러넣어 주었다.

어쨌든 얘기를 듣고 궁금증은 풀렸지만 막상 하고 싶은 말은 하지 못했다. 형과 함께 살면 좋겠다고, 과외 레슨을 다시 받고 싶다고 말하려던 것은 그저 입안에서 맴돌 뿐이었다. 형의 현실이 빤히 들여다보이는 만큼 형이 안정된 생활을 하고 있는 것만으로 만족하기로 하였다.

버스는 다시 보은을 출발하였다. 얼마 후 '말티재'라고 부르는 험한 고갯길이 나타났다. 워낙 가파르고 구불구불한 길이어서 버스가 기어가고 있었다. 정상 분기점 휴게소에 내려서 보니 옛 생각이 났다. 중1 여름방학 때에는 마이크로 합승을 대절하여 아버지와 누나네 식구들이랑 같이 왔었다. 여기에서 내려 맛있는 것도 먹으며 한

참 머물렀던 기억이 있다.

버스는 이윽고 전설이 담긴 정2품송을 뒤로 하고 속리산 입구 주차장에 도착하였다. 버스에서 내려 올려다본 하늘은 더없이 쾌청하였다. 나는 일행들이 산행 준비를 하는 사이에 큰고모가 운영하고 있는 '상주하숙'을 향하여 쏜살같이 달려갔다. 엎어질 듯 출입문에 들어서며 "고모!" 하고 외쳤더니 마침 큰고모가 부엌에서 뛰쳐나오며까지 반겨 주셨다. 막 뒤따라온 형을 보시고는 더욱 좋아하셨다. 큰고모는 부모님이 돌아가신 후로 우리들을 보게 되면 습관처럼 눈시울을 적시고 만다. 작은형은 오늘따라 보은 시내에 나가고 없어서 함께 산행하려던 바람이 깨지고 말았다.

2.

형과 나는 고모의 하숙에서 나와 부지런히 발걸음을 재촉하였다. 일행들은 이미 법주사 쪽으로 향하고 있었다. 나는 홍 사장을 수행하는 형을 뒤따라 부지런히 발걸음을 옮겼다. 일주문을 거쳐 5리숲을 지날 때는 수목이 얼마나 울창한지 하늘이 보이지 않을 정도였다. 저번에는 그다지 촘촘하진 않았는데 그동안 많이 자랐다는 생각을 하였다.

5리숲이 끝나는 지점에 이르자 낯익은 수정교 난간이 눈에 들어왔다. 나는 반가운 마음에 잽싸게 교각 아래로 내려가 계곡물에 첨벙 손을 담갔다. 물고기들이 이곳저곳 물 바위 사이로 떼지어 달리며 한가로운 한때를 보내고 있었다. 문득 가슴 저미는 그리움이 물결이 되어 밀려왔다. 아버지는 이별 여행 적에 ―그 4개월 후에 돌아가셨으니까― 저기 저쪽 바위에 걸터앉아 계셨다. 나를 곁에 앉히고 이런저런 이야기를 들려주시다가 갑자기 동요를 불러보라 하셨다.

"산~골짝에 다람쥐 아~기 다람쥐~~. 도~토리 점심 가지고~ 소~풍을~ 간다~~. 다람쥐야, 다람쥐야 재주나 한번 넘으렴. 파알~~딱 파알~딱 팔딱 날~도 참말 좋구~나~~."

'다람쥐 소풍'을 부를 때는 손뼉장단을 치시더니

"아~빠 하~고 나~ 하고~~ 만~든 꽃밭에~~. 채~송화~도 봉숭아도~~ 한~창 입~니다~~. 아~~빠~가 매어놓은~~ 새~끼 줄~ 따라~~ 나~팔꽃~도 어울리게~~ 피~었습~니다~~."

'꽃밭에서'를 부를 때는 침묵하셨다.

"아부지예, 엄마 안 보고 싶어예?"

"와? 엄마 보고 싶나?"

"예. 너무너무 보고 싶어예."

"그래. 내 다 안다. 막내둥이라서 더 그렇지…. 그런데 엄마, 있다. 저 하늘나라에 있다."

"하늘나라에예? 참말로 하늘나라라 카는 데가 있십니꺼?"

"그래. 있고 말고다. 엄마는 꽃을 좋아 안 했나?! 꽃을 좋아해서 꽃 속에 살다가 꽃에 딱~ 안기서 하늘나라로 안 갔나!"

"예?"

"지금은 틀림없이 이~쁜 별이 되었을 끼다."

"예? 또 엄마가 별이 되었다꼬예?"

"그래. 하늘에 별들 안 많나. 그 별들이 다~ 꽃이다. 반짝반짝하고 빛나는 거는 별꽃이 핀 기고 그중에 제일로 빛나는 별이 엄마별인기라."

"예~, 알았심더. 인자 엄마 보고 싶으마 반짝반짝 빛나는 별만 찾을랍니더!"

"그래그래, 그래라. 아부지도 나중에 엄마한테 갈낀데…."

아버지는 그러면서 나의 손을 꼬옥 쥐어주셨고 다른 한손으로는 나의 눈물을 닦아주셨다.

나는 그렇게 한참 동안 부모님 생각에 잠겨 있었다. 그리고 줄곧 지켜보던 다람쥐 한 마리가 단풍나무 숲 속으로 사라지는 것을 아쉬워하다 현실로 돌아왔다. 법주사를 향해 내키지 않는 발걸음을 뗄 때는 핑하고 눈물이 돌았다.

이름난 사찰 중의 하나인 법주사는 신라 진흥왕 때 창건되었다가 임진왜란 때 소실되었고 그 후 조선 인조 때 재건하였다고 한다. 경내(境內)에는 한국 3대 불전 중의 하나인 대웅보전이 있고 전내(殿內)에는 국내 최대이며, 앉은키가 18척이나 된다는 좌불상이 우뚝 앉아 있었다. 또한 국내 유일의 5층 목탑 형식의 팔상전(八相殿)과 삼천 승려들의 밥솥으로 이용하였다는 어마어마한 밥솥도 있어 아주 인상적이었다. 특히 눈길을 끄는 것은 마치 '걸리버 여행기'에서의 거인처럼 우뚝 치솟아 있는 80척의 미륵불상이었다. 저번에는 머리 위에 관이 없었고 양 손가락이 손상된 상태였는데 그 사이 잘 단장하여 한결 장엄해졌다는 생각이 들었다. 나는 미륵불상 앞에서 분향하고 정중히 삼배를 올렸다. 경내에는 이외에도 많은 사적과 유물들이 있었다. 우리들은 그 모두를 두루두루 살펴본 뒤 다시 산행을 이어갔다.

문장대를 향하는 길은 등산객들로 붐비었고 긴 행렬이 이어지고 있었다. 우리 선발대는 빡빡한 일정을 소화하기 위하여 빠른 속도로 전진하였다. 뒤처진 일행들은 복천암, 사자암을 거치는 동안 경쟁하듯 선발대를 추월하기도 하였다.

나는 문장대를 눈앞에 두고는 빠른 속도로 선두에 나섰다. 땀이 비 오듯 흐르고 숨도 가빴지만 정상에 먼저 오른다는 성취감으로 가볍게 뛰어올랐다. 얼마 후 보조 난간을 타고 단숨에 문장대 정상에 오르니 산악 풍광이 한눈에 들어왔다. 과연 멋지고도 아름다운 경관이었다.

해발 1,053m의 문장대는 조선의 세조가 이곳에 왔을 때 구름마저 낮게 깔려 반겼다고 하여 구름 '운(雲)' 자의 운장대라고도 불리며, 속리산 제1의 경관을 뽐내는 곳이라 하였다. 나는 정상부에 푹 패여 있는 여러 개의 발자국 형상을 신비하게 들여다보면서 선발대가 당도하기를 기다렸다. 산들바람이 솔솔 불어와 땀방울을 씻어주니 한결 상큼하였다. 얼마 후 일행들 모두가 빠짐없이 당도하였고 곧바로 정상부 아래쪽 쉼터에서 점심을 겸한 여가시간을 가지게 되었다. 나는 형과 함께 홍 사장의 무리에 끼여 앉아 도시락 점심을 했고 휴식시간이 주어진 동안에는 형과 단둘이서 오붓한 시간을 가지게 되었다.

우리는 충북과 경북의 경계 지점이라는 곳을 오거니 가거니 하면서 '금강산' 노래를 부르기도 하고 사방에 펼쳐진 신비경을 둘러보며 감탄사를 연발하였다.

형은 겹겹 능선 저편 일출 장면이 보인다는 곳에서 한참을 꼼짝 않고 그대로 서 있었다. 생각에 잠겨 있는 모습이 왠지 쓸쓸해 보여서 "형, 캉가루 생각하나~?" 하고, 물었더니 어이없어 하면서 "사나이가 명산 정상에 올랐으면 대범해져야지. 한 가지쯤은 소원도 말하고 또 기원도 해야지!" 하고, 싱긋 웃어 주었다.

나는 새벽부터 형과 내가 차림하고 있는 행색이 못마땅하기에 "등산복도 하나 없는 주제에 대범은 무슨…." 하고, 입을 삐쭉거렸다.

형은 안되었던지 새삼 주변 사람들의 옷차림을 살피면서도 "도현아, 니 언제쯤 철들래? 철도 날짜 받아가며 들라카나?" 하면서, 농을 걸었다.

내가 계속 시무룩이 있자 "도현아, 우리 형제들은 꼭 잘 살끼다. 언젠가는 저게서 떠오르는 태양처럼 훨훨 불타올라 큰소리치며 보란 듯 잘 살끼다. 힘내라, 알았나!" 하고, 달래주었다.

잠시 후 우리는 일행들과 다시 합류하고 산을 내려왔다. 일행들은 한두 잔 술을 마셔서인지 기분 좋게 떠들면서 즐거워들 하였다. 오를 때보다는 한결 가벼운 발걸음이었다. 그러나 두 번씩이나 속리산을 찾으면서 문장대만 오르고 간다는 게 아쉬웠다. 다음 기회엔 친구들이랑 예희랑 함께 와서 청법대와 천황봉도 둘러보리라 생각하였다.

우리는 쉬지 않고 목욕소까지 내려왔다. 그리고 잠시 휴식을 취하는 동안 시원하게 목도 축이면서 여담을 즐겼다. 주차장으로 돌아오니 예정 시각 다섯 시가 훨씬 넘어 있었다. 빠듯한 일정 탓에 모두들 피로의 기색이 역력하였다. 나는 일행들과도 헤어져야 하므로 홍 사장을 비롯한 몇몇 분들에게 작별 인사를 했다. 짧은 하루였지만 함께했던 사람들과 헤어지려니 서운한 생각이 들었다.

형도 되돌아가야 하므로 서둘러 큰고모를 뵈었다. 큰고모는 삼계탕까지 준비하고 기다렸다가 형이 곧바로 떠난다니 여간 서운해하지 않으셨다. 마침 작은형도 돌아와 있어서 모처럼 삼형제가 함께

하였건만 못내 아쉬운 정황이었다.

큰고모랑 우리는 주차장까지 나가서 형을 배웅하였다. 그토록 만나고 싶어했던 형이건만 곧바로 헤어지다니 마치 그들에게 형을 빼앗긴 것 같은 기분마저 들었다. 나는 버스가 저만치 멀어져가는 것을 물끄러미 지켜보면서 아침나절 형이 찔러넣어 준 주머니 속의 지폐를 만지작거렸다.

그리고 낮에 문장대 정상에서 "사나이가 명산 정상에 올랐으면 대범해져야지. 한 가지쯤은 소원도 말하고 또 기원도 해야지!"라며, 당부하던 형의 말을 떠올렸다. 나는 뒤늦게나마 나의 소망을 떠올리면서 간절히 기도하였다.

"아부지, 어무이예! 우리 형들 잘 좀 보살펴 주시이소. 내년 1월에 성현 형은 꼭 대학 졸업을, 문현 형은 꼭 대학에 합격하도록 도와주시이소!"

3.

큰고모네 하숙에서 사흘씩이나 묵고 있는 동안 아주 편안하여 늦잠도 자고 여유 있는 한때를 보내었다. 바삐 일하며 생활하다가 놀고먹는 게 부자연스럽기도 하고 미안하기도 하였다. 하지만 큰고모는 나를 하루라도 더 붙잡아 두려고 자꾸만 뭔가 일할 것을 부여하곤 하였다.

작은형은 아주 독한 마음을 품은 것인지 골방에 자리잡고는 오로지 공부에만 몰두하고 있었다. 첫날 밤 실컷 얘기를 시키더니 그 후로 아예 입을 다물고 있었다.

"대학은 꼭 가야 된다이. 실패는 했지만도 이번엔 꼭 붙을끼다.

니도 형처럼 안 될라카마 지금부터라도 정신 바짝 차리야 된대이! 환경은 나중이고 대학은 먼저다이, 알았제 도현아!"

작은형의 충고가 귀에 쟁쟁한데 나는 마음만 앞서고 있는 것은 아닌지 걱정이 되었다.

큰고모의 하숙에는 며칠을 지내면서 보니 별로 손님이 없었다. 그나마 방학 때여서 좀 나은 것이 이렇다니 고민스러운 대목이 아닐 수 없었다. 그마저 전세 운영이라니 더욱 딱하게 느껴졌다.

나이 마흔을 훌쩍 넘긴 큰고모는 자식이 하나 있다고 들었는데 우리는 만나본 적이 없다. 무슨 까닭인지는 모르나 이별을 했다고 들었다. 그리고도 20년이 되도록 정절을 지키며 홀로 살고 있으니 그것이 과연 바른길인지, 명예로운 일인지 묻고 싶었다. 고모가 가없다는 생각을 하다 보면 그 또한 내가 성공해야만 할 이유가 되어 버렸다.

밤중에 한창 일기를 쓰고 있는데 큰고모가 먹을 것을 장만하여 건너오셨다. 큰고모는 내가 일기를 쓰는 것을 알아차리고 반가워하시며 "니, 일기 쓰는구나! 거 참, 잘한다. 안 그래도 '저 하늘에도 슬픔이'의 주인공 이윤복이라 카는 아(아이)가, 요새 너그 말로 히트를 치던데…, 그래, 니가 일기를 쓴다 카이 오늘 이 고모가 한마디 하꾸마." 하시면서, 자세를 여미고 말씀을 이어가셨다.

"도현아, 사람은 누구나 자기 근본이 있고 또 그것을 알아야만 한대이! 근본, 근본이 뭔지 아나? 뿌리, 뿌리를 가리키는 말이다. 도현이 니 뿌리는 어데고? 바로 집안이다. 니가… 그러이꺼네 안동 김씨 29세손인기라. 조선시대 안동 김씨라카마 양반 중에서도 양반이라 안 캤나! 우리 안동 김씨 시조는 김선평(金宣平) 할아버지인데 후백제의 견훤하고 치열하게 싸우던 왕건을 도와서 고려 개국공신이 된기다. 원래는 경주 김씨랐는데 성씨를 하사(下賜)받아서 안동 김씨 시조가 되신기라.

다른 집안들도 그렇겠지만 우리 안동 김문, 문중에도 역사에 기록된 인물들이 많으시다. 조선시대 문신(文臣) 김조순, 김좌근 어른이 계시고, 그리고 '방랑시인 김삿갓'으로 알려진 난고 김병연 어른, 또 구한말 개화파의 거두로 불린 고균 김옥균 어른, 또 가깝게는 청산리전투에서 일본 놈들 수없이 때려잡으신 독립운동가 백야 김좌진 장군, 그리고 현재 활동 중인 사람으로는 협객으로 불리는 김두한 의원, 또 너그하고 항렬이 같은 서예가 일중 김충현 선생은 경복궁 현판인 건춘문(建春文)과 영추문(迎秋門)을 썼다. 그런 분들이 모두 우리 안동 김문이다. 너그 아부지만 해도 얼마나 훌륭한 분이셨노! 달리기를 잘하셨다꼬 그라는기 아이고, 대구시민들을 위하여 많은 일을 해내셨기 때문인기라.

그리고 도현이 니가 꼭 알아야 되는 긴데, 우리 근대사와 가족사를 함께 돌아보면 이렇다. 그러이꺼네… 1909년 들어서 일본놈들이 한일합방 조약을 맺어가지고 36년간이나 우리나라를 지배 안 했나. 그리고 일본놈들이 히로시마에 원자폭탄 호되게 언어맞고 '무조건 항복'을 해서 1945년 8월 15일 해방을 맞이했는기라.

그때 너그 아부지 연세가 마흔 살쯤 되었는데 시청에 근무하실 때였다. 그 시절에 고향에 다녀오던 너그 남매들 중 니 작은누부가 차 사고를 당해 일찍 세상을 떠났는데 그때 그 일도 가슴 아프지만 아부지가 그 난리통에 눈구덩이를 헤매시다가 그만 동상을 입게 된 일이 참말로 가슴 아프다이! 그런 상황에서 우리 대한민국 정부가 수립됐다. 1948년 8월 15일이다.

그래서 인자 정신 좀 차리고 사는가 싶었는데 이번에는 북한 인민군들이 일요일 꼭두새벽에 38선을 뭉개고 남침을 안 해 왔나! 1950년 6월 25일인기라! 그때 니는 겨우 돌을 지났을 땐데 소련군 지원을 받은 인민군들이 순식간에 쳐내려와서 그만 서울을 빼앗깃고 8월에 접어들었을 때는 대구 코밑에까지 쳐내려 온기라! 그때 너그 가족들은 아부지도 없이 귀중한 몇몇 물건 샘에다 빠자(빠뜨려) 놓고 경산 방향으로 피난을 가다가 도로 돌아왔다 카더라만도.

그래도 우리 국군하고 우리를 도우러 온 미군(美軍) 중심의 UN군이 낙동강 전선만은 결사항전으로 지키가지고 승전을 했다 아이가! 그기 바로 칠곡 '다부동 전투'다! 그 근 두 달간이나 치른 '다부동 전투'야말로 6·25전쟁의 분수령이 되었던기라. 그라고 그사이 9월에 들어서 맥아더 장군이 인천상륙작전을 성공시키서 도로 압록강까지 안 밀고 올라갔나! 그런데 또 이번에는 중공군들이 쳐내려왔는기라.

그때 11월 들어서 서울도 위험하다 카고, 또 억수로 춥은 데다가 중공군들의 인해전술까지 겹친 장진호(長津湖) 전투에서 우리 편이 그만 밀리게 되고… 그래서 흥남 항구를 통해서 철수할라 카는데 당시 병력이 10만이 넘었다 카더라!

그런데 우짜꼬! 자유를 찾겠다꼬 남쪽으로 내려올라카는 피란민들이 또 10만 명도 넘었다 카네! 그 사람들도 또 흥남 항구로 몰리왔는기라! 사람 싣는 배는 한정돼 있고 우짜겠노? 가만 놔뚯(놔두었)다가는 몽땅 다 죽게 안 생깄나! 그때 통역하던 한 청년(현봉학)이 기지를 발휘해서 겨우 철수를 할 수 있었는데 열흘이나 걸려서 거제도로 부산으로 내려왔다 카더라. 그래도… 얼마나 다행이랐노!

우쨌든 그렇게 전세가 역전됐기 때문에 다시 서울을 빼앗기게 됐
고, 그기 바로 1951년 '1·4후퇴'였던기라!

결국 3년도 넘는 파란곡절 끝에 휴전이 되긴 했지만도 그 긴긴 세
월 난리를 겪었으이 우리 사회가 얼마나 혼란스러웠겠노! 그 당시
아부지는 시청에 사회과장 직위까지 올라가있는데 사회과가 뭐하는
데고? 전쟁통에 온갖 궂은 일 다 맡아서 처리해야 하는 데가 사회과
아이가! 더구나 당시에는 시장님 다음가는 중요한 자리였다 카더라!

우쨌든 그 난리통 속에서도 아부지가 시민들을 위해서 어려운 일
들을 거뜬히 해내신 기라. 그 때문에 제때 치료도 못하고 결국 한쪽
발을 잃고 좌절하셨지만도… 그 일만 아이마 더 큰일을 해내실 분
이었는기라!

나는 아직까지 너그 아부지만큼 자기 일에 충실한 사람 못 봤다이!
하기사, 아부지가 너무 시정(市政) 일에만 치우치다 보이 결국 집안
꼴이 이렇게 되었다만도 세상에는 사회를 위해서 열심히 봉사하는
사람치고 별로 잘 사는 사람은 없는 기라. 남을 먼저 생각하다 보니
까 자기 것은 없는 기라. 당시 우리 사회상(社會相)이 그랬던 기라….

도현아, 그라마 니는 어떤 사람이 될래? 지 입신(立身)을 위해서
만 살끼가, 아니마 세상 모든 사람들을 위해서 보람 있는 일을 하고
살끼가…?

이 고모가 꼭 부탁하는 긴데 도현이 니는 우리 집안의 명예를 반
드시 지켜야 된대이! 그라고 공부 열심히 해서 우리 어른 세대들이
겪었던 이 서럽고 처참했던 그 치욕의 세월을 너그가 긍정의 역사
로 바까(바꾸어)야 하고 또 앞장서야 한대이, 알았제?"

나는 큰고모의 말씀을 자세 한 번 흩트리지 않고 꼴깍 침을 삼켜

가며 새기고 또 새겨들었다. 난생 듣지도 보지도 못한 집안 이야기며 나라 이야기여서 정말 반갑고 솔깃하였다.

나는 잠자리에 들었을 때 '긍정의 역사를 위하여 앞장서라!'는 큰고모의 말씀에 덧붙여, 성현 형이 건네주었던 지난날 아버지의 사연을 떠올렸다.

'아버지 때와는 달리 이제 마음껏 기개를 펼 수 있는 시대가 되었으니 너희들은 훗날 이 나라를 걸머질 주역으로서 착실히 굳건히 성장해야만 한다.'

나는 그 말씀을 새삼 되새겨 보면서 아버지가 왜 우리에게 그런 말씀을 남기셨는지 깊이 깨달을 수 있었다. 나라를 사랑해야 하는 것은 선택이 아니라 의무, 의무라는 것을…. 끈끈한 역사의 소용돌이에 완전히 파묻힌 밤, 나는 늦은 밤이 되어서야 잠을 청했다.

4.

큰고모는 다음 날 밤에도 할 말이 남으신 듯 다시 건너와 가족들과 부모님에 관한 못다 한 사연들을 진지하게 들려주셨다. 또 당부의 말씀도 덧붙이셨다. 나는 약속 다짐을 하면서도 평소 아쉬운 점이 있었기에 "큰고모, 우리는 와 아부지 엄마 산소가 없심니꺼?" 하면서, 따지듯 여쭈었다. 이에 큰고모는 크게 한숨을 내쉬시며 "그, 그것은 말이다. 그 당시 나라에서도 화장(火葬)을 권유했다 아이가! 그라고 또 집안 사정도 복잡하고, 그래서…" 하면서, 말꼬리를 흐리시더니 "그렇다꼬 너무 섭섭해하지만 마래이. 너그가 그동안 얼마나 힘들고 외롭었겠노? 그럴 때마다 아부지와 엄마 산소라도 한 번 찾아가서 하소연이라도 하고 싶었을낀데. 미안하다 도현아. 그 대신

에 고향 임동에 가면 뒷산에 할아버지, 할무이 산소가 있다. 임동에
사는 둘째 고모가 돌보고 있는데 거기라도 찾아뵙고 하고 싶은 말도
하면 안 되겠나?" 하면서 위로해 주셨다. 그러나 나는 한 번도 고향
땅을 밟아본 기억이 없기에 "큰고모, 제가 혼자서 고향에 찾아갈 수
있을지 모리겠십니더." 하고, 말씀드렸다. 고모는 반가워하시며 "하
기사 그렇다이. 성현이하고 너그는 대구 대봉동에서 안 태어났나.
그기다가 너그 누부가 교통사고로 죽고부터는 다시는 발걸음을 안
했다 아이가. 그전까지는 댕깄는데, 니가 기억을 못 해서 그렇지 더
러더러 가고 그랬다. 그러다가 아부지가 발이 편찮으시고 사정도 안
좋아서 그만 뜸하게 됐제."라고 말씀하시므로 "예, 큰고모 알았심
더. 앞으로는 꼭 그라겠십니더." 하고, 굳게 약속 다짐을 하였다.

　고모는 덧붙이시기를 "도현아! 잘 들어봐래이. 그런데 너그 증조
할아부지, 할무이 모시놓은 선산도 있다 아이가. 꼭 반드시 찾아봐
야 된대이." 하고 뜻밖의 이야기를 털어놓으셨다. 나는 놀랍기도 하
지만 충격을 받아 "큰고모! 그 산소가 어데 있습니꺼?! 그라마 우리
들은 조상님 산소도 한번 못 찾아본 나쁜 놈들 아입니꺼!" 하면서,
볼멘소리를 하였다. 큰고모는 당황해하시면서도 "그래. 틀림없이
산소가 있기는 있는데. 그것도 꽤 클낀데 고향 뒤편 좀 떨어진 곳
에, 산세가 좀 있는 덴데 잘은 모른다. 너그 아부지랑 돌아가신 작
은아부지랑 남자들만 댕깄지. 우리 여자들은 가지마라 캐서 안 그
랬나. 남존여비사상 때문이지 뭐… 나중에 아부지는 바쁘시기도 했
고 발이 아파서도 못 가셨제. 너그 큰형은 그런데는 통 관심이 없
제. 누가 찾겠노? 내 도로 니한테 부탁 좀 하자. 니 이다음에 크거
든 임동 둘째 고모한테 가서 이래저래 기억 좀 되살리라 캐서 꼭 좀

찾아봐라. 도현아, 알겠제?" 하고는, 집안 돌아가는 꼴이 새삼 서러운 듯 그만 대성통곡을 하시는 것이었다.

작은형이 놀라서 뛰어오고… 우리는 한참 동안을 멍한 상태로 넋을 앗긴 채 앉아 있었다. 정녕 안쓰러운 시간이었다. 나는 큰고모를 안방에 모시고 난 뒤에 곁에서 잠드실 때를 기다렸다. 여태껏 느껴 보지 못했는데 잠을 청하는 큰고모의 얼굴을 찬찬히 살펴보니 아버지와 똑 닮으셨다.

'고모! 저 이다음에 크거든 선산도 찾아보고, 그리고 당부하신 말씀도 충실히 지킬랍니더.'

나는 거듭 다짐하면서 쓸쓸히 고모의 방을 나왔다. 나는 그날 밤 꿈길에서 아버지, 어머니를 만났다. 산 넘고 물 건너 고향 선산 어딘가를 헤매고 다닌 끝에 어렵사리 부모님의 산소를 찾을 수 있었다. 반갑고 또 반가웠다. 고맙고 또 고마웠다. 두 분께 하고 싶은 말씀도 드렸고 그간의 아쉬움도 토로하였다. 들려 주시는 말씀도 있었고 잘 새겨듣기도 하였다. 비록 꿈길이었지만 오붓하고 행복한 시간이었다.

꿈길에서

고향 선산
험한 비탈길 올라
아카시아 숲 언저리로

어렵사리
묘소를 찾았습니다

중천의 초저녁달
처량하거늘
아버지는 "와 인자 오노?"
어머니는 "뭐 하러 왔노!"
하셨습니다

그래도 불효자식
하나 좋은 건
두 분 곧 저 세상 함께 가시니
동네사람 이를 두고
"정 많으시다."였습니다

상석에 정성 올리고
세 차례 절을 올렸습니다.
절 한 번의 아버지
절 두 번의 어머니
그리고 나, 열여섯 살 막내

'어머니, 아버지
열심히, 모질게 살아갈 겁니더!'
'더불어 살고
발자국도 남길 겁니더!
나라와 겨레도 사랑할랍니더!'

이별을 슬퍼하며
아쉬워하며
향 피워 명복을 꿇어서 빌고
작별을 고하던 날
어언 오륙년

아쉬움을 뒤로 하고
돌아서는 귓전에
저 건너
고향역사에서
기적이 울었습니다

자식 돌봐 짧은 세월
부대껴 사시다
한 줌의 흙으로 떠나셨으니
애만 태운 불효자식 죄스러움에
고개를 숙이고 말았습니다

고1 시절, 1965년 8월

나는 다음 날 닷새간의 일정을 모두 끝내고 속리산을 떠나왔다. 배웅을 나와 준 큰고모는 듬뿍 용돈까지 쥐어주며 격려의 말씀을 아끼지 않으셨고, 작은형은 이번엔 꼭 대학에 붙겠다며 굳게 약속을 해주었다.

차창 너머 큰고모는 또 눈물을 훔치셨는데 나는 그 눈물의 의미를 잘 알고 있었기에 가슴 깊숙한 곳에 담아두기로 하였다. 속리산 여행은 우연한 일정이었지만 나에게 의미 깊은 성장통을 안겨주었고 한편으로는 여름방학 내내 든든한 활력소가 되어 주었다.

현아,

이제 긴 여름방학도 끝나고 개학을 했어. 이번 방학은 학과 공부며 동생 뒷바라지며 뜻 있게 보냈다고 생각하지만 현아는 어떻게 지냈는지? 의미있는 방학이었을 테지? 현아, 이번 2학기는 우리 공부 열심히 해서 더욱 좋은 성적을 내어 봐. 그래서 보란 듯이 자랑도 좀 하고 말이야.

현아, 어느덧 가을이야. 우리 이 계절에 소년 소녀다운 감상에 젖어보는 것도 좋지 않겠니? 현대인의 감상은 우울한 거라고 하지만 우린 현대를 탈피하여 17세기 감상이라도 좋아. 그렇다고 흔히 나도는 파리지엔의 번잡하고 화려한 허영은 싫어. 조그마한 조개껍질 속의 대화 같은 예쁜….

현아, 친구 충웅, 식우, 모두 만만치 않은 상대인 것 같아. 내 친구들을 펜팔로 소개시켜준 건 나쁘지 않은 것 같아. 현아나 나나 중신쟁이가 되긴 했지만. 중계 편지를 받고 큰절까지 겸해서 가톨릭 타입의 답례까지 보낸 충웅이의 유머, 서울 가시나들은 사진 보내는 거 아인가! 하고 노골적인 불만을 토로한 식우, 모두 보고 싶고 얘기하고 싶은 이름들이야. 현아가 말했듯 우리들은 언제나 따뜻한 우정을 나누며 좋은 친구가 되어야겠지?

현아, 이 가을에 우리 좀 더 정다워져. 응? 안녕!

1965년 9월 ×일

예희

현아,

자정도 지났어. 하지만 내일 나에게 가해질 의학 기구들의 위력 때문인지 잠을 이룰 수가 없구나. 잠깐이라도 잊어버리고 싶어서 아까 다섯 시부터 지난날의 일기장이며 너에게서 온 107통의 편지들을 모두 꺼내어 읽는데도 잘 잊어지지가 않아. 여고 2년생이라고는 해도 병원을 무서워하는 건 세 살 난 어린애와 다름이 없나 봐.

9월이면 산과 바다를 돌아다녀야 하는 버릇 때문에…. 난지도엔 괜히 놀러 갔었지? 아마 현아를 두고 혼자 놀러 다녀서 벌을 받았나 봐. 20cm 남짓 찢어진 다리를 바늘로 꿰매야 정상 회복을 할 수 있다니….

현아, 책상 진열대 위엔 네가 생일선물로 보내준 깜둥이와 흰둥이의 마스코트가 여전히 졸고 있어. 내가 내일 수술을 받는다는 사실조차 모르고 어쩜 저렇게 능청을 떨고 있는지….

현아, 어떻게 하지? 좀 도와 줘.

'추석'

병석에 누워 있을 줄 알았지? 어제 퇴원했어. 아마 현아가 정성껏 편지를 보내준 덕분인가 봐. 오늘 등교해서 친구들도 두루 만나 보았어. 매우 기뻤어. 하지만 편지를 쓰는 이 시간은 왠지 우울해지는군. 귀뚜라미 울음 때문일까? 아님 갑자기 현아가 보고 싶어서일까?

현아, 가을은 아무래도 그리움의 계절인가 봐. 못 견디도록 현아가

보고 싶으니 말이야.

현아도 애틋해지는 게 가을이라고 했지? 현아. 예희가 보고 싶거든 리듀서와 대화해 봐. 현안 진실한 친구가 하나 더 생겼으니까. 이첫보다는 훨씬 나을 거야. 그리고 풍요로운 이 계절에 알차게 수확을 해 봐. 현아의 말대로 의미 있는 발자국을 남기기 위해서 말이야. '부지의 사나이'가 되기 위해서 말이야.

현아, 보구 싶어. 안녕!

1965년 9월 ××일

예희

제8화
홀로서기

1.

1965년 9월 초순.

나는 뜻 깊은 여름방학을 보내고 1학년 2학기를 맞이하였다. 풀어가야 할 과제가 한두 가지가 아니지만 2기분(6월~8월) 공납금만은 납부하였기에 숨통이 좀 트인 상황이었다. 자취생활이 여전히 힘들지만 버틸 만도 하므로 심기일전하고 앞만 보고 달려가기로 하였다.

학교생활도 웬만큼 안정을 찾았다. 과외 수업까지는 아니더라도 바이올린도 꾸준히 켰고 이론 공부도 열심히 하였다. 베토벤, 슈베르트 등 훌륭한 음악가들의 교향곡을 감상하면서 음악 전반에 관한 이해의 폭도 넓혔다.

한편 2학기의 임원 선출에서는 다시 부실장으로 뽑혔다. 학우들로부터 평가를 받아 다시 리더로 뽑힌 만큼 최선을 다하기로 하였다. 실장은 1학기 때의 광수가 다시 맡게 되었다. 광수가 고집스레 사양했지만 내가 강력히 천거하였다. 광수는 독실한 크리스천이고 과묵한 편이며 비교적 우리보다 나이도 많으므로 예우 측면에서도 순리라는 생각을 하였다.

하지만 10월에 접어들면서 그런대로 안정적이던 나의 학업에 문제가 생겼다. 집주인이 갑자기 방을 비워달라고 하였기 때문이다. 자취방은 월세로 들었지만 정식 계약을 맺은 것은 아니었다. 그러므로 주인이 자기주장을 펼 경우 비워줄 수밖에 없었다. 하긴 4개월 남짓 살아오는 동안 방세 한 번 제때 못 주었으니… 그런 형국에 이쪽 사정을 호소해 본들 구차스럽기만 할 뿐이었다. 어쩔 수 없이 성현 형에게 호소해야겠지만 형이 처한 입장을 헤아려 볼 때 그 또한 내키는 일은 아니었다.

정말이지 어렵긴 해도 여태껏 학업을 이어올 수 있었던 것은 순전히 형의 보살핌 때문이었다. 나는 잘 알고 있었다. 정작 형이야말로 자신의 학비조달이 어렵다는 것을. 그럼에도 굶지는 않는지 비뚤어지지는 않는지 염려하며 정성을 쏟아주고 있으니 어찌 그 사랑을 모르겠는가! 더구나 졸업시험을 앞둔 형이기에 자칫 형의 앞날을 그르칠 수도 있다는 생각에 두려움마저 들었다.

그런데 엎친 데 덮친 격으로 한 가지 문제가 더 생겼다. 서울의 두용이가 느닷없이 내려와서는 취직을 부탁하는 것이었다. 고향이 대전인 두용이는 아버지가 있는데도 새엄마가 싫다며 서울 큰형 댁에서 살게 되었다고 한다. 큰형 댁에서의 생활조차 아슬아슬 불안하다고 들었는데 종내는 형수조차 싫다며 무작정 대구로 내려온 것이었다.

처음엔 취직자리를 구하는 것만이 최선은 아니라고 생각하였다. 그래서 설득하려 했지만 그는 막무가내였다. 나를 알게 된 지 얼마나 되었다고… 그런 생각도 하였지만 자신도 겪어 왔듯이 오죽하면 여기까지 내려왔을까 생각하면 연민의 정이 없는 것도 아니었다. 사람이란 때로 잘못할 수도 있지만 갈 곳 없고 먹을 것 없는 사람은 얼마나 서럽겠는가! 그래서 긍정적으로도 생각해 보았다. 하긴 두용이가 취직만 할 수 있다면 둘이서 마음 맞춰 사는 것도 한 방법이라는 생각이 들기는 하였다.

이 형편에 며칠 들락거려도 신통한 답변이 없자 주인이 아예 방을 비우라고 명령까지 하였다. 아마도 이러다간 밑도 끝도 없이 주저앉을지 모른다고 우려하는 것 같았다. 학교 공부고 뭐고 참으로 난감하였다. 고민이 겹쳐 괴롭지만 달리 뾰족한 방법이 없었다. 그런 와중에 다시금 독촉을 해오므로, 아무런 대책도 없이 그냥 방을 비우겠다고 약속을 해버렸다. 뒷감당을 어찌하려고.

다음 날부터 방과 후 방을 구하러 다니기 시작하였다. 학교를 중심으로 변두리에 변두리를 헤매며 찾아보았지만 언감생심 말도 안 되는 짓을 하고 다닌다는 것을 깨닫게 되었다. 실속도 없이 며칠간을 쏘다니다 보니 헛고생만 하고 몸살까지 나고 말았다. 정말이지 하루 이틀 약속 날짜는 다가오고 여간 초조하지가 않았다. 하지만 그대로 주저앉을 수도 없으므로 모질게 마음먹고 다시 방을 구하러 나섰다. 그래도 옛 동네가 좋을 듯싶어 대구농림고교 부근을 쏘다니다가 뜻밖에 학교 친구 정구를 만나게 되었다. 정구는 나의 사정을 경청하더니 잠시 후 어머니의 허락까지 받았다며 선뜻 방 한 칸을 내주는 것이었다. 그마저 방세도 받지 않고 무상으로 주겠다니 진정 백골난망이었다. 오랜 날의 고민이 한꺼번에 쓸려가는 감동적인 상황이었다.

이튿날 정구네 리어카를 빌려 이사 같지도 않은 이사를 했다. 달랑 앉은뱅이책상 하나와 몇 권의 책, 그리고 옷가지가 전부였지만 그래도 기운이 절로 솟았다. 나보다 더 기분이 좋은 사람은 두용이었다. 호섭이와 충운이도 다시 동네로 돌아왔다며 아주 반가워하였다. 만세까지 불러 주었고 둘이서 수군거리더니 축하파티까지 베풀어 주었다. 힘겨운 기간이었지만 뜻밖에도 결과가 좋아 꿈을 꾼 듯하였다.

2.

10월 중순, 정구네 집.

이른 새벽, 쌀을 씻으려고 우물가로 나갔다. 아예 쌀까지 일어야 하므로 바가지와 그릇까지 챙긴 상태였다. 그런데 움찔 놀라지 않을 수 없었다. 우물가를 둘러싸고 있는 여러 명의 아낙들 때문이었다.

정구네 집은 예전에 축사까지 지어놓고 꽤 규모 있는 목축업을 하였던 모양이다. 그러나 주변으로 차츰 집들이 들어서면서 목축이 어렵게 되자 대신 일자(一字) 형태로 단칸방을 여럿 만들어 세를 주게 되었다고 한다. 그중 하나가 이번에 나의 보금자리가 된 것이고 그날도 평소처럼 거기 사는 아낙들이 아침밥 준비를 하러 몰려나온 것이었다.

그래도 아침밥은 지어야 하므로 아낙들과 뒤섞여 쌀을 씻기 시작하였다. 아낙들은 웬 낯선 아이가 새벽부터 나왔는가 싶어 궁금한 모양이었다. 나에게 한마디씩 물어가며 궁금증을 풀어 가더니 재미있어 죽겠다는 듯 슬슬 놀려대기까지 하였다. 참으로 민망하고 낯 뜨거운 시간이었다. 앞으로 매일 엉덩이를 마주칠 걸 생각하면 덜컥 겁이 났다. 그렇다면 빨래는 또 어찌 처리해야 할지 난감하였다.

쌀을 치대어 씻고, 돌을 일고, 잘 안친 다음 화덕의 연탄불 세기를 감안하여 물을 조정하였다. 밥이 되어 가므로 화력을 낮추고 뜸을 들여 제대로 밥을 지었다. 웬만한 국거리며 반찬 조리도 곧잘 해내므로 이만하면 수준급이라고 자부하는 심사였다. 그러나 딱 한 가지만은 사양하였다. 김치 담그는 일이었는데 그렇게 되면 남자인 것을 포기하는 것이어서 차마 그럴 수는 없었다.

두용이의 조리 솜씨도 제법이어서 된장찌개는 그가 손수 만들었다. 다른 건 몰라도 된장만큼은 상비하고 다니므로 멸치에다 파 송송 썰어 넣고 두부까지 한 모 띄우니 일품 식단이 되었다. 우리는 밥상에 마주 앉아 요즘 같이 귀한 식모, 남자로 대용하면 좋겠다고 농까지 하였다.

등교하려고 감색 교복을 챙겨 입고 베레모를 썼다. 검은 우단을 입힌 옷깃에는 5선을 상징하는 배지를 달았고, 목에는 하얀 스카프를 둘렀다. 정구와 함께 수성교를 건너 대봉동, 명덕로터리를 향해 부지런히 걸으니 학교까지는 약 5km의 거리로 한 시간쯤 소요되었다.

K고교의 오전 시간은 남녀로 구별하여 일반 과목을 수업하였다. 오후에는 전공과목 수업으로 이어졌는데 그때면 자연스레 혼반(混班)이 되므로 사뭇 분위기도 달라졌다. 수업 도중 쉬는 시간이 되면 남학생들의 경우 비교적 얌전하던 학생들도 우쭐대며 자기 존재를 과시하려 들었고 더러는 건너편의 여학생자리를 힐끔거리기도 하였다. 여학생들은 은연중 남학생들을 의식하였고 옹기종기 모여 재잘거리거나 안달을 부리기도 하였다. 아무튼 곧잘 기사도를 발휘하는 남학생들은 예쁘장한 여학생들의 주변을 습관처럼 기웃거렸다. 어쩌다 어긋나기라도 할라치면 되레 야유를 퍼붓거나 분풀이의 상대로 삼기도 하였다. 어쩌다 자칫 여학생의 대거리라도 발생할라치면 상황이 전혀 엉뚱한 곳으로 튀고 말아 쓴웃음을 짓게도 하였다. 하지만 무어라고 할까? 남녀공학이기에 느낄 수 있는 야릇하고도 설레는 심사는 오직 K고교생들만이 누릴 수 있는 특권임에 분명하였다.

나 역시 그들과 다를 바 없는 한 명의 학생이었고 남다른 감성에 젖어 공부하는 행운아이기도 하였다. 나는 다만 내성적인 성격으로서 함부로 행동하는 편은 아니었다. 나는 늘 신중해야 한다고 생각하였다. 그리고 모가 나지 않는 원만한 성품, 사귈수록 인품이 느껴지는 그런 사람이 되고 싶었다. 그러기에 어떻게 처신하는 것이 또한 어떤 리더십이 현명한 것인가를 늘 고려하였다. 대의(大義)에 따라야 하겠지만 가급적 약자의 편에 서고 싶었고 적어도 이들과 함께 2년 이상을 공부해야 한다는 것을 명심하고 있었다.

그런 나에게 어느 하루 일어난 철구(가명)와의 충돌은 불행하나마 불가피한 사건이었다. 그는 얼마 전에 전학을 온 학생으로서 전학하는 당일부터 너무 별나게 굴었고 노골적으로 우쭐대며 꺼드럭거렸다. 어찌 생각하면 그렇게 하고 싶어 일부러 전학을 온 학생처럼 보이기도 했다.

이를테면 대뜸 특정 여학생들의 주변을 싸고돌며 무언가 일을 저질러 놓고는 그것을 빌미삼아 남녀 학생을 가리지 않고 괴롭히곤 했다. 또 학교의 최고주먹이라 자칭하면서 노골적으로 자기과시를 하기도 하였다. 그럼에도 불구하고 어느 누구 하나 그를 제지하지 못했다. 그러기에 차츰 학우들로부터 경원의 대상이 되었고, 학교 분위기도 점점 간과할 수 없는 지경으로 빠져들고 있었다.

나는 그를 면밀히 주시하였다. 그리고 언젠가는 한 번 맞닥뜨려야 할 상대라고 생각하였다. 나는 철구가 진짜 주먹장이라고 여기지는 않았다. 비교적 극성스럽고 괴팍한 편이며 뭔가 기댈 만한 배경이 있을 것이라 짐작하였다.

사건이 일어난 그날도 철구는 비교적 나약한 남학생 한 명을 대상으로 삼고 있었다. 그 학생이 주변의 학우들과 말장난을 하고 있는 틈새를 교묘히 끼어들더니 무언가 꼬투리를 삼고는 그를 무참히 짓밟고 있었다. 더구나 많은 여학생들이 보는 앞에서.

나로서는 더 이상 두고 볼 수 없는 상황이어서 만류를 하고 나섰다. 그러나 그는 꿈쩍도 하지 않았다. 그로서는 처음 당해보는 참견이므로 자존심이 허락하지 않는 정황이기는 하였다. 그럼에도 나는 실장 자격임을 내세우며 또 한 차례 그를 제지하고 나섰다. 그러자 그가 대뜸 주먹질을 가해왔다. 내가 맞대응을 하면서 교실은 금세 아수라장이 되었다. 1층에서 시작된 싸움은 2층 전공 교실로 옮겨가면서까지 지속되었다. 진열된 미술 작품이 나뒹구는가 하면 석고상까지 바닥에 떨어져 박살이 났다. 하지만 엎치락뒤치락 20여 분간의 끈질긴 싸움 끝에 내가 그를 제압하자 많은 학생들이 다행스럽다는 듯 지켜보고 있었다.

나는 그에게 진심으로 사과할 것을 조건으로 더 이상 공격을 하지는 않았다. 나로서는 난생처음으로 치른 격렬한 싸움이었고 교무실에 불려가서도 조목조목 경위를 설명하며 그의 잘못을 지적하였다. 다행스럽게 오래잖아 그와 화해하였고 이후 학교 분위기도 안정을 되찾게 된 사건이었다.

3.

국어시간에 궁즉통(窮卽通)이라는 말을 배웠다. 이를테면 궁하다 보면 통하게 된다는 뜻으로서 어쩌면 그 당시 나의 생활을 빗댄 말 같기도 하였다.

나는 두어 달의 시간을 보내는 동안 홀로서기를 위하여 안간힘을 다하였다. 어떻게든 생활비는 벌어야 하므로 우선 주변 사람들과 친구들에게 호소하며 백방으로 일거리를 찾았다. 그리고 어떤 것이든 마다 않고 닥치는 대로 일을 하였다. 이삿짐을 거들거나 집 도배 일을 돕는 것, 그리고 겨울 김장을 거드는 것 등이 보편적인 나의 일거리였다.

나의 배움을 위하여 일거리를 배려하는 이웃들은 일하면서 공부하는 나의 의지에 응분 이상의 노임을 베풀어 주었고, 그것을 받아 쥔 나의 기쁨은 배움의 긍지로 승화하여 밝은 내일을 기약하여 주었다. 어쩌다 주머니가 두둑해지는 날이면 두용이가 좋아하는 호떡을 사들고 휘파람을 불며 귀가하였고, 오순도순 희망의 대화를 나누며 길고 긴 하루를 마감하곤 하였다.

그러나 나는 점차 궁핍해지고 있었다. 나는 아무래도 공부를 우선해야 하는 학생이었고 두용이의 몫 또한 간단하지가 않았다. 백방으로 수소문해 두었지만 두용이의 취업은 차일피일 하였고 어쩌다 날품을 파는 것이 고작이었다. 때문에 제때 식사는커녕 잡곡밥 한두 끼로 주린 배를 채우는 날도 있었다. 하지만 나는 두용이를 원망할 수 없었다. 아니, 하지 못했다. 함께 살아가기로 약속한 이상 주어진 현실에 최선을 다할 뿐이었다.

하지만 겨울로 접어들면서 생활은 더욱 궁핍해졌다. 김장 일을 마지막으로 그 어떤 일이든 마침표를 찍었고 수입이 전혀 없다 보니 저절로 움츠러들 수밖에 없었다. 우리는 변변한 이불 한 채 없이, 내복도, 땔감조차도 없이 한겨울을 맞이하고 있었다.

하지만 아슬아슬한 상황이 이어지는 형편에서도 겨울방학이 다가왔다. 방학하는 날 다른 친구들은 기분 좋게 하교하였지만 나는 또다시 공납금 부담을 뒤통수에 안은 채 쓸쓸히 교문을 나서야 했다. 그래도 학우들과 어울릴 때면 그렁저렁 시름을 달랠 수 있었지만 이제 또 긴긴 겨울을 어찌 버텨야 할지 걱정이 앞섰다. 하지만 여태까지도 잘 견뎌냈으니 어찌하든 성현 형이 졸업할 때까지만 잘 버텨내자며 이를 악물었다.

하지만 나는 시나브로 비굴해지고 있었다. 늘 뿌리치며 사양하곤 하였건만 더는 친구들과 이웃의 온정을 거부하지 못했고, 오히려 은근히 기다리는 수동적 자세로 변해가고 있었다. 분명 자존심보다 더 모진 것은 생리였다. 비굴한 삶인 줄 알면서도 어쩌지 못하고 핑계 삼는 바보…. 나는 모진 겨울이 두려워서 점점 자아를 잃어가고 있었다.

보다 못한 정구 어머니가 이불 한 채와 연탄 서른 장을 들여 주었고 충운이와 호섭이가 마치 경쟁하듯 쌀과 연탄을 날라왔다. 그것도 모자라 주머니의 용돈마저 몽땅 털어주곤 하였다. 식우와 종하도 때때로 찾아와 아픈 곳을 어루만져 주었다.

나는 뼈저리게 느꼈다. 가난한 자의 겨울이 배고픈 자의 한 끼의 과정이 얼마나 냉혹한 것인가를 뼛속 깊이 사무치게 느꼈다. 마치 세상은 그처럼 겁 없이 뛰어든 아이의 홀로서기를 호되게 가르치는 듯하였다.

하지만 새해 들어 용기백배하는 축복의 소식도 있었다. 정말이지 아버지, 어머니가 이 막내의 간절한 소원을 들어주신 것인가! 문현 형이 보란 듯 대학 합격의 영광을 안더니 성현 형도 마침내 영광의 졸업장을 품에 안은 것이었다. 나는 졸업식장에 달려가 형의 가슴에 얼굴을 묻고 소리 죽여 울었다. 웬일인지 기쁜 날, 축복의 날인데도 자꾸 눈물이 났다. 펑펑 솟구쳤다.

나의 주체할 수 없는 그 눈물은 부모에 대한 사무치는 그리움, 믿음직한 형들에 대한 감사, 더 이상 비극은 없을 것이라는 확신, 그리고 마침내 거기까지 이르렀다는 안도(安堵)의 감성이 두루 교차하는, 이를테면 나만의 진화(進化)된 눈물샘 때문이었는지도 모른다.

한편 예희의 답장 성화는 나를 무척 힘들게 하였다. 생활의 안정을 잃은 나는 전과 같은 여유와 자신이 없었고 그러기에 자꾸만 느슨해지고 있었다. 때마침 괴테의『젊은 베르테르의 슬픔』을 읽고 있었기에 로테를 향한 베르테르의 가슴이 자꾸만 나의 현실인 양 다가오는 것을 뿌리치지 못했다. 정말이지 나는 그녀에게만은 초라한 현실을 알리고 싶지 않았다. 그리하여 답신을 미룬 게 한 달이 지났고 급기야는 그녀의 성화가 빗발치고 있었다.

나는 그녀로부터 연이어 날아드는 편지 사연을 움켜쥐고 한없이 괴로워하면서 밤잠을 설쳤다. 때로는 두용이가 잠든 머리맡에서 정신없이 연필을 굴려 보았지만 날이 밝으면 다시금 용기를 잃고 찢어 버리곤 하였다. 참으로 안타까운 날들이 이어졌지만 나는 그 어떤 돌파구도 찾지 못한 채 흐르는 시간에 그저 몸을 맡길 뿐이었다.

'한 줄 편지 속 시원히 쓰지 못하네. 미움을 사면서도 말을 못 하네. 사랑이란 이런 건가, 어인 심사인가? 어느덧 해는 가고 달이 떠도네.

현아,

무척이도 썼다 지웠다 한 이름이야. 너의 편지를 오랫동안 받지 못했으니 그만큼 정신적으로 초조하기 때문일 거야. 인간이란 남에게 위로를 못해줄망정 괴로움을 끼쳐서는 안 된다는 말을 떠올리게 돼.

현아, 한 달이 넘도록 널 원망도 하고 다시는 편지를 쓰지 않겠다고 다짐도 해 보았어. 근 2주일 동안 타락적인 생활도 해 보았지만 현실과는 너무나 동떨어져 있음을 느끼게 되었어. 나 혼자만의 연출 마치 3류 희극 배우의 값싼 연출이랄까. 하지만 타락이라 하면 어딘가 맹랑한 느낌이 들지만 우리대로의 탈선적 행위를 말하는 거야.

현아, 나 때문에 화가 난 일이 있는 거야? 아니면 뭘까? 이렇게 소식을 전하지 않고서도 너는 마음이 편해? 아무렇지도 않아?

현아, 정신적으로 괴로운 너인 줄은 잘 알아. 또 이해하고 있어. 아주 잘…. 그러나 성인군자는 아니기에 이토록 갈등이 생긴 거겠지. 아마도 지금쯤은 자존심 때문에 펜을 들지 못하겠지? 나 역시 자존심이 있어서 며칠간 펜을 들지 못했어.

그러나 오늘 저녁 눈을 맞으며 집으로 돌아오는 길에 뭔가를 느낀 게 있었어. 이왕지사 현안 나에게 아픔을 주었지만 나마저 똑같은 사람이 되어선 안 되겠다는 거룩한 생각이 들었어. 우린 역시 연필로서 맺어진 친구가 아니겠니? 아무리 슬픔이 있다고 하여도 오랫동안 침묵한다는 건 우습고도 가엾은 일이라고 생각했어.

현아, 지금 생활은 어때? 홀로서기를 했다는 소식 후로는 편지도 뜸하고 이젠 아예 소식조차 없으니. 아무튼 무척 고생이 되겠지? 자신에게 돌아오는 운명은 물리칠 수 없다고 하던데 그게 너의 운명인가 봐. 나 역시 남을 애태워 기다리는 게 운명이구 말이야. 모든 게 조물주가 알아서 골고루 분배한 운명인데 어쩌겠니? 그런대로나마 노력하는 수밖에. 하지만 난 현아를 친구로 가진 걸 불행이라고 생각하진 않아. 이토록 기다리며 속도 끓였지만 조용히 생각하면 오히려 걱정으로 변해버리니 말이야. 현아, 난 그냥 행복으로 생각하겠어. 진정… 나의 마음을 믿지 않아도 좋아.

현아, 학교는 어떻게 되었지? 나 이번 성적은 무척 좋았어. 너와 약속대로. 넌 어떨지? 너 역시 잘 했겠지. 두용이도 고생이 되겠지? 모두가 불쌍한 나의 친구들이야. 언젠가 하느님의 축복이 내리겠지. 진실한 마음과 노력이 따른다면. 왜 이런 말도 있잖아? 쥐구멍에도 별들 날이 있다고.

현아, 벌써 거리엔 크리스마스 송가가 울려오고 마음은 들뜬 풍선마냥 한없이 한없이 부풀기만 하니….

현아, 이 편지 받고 또 해답하지 마. 난 아예 기다리지도 않을 테니 말이야. 이젠 지쳤어 모든 게…. 아마 현아가 대구에서 멋진 연애를 하고 있나 본데 잘 해보세요. 그렇다고 서울의 예희를 잊어서야 쓰나요. 날 다 잊을 정도이니 알아 모셔야지요. 충웅이, 두용이도 그렇지 친구가 연애 중이니 당분간 편지사절이라고 귀띔도 못 해 준담. 하여튼 섭섭하구 야속한 친구들이야.

모든 걸 이해한다구 약속한 현아는 모든 걸 이해하고 있는 나에게 무슨 말인들 못하랴!

현아, 안부 전해 주어. 날 아는 친구들에게 죽지 않고 무사히 지낸다구….

1965년 12월 ××일

예희

4.

'금일 밤 대구역 도착. 마중 요망. 예희.'

아닌 밤중에 홍두깨라더니 전혀 뜻밖으로 한 통의 전보를 받았다. 운신도 힘든 판국에 갑작스럽게 대구로 내려온다니…. 아무리 소식을 전하지 않았기로 이건 아니다 싶었다. 그렇지만 모른 척할 수도 없기에 여간 곤혹스러운 게 아니었다. 아무튼 밤이라고만 했지 몇 시 기차 편인지도 모르고 투덜거리며 대구역으로 나갔다.

얼마나 기다렸을까. 상·하행 열차가 손님을 내려놓을 때마다 출찰구가 보이는 곳에 위치하고 마냥 기다렸다. 밤 10시, 11시가 지나가고 있었다. 하지만 그녀의 모습은 볼 수 없었다. 내색하진 않았지만 실은 그녀가 무지하게 보고 싶었다. 단 한 번인들 그녀가 싫다거나 미운 적이 있었던가! 이제 곧 만난다고 생각하니 방망이질 치는 가슴을 주체할 수 없었다. 그러나 마지막 열차를 기다릴 즈음엔 혹시나 무슨 일이 있지 않은가 걱정이 앞섰다. 그지없이 불안하였다.

열차는 자정 무렵이 되어서야 마지막 손님들을 내려놓았다. 혹시 놓칠세라 출찰구까지 바짝 다가가 신경을 곤두세웠다. 긴박한 시간이 흘러갔다. 그러다가 보았다. 저만치에서 헝클어진 머리를 쓸어내리며 다가오고 있는 그녀를…. 검정색 코트를 받쳐 입은 사복 차림의 그녀는 몰라보게 성숙해 보였다. 반가운 마음에 환영객들을 비집고 손을 마구 흔들었다. "예희야!" 하고 소리쳤다. 그럼에도 그녀는 반응이 없었다. 다만 시무룩한 표정으로 다가와서는 "미워!"라는 한마디만을 하고 비켜섰다. 눈물마저 그렁거렸다.

오랜 기다림에 지쳐버린 그녀의 허탈한 표정을 읽으면서 죄책감마저 들었다. 하지만 번연히 미움을 살 걸 알면서도 속 시원히 답장을 하지 못한 내 가슴이 더 쓰라렸는지 모른다.

분명 그러하였다. 우여곡절의 삶 속에서 왠지 모를 공허감을 느껴야 했고, 그래서 반드시 답장을 띄워 그녀를 붙잡는 것만이 참 우정은 아닐 것이라 생각하였다. 아니면 아닌 대로 또 그러면 그런 대로 흘러갈 수 있으련만… 아니 그녀를 진정으로 좋아하기에 한 걸음 더 먼 곳을 지향해야 한다고 결심하였다. 그러나 막상 풀 죽어 찾아온 그녀를 보는 순간 더는 안 되겠다고 마음을 고쳐먹었다.

그녀를 감싸고 달래었다. 이 순간만큼은 그녀를 사랑할 수도 있다고 생각하였다. 누가 보거나 말거나 그녀를 꼭 안아 주었다. 우리는 한참을 그렇게 부둥키며 찰싹 붙어 있었다. 그제야 그녀의 표정이 밝아졌고 언제 그랬냐는 듯 해맑게 웃고 있었다.

우리는 심기일전하고 중앙통 거리로 나섰다. 자선냄비가 울어대는 중앙통 거리엔 함박눈이 쏟아지고 있었고 연인들의 행렬이 끊임없이 이어지고 있었다. 우리는 혹여 놓칠세라 팔짱을 끼고 걸었다. 그녀의 체온이 가슴으로 전해져 왔다. 마냥 포근하고 아름다운 밤이었다. 시간은 새벽을 달리고 있었다.

현아,

서울역에 도착해도 날은 깜깜했고 몹시 추웠어. 간밤엔 집으로 잘 돌아갔는지 통금엔 걸리지 않았는지? 정말 반겨주어 고마웠어. 어떻게 보답해야 할지….

현아, 이번에 너에게 불쑥 내려간 건 잘한 일일까 못한 일일까? 하지만 한 달 이상 회답이 없으니까 견딜 수가 없었어. 그러지 않고는 현아를 잃어버릴 것만 같았단 말이야. 그래서 내가 망발을 했었나 봐.

하지만 내가 보기에도 너의 생활은 너무 딱했고 그래서 감동적이기도 했어. 그 싸늘한 공간에서 끼니조차 변변찮은 겨울을 보내고 있다니….

두용이도 취직을 못한다면 그냥 돌려보내는 게 어떨는지. 앞으로도 고생이 심하겠지? 그러나 최선을 다하며 열심히 살아간다면 하느님의 축복이 내릴 거야. 부디 용기를 잃지 말고 열심히 공부하길 바라겠어. 여태껏 현아가 살아온 '불지의 정신'으로 말이야.

현아, 아직껏 밤이 새지 않았어. 집에 도착하자마자 이렇게 편지 쓰는 건 이번에 보여준 너의 정성에 감사하는 마음 때문이야.

현아, 나 널 존경해. 넌 확실히 대장부야. 이번에 너의 눈빛은 한사코 남자의 눈빛이 아니었거든. 내가 어쩌다 여자의 눈빛으로 돌아섰을 때도 너는 나를 편안히 대해주는 것만으로 그쳤거든… 내 나이 열여덟 살인데도.

현아, 그럼 또 쓸게. 이번 실수 너그러이 용서할 줄 믿으며 편안한 하루가 되길… 안녕!

1965년 12월 ××일

예희

현아,

지금 서울엔 눈이 내리고 있어. 오늘은 어떻게 하루를 보냈는지 공부는 열심히 하고 있는지? 눈 때문에 현아 생각이 나서 또 이렇게 편지를 쓰는 거야.

현아, 플라톤의 저서 '심포지엄'에서 인간 중에 남자는 서로의 떨어져나간 분신을 찾아다닌다는 대목 중에서, 여자는 남자의 갈비뼈로 만들어져서 남자가 분신을 찾는 게 사랑이고 결합하는 게 결혼이다. 그러므로 인간은 단순하면서도 복잡하지만 단지 분신을 찾는 시간이 인생의 3분의

2를 차지한다 등…. 이런 대목을 읽어 본 적이 있다면 역시 너와 나의 사연도 무언가가 있는 탓이겠지?

현아, 예희가 정말 심각하게 말 같은 말을 한 적이 없었지? 어리광쟁이 예희가 심각했다는 건 그만큼 느낀 게 많았다는 말이겠지? 두용이에게두 편지 보냈어. 나의 편지 네 주머니 속에 넣고 아무도 보여주지 마. 그리고 보내는 우표도 네가 다 쓰고. 누구 주면 다신 안 보낼래.

현아, 며칠 있으면 설날인데 넌 어떤 상태로 설날을 맞이할까? 떡국 한 그릇을 거뜬히 먹어낼 수 있을는지. 다 먹으면 한 살을 더 먹게 되겠지? 하지만 이번 나이는 네가 두 계단을 뛰면 좋겠어. 아님 내가 한 계단을 머물든지. 왜냐구? 몰라. 현아, 이번 구정엔 우울하면 못 써. 명절날이면 우울해진다고 했지? 그럼, 오늘도 안녕!

1966년 1월 ××일

예희

제9화

무거운 죄

1.

1966년 1월 24일 오후 1시.

설날을 맞은 지 사흘째이건만 나의 자취방에는 여직 명절 기운이 남아 있었다.

"윷이다. 잡았다!"

"아이고, 망했다!"

바로 옆방에 살고 있는 상락 형의 말이 두용이의 말을 낚아채고는 곧바로 결승점으로 다가가는 판세인데 이번에는 느닷없이 나의 말이 또 그놈을 잡아버리자 윷판에는 한바탕 웃음보가 터졌다. 새로운 한 해를 기약하는 꿈이 우리들의 밝은 웃음 속에 영그는 듯하였다.

"안에 좀 봅시다!"

윷을 다시 놓으려 할 때 밖에서 인기척이 났다. 누군가 찾아온 듯하였다.

"이 방에 사는 학생이 누고?"

방문을 열자 정복 차림을 한 순경 두 사람이 대뜸 다그쳤다. 예사롭지 않은 눈매로 방 안을 훑어보는데 어쩐지 느낌이 좋지 않았다.

파출소까지 불려가 조사를 받을 때까지도 나는 어리둥절하기만 하였다. 그러나 상황은 차츰 심상찮은 방향으로 흘러갔다. 설 다음날 바로 이웃에서 귀금속 도난사건이 있었고 나는 뜻밖에 그 피의자로 지목되어 끌려온 것이었다.

"사람이 어렵게 살다 보마 순간적으로 충동을 느낄 수도 있지 뭐…."

나는 기가 막혀서 말문을 잃어버렸다. 마른하늘에 날벼락이라더니 이 사람들이 지금 무슨 말을 하고 있는가 싶었다. 나는 단호하게 답했다.

"저는 그런 사람 아입니더!"

"처음에는 다 그칸다!"

단번에 결백을 보일 수 있다는 자신감과 달리 상황은 여의치가 않았다. 심문자의 심문은 여러 정황을 훑고 있었다.

"자. 실실 불어봐라. 내 잘 봐 주꾸마!"

심문자는 그렇듯 빈정거리며 한 시간 가까이나 나를 괴롭혔다. 달래고 을러대며 집요하게 파고들었다.

"도현이는 절대로 그런 학생이 아니고, 절대로 그런 일도 없습니다!"

근심스레 취조 과정을 지켜보던 두용이가 의분을 참지 못해 끼어들었다.

우리는 몇 차례 갖은 정황을 다 상정해가면서 무관함을 거듭 주장하였다. 그러나 심문자는 들은 척도 하지 않았다. 아예 확신을 하는 눈치였고 그런 만큼 이쪽 해명 따위에는 관심조차 없어 보였다. 나는 차츰 지쳐갔고 취조 과정을 지켜보던 두용이도 구원요청을 한답시고 파출소를 떠나갔다.

돌멩이처럼 굴러다니며 부대껴 온 시간들. 굶주린 배를 움켜쥐고 냉방 바닥에 쪼그려 잠들어도 마음만은 넉넉하였다. 먼 훗날을 기약하며 오로지 배움을 위하여 몸부림쳤다. 설령 고기반찬을 차려 유혹해 온들 어찌 그런 악행을 저지를 수 있으랴! 아버지의 가르침이, 리듀서의 명예가 거기에 있지 않던가!

"빨리 안 부나!"

"절~대로 그런 짓 안 했다꼬 안 캅니꺼!"

나는 또 한 차례 자백을 강요하는 심문자를 향해 두 눈을 부릅뜨고 부르르 몸을 떨었다. 피해자의 지레짐작 한마디에 선량한 학생의 가슴에 범죄자의 올가미를 씌우려는 더러운 악마! 구역질나는 그 주둥이를 향해 정통으로 독화살을 뿜고 싶다. 나는 피가 거꾸로 솟는 울분을 참지 못하고 심문자의 책상을 세차게 내려치고 말았다.

"이 새끼가…!"

심문자의 거친 손바닥이 나의 뺨을 한차례 후려치고 지나갔다.

"학생의 탈을 쓰고 도둑질을 한 주제에. 이 도둑놈. 내가 니 놈을 가만 둘 줄 아나!"

듣기조차 민망한 폭언이었다. 파출소 안이 소란스러워지자 소장인 듯한 사람이 심문자에게로 다가와 귓속말을 나누었다. 심문자가 써 내려가던 조서를 대충 간추리면서 나를 향해 내뱉었다.

"일단은 보내준다만도. 이 새끼, 내 반드시 수갑을 채워줄끼다!"

나는 끓어오르는 분노를 주체하지 못하고 출입문을 부서져라 때려 닫고 거리로 뛰쳐나왔다. 설치레한 아이들이 들뜬 모습으로 나의 곁을 스쳐갔다. 불현듯 유년 시절의 행복했던 순간들이 떠올랐다. 가난하고 배고픈 것만 해도 서러운데 이웃 인심은 왜 나를 도둑으로 지목하였단 말인가. 하늘이 무너져 내리는 아픔이 엄습해 왔다. 이대로 돌아갔다간 미쳐 버릴지도 모른다. 아니, 험악한 사태가 벌어질지도 모른다.

나는 발걸음을 되돌려 성현 형이 있을 동인동의 홍 사장네로 향했다. 진작 형을 떠올리지 못한 것이 후회스러웠다. 언제나 푸근하기만한 형, 생각만으로도 형의 부드러운 손길이 아픈 가슴을 어루만져 주는 듯하였다.

성현 형은 외출하고 없었다. 가정부의 안내를 받고 2층 응접실에 엉거주춤 앉았다. 소파의 감촉이 참으로 포근하였다. 주위를 살펴보니 진열장이며 장식품들이 하나같이 으리으리하였다. 단박에 주눅이 들고 말았다. 여남은 살쯤 되어 보이는 아이가 들랑거리며 남루한 나를 의아한 듯 힐끔거렸다.

이런 호화 주택에서 사는 아이들은 얼마나 행복할까! 무슨 걱정이 있을까? 아무려면 아무런 불만도 없겠지. 나는 선망의 눈길로 아이의 동작을 살피다가 그만 고개를 떨구었다.

잠재되어 있던 슬픔이 한꺼번에 솟구쳤다. 자랑스러웠던 학동시절의 추억이 활동사진처럼 스쳐갔다. 믿어지지가 않는다. 인간은 모두 평등하다고 하는데 도무지 믿어지지가 않는다. 그 말은 궤변이다. 가난한 사람을 아프게 긁어대는 망언이다. 돼지우리 같은 역한 냄새 나는 곳에 살면서도 불행하지 않다고 우겨대는 사람들, 막소주 한 잔 구걸하려고 헤픈 웃음을 흘리고도 천연덕스러운 사람들, 담배 꽁초 입술 태워 피우면서도 할 짓 다 하며 산다고 너스레를 떠는 사람들, 그들이 어찌하여 호화 저택에서 호의호식하며 살아가는 사람들과 동등하단 말인가! 나는 숨 한번 크게 못 쉬고 눈칫밥을 먹으며 살고 있을 형을 생각하면서 또다시 고개를 떨구고 말았다.

벽시계가 저녁나절 여섯 시를 가리키고 있었다. 아무래도 형은 늦으려나 보다. 무턱대고 기다리고 있기엔 주변 환경이 너무 부담스러웠다. 되돌아 나오다가 형이 거처하는 방 책장 앞에서 멈추어 섰다. 언뜻 낯익은 약병 하나가 눈에 쏙 들어왔다. 당연한 듯 그것을 집어 주머니에 넣었다. 아래층으로 내려와 가정부에게 인사하고 대문을 나섰다.

2.

바깥은 캄캄하였고 몹시 추웠다. 몸을 웅크리며 동네 쪽으로 향했다. 간혹 마주치는 취객들. 무슨 사연이 있기에 저토록 마시고 비틀거리는 것일까?

옛 약방가게 방향으로 걷다가 문득 손씨 엄마 생각이 났다. 약방 바로 옆에서 실비식당을 하는 분으로 동네 형뻘 되는 손 아무개의 어머니여서 그렇게 호칭하였다. 하긴 지난날 어머니날이면 빨간 카네이션 축하를 빠뜨리지 않았던 실제 어머니 같은 분이기도 했다. 식당에 들어서서 정중히 인사를 드렸다. 지나는 길에 들렀다고 하니 반색하며 맞아주셨다.

자리에 앉히더니 쌀밥 한 공기에다 김이 모락모락 오르는 시래깃국 한 그릇을 퍼다 주셨다. 그러고 보니 점심도 거른 상태였다. 시장기가 돌아 게걸스럽게 해치웠더니 빙그레 웃으며 다시 한 그릇을 퍼다 주셨다.

"인자 다 컸어이꺼네 막걸리도 한 잔 마셔 봐라. 추운데."

손씨 엄마는 오랜만에 고향집을 찾아온 친자식처럼 포근히 대해 주셨다.

"아이고, 우리 불쌍한 도현이 학생. 얼마나 고생이 많노? 옆에서 약방 볼 때는 참 좋았는데… 한 6개월쯤 됐나? 학교는 잘 다니고? 인연이 남달라서 보고 싶었대이. 아부지, 엄마 살아계실 때는 동네에 일 생기면 다 돌봐주시고 불쌍한 이웃들 두루 보살피고 챙겨주

있는데, 그때 그 얼라가 이만큼 커서 총각이 다 됐다이. 세월 참 빠르다 그자!"

나는 잔뜩 서러움이 묻어났다. 여직까지도 동네 사람들의 가슴 속에 존재하고 있는 아버지, 어머니가 아주 자랑스러웠다. 그리움이 마구 솟구쳤다. 술맛이 좋았다. 더 달래서 두 잔이나 달게 마셨다.

"도현이 니가 안동 김씨 29세손인기라. 니는 우리 집안의 명예를 반드시 지켜야 한대이. 알았제, 도현아!"

문득 큰고모의 당부 말씀이 떠올랐다.

"이 새끼! 내 반드시 수갑을 채워줄끼다!"

심문자의 말이 겹치고 스쳐갔다.

나는 손씨 엄마의 푸짐한 대접을 뒤로하고 식당 문을 나섰다. 동일약방은 여전히 제자리를 지키고 있었다. 한참 동안 간판을 올려다보았다. 잔뜩 미련이 묻어 있는 서럽고도 가슴 쓰린 간판이었다.

자취방으로 향하는데 다시 술 생각이 났다. 포장마차에 들렀다. 술잔을 기울였다. 술기운이 전신을 파고들고 있었다. 다시금 파출소의 일이 떠올랐다. 몸서리를 쳤다. 과연 결백을 밝혀 낼 수 있을까? 불명예는 또 어떻게 하는가! 아무래도 끝장이 날 것 같아 심장이 마구 뛰었다.

어느 순간 뒤틀린 소리가 들려오고 있었다. 망나니의 서슬 퍼런 칼춤 장단이, 심문자의 통쾌한 웃음소리가, 구경꾼들의 고함 야유가 마구 교차하고 있었다. 나는 소스라쳤다. 고개를 저었다. 식은땀이 흥건하였다.

나는 다시 술을 마셨다. 차츰 마음이 진정되었다. 어쩐 일인지 기분이 좋아지며 용기가 솟구치고 있었다. 어디선가 우렁찬 음악 소리가 들려와 지그시 눈을 감았다. 베토벤의 교향곡 '영웅'….

　저편 먼 곳으로부터 붉은 태양이 솟아오르고 있었다. 찬란한 태양이 요원한 생명의 불꽃이 되어 훨훨 불타오르고 있었다. 저 태양이 가시기 전에 차디찬 얼음덩이가 되기 전에 용광로를 통과한 붉은 용액이 되어 영원한 세상을 밝혀 주고 싶다. 더러운 세상을 모조리 삼켜 버리고 선량한 사람들의 등불이 되어 나처럼 서럽게 살아가는 사람들의 눈물을 씻어 주고 싶다.

　나는 돌처럼 앉아 있던 자세를 여미며 무서운 집념을 삼켰다. 그리고 주머니 속의 약병을 꺼내고 단숨에 삼켜 버렸다. 역겨운 타액이 배 속 깊숙한 곳으로 밀려들었다. 주모도 나 자신도 미처 의식하지 못한 찰나의 일이었다.

　나는 포장마차를 나왔다. 겨울밤이 매섭게 얼어붙어 있었지만 가슴만은 뿌듯하였다. 불현듯 아주 오랫동안 소망하여 왔던 무언가가 저만큼으로부터 다가오고 있었다. 친구도, 예희도 형들도 안겨주지 못했던 그 무엇이 마침내 안겨오고 있었다. 아~ 그것은 행복이었다. 아주 먼 곳에, 아주 깊은 곳에 감춰져 있던 행복, 비애와 절망과 굴종(屈從)을 강요했던 그 행복이 스스로 안겨오고 있었다.

　나는 불현듯 두용이의 얼굴이 궁상스런 모습에서 벗어나 활짝 웃고 있는 것을 보았다. 가야 한다. 저 행복이 다시 도망치기 전에 두용이 곁으로 가야 한다. 심문자를 향해 머리를 처박고 격노하던 그 우정에 보답해야 한다.

　배고프지 않다고 했지? 왜간장에 보리밥 비벼 먹으면서도 그마저 걸러야 하는 현기증 속에서도. 외롭지 않다고 했지? 차디찬 골방에 쪼그려 앉아 설날 아침을 맞으면서도 우리의 체온이 함께하므로.

하긴 그놈의 설날이 탈이었어. 남들의 명절이 부러워 잠시나마 이웃을 기웃거린 것이 화근이었어. 정구야, 너라도 곁에 있었다면… 제사는 꼭 시골로 가서 모셔야 하는가? 나는 실쭉이 웃었다. 바보처럼 웃었다. 그러나 비틀거렸다.

몸이 내려앉고 있었다. 아~, 아~! 나는 그제야 자신이 약을 먹고 말았다는 것을 의식하였다. 놀라움과 두려움이 겹쳐 그렇잖아도 비틀거리는 몸을 가누지 못하게 했다.

불현듯 충운이가 떠올랐다. 그의 집으로 방향을 잡고 정신을 가누며 걸었다. 친구와 함께라면 무슨 일인들 못 할까! 그러나 친구는 없었다. 발길을 돌렸다. 자취방으로 향했다. 농로(農路)로 접어들긴 하였으나 정신이 확연히 혼미해지고 있었다. 도움을 청해야겠는데 아주 절실하건만 좀처럼 사람의 모습이 보이지를 않았다.

나는 더는 버티지 못하고 털퍼덕 농로 한편에 주저앉았다. 그리고 퍼질러 눕고 말았다. 몸을 가누려 해도, 정신을 가다듬으려 해도, 전혀 말을 듣지 않았다. 온몸이 짜릿하게 녹아내렸다. 혓바닥이 오그라들며 심한 갈증이 왔다.

하늘이 올려다보였다. 마주 본 밤하늘은 한가로웠다. 유난히 반짝이는 별 하나가 있었다.

"아부지예, 엄마 안 보고 싶어예?"

"와? 엄마 보고 싶나?"

"예. 너무너무 보고 싶어예."

"그래. 내 다 안다. 막내둥이라서 더 그렇지. 그런데 엄마, 있다. 저 하늘나라에 있다."

"하늘나라에예? 참말로 하늘나라라 카는 데가 있십니꺼?"

"그래. 있고 말고다. 엄마는 꽃을 좋아 안 했나?! 꽃을 좋아해서 꽃 속에 살다가 꽃에 딱~ 안기서 하늘나라로 안 갔나!"

"예?"

"지금은 틀림없이 이쁜 별이 되었을 끼다."

"예? 엄마가 또, 별이 되었다꼬예?"

"그래. 하늘에 별들 안 많나. 그 별들이 다 꽃이다. 반짝반짝하고 빛나는 거는 별꽃이 핀 기고… 그중에 제일로 빛나는 별이 엄마별 인 기라."

"예…, 알았심더. 인자 엄마 보고 싶으마 반짝반짝 빛나는 별만 찾을랍니더!"

"그래그래, 그래라. 아부지도 나중에 엄마한테 갈긴데…."

별은 얼마간 어머니와 아버지의 모습으로 속삭여 주다가 사라져 갔다.

"니는 우리 집안의 명예를 반드시 지켜야 한다이. 알았제, 도현 아!"

별은 큰고모의 모습을 마지막으로 모습을 감추었다. 의식이 사라 지면서 스르르 눈이 감겼다. 희미하게나마 무언가, 무언가가 아주 잘못되고 말았다는 생각이 들었다. 하지만 이대로, 그냥 이대로 잠 들어도 좋다는 생각을 하였다.

나는 나의 최후가 바로 문턱에 와 있다는 것을 의식하였다. 캄캄 한 적막 저편으로 손만 뻗으면 닿을 것만 같던 그 행복이 파문을 일 으키며 서서히 사라지고 있었다. 체념이 들었다. 찐득한 눈물이 흘 러내렸다. 그예 콧방울이 맺혀 숨조차 버거워졌다. 두 눈을 감았다.

나는 더 이상 존재하지 않았다.

3.

"내가 다시 파출소에 가 봤는데 조사받고 일찌감치 갔다는 거야. 그래서 여태껏 기다리고 있는 중인데 걱정이네….."

"그라마 도대체 어데 갔단 말이고?"

명절을 쇠러 시골을 다녀온 충운이가 곧바로 자취방에 들렀다가 두용이로부터 사건의 전말을 전해 들었다. 그러나 저러나 별로 갈 데도 없는데 어디로 갔을까? 파출소의 일은 어떻게 결론이 났을까? 예사롭지 않다는 생각에 크게 마음이 쓰이었다. 그러나 밤 10시가 넘도록 소식이 없으므로 불안한 마음을 안고 발걸음을 돌렸다.

집까지는 1km 남짓한 길이었다. 농로를 따라 걷자니 밤바람이 아주 매섭고 차가웠다. 손바닥을 비벼 뺨에다 대어가며 종종걸음을 쳤다. 그런데 앞쪽에 무언가 느껴지는 게 있으므로 다가가 살폈다. 그런데 뜻밖에도 만신창이로 널브러진 사람이 있었다. 아니, 친구 도현이었다.

충운이는 기겁을 했다. 얼어 죽기 십상인 상황이었다. 황급히 들쳐 업고 끙끙대며 정구네 집으로 달렸다. 겨우 당도하여 눕혀 두고 관찰을 했다. 처음에는 술 탓인가 싶었다. 술 냄새가 짙게 풍겨났기 때문이다. 하지만 입 거품에다 콧방울까지 일으키므로 갸우뚱하였다. 순간, 불길한 기운이 스쳤다. 후다닥 일어나 주머니를 뒤졌다. 아뿔싸! 빈 약병이 나왔다. 그 자체로 충격이었다.

"두용아 큰일 났다이! 리어카 어딨노?"

청천벽력이었다. 충운이가 앞에서 끌고 두용이가 뒤에서 밀며 있는 힘을 다하여 미친 듯이 달렸다. 아무리 그렇기로… 웃고 살아야 한다며 짐짓 헤프게 웃어대던 친구가… 세상없어도 공부는 한다며 머리를 싸매던 친구가 죽으려 하다니. 자갈길과 신작로를 질주하여 병원에 도착할 때까지 두 사람은 제정신이 아니었다.

늦은 밤이지만 백제의원에는 마침 의사가 있었다. 위급 환자는 바로 수술대 위에 눕혀졌다. 환자는 사지가 묶인 채 일련의 의료과 정을 참아내지 못하고 발버둥쳤다. 무아의 육신이지만 독극물을 게울 때마다 생혈을 토하며 숨을 몰아쉬곤 했다.

두용이가 안절부절못하며 밤새 친구를 다독거렸다. 이튿날 아침이 되어서야 성현 형이 허겁지겁 의원을 찾아왔다. 성현은 넋이 빠진 채 동생을 내려다보며 눈물을 삼켰다. 생기없이 축 늘어져 있는 동생의 가슴 위로 그의 고해의 눈물이 흥건히 젖어들고 있었다.

밤새 병원을 지켰던 충운이가 작심하고 지척에 있는 파출소로 달려갔다. 거칠게 문을 열고 뛰어들며 근무자들을 향해 목청 높여 울부짖었다.

"파출소가 생사람 잡는 덴니꺼!"

파출소장과 그 심문자가 의원을 찾아왔다. 정중히 예를 차리고 거듭 사과를 하였다. 예의 그 도난사건은 어젯밤에 내부 사람의 소행으로 밝혀져 이미 종결된 상황이었다.

두용이도 질풍처럼 내달렸다. 고발자의 대문이 찌그러지고 나무 담장 한 쪽이 와르르 무너졌다. 성가시게 짖어대던 토종개 한 마리도 저만큼 나가 떨어졌다. 능글거리던 고발자의 얼굴에 오물통을 덮어씌우고 죽어라고 눌러댔다. 어느 누구도 두용이를 제지하지 못했다.

환자는 오후 들어 고비를 넘겼다는 진단을 받고 자취방으로 돌아왔다. 환자는 방 한쪽 아랫목을 차지하고 죽은 듯 잠들어 있었다. 호섭이도 정구도 놀라서 한달음에 달려왔다. 왜 깨어나지 못할까? 혹시나 잘못될까 봐 모두들 진정으로 기도하였다. 밤이 되면서 초조함이 더했다. 습관처럼 시계를 들여다보았다. 그러다 밤 아홉 시쯤에야 미동을 하며 눈을 떴다.

"도현아!"

두용이가 반가움에 소리쳤다. 친구들이 눈물을 그렁거리며 서로 손을 맞잡았다. 환자가 일어나려다 말고 주춤하였다. 여유를 찾은 충운이가 얼른 빈 깡통을 받쳐 들었다. 오랫동안 갇혀 있던 환자의 오줌발이 무안스럽게 깡통을 울려대고 있었다.

나는 돌이킬 수 없는 중죄인이 되어 개학 전날까지 꼼짝 않고 방 안에만 박혀 있었다. 주위의 시선이 부담스러워 고개를 들 수조차 없었다. 어떻게 수습하고 또 용서를 빌어야 할지… 그저 죄스럽고 통탄스러울 뿐이었다.

어쩌면 죽음의 그림자는 어느 땐가부터 나의 주변을 에워싸고 있었는지 모른다. 한 번쯤은 치러야 할 통과의례였을까.

아무튼 나에게는 너무나 많은 과제가 앞을 가로막고 있었다. 먹고살아야 하고, 공부해야 하고, 등교준비도 해야 하고, 무엇보다 공납금을 준비해야 하고… 그러나 보다 우선적인 것은 씻은 듯 훌훌 털고 새출발을 해야 하는 것이었다.

"리듀서, 정말 잘못했습니다. 돌이킬 수 없는 무거운 죄를 저질렀습니다. 마치 꿈을 꾼 것 같습니다. 허탈합니다. 부디 용서를 바랍니다. 하지만 저는 어찌하든 가시밭길을 헤쳐가야 합니다. 억척같이 목적한 바를 향해 달려가야 합니다. 딱 한 가지만은 분명히 약속하렵니다. 다시는 이런 어리석은 짓은 하지 않겠다고. 우러나는 가슴으로 다소곳이 용서를 빌면서 리듀서에게 맹서합니다."

'딱!' 하고 무엇이 세차게 등짝을 내려치는데 깜짝 놀라 돌아보니 두용이었다. 두용이는 나를 향해 무언의 채찍을 하고 있었다. 그가 무얼 말하려는지 짐작하고도 남음이 있었다. 연이어 예희의 질책까지 날아들었다.

친구 도현에게.

이 못난 바보가 무작정 너를 찾아와 신세를 진 지도 어언 넉 달이 다 되었구나. 미안하다. 도현아. 오랜 기간 회충처럼 기식했는데도 싫은 내색 않고 따뜻하게 대해 주었으니 내가 무슨 염치로 말을 할까!

도현아, 나는 이제 성스러운 네 앞에 백기를 들고 나의 길을 떠나려고 한다. 나는 두렵다. 무엇보다 두려운 것은 너의 면학 분위기를 저해한다는 사실이다.

친구야, 나 많이 배웠다. 네가 걸어가는 의지의 길, 네가 베풀어 준 진정한 우정, 그리고 네 형제와 네 친구들의 따뜻한 우애를.

도현아, 나는 참 보잘것없는, 참말로 부끄러운 바보였다. 계모가 싫어 아버지 곁을 떠나오고 또 형수가 싫어 형의 집을 떠나오고, 그러면서 학업도 포기하고, 이렇게 떠돌아다니면서 너에게 폐를 끼치고….

친구야,

이젠 뒤돌아보지 않고 형님 댁으로 돌아가려고 한다. 너의 충고를 따르려고 한다. 그리고 직장 잡고 열심히 살아가면서 무엇이 바른길인지 깊이 헤아리며 살아가려고 한다.

친구야, 너는 우째 그리 어른스럽노? 나보다 두 살이나 어리고 주변 친구들도 모두 너보단 나이가 많던데… 만날천날 형같이 구노? 그게 정말 부럽네. 책을 많이 읽고 일기를 쓰면 그렇게 되는 것인가? 너는 정말 책을 많이 읽더라.

친구야, 잘 있어라. 그리고 공부 열심히 해서 훗날 훌륭한 사람이 되어 가난하고 어려운 사람들을 위한 등불이 되어 주렴.

친구야, 실은 어제 전번 다녀온 우산 공장에서 한 번 와보라고 하더라만 그냥 떠나기로 했다. 그게 너의 참 우정에 대한 정답이라는 결론을 내렸다. 미안하구나.

친구야, 정말 고마웠고 너무 미안했다. 다른 친구들에게는 인사 못 하고 떠난다.

1966년 1월 29일

못난 친구 두용

현아,

충웅이의 편지 잘 받아 보았어. 회복하였다니 무엇보다 다행이지만….

하지만 이제 도현이란 이름을 다른 감정으로 거리감을 두고 불러야 하니

내 신세가 비참하게 됐어. 공든 탑이 무너졌다는 속담이 바로 이런 경우

를 두고 한 말인가 봐. 생혈을 토하구….

현아, 죽음이란 장난이 아니야. 지난날 나도 죽음을 동경한 적이 있지만

그 동경이란 것이 참으로 어리석고 비열하다는 것을 곧바로 깨달았어. 얼

마나 충격이 컸으면 그랬을까 하는 가엾음보단 소중한 생명을 소홀히 하

는 그 사고방식이 두려워졌어. 네가 밤마다 쓰는 일기도, 여러 친구들도,

예희라는 서울 가시나도 너에겐 일시적 위안의 대상밖에 되지 않았는지?

친구들을 형제처럼 아끼고 사랑한다던 너의 자부심은 어디로 갔을까? 아무리 충격적인 일이 있었다 해도 차분히 이성적으로 판단한다면 이겨낼 수 있었다고 봐. 한갓 현실을 도피하려는 그런 사람이었다면 처음부터 대화도 하지 않았을 거야.

현아, 사는 게 너무 힘들어서 그랬니? 여태까지도 잘 견뎌 왔던 괴로움, 지금인들 못 견디겠니? 너 하나 희생하여 명예를 지킨다는 정신은 우러러볼 만해. 하지만 네 경우는 자기 희생 외에 아무런 의미가 없단 말이야. 잠깐 현아가 정신적 착란을 일으켰다가 제정신이 들었다구 생각하겠어. 오늘은 솔직히 실망 속의 안녕이야.

1966년 1월 28일

예희

제10화

짧은 재회

1.

1966년 2월 초순.

성현은 오랜만에 누나의 부름을 받고 신천동으로 향하는 버스에
올랐다. 차창 밖의 행인들이 하나같이 분주히 돌아가는 실상을 내
다보면서 무엇이 그렇게들 바쁜지, 세상살이는 또 왜 이렇게 고달
파야 하는지, 어찌 보면 삶이라는 게 마치 어려운 숙제를 푸는 것과
도 같다는 생각을 해보았다.

성현은 지난 달에야 비로소 오랜 소망이던 대학을 졸업하였다.
자랑스러운 학사모를 쓰고 빛나는 졸업장을 안기까지 6년 세월. 참
으로 천신만고와 우여곡절의 세월이었다. 밧줄을 타고 가파른 벼
랑을 오르는 산악인의 투혼이, 한증탕에서 체중을 감량하는 복서의
집념이 어찌 그들만의 고행이랴! 정녕 피와 땀으로 이루어낸 결정
체요 그야말로 형설지공(螢雪之功)이라 해도 좋을 터였다.

하지만 그 기쁨도 잠시, 성현은 다시금 냉혹한 생활 전선으로 돌
아와야 했다. 그리고 우선적으로 해결해야 할 과제도 있었다. 그간
오랜 학업 때문에 미루어 왔던 병역 의무였다.

성현은 근심하지 않을 수 없었다. 군 복무 기간과 두 동생의 학업
일정이 맞물려 있기 때문이었다. 뒤꼬리를 내동댕이치며 거꾸러진
두 마리의 금붕어. 아니, 남루한 옷차림으로 졸업식장에 뛰어든 두
동생의 희망에 찬 눈빛을 결코 지워버릴 수가 없었다. 난관을 극복
하고 거센 풍랑을 헤쳐가리라 다짐했건만 지금껏 떠돌며 흩어져 살
고 있는 형제들의 현실은 너무 안타까웠다. 정말이지 동생의 대학
합격 소식은 한없이 기뻤지만, 한편으론 그 학비 지원이 부담스럽
기만 했다. 더구나 제멋대로 상의 없이 떠나서는 죽음을 두려워하

지 않을 만큼 비뚤어져 버린 막내 동생…. 성현은 불과 얼마 전 백제의원 병실에서의 동생의 모습을 떠올리며 아픔을 곱씹었다.

동신교 너머에서 버스를 내린 성현은 건너편 골목길로 접어들어 누나가 거처하고 있는 집 대문을 두드렸다.

"인자 오나! 춥다. 어서 들어가자."

누나는 언제나 다정다감하여 다 큰 남동생의 손을 아이 손잡듯 어루만지며 반겨 주었다. 그리고 아랫목에 앉힌 다음 찻잔을 챙겼다.

"누나, 언제까지 이래 살라 카노?"

누나가 여전히 고단한 모습을 하고 있으므로 절로 역정이 났다.

누나는 5남매 중의 둘째, 귀하디 귀한 외동딸로 자랐다. 남 부럽잖은 가정에서 태어나 금이야 옥이야 부모사랑을 듬뿍 받으며 행복한 학창 시절을 보냈다. 여고 시절엔 성악 실력에다 오르간 솜씨까지 뛰어나 음악부에서 활동하였고, 그것을 연유로 어느 하루 전쟁 와중에 있는 전방 부대로 위문공연을 갔다. 그리고 거기에서 지금 자형과 운명적인 첫 만남이 이루어졌다.

육군 장교인 자형은 수려한 외모의 누나에게 단박에 끌렸다. 6·25전쟁으로 긴급 입대한 오빠 김 중사의 상관이기도 했다. 자형은 누나를 만난 직후부터 큰형을 못살게 굴었다. 호칭도 '김 중사'에서 '형님'으로 돌변하였다. 형은 마지못하여 어느 하루 이 중위를 집으로 데리고 왔다. 이 중위는 아버지 면전에 무릎을 꿇고 대뜸 누나를 달라고 간청하였다. 아버지는 내심 준수한 이 중위가 싫지 않았다. 6척 장신에다 기골 또한 장대하고 인물도 출중하였다. 다만 마음에 걸린다면 비교적 고향이 멀다는 점이었다. 하지만 이 중위의

구애는 전쟁 와중에도 아랑곳없이 오매불망이었다. 이에 아버지는 결국 허락을 하였고 이 중위, 아니 이 대위는 마침내 소원을 성취하게 되었다. 3년여를 끌던 전쟁은 휴전으로 마무리 되었고 이 대위는 전역 후 처가가 있는 대구로 내려와 양품매장을 개업하였다. 어언 누나와 결혼한 지 10년 세월이 흘렀고 누나는 딸 넷을 둔 한 가정의 어머니가 되어 있었다.

찻상이 차려지고 오랜만에 두 남매가 마주하였다. 누나는 지쳐보였고 수심이 가득하였다. 곱던 얼굴도 많이 상했다.

"도현이는?"

누나가 한숨을 쉬면서 눈물을 보이면서 물었다. 곧이곧대로 실정을 말하려니 걱정을 끼칠 것 같고 말을 아니 하자니 간단치 않고. 실상 나이 차이가 있다 보니 두 동생에게 있어 누나는 엄마와도 같은 존재였다. 최근 들어 상황이 나빠졌지만 여태껏 동생들의 뒷바라지는 순전히 누나의 몫이었다. 자신을 포함한 삼형제는 누나의 배려와 사랑을 먹고 이만큼이라도 성장할 수 있었던 것이다. 누가 무어라고 해도.

"누나, 그동안 그럭저럭 버텨왔는데 동생들 관리가 잘 안 된다. 이리저리 흩어져 살고 있어서…."

침묵이 흘렀다.

"문현이는 그래도 한숨은 돌렸제?"

누나와 속리산의 큰고모, 그리고 직장 가불에다 급전까지 내서 입학등록만은 간신히 마쳤다. 그러나 돈 들어갈 곳이 어디 한두 곳이던가!

"누나는 앞으로 어째 되는데…."

누나는 답변을 못 하고 또 한숨을 내쉬었다.

누나는 자형과 불협화음 끝에 별거 중인 상황이었다. 돌이켜 보면 자형의 양품매장 경영은 순조로웠다. 시내 중심가여서 위치도 좋았고 명석한 판단력에다 수완까지 뛰어나서 성업 중이었다. 돈도 꽤 벌었다. 매장에 딸린 뒤채를 얻어 살림집도 넓혔고 효심이 남달라 고향의 홀어머니까지 모셔왔다. 4남매의 맏이로서 동생들 둘까지 데려와 대학 진학까지 시켰고 손아래 처남들도 잘 챙겼다. 한때는 막내를 거두기도 하였다.

그러나 대단히 안타깝고 유감스러운 것 하나는 자형의 성정이었다. 자형은 아주 별스러운 데가 있었다. 평소엔 전혀 그렇지 않은데 한 번 틀어졌다 하면 걷잡을 수가 없었다. 그렇다고 술을 마시는 것도 아니었다. 하다하다 별 분석을 다 해보았다. 홀어머니 슬하의 맏이여서 그럴까? 장교생활을 하다 보니 뭐든 직성대로 하였기 때문일까?

정말이지 자형은 간혹 심기가 극도로 불편할 땐 한밤중이든 새벽녘이든 가족들을 아주 불편하게 하였다. 누나와 어린 생질녀들이 아주 힘들어했고 성현 자신도 두어 번 겪은 일이었다. 그러기를 되풀이하더니 이렇듯 불행을 자초한 것이었다.

그 와중에 누나인들 오죽 괴롭고 힘들겠는가! 정말이지 누나의 불행은 생질녀들뿐 아니라 자신을 포함한 동생들 모두의 불행이 아닐 수 없었다. 그러기에 하루 속히 안정을 되찾기를 간절히 바랄 뿐이었다.

"성현아, 이런저런 사정으로 여기서는 더 못 있을 것 같다. 일단 동생들 데리고 와서 여기서 좀 지내라. 그리고 또 의논하자. 나는 당분간 친구네 집에 좀 가 있을란다."

누나가 가여워서 더는 못 볼 지경이었다. 건강이 나빠질까 봐 그게 제일 걱정이었다.

세상살이가 왜 이렇게 순탄하지 않을까? 어려울까? 고달플까? 성현은 그나마 누나의 안녕을 기원하며 쓸쓸히 돌아섰다. 누나는 어찌해야 하는가? 정녕 가슴 아픈 만남이었다.

2.

"꿈이 아니야. 꿈이 아니라니깐!"

나는 다시금 형과 함께 살게 되었다는 사실이 믿기지 않을 정도로 기쁘고 행복하였다. 차마 두용이를 돌려보낼 수 없어 아니, 성현 형의 미래를 위하여 대책 없이 뛰어든 홀로서기, 그러기에 아픔을 감내하고 배고픔을 감수하지 않았는가! 결론적으로 역행(逆行)이긴 하였지만 그래도 훌륭한 삶을 위한 유익한 체험이었노라 자위하였다.

다만 간과해서 안 되는 것은 '죽음의 그림자'였다. 상관관계인지는 모르나 이전에는 더러 꿈을 꾸었다. 어쩌다 한 번씩 만나게 되는 아버지는 늘 수성교 다리 위를 스틱에 의지한 채 서성이었고, 어머니는 청십자를 두른 꽃 운구차에 실려 두둥실 하늘나라로 떠가는 모습이었다.

'죽음의 그림자', 이 세상의 청소년들은 죽음의 실체를 모른다. 막연히 동경할 때도 있다. 감상에 젖는 순간은 더욱 그러하다. 그러나 죽음은 유희가 아니다. 죽음은 이상이 아니고 현실이다. 결론적으로 죽음은 의도적이든 우발적이든 허망한 종말일 뿐이라는 것, 그것을 명심해야만 하리라.

나는 심기일전하는 마음으로 다시 한번 일기장을 들추어 보았다.

지난해 8월 세 권의 일기장을 불태웠을 때보다는 조금 나아졌지만 그래도 여전히 실망스러운 부분이 많았다. 보다 알뜰하게 보다 건실하게 살아오지 못한 것이 아쉬웠다. 아집과 독선의 흔적이 여전히 남아 있었다.

특별히 유념해야 할 것은 비록 천성에 속한다 하더라도 현명한 처신이 아니라고 판단된다면 다듬고 고쳐가야 한다는 것. 또한 지향하는 목표점이라 하더라도 중도에 외길은 아닌지, 엉뚱한 길은 아닌지 반드시 점검하며 차분하게 나아가야 한다는 점 등이었다. 한편, 나는 다음과 같이 리뷰서에게 선언하였다.

첫째, 대학 입시에 몰두하기로 한다. 학생의 본분은 배움에 있다. 의연하게 공부하는 것만이 최선이다. 빛 좋은 개살구가 되어서는 안 된다. 느슨해서는 안 된다. 방해 요소와 장애물을 과감히 떨쳐내고 앞으로 나아가자.

둘째, 대학 입학 때까지 가급적 빠른 시일에 예희와도 과감하게 절신하기로 한다. 엄청나게 어려운 과제이지만 그녀와의 행복한 미래를 위하여 반드시 결행한다. 그녀가 받아들이지 않을 수도 있지만 그래도 감행한다. 그리고 어떤 결과이든 극복하기로 한다.

나는 그렇게 지난날을 차분히 정리하며 1966년 2월 초순, 4개월 만에 정구네 집을 떠나왔다. 정구의 어머니에게 고개 숙여 감사드리며 열심히 살겠다고 말씀드렸다.

신천동으로 거처를 옮기고 나서는 모처럼 옷도 새것으로 바꾸어 입고 폭신폭신한 캐시밀론 이불도 덮게 되었다. 형과 함께 예전처럼 밥 짓고 빨래하며 오순도순 살게 되었고 매우 행복하여 마치 꿈

을 꾸는 것만 같았다. 쉽지 않은 세상살이건만 한편으로는 성취감
도 있고 은근히 젖어드는 포근함도 있었다.

"가라! 그리고 괴로워하라! 반드시 괴로움을 겪어야 할 그대들이
여. 산다는 것은 행복하기 위해서가 아니다. 산다는 것은 나의 할
바를 다하기 위해서이다…."

로맹 롤랑의 메시지가 어찌 그리 귀에 쏙 들어오는지… 나는 흐
뭇한 마음으로 '운명'이라고 하는 얄궂은 상대를 향해 전의를 불태
우기도 하였다. 나는 며칠 후 조건적이긴 하지만 예희에게 절신의
뜻을 전했다. 그녀와 편지를 교환한 지 딱 1년, 그동안 보낸 편지는
모두 120통이었다.

하지만, 그녀는 며칠 후 완곡한 표현이긴 해도 거부의 뜻을 전해
왔다. 그래서 숙고를 한 뒤 다시 한번 설득을 위한 편지를 썼다. 안
타깝지만 나의 결심은 요지부동이었고 나는 그 길만이 진정 그녀를
위하는 길이라고 굳게 믿어 의심치 않았다.

현아,

안녕했는지? 전과는 달리 학업에 열중하고 있으리라 믿어.

평안과 안정과 그리고 무난한 학업. 정말 오랜만에 현아에게 찾아온 행
운인 것 같아. 그러한 환경에서 열심히 공부하겠다는 현아를 두고 내가
왜 반대를 한담. 누구보다도 기뻐할 사람은 예희인 것을!

하지만 꼭 그렇게 해야만 하는 것일까? 서로 단절하고 혼자이어야만
소망이 이루어지는 것일까? 어쩌면 이 편지가 마지막이 될지도 모른다고
생각하니 지난 12개월 동안의 아름다웠던 추억들이 주마등처럼 되살아나
는구나.

현아, 기다리겠다는 대답은 입발림에 뭐가 다를까? 솔직히 현실성에 비추어서 말이야. 또한 기다려달라는 말 역시… 인간의 이상은 자꾸만 높아 가는데, 현아는 언제나 하루 해처럼 제자리걸음만 할래? 이 세상 모든 것이 변하고 달라지는데 또한 인간의 정도 때때로 변한다는데… 현아는 언제나 하나에만 만족하고 있을까? 혹시 나의 생각이 잘못인가 하고 여러 날을 생각해 봤어. 하지만 마지막 남는 것은 제로였거든.

현아. 아무래도 청아한 나를 확신하기에는 지난 겨울의 만남이 잘못이었어. 대구에 내려가는 것이 아니었는데. 눈보라 치는 들녘에서 눈물을 보이지 말았어야 했는데… 마치 근엄한 철학자처럼 행동반경을 그어놓고 철저하게 행동하던 현아의 모습이 지금도 눈에 선해. 결국 제멋대로 먼 길을 다니는 가시나가 싫었던가 봐?

현아, 봄에 시작하여 봄에 끝나는 게 얼마나 로맨틱하니? 우리 꿈을 잃지 말고 각자가 노력해 보자. 지난날 너무 부족한 것만 보여준 것 같아 미안해. 그것이 나의 전부야. 만족하다고 생각했으면 그것으로 흡족할 뿐. 할 말이 없는 걸.

현아, 하늘에 뜬 애드벌룬의 이야기를 너의 친구들로부터 잘 들었어. 좋은 친구들이었어. 현아가 부럽기까지 해. 멋진 펜팔이었음을 알리며 행복과 안녕을 빌겠어. 긴 얘기 오히려 마음만 우울한 것. 이것으로 끝매듭을 할게. 다시 한번 행복을 빌며 안녕!

1966년 2월 20일

예희

예희야,

보내준 답신 잘 받아 보았어.

애석하게도 기대했던 바가 아니어서 가슴이 아프지만…. 한편으로는 너의 얘기도 의미가 있다는 생각은 했어. 역시 네 말처럼 인간은 항상 이상의 세계를 지향하는 것이니까. 그러나 다시 생각해 보면 그 이상의 세계는 누구를 위한 것일까? 현재에 만족할 수 없는 것이 우리라면 우리가 항상 믿어왔고 또 염원해 왔듯이 훌륭한 사람이 되기 위해서는 그만큼 남다른 노력을 필요로 하는 것이 아닐까? 일시의 감정에 치우쳐 그것이 모두인 양 안주한다면 우리의 이상의 세계는 그야말로 신기루가 아닐는지….

예희야, 나 역시 그런 입장을 밝히기까지 무척 망설였어. 억척스런 마음의 자세가 필요했는데 그럼에도 너를 당장 잃어버릴 수도 있다는 생각이 한동안 나를 괴롭혔어. 그러나 그럼에도 그 길만이 내가 예희를 진정으로 위하는 것이라고 확신하게 된 거야. 나는 모처럼 나에게 주어진 안정된 생활을 무의미하게 흘려보내고 싶지 않아. 기회란 항상 주어지는 게 아니잖아? 하긴 2년 가까운 세월은 어쩌면 긴 시간일지도 모르지. 그러나 우리가 해야 할 일로 미루어 결코 긴 세월이 아니라고 생각해.

예희야,

나의 길을 웃으며 보내줄 수는 없을까? 언제나 언제까지나 기다림에 젖어 있는 망부석의 전철처럼 기다린다고 말해주지 않을래? 강요하지는 않겠어. 아니, 강요라고 해도 좋아. 나는 너를 믿고 있으니까. 어찌하든 나는 반드시 찾아갈 거야. 대학 진학의 기쁜 소식을 안고 너를 찾아갈 거야. 군중의 갈채 속을 유유히 걸어가는 개선장군처럼.

예희야, 기다려주어. 어떠한 길을 걸을지라도 너는 나의 가슴에서 떠나지 않을 거야. 안녕히.

1966년 2월 27일

도현

211

제11화

리듀서 I

1966년 3월,

나는 나의 여덟 번째 일기장(1966. 3. 11~4. 22) 머리에 다음과 같이 써 두고 나의 마음을 다잡았다.

'다짐'

나에게는 든든한 배경이 있습니다. 금언이 있습니다. 곧 아버지의 말씀입니다.

나는 때때로 아버지의 품에 안깁니다. 그리고 아버지의 말씀을 듣습니다.

나는 아버지의 말씀을 가슴 깊이 새기기에 그 어떠한 아픔도 이겨낼 수 있습니다.

반드시 이겨낼 것입니다.

나는 가렵니다. 아버지가 원하시는 길을 가렵니다. 그리고 기어이 이룩하겠습니다. 더불어 사는 세상을 만들어가겠습니다.

아버지, 멋쟁이! 아버지, 사랑합니다.

'아버지의 유훈'

남아란 모름지기 기개가 뚜렷해야 한다. 항상 굳세고 대범해야 한다. 여의치 않다고 좌절하거나 주변 환경에 예민해서는 안 된다.

비록 불우하다 해도 목표한 바를 향하여 꾸준히 정진할 수 있는 사람, 그리하여 자기 발자국을 분명하게 남길 수 있는 사람.

욕심을 내자면, 모두가 더불어 사는 세상을 지향하는 사람, 그런 사람이 훌륭한 사람인 것이다.

'동가식서가숙(東家食西家宿)'이라는 한자성어(漢字成語)가 있다.

국어시간에 배운 말인데 그 뜻을 풀이해 보면 '떠돌아다니며 이

집 저 집에서 얻어먹고 지냄. 또는 그런 사람'으로 되어 있다. 기가 막히게 나의 상황과 잘 들어맞는 말이다.

아무튼 나의 의욕적인 새 출발은 미처 3개월을 채우지 못하고 다시 장해물에 부딪치고 만다. 나는 다시 궁핍해지기 시작하였다. 마치 숙명인 양 고립되어 기약없는 떠돌이 생활을 하게 되었다. 하지만 변하지 않는 것 하나는 기어이 공부를 해야 한다는 나의 일념이었다.

나에게 주어진 나날들은 불안정하고 임기응변적이어서 이야기를 이끌어 가기엔 아주 복잡다기(複雜多岐)하다. 이에 나의 일기, 즉 리뷰서와의 대화를 통하여 이어가려고 한다.

1966년 3월 2일(수)

봄방학이 끝나고 등교했다. 이제 2학년이 된 것이다. 후배들도 생겼다. 학우들과 두루 반갑게 대화하였고 한 학우가 아버지를 여의었다기에 위로하였다.

1학년 때 담임이셨던 배한영 선생님은 교무과장이 되셨고 새로 박순정 선생님이 담임(남학생)을 맡으셨다. 지리과목 전공이시다.

배 과장선생님에게는 따로 편지를 올려 사정 말씀을 드렸다. 그간의 형편과, 되도록 공납금을 빨리 납부하겠다는 내용이다.

집으로 돌아오며 영어 참고서 『정치근의 영어학습 3위일체』를 사 가지고 왔다. 더러 막히는 문법이 있어서 독학용으로 구입하였다. 열심히 공부하자. 중요 과제이다. 등교는 버스 노선이 어중간하여 아예 걸어다니기로 했다. 절약도 되니까. 하긴 좀 멀기는 하다.

오늘 임원 선출이 있었는데 그대로 부실장직을 유지했다. 실장은 여전히 광수가 맡았다.

1966년 3월 4일(금) 비

장마 때처럼 며칠째 비가 오고 있다. 부엌에 자꾸 물이 차서 퍼내야 하고 아궁이가 젖어서 연탄이 잘 타지 않는다. 사내자식이 부엌에서 쩔쩔매고 있으니 꼴이 말이 아니다.

성현 형은 요즘 홍 사장 댁에 일이 많아서 아예 집에 돌아오지 않는 날이 많다. 주인 아주머니가 전기세가 밀렸다며 싫은 소리를 하고 갔다. 전기세가 또 나의 기를 죽여 놓는다.

집에서도 열심히 공부하고 있다. 사실은 달리 할 일도 없다. 독학은 탐구하는 데 좋고 재미도 있다. 영어는 필수 과목이고 단어 하나가 곧 능력이 되므로 열심히 할 것이다.

1966년 3월 6일(일) 종일 비

계속 비가 오므로 오늘은 속상해서 한마디 해야겠다.

"우(雨) 선생, 지루하지도 않소? 그대가 오시는 것까지는 좋지만 이 부엌데기가 처량해 보이지도 않소? 연탄불 꺼진 것, 책임지려우?"

부엌에 물 들어오는 것. 연탄불 꺼지는 것. 이게 예삿일이 아니다. 시간 다 잡아먹는다. 속상하다.

폭격기 사고는 왜 이리 잦을까? 하늘이 노하셨나? 김종대 전 농림부차관의 부인이 사고로 생명을 잃었다. 정말 안되었다.

월급 1,500원의 직장이 하나 나왔는데 시간이 맞지 않다. 아쉽다.

오랜만에 성현 형이 와서 함께했다. 전기세가 해결되어 한숨 돌렸다.

1966년 3월 10일(목)

오늘 나의 거처에 모두 모여 호섭이의 생일(음 2월 19일) 축하 자리를 가졌다. 충운, 식우, 종하와 함께하였다. 생일상을 차린답시고 찌개용 두부, 그리고 국수를 말기 위해서 따로 멸치도 좀 샀다. 식순(式順)도 정하여 붙였고 내가 축사도 준비하였다.

"먼저, 우리 사랑하는 친구를 이 세상에 있게 해주신 부모님께 감사드립니다. 아버지가 일찍 돌아가셔서 가슴 아프지만 아버지께서도 우리들의 축하자리를 기뻐해 주시겠지요. 주인공 호섭이는 4년 전 고향을 떠나와 무척이나 고생을 많이 하고 있습니다. 그러나 잘 이겨내고 있고 이제는 이발사 기능자격증을 준비할 만큼 성장했습니다. 대구에 큰누나가 계셔서 다소 위안은 되지만 얼마나 고생이 많겠습니까? 또 외롭겠습니까! 여기 모인 우리 죽마고우들이 함께 축하의 자리를 가지게 되어 기쁩니다. 또 감사한 마음 이루 헤아릴 수 없습니다. 우리 친구의 스물한 번째 생일을 축하하면서 건배를 제청합니다. 건배!"

모두가 손뼉을 치며 친구의 생일을 축하하였다. 내가 정성껏 준비한 국수도 맛있게들 먹었다. 그리고 내일의 꿈을 한껏 부풀렸다. 아름다운 시간이었다. 친구야, 너는 '갈매기'다. 그러기에 꼭 성공할 거다.

밤에 작은형이 다녀갔다. 반가움도 잠시, 형편을 물어보기에 밀린 공납금 이야기를 하였다. 아무래도 학교를 다니지 못할 것 같다고, 의논할 곳조차 없어 답답하다고….

형은 잠자코 내 말을 듣기만 하더니 갑자기 갈 데가 있다면서 막무가내로 가버렸다. 잠도 자지 않고. 바로 후회를 했다. 나만 희생하면 될 것을. 너무너무 힘들고 기운이 쏙 빠진다. 형이 요긴하게 쓰라고 주머니에 있는 돈을 털어주고 갔다. 110원이다.

1966년 3월 15일(화)

오늘 오후에 작은형이 다녀갔다. 공납금을 내라며 3,500원을 주고 갔다. 누가 주었느냐고 물어도 얼버무리고 만다. 어려운 이 판국에…. 미안하고 감사하다.

형은 소망하던 대학에 합격하더니 당당해진 것 같다. 이제 우리 삼형제는 거칠 것이 없다. 하나하나 우리들의 목표를 향해서 진군 중이다. 어찌 아니 고마운 일인가! 리듀서, 감사합니다. 고맙습니다.

1966년 3월 16일(수)

오늘 공납금(12월~2월)을 내고 나니 한결 마음이 가벼워졌다. 이로써 지난 학년 공납금만은 해결되었다. 해방이다. 이제 올 1기분만 밀린 셈이다.

방과 후에 임원회의가 있어서 3과의 임원 모두가 참석했다. 배한영 교무과장님이 주재하셨다. 학생들 생활지도를 어떻게 해야 하며 수업환경을 어떻게 유지·개선해야 하는가에 관하여 설명하여 주셨다. 건의사항을 말하라고 해서 시설 확충이 시급하다고 말씀드렸다. 현재 무용과의 경우 샤워시설이 없어서 불편을 겪고 있고 각 과 모두 실습 활동이 용이하지 못한 실정이다.

집에 돌아와 열심히 공부한다. 영어, 수학이 중요하다.

1966년 4월 14일(목)

오늘도 호섭이 자취방에 들러 늦게야 돌아왔다. 내달 하순 이발사 자격 필기시험이 있는데 호섭이를 응원하기 위해서이다. 호섭이는 실기보다 필기가 더 부담스러운 모양이다. 예상문제집을 구해가지고 며칠째 문답 형식으로 풀어가고 있다. 내가 물어보면 호섭이가 답하는 형식인데 100문제 모두를 되풀이하여 공부해가고 있다.

나는 호섭이에게 평소에 꼭 신문을 보라고 권유하곤 한다. 말문과 글귀를 트려면 자꾸 읽어야 한다는 것이 나의 생각이다. 나는 초등학교 때부터 아버지가 보시고 난 동아일보를 따라 보게 되었다. 새벽에 대문 앞에 떨어져 있는 신문을 아버지께 갖다 드리면 아버지는 그 신문을 샅샅이 훑으시곤 했다. 김성환 화백의 '고바우 영감'이라는 시사만화가 있었는데 그것을 보는 재미도 쏠쏠하였다. 신문을 읽다 보면 배우는 것이 많다. 세상 이야기가 있고 권선징악(勸善懲惡)이 있다. 한문 공부도 된다.

나는 호섭이가 당당히 합격하여 훌륭한 기술자가 되기를 바란다. 기술뿐만 아니라 훌륭한 사람이 되기를 원한다. 아는 것이 많으면 더 좋은 사람이 된다.

1966년 4월 16일(토)

비상이 걸렸다. 성현 형이 난처한 듯 머뭇대며 이야기를 하는데 얼마 후 집을 비워주어야만 한다. 두어 달 살아가면서 이젠 자리를 잡는가 싶었는데… 이게 웬 날벼락인가 싶다. 심각한 상황이다. 형의 이야기를 종합해 보면 작은형의 공납금이며 진학에 필요한 돈이 꽤 들어갔는데 일이 순조롭지 못하여 급전으로 빌린 돈을 갚지 못하고 있다고 한다. 그래서 부득이 이 집 보증금을 빼서 해결하기로 했다는 내용이다. 형은 좀 견디다 보면 일이 잘 풀릴 거라고 위로하여 주었다. 나도 1기분 공납금으로 또 입장이 편치 않다. 큰일이다. 리듀서, 어찌해야 좋을까?

1966년 4월 24일(일) 비

밤이다. 대구역 대합실은 오전부터 내리기 시작한 비로 너더분하게 드러나 있다. 갈 데가 없는 것인가? 이곳저곳 무료하게 앉아 있는 군상들의 모습이 눈에 띄고 낡은 천정에서 흘러내리는 질척한 빗물자국이며 아무렇게나 내버려진 휴지나부랭이들이 그렇지 않아도 을씨년스런 이곳 분위기를 궁상스럽게 그리고 있다.

나도 이들과 한 무리가 되어 구석진 곳 긴 의자에 몸을 의지하고 있다. 시름에 젖어 고개를 숙인 채 저녁나절이 되도록 앉아 있다. 어떤 목적이 있어서도 아니고 누구를 만나러 온 것도 아니다.

며칠 전만 해도 나의 꿈은 화려하였다. 가슴속 그득히 세월의 물레를 돌려 아무도 범접하지 못하는 기와집 한 채를 지어가고 있었다. 나의 기와집은 장미 넝쿨로 담장을 둘러 맑은 공기에 싸여 있었고 높다란 솟을대문 우측머리에는 성현 형의 문패가 새겨져 있었다. 나는 때때로 형수들의 다듬이질 소리를 듣기도 했고 행주치마를 두르고 활짝 웃고 있는 예희의 모습도 보았다. 하늘은 언제나 푸르렀고 찬란한 태양이 소담한 정원을 정겹게 비춰주고 있었다. 산다는 건 곧 축복이라며 축복은 바로 나의 것이라며 의기양양하였다.

하지만 불과 두 달여 만에 위기를 맞고 말았다. 마감일은 내일까지지만 오늘이 일요일이어서 일찌감치 리어카를 빌려 충운이와 함께 그의 집 다락방으로 이삿짐을 옮겨 버렸다. 짐이라고 해야 부모님 유품인 장롱과 문갑 등이다. 유품은 형의 살림으로 사용되었지만 이번엔 아예 갈 곳을 잃고 말았다. 이제 우리는 부모님 유품 하나 챙기지 못하는 불효막심한 자식들이 되고 말았다. 일을 마치고 돌아서 나올 때 친구가 어디로 갈 거냐고 근심스레 물었지만 부득이 거짓 대답을 했다. 갈 곳이 있는 것처럼….

혼자가 되고 보니 한없이 서글프다. 비오는 밤이어서 그런지 더욱 힘이 빠지고 외로움을 탄다. 갈 곳이 없기도 하지만 설사 있다고 해도 오늘만큼은 그냥 이대로 혼자이고 싶다. 그래서 정처없이 헤매다 생각난 곳이 바로 이곳 대합실이다. 예전 불량 시절 때도 사정이 좋지 않을 땐 이곳에 오곤 했었다. 도착 열차가 있어서인지 갑자기 많은 사람들이 대합실을 거쳐 저마다 바쁜 걸음으로 사라져 갔다. 대합실은 다시 썰렁해졌다. 궁상스러워졌다.

밤이 깊어 자정도 지났다. 여기저기 걸인들의 코고는 소리가 불협화음이 되어 들려온다. 쪼그려 의자등받이에 머리를 처박고 잠든 사람, 벌렁 누운 채 태평스럽게 잠든 사람, 침을 질질 흘리며 엎드려 잠든 사람, 어찌 보면 하나같이 저들의 고통스런 현실을 잊으려는 듯 곤한 잠에 빠져 있다.

나는 바싹 웅크린 채 편한 자세를 만들려고 뒤척댄다. 4월 하순의 밤중은 여전히 차갑다. 새벽 두 시 으스스한 한기가 느껴진다. 잠을 이룰 수가 없다. 걸핏하면 움츠려 사는 서러운 신세. 춘하추동 수많은 사람들이 드나들어도 필경은 주인 없이 홀로 남는 대합실. 어쩌면 거추장스럽기 만한 나의 운명과 같은지도 모른다. 요즘 가수 최희준의 '하숙생'이 널리 불리어지고 있는데 정녕 인생은 나그네 길인지도 모른다. 나는 언제쯤이나 나의 안식처에서 당당한 주인으로 살아갈 수 있을까! 나는 영원한 나그네인가!

'비켜라 운명아'

운명아, 대체 너는 누구냐? 모든 걸 지배하는 초인력을 가졌다고? 위세와 만용을 보란 듯이 부린다며?

엄마를 앗아가고, 아버지도 앗아가고, 정든 보금자리, 요람마저 앗았느냐? 먹고 자는 것조차 몽니 · 훼방을 일삼느냐.

운명아, 대체 너는 무어냐? 왜 걸핏하면 얄궂게 구느냐?

이제 그만, 그만하면 아니 되겠느냐?

무어, 무어라고? 아직도 멀었다고? 외톨이, 떠돌이로 한창 내모는 중이라고?

허허허, 허허허, 나 참, 기가 막히네.

그래? 좋다! 어디 한번 가 보자. 너는 너의 길, 나는 나의 길. 어디 한번 힘껏 달려보자. 부딪쳐 보자꾸나.

운명아, 예끼! 심술첨지 녀석, 지체 말고 비켜라, 물러 서거라!

아무렴, 그렇고 말고. 내가 다시 일어섰느니.

1966년 4월 26일(화) 비

잘 곳이 마땅찮고 사정이 너무 어렵다. 혹시나 하는 생각으로 오늘 큰형이 운영하는 삼덕동 D축견훈련소에 들러 보았다. 큰형과는 아주 오랜만에 만난 것인데 이번에도 역시 주관적으로 대해주지 않는다. 어떻게 사느냐, 힘들지 않느냐, 무어 좀 도와주랴? 이런 말들이 오고 가야 하는데 아예 말을 섞지 않는다. 형수는 더하다. 뭘 또 귀찮게 하려고 왔는가? 저 아이가 붙이기 시작하면 자꾸 올 텐데.

이런 식이다. 결국 어디까지나 너의 인생이요 팔자소관이라는 입장이다. 고개 숙여 도와달라고 하면 어떻게 나올까? 이것저것 견주다 맥이 빠져 발걸음을 돌렸다. 우리가 형제가 맞는지 대답 한번 해봐라. 리듀서!

리듀서, 이제 내가 비로소 내뱉는다.
'형제간의 우애는 하늘이 내려준 정리(情理)?'
하지만 그는 스물한 살 터울의 거인일 뿐, 주변이나 사고방식은 나와는 거리가 멀다. 마치 외계인처럼 전혀 딴판이다. 그는 이방인이요, 미처 오를 수 없는 산이요, 쳐다볼 수조차 없는 하늘이다.
아마도 나는 나의 의지와 상관없이 그를 영원히 경원할지 모른다. 나의 작은 그릇이 그의 큰 가슴을 미처 헤아리지 못한다 해도 그가 나에게 안긴 건 비정한 침묵이요, 그로 인한 상흔이다.
'형제간의 우애는 하늘이 내려준 정리?'
아닌 것 같다….
아니, 그래도 형은 형이라고? 더구나 맏형이라고?
그래서… 나더러 어쩌라고?'

1966년 4월 28일(목)

어제부터 준수네 집으로 거처를 옮겨 신세를 지게 되었다. 짐이랄 것도 없이 맨몸으로 오다시피 했다. 교과서들, 옷가지, 세면도구, 그리고 늘 휴대하고 다니는 검정 책가방이 전부다. 검정 책가방은 싸구려 비닐 제품인데 그럼에도 꽤 공간이 있으므로 등교 때뿐 아니라 언제나 나와 함께하는 필수적 소지품이 되었다.

대신동에서 자그마한 식당을 운영하고 있는 준수네 집은 어머니가 억척스럽게 생계를 꾸려가는, 어찌 보면 가여운 삶이다. 식당 구석진 곳으로 2층 다락을 오르는 가파른 계단이 있고 거기 또 구석진 쪽에 방이 하나 있어 준수와 내가 같이 거처하게 되었다. 준수가 눈치가 빨라서 며칠간 전전하고 있는 나의 형편을 살펴 주었다. 동병상련 같은 그런 우정이다. 아주 고맙게 생각한다.

요즘 학교에서는 미술과의 창수와 셋이서 자주 어울리곤 한다. 창수는 김천이 고향이다. 학교 부근에서 하숙을 하고 있고 사교성이 있는 편이다.

준수는 전번 미술대회의 최우수상 말고도 여러 번 최고상을 수상하며 승승장구하고 있다. 계속하여 미술과 실장을 맡고 있는데 이제 미술과는 명실공히 그가 구심점이다.

1966년 5월 1일(일)

오후에 충운이와 함께 경상중학교에 가서 호섭이 필기시험을 응원했다. '떠억' 붙어 버리라고 찹쌀떡도 준비해서 먹었다. 호섭이는 표정으로 봐서 시험을 잘 본 듯하다. 다행스럽다. 리듀서, 꼭 합격하도록 도와주세요!

저녁나절이어서 셋이서 깔깔거리며 저녁식사를 했다. 막걸리 한 되를 시켜서 나누어 마셨는데 충운이와 나는 잘 마시지만 호섭이는 마시지도 못하면서 얼굴이 빨갛기만 하다. 우리 둘이서 호섭이더러 빨리 술 좀 배우라고 자극을 주었다. 친구들이 나의 형편을 걱정하면서 위로하여 주었다. 호섭이가 잘 곳이 없으면 언제든 오라고 한다. 고맙다.

1966년 5월 3일(화)

호섭이가 필기시험에 합격했다. 정말 기쁘고 다행스럽다. 다음 주 9일이 실기시험이라고 한다. 격려하였다.

모레가 어머니날이다. 올해는 편지만 보내드리기로 하고 호섭, 희호, 식우의 어머니 등에게 편지를 썼다. 어머니날은 어머니를 그리워하는 날이다. 친구 어머니에게 예를 차리면 친구도 좋고 그 어머니도 흐뭇해하신다. 그러나 그보다는 내가 더 좋다. 나의 어머니가 아주 기뻐하실 거니까.

2기분(6월~8월) 공납금 고지서가 나왔다. 나는 아직 1기분조차 못 내고 있어서 면목이 없다. 형의 눈치만 보고 있으려니 힘이 많이 든다.

1966년 5월 6일(금)

성현 형이 며칠 있으면 입대를 한단다. 입대하리라 알고 있었지만 너무 갑작스럽다. 충격이 크다. 앞으로 어떻게 될지…. 공납금은? 막막하다. 그러나 나는 그 어떤 일도 할 수가 없다. 그게 문제이다. 일기조차 쓸 기분이 아니다.

1966년 5월 10일(화)

오늘 시외버스터미널까지 나가 성현 형을 배웅하였다. 형은 대학 졸업과 동시에 그동안 연기하여 왔던 군 입대 문제로 많이 힘들어했다. 우리를 뒷바라지해야 하는데 그럴 입장이 못 되었기 때문이다. 형은 해병대 장교가 되기 위하여 지원하였고 생각보단 일찍 영장이 나오고 말았다.

"혼자라고 생각하지 말고 기죽지 말고 공부 열심히 해라. 알았제!?"

형이 떠나면서 당부한 말이다. 아니 명령이었다. 고개를 끄덕여 보였지만… 버팀목을 잃은 나의 삶이 다시 한번 큰 장해물과 마주한 셈이다. 이것이 운명이라면 나보다 더 고집 센 운명이라면 보란 듯이 헤쳐나갈 수밖에 없지 않은가! 하긴 모두가 힘든 것보다는 나 혼자 감당하는 게 더 나을지도 모르겠다.

저만큼 멀어져 가는 버스를 향해 형의 안녕을 비는 순간 눈물이 핑 돌았다. 해야 할 일을 하지 못하고 쓸쓸히 떠나간 형이 측은하다. 이젠 나 혼자다. 작은형이 있지만 나보다 더 딱한 외로운 학생이니까. 너무너무 기운이 빠지지만 그래도 아버지가 우리 형제에게 당부하신 말씀을 떠올리며 기운을 차려본다.

1966년 5월 16일(월)

오늘 학교에서 '스승의 날' 기념행사를 가졌다(어제인데 일요일이어서). 스승의 날을 5월 15일로 제정한 것은 세종대왕의 업적을 기리기 위한 것으로 이분의 탄신일이기도 하다. 올해가 두 번째다. 세종대왕은 한글을 창제하셨고 우리나라에서 가장 훌륭하신 임금으로 추앙받고 있는 분이다.

나도 지난날의 스승님들을 떠올려 본다. 초등학교 때 김성운 선생님을 비롯하여 이동근, 박창로, 박동식, 이봉식 선생님 등이고, 중학교 때는 황성학, 박동화, 황돈수 선생님이시다. 지금은 주임 선생님이신 음악과의 천창욱, 미술과의 송용달, 무용과의 김신자 선생님, 그리고 배한영, 박순정, 조문길 선생님 등이 계신다.

지난날 선생님들은 지금 어디에 계시며 어떻게 생활하시는지 궁금하다. 오늘은 박창로, 황성학, 황돈수 선생님이 특히 그립다. 나를 많이 사랑해주셨고 큰 힘을 주셨다. 지금도 당시 교단에서의 모습이 선하다. 오늘 스승의 날을 맞아 그분들의 가르침이 무엇인가를 되새겨 본다. 훌륭한 사람이 되겠다고 다짐해 본다.

세종대왕(1397년~1450년)의 업적을 기려본다.

우리에게 한글이 없었다면… 우리는 중국의 한자를 빌려 사용했다. 한자는 글자가 어려워 양반을 제외한 사람들은 글자를 모르고 살았다. 세종대왕은 이것을 안타깝게 생각하여 우리말에 맞는 우리 글자를 만들었다.

세종대왕은 또 과학 발전을 위해 많은 노력을 하여 해시계, 측우기 등을 만들도록 하였다. 국방에도 힘을 기울여 남쪽으로는 왜구들에 의한 피해를 막기 위하여 대마도를 정벌하였다. 그리고 북쪽으로는 육진을 설치하여 여진족이 침입을 못 하도록 하였다.

우리나라 역사에서 그 어느 임금보다 백성을 아끼고 사랑하신 세종대왕은, 우리 민족의 자랑인 한글과 더불어 우리 온 겨레의 가슴에 영원히 남을 것이다. 대왕님, 고맙습니다!

1966년 5월 18일(수)

오늘 결국 공납금에 포위되고 말았다. 서무과에서 이번 주까지 공납금을 내지 못하면 '등교 중지!'라고. 다음 주는 중간 시험도 있는데… 마음이 너무 산란하여 그냥 밤거리를 돌아다녔다. 하염없이, 목적도 없이.

돈이 없는 사람은 공부를 못 하는 것인가? 학교를 못 다니는가? '하하하!' 이 웃음은 이 얄궂은 세상에 던지는 나의 비웃음이고 자학(自虐)이다. 에라, 모르겠다! 자꾸 눈물이 난다. 사내자식이 이러면 안 되는데도 자꾸만 슬프다.

아픔을 곱씹으며 호섭이를 찾아갔다. 시험 결과가 궁금해서이다. 호섭이는 며칠 전의 실기시험도 잘 치렀다고 한다. 고맙다. 함께 있다 보니 기분 전환이 되었다. 그러나 나의 사정을 말하고 싶지는 않았다.

1966년 5월 23일(월)

결국 등교를 못 했다. 오늘부터 하복도 착용해야 하는데 그마저 준비가 안 되었다. 방에서 끙끙대면서도 학업진도가 떨어질까 봐 나름대로 공부를 했다. 그러다가 점심시간 직전에 방을 나왔다. 준수도 없는 상황인데 어머니 앞에 노출되어 있는 게 부담스러웠다.

가방을 든 채 목적 없이 돌아다니다가 동촌까지 오게 되었다. 유원지가 내려다보이는 한갓진 곳 언덕에 앉아 시름에 젖었다. 주변으로는 새 소리, 바람 소리… 나의 처량한 심사를 아는지 모르는지 금호강물은 마냥 제 갈 길을 흘러갔다.

묘안은 떠오르지 아니하고 그러다 몸도 마음도 지쳤다. 책가방을 베개 삼아 길게 드러누워 버렸다. 잠재해 있던 서러움이 밀려왔다. 새삼 세상이 낯설고 야박하게 느껴졌다. 나 자신이 싫어졌다. 오만 가지 상념 중에는 또 그 위험천만한 생각이 잠시나마 스쳐갔다. 세차게 고개를 저었다. 눈물이 하염없이 흘러내려 옷깃을 적셨다. 그러다 깜빡 잠이 들었다. 정신이 들고 보니 시간이 꽤 지났고 어둠이 짙게 깔려 있었다. 문득 올려다본 하늘은 더없이 산뜻하고 찬란하였다. 수많은 별들이 명멸하고 있었다. 거기 유난히 반짝이는 별 하나가 눈에 쏙 들어왔다. 유심히 지켜봤다.

별이 언뜻 나를 향해 미소를 보내는 듯했다. 손짓도 하고 있었다. 아~ 순간, 가슴을 덮고 있던 먹구름이 순식간에 사라져 갔다. 형언할 수 없는 안도감이 전신을 휘감아 왔다. 나도 모르게 부르르 몸을 떨었다.

어쩐지 낯설지가 않다. 분명 기억 속에 미소 짓던 별이다. 갈 곳 잃은 나를 향해 손짓하던 별, 어머니의 모습이 되어 반겨주던 별이다. 아~ 저 곳으로 가고 싶다. 그리워 사무친, 내 아버지와 어머니가 있는 곳, 함께 노래하며 꿈꾸는 곳, 저 소망의 세계로 가고 싶다. 나는 심기일전하고 몸을 추슬렀다. 그러나 휘청거리다 주저앉고 말았다. 먹은 게 없으므로….

"원 녀석, 저렇게 느러터져서 어디에다 쓸꼬!"

별이 은근히 재촉하고 있었다. 나는 조바심 끝에 작심하였다. 그리고 나의 내면을 향해 굳게 최면을 걸었다.

"알았심더, 갑니더! 위를 보고 갈낍니더!"

나는 가방을 품은 채 안간힘으로 일어섰다. 그리고 한 걸음 한 걸음 발걸음을 내디뎠다. 가까운 듯 멀었던 별이 어느새 이만큼 가까이에 와 있었다. 손짓하며 윙크해 주고 있었다.

샛별

나는 외톨이,
천생 떠돌이
책가방 하나 움켜쥐고
발길 닿는 대로
떠돈다

동서남북
어디인들 어떠하리
별이 좋아 별을 좇을 뿐
돌부리 가시밭길에도
별은 속삭이듯 반짝인다

기어이 가야 할 곳은
꽃과 벌·나비 아우르는
인연의 고향
애드벌룬 두둥실 떠 있는
별들의 고향

아무려면,
가는 동안은
아프지도, 고프지도 말자
외톨이는
그 어디에도 없다

나, 갈 거야
오로지 위를 보고 갈 거야
저기 멀지 않은 곳에
별꽃이 보인다
샛별이 반짝인다

1966년 5월 24일(화)

어제 결석한 것을 두고 준수가 야단을 친다. 그래서 눈 딱 감고 등교를 했다. 준수가 배 과장선생님께 사정 말씀을 잘 드렸다며 나를 끌다시피 했다.

교문을 들어설 때 마침 담임선생님과 마주치고 말았다. "어제는 와 결석을 했는데?" 하고 물으셔서 "공납금 준비가 안 돼서 그랬십니더." 하고 대답했더니 "그라마 오늘은 준비가 된 모양이네." 하신다.

내가 뭐라고 답하겠는가? 담임선생님은 그냥 웃으시며 돌아서셨지만 나는 아니었다. 그저께부터 기침이 나더니 심해졌다.

1966년 5월 25일(수)

낯이 없어서 또 등교를 안 했다. 시험도 못 치렀다. 준수한테는 아파서 못 간다고 핑계를 댔다. 기침이 예사롭지가 않다. 안 되겠다 싶으신지 준수 엄마가 아스피린을 몇 알 갖다 주셨다. 먹고 나니 한결 나아졌다. 방에 혼자 있는 것도 모양새가 좋지 않아 또 무작정 나왔다. 동촌까지 왔다. 이곳 동촌강변에는 우거진 숲이 있고 한갓진 곳이다. 사람들의 왕래가 없고 남의 눈에 잘 띄지도 않는다. 종달새가 하늘을 높이 날고 제비들의 비행도 날렵하다. 어찌 생각하면 평화로운 곳이기도 하다. 많은 생각을 했다. 나는 잉여인간은 아닐까?

1966년 5월 26일(목)

배 과장선생님께서 크게 화를 내시며 "등교해서 시험에 응해라!" 고 하셔서 등교했다. 내가 울상이 되어 말을 잇지 못하자 선생님께서 등을 토닥여 주시며 "서무과에서는 그렇게 말할 수 있지만도 니는 무조건 등교해라. 내가 책임진다!"고 하셨다. 체면은 없지만 정말 감사하고 죄송했다. 하지만 마주하는 선생님들과 학우들에게도 눈치가 보인다. 뒤통수가 어지럽다.

1966년 5월 27일(금)

오늘 준수네 집을 떠나왔다. 딱 1개월 만이다. 준수 어머니는 궁휼하고 가상한 마음으로 순수한 어머니의 사랑으로 나를 대해주셨다. 따뜻하게 보살펴 주셨다. 하지만 내가 갚음도 없이 덮어놓고 있으려니 너무 부담스러웠다. 날로 커져서 덩어리가 되었다. 차라리 굶거나 어쩌거나 내버려두면 좋을 성싶었는데…. 한 번쯤 타산을 짚어 좀 물어보시기라도 하면 좋았을 텐데, 오랜 눈치 생활을 해온 나로서는 오히려 부담이 컸다.

신체적 고통보다 더한 것은 마음의 고통이다. 어머니에게는 기거할 곳이 생겨서 떠나오는 것으로 하였다. 어머니 감사합니다. 열심히 살겠습니다. 쌀 8되, 보리쌀 2되를 내놓은 게 전부였다.

지금은 미술과 창수의 하숙방이다. 창수가 준수네 집에 있을 바에는 학교도 가까우니 함께 공부하자고 해서 왔다. 맞는 말이지만 신세를 진다고 생각하니 기가 차고 서글프다. 그런데 중요한 것은 식사가 문제다. 창수는 고향이 김천 아포인데 학교 부근에서 하숙을 하고 있는 상태이다. 늦게까지 시험 공부를 했다.

1966년 5월 29일(일) 아침 비

호섭이가 마침내 이발사 자격증을 취득하였다. 기뻐서 만세를 불렀다. 혹시 붙지 못할까 마음을 많이 졸였었다.

호섭아, 정말 축하한다. 네가 자랑스럽다. 우리 나중에 꼭 이발소 하나 차리자. 이제 최선을 다하여 결실을 맺었으니 너의 삶에다가 멋지게 입맞춤하렴. 그리고 소리 높여 자존을 외쳐 보거라! 친구야, 진심으로 축하하며 시집에서 발췌한 어느 시인의 시 한 편 실어 보낸다. 그가 스물한 살 시절을 노래하였는데 지금 호섭이의 나이가 마침 스물하나이므로 썩 잘 어울리는 시가 아니겠는가!

내가 너라면

이제야 포근히 잠들럽니다

거센 바람 거센 물결은 모두 사라져 갔습니다

모든 잡생각도 고개를 숙였습니다

어리석지도 노련하지도 못한 생활이지만

갖가지 즐거움은 있었습니다

내 나이 이제 스물 하고도 하나

희비애락이 한데 얽혀 소용돌이친 스물한 해였습니다

앞으로도 그것들은 그칠 줄 모른다고 일러줍니다

개울이 흐르고 흘러 바다가 되고 산 바위가 깨어져

모래알 되듯 둥글둥글 굴다 보면 무엇인가 된답니다

거룩하고 마음 바른 사람 되라고 둥글신은 나에게 일러 주었습니다

내 일찍이 이토록 평안한 날을 찾았을 때는 없었습니다

이제는 모든 것이 포근하기만 합니다

또한 모든 둥글신을 예찬해 보렵니다

그리고 필시 이룩하렵니다

거룩하고 마음 바른 사람이 되기까지 꼭 꼭 이룩하렵니다

이제야 포근히 잠들렵니다

거센 바람 거센 물결은 모두 사라져 갔습니다

1966년 6월 1일(수)

하숙집에서 내가 계속 머물러 있으니까 의아해하며 눈치를 준다. 창수가 무어라고 둘러대기는 한 모양인데 나로서는 참 입장이 어렵다. 그래서 아침밥이 들어오기 전에 먼저 등교를 하곤 한다. 그러니 매일 아침을 거른다. 창수한테는 사먹는다고 말하지만… 종일토록 먹는 일을 걱정해야 하니 예삿일이 아니다.

오늘은 너무 배가 고파 점심시간에 학교를 빠져나와 구멍가게에서 요기를 했다. 풀빵 하나와 막우유 하나면 10원 정도인데 그게 요기에 필요한 최소금액이다. 먹어야 산다는 생리가 나에게는 거추장스럽기만 하다. 자존심마저 상한다. 나도 모르게 세상살이가 서럽고 야박하게 느껴져 눈물을 글썽이고 만다. 마음은 몸을 이기지 못하는 것일까?

오늘 영훈이가 학용품을 사러 나왔다가 가게에서 빵을 먹고 있던 나를 발견하고 의아해한다. "와 학교에서 점심 안 먹고?" 하고 묻는다. 그냥 얼버무리고 딴전을 피웠다.

1966년 6월 7일(화)

오늘도 일찌감치 등교했는데 영훈이와 수복이가 각자 도시락을 하나씩 싸들고 와서는 나더러 빨리 먹으라고 펼쳐주기까지 하였다. 하나는 아침밥이고 하나는 점심밥이란다. 그리고 이제부터 저희들이 교대로 도시락을 준비할 거니까 굶지 말고 꼭 끼니를 챙기라고 말해 주었다. 이게 무언가? 나의 학우들이 언제 이런 생각을 하고 또 결의까지 하였단 말인가! 감사하고 또 감사했다. 하지만 어색하고 낯이 뜨겁다.

친구들아, 진심 어린 우정이니까 내 더 이상 머뭇거리지는 않을게. 잘 먹고 열심히 공부할게. 고맙고 미안하다. 친구들아.

오늘 방과 후에 작은형을 만나 안부를 나누었다. 작은형이 대학 생활에 열중하고 있어서 반가웠다. 작은형도 어려울 텐데 돈을 또 1,000원이나 주었다. 돌아오는 길에 곧바로 준수네 집에 가서 어머니께 억지를 부려 400원을 드렸다. 아무리 어렵기로 사람의 도리를 못 할까. 모처럼 거금 600원이 주머니 속에 있어 꿈인가 싶다. 먹지 않아도 배가 부르다.

1966년 6월 17일(금)

어제 등교 후 서무과에서 불러서 갔더니 누가 와서 각각 1,600원씩 공납금이라며 납부하고 갔다고 한다. 합치면 대충 1기분 공납금인데 누구인가 싶어 알아봤더니 작은형과 호섭이가 다녀간 것으로 밝혀졌다. 놀랍기도 하지만 감동이다. 특히 호섭이는 하루 일급이 150원밖에 안 되는데 저도 변변치 않은데…. 내가 늘 기가 죽은 듯 있으니 눈치를 채고 큰 배려를 하여 준 듯하다. 이 고마움을 어찌다 갚을까! 고민스럽던 공납금 1기분(3~5월)이 해결되었다.

하교 후 호섭이를 찾아가 고마움을 표시하고 공부 열심히 하겠다고 했다. 근간에 입수한 '동상 대처법'이라는 유인물이 있어서 건네주고 왔다. 호섭이는 이전부터 손발이 아주 찼었는데 동상이라는 진단이 나왔다. 그동안 약을 써도 차도가 없다 하기에 신경이 쓰이었다.

1966년 6월 19일(일)

오늘 도서출판사 선문사를 찾아가 사장님을 면담하고 도서 할부 판매 아르바이트를 해보기로 했다. 학습참고서, 문학전집, 최근 인기소설 등의 도서를 방문 판매하는 것으로 판매 금액의 1할을 마진으로 준다고 한다. 호섭이가 단골손님이 도서출판사를 운영하고 있다며 애써 소개해 주었다. 염려 반 기대 반이다.

며칠 전 학교에서 적성검사(IQ테스트)를 했었는데 오늘 결과 발표가 있었다. 지능지수(知能指數) 138로 내가 전체 학생 가운데 최고점을 받았고 여학생 중에는 효주가 버금가는 지수로서 최고점이었다.

1966년 6월 25일(토)

오늘부터는 다시 음악과 세명이의 자취방에서 신세를 지게 되었다. 창수의 하숙방에 머무를 때도 더러는 학교에서 또는 다른 학우들의 숙소에서 잠을 자며 공부하기도 하였었다.

여러 곳에 폐를 끼쳐 낯을 들지 못하던 차에 세명이가 권유하여 이곳으로 왔다. 정말 고맙다. 자취생활이어서 식사 문제도 훨씬 수

월해졌다. 세명이는 비교적 말수가 적고 소박한 성품이며 집은 안동이다.

친구들의 도시락은 지금까지 계속되고 있는데 재균이와 상영이까지 끼어들어 나를 염치없는 사람으로 만들고 있다. 이젠 정말 사양해야겠다.

오늘 우리나라에서 거행된 세계 복싱 미들급 선수권전에서 김기수 선수가 챔피언인 이탈리아의 니노 벤베누티를 판정으로 누르고 우리나라 복싱 사상 첫 세계챔피언이 되었다. 감격적이었다. 우리나라도 세계챔피언이 생겼다. 만세! 김기수 선수 파이팅!

1966년 7월 2일(토)

7월 첫 주말이다. 오늘도 아르바이트를 위해 열심히 뛰었다. 토, 일요일만 뛰는데 3주째이다. 별 성과가 없지만 걸음마를 떼야 걸음을 걸을 수 있지 않겠는가. 주로 중앙통 거리를 중심으로 상가 방문을 하고 있다. 아직은 어설프다. 때로는 곤혹스럽기도 하다.

8일부터 학기말 시험이다. 잠을 안 자고서라도 성적을 올려야 한다. 중간고사 일부 과목을 치르지 못했으니 그만큼 불리한 상황이다. 잘못하다간 망신당하게 생겼다.

1966년 7월 16일(토)

얼마 전 준수가 2학기 장학생으로 선발되는 기쁜 소식이 있었다. 방과 후에 그의 집으로 가서 축하를 겸해 오랜만에 속 깊은 대화를 나누면서 오붓한 시간을 가졌다. 지난번 1개월간 따뜻이 감싸준 그의 우정에 감사하는 마음으로 자그마한 선물(수첩)도 준비하였다.

준수와 나의 우정은 그간의 죽마고우들과는 좀 다른 측면이 있다. 준수는 무척 개성이 강하다. 작고 야무진 눈매에 두툼한 입술을 가지고 있다. 그가 한차례 자세를 고쳐 잡으면 그의 실력적 명성과 맞물려 타인을 압도한다. 하긴 나도 만만한 사람은 아니다. 예컨대 우리는 음악적으로 이야기하자면 가락이다. 가락이 어울려 화음이 된다. 아름다운 음악은 얼마나 협화음인가에 따라 결론지어진다. 때로 기싸움도 하지만 적당한 선상에서 타협할 수 있으면 나쁘지 않다.

전번 둘이서 같이 등교할 때는 많은 학우들이 우리 곁에 몰려와 한 무리가 되고 싶어 했다. 우리가 무슨 그룹이라도 만드는가 싶었다. 준수의 미술적 실력은 이미 공인된 것이고 리더십도 좋다. 조금 아쉬운 것은 비교적 권위적인 색채가 좀 있다는 점이다. 그렇다면 나는 어떤가? 밑바닥 리더십? 좋게 말하면 포용적인 리더십? 아무튼 학우들이 우리 둘을 구심점으로 모여드니까 은연중 라이벌 의식이 없는 것도 아니다. 하지만 선의의 경쟁이므로 나쁘지만은 않다고 생각한다. 학교 발전에도 도움이 되리라고 본다. 나는 준수가 훌륭한 화가가 되기를 진심으로 바란다.

1966년 7월 24일(일)

어제부터 여름방학이 시작되었다. 저녁나절에 호섭이가 근무하는 이발소로 향했다. 동인4가 동부시장 부근이다. 가게에 들어가지는 않고 이발소 앞 도로를 서성거렸다. 호섭이가 알아차리고는 가위질하던 손을 흔들어 주었다. 가게 주인을 의식한 우리 둘만의 사인이다.

호섭이는 학교를 졸업한 뒤 누나가 살고 있다는 이유 하나만으로 대구로 왔다. 살길을 모색하였으나 세상 모든 형편이 어려운 시절이 아니던가. 궁여지책으로 자리 잡은 곳이 이발소였고 처음 그에게 주어진 역할은 이른바 '시다' 즉 사동이었다. 그 이발소가 내 어린 시절 우리 집에서 세를 준 가게였고 당시의 기술자가 지금 함께 친구로 지내는 종하이다.

또 한 명의 친구 식우는 한때 시계조립 기술을 배워 웬만한 기술자가 되었는데 요즘은 또 장롱 만드는 기술을 배우느라 고생을 하고 있다. 학교를 다니지 못할 바에야 먹고 사는 최선의 방법은 하루 속히 기술을 습득하여 기술자가 되는 것이기 때문이다. 하지만 그 기술을 익힌다는 것이 여간 힘든 것이 아니다. 기술자가 된 사람은 그만큼 고생을 하였기에 갓 기술을 배우려는 신참에겐 하늘처럼 보이게 마련이고 따라서 권위를 누린다. 그만큼 모진 설움과 수모의 세월을 감내해야만 한다. 나의 친구 호섭이는 그 고난의 세월을 이겨가며 최선을 다하였고 지난 5월 그렇게도 소망하였던 이발사가 된 것이다. 이 어찌 자랑스럽지 아니한가? 감동적인 일이 아니겠는가! 장장 6년간의 숨 가쁜 세월이 아니었던가!

이발소의 근무 시간은 하절기엔 대충 밤 여덟 시경이면 끝이 나지만 그 시간쯤에 손님이 들면 어찌하는가? 주인은 그 손님을 받고 싶을 터이고 종업원은 받고 싶지 않을 것이다. 그게 인지상정이 아니겠는가. 그런데 우리 친구는 매번 "어서 오십시오!"이다. 아니 그보다 더 늦어도 그리 할 것이다. 그렇게 착하기만 하다. 그런데 오늘 또 그렇게 되고 말았다. 우린 서로 빨리 만나고 싶지만 또 손님이 들고 만 것이다.

이발소가 파하려면 꽤 시간이 걸리므로 인근 길가 적당한 곳에 엉거주춤 자리를 잡고 앉았다. 그리고 안주머니에 넣어온 학교 성적표를 만지작거렸다. 내가 호섭이에게 성적표를 보여주려는 것은 친구야말로 그동안 보호자로서의 역할을 톡톡히 해냈기 때문이다.

내가 중1 시절, 처음 호섭이를 보았을 땐 그저 눈인사나 하는 그런 사이였다. 중1 소년과 이발소 사동 간에 무슨 볼 일이 있었겠는가. 또 나이 차이가 꽤 나다 보니 더욱 그랬다. 그런데 세월이 흐르다 보니 먼발치에서나마 그를 익혔다. 그저 묵묵히, 온갖 궂은일도 마다 않고 성실히 일하는 그의 모습에 내 마음이 자연스레 끌렸다. 특히 아버지가 돌아가셨을 때 그가 나에게 보여준 따뜻한 인정은 두고두고 잊지 못한다. 그러다가 동네를 떠나게 되면서 한동안 그를 접하지 못했었다.

내가 다시 동일약방으로 돌아와 옛 동네로 복귀하였을 때, 마침 호섭이는 인근 이발소에서 근무를 하고 있었다. 지금 생각하면 참으로 다행스런 재회였다.

요즘은 그야말로 그와 나의 우정이 꽃피는 시절이 아니겠는가! 나는 내성적이긴 하지만 한번 대화의 문을 열면 장장한 토론을 한다. 호섭이도 주관적으로 뛰어든다. 대체로 공감하는 편이지만 아니다 싶을 때는 과감히 나를 설득하기도 한다. 그러나 우리의 대화는 주로 고달픈 삶을 이야기한다. 맞장구치며 울분을 토하다가도 마지막에는 열심히 노력해 잘 살아보자는 행복스토리이다. 아무튼 호섭이는 '갈매기'다. 한 치도 어긋남이 없다. '갈'수록 '매'력이 있어서 '기'다려지는 친구, 나도 다른 사람들에게 그런 사람이 되고 싶다.

이발소는 밤 9시가 되어서야 끝이 났다. 주인이 먼저 퇴근을 했고 우리는 가게를 정리한 후 비로소 함께하였다. 우리는 곧바로 인근 동부시장의 실비식당에 들러 밥을 주문하였다. 그리고 함께하는 기쁨으로 막걸리와 머릿고기도 곁들였다. 주인 아주머니가 막걸리와 큼직한 사발 두 개를 먼저 갖다 주므로 건배를 했다.

"내가 요새 니가 보내준 축하 시(詩) '내가 너라면'을 한 번씩 읊어 본다. 그런데 얼마나 가슴에 와 닿는지 절로 힘이 난다. 고맙대이!"

"내가 시집을 읽다가 보면 딱 가슴에 안기는 내용이 있다. 그 시는 딱 니한테 맞더라. 글을 읽으마 힘이 난다. 그래서 마음의 양식이라 안 캤겠나."

"그래서 자꾸 읽어라꼬? 알았다. 그런데 요새 사정은 좀 어떻노?"

"힘들지 뭐. 성현이 형이 군대에 가 버렸고 문현이 형은 대학교, 나도 또 학교를 다니는데 돈 버는 사람이 없으이꺼네…."

"자. 한 잔 마시자. 그래도 우리가 이기내야 된다. 안 그러나?"

호섭이는 술을 잘 마시지 못한다. 얼굴이 빨개지고 체질에 맞지 않는다며 술자리에서는 그저 찔끔찔끔 마시는 시늉만 한다. 그런데 오늘은 웬일인지 술을 마시려고 한다.

"니는 어렵다 캐도, 또 한 학기 잘 마칬으이꺼네 내 기분은 참 좋다. 수고했다이."

호섭이는 제 일이나 되는 것처럼 아주 표정이 밝았다.

"내가 인자 정식 이발사가 돼서 기 좀 핀다 아이가. 친구들 덕분이고 특히 니 덕분이다. 인자 일급도 쬐끔 올라갔고."

"그래. 인자는 니가 빨리 이발소 주인이 되는 일만 남았다. 그자?"

"그래. 열심히 한 번 해볼끼다."

나는 밥도 맛있게 먹고 술도 달게 마셨기에 머리를 긁적이고 주저주저하면서 성적표를 꺼내서 내밀었다.

"이거 이번에 내 성적이다. 좀… 못했다."

"와 성적표를 나한테 내미노?"

"일단 봐라."

"그래? 그라마 한 번 보자. 야~ 평점 84점에 3등이네. 잘했네. 니 전번에 중간시험 못 본 것 때문에 걱정하디만도 잘했다. 참말로!"

나는 이번에 두 과목에서 처음으로 불명예의 성적을 안고 말았다. 중간시험에 참여하지 못하였기 때문이다.

내가 주저주저하면서 성적표를 식탁 위에 내려놓으며 말했다.

"그라고 니, 여게 도장 좀 찍어도고."

"내가 와 도장을 찍는데? 그래서 아까 도장 이야기 했더나?"

"그래. 여게 도장 찍어라!"

나는 그러면서 성적표의 보호자란을 야무지게 짚어 보이며 재촉했다. 호섭이는 분명 나의 보호자이다. 열심히 공부하라며 적잖은 비용을 지원하여 주었고 바로 전에는 공납금도 지원해주지 않았는가.

"야는 참말로. 내가 와 니 보호자고?"

"보호자 맞다. 찍어 도고."

호섭이는 내가 워낙 진지하게 굴므로 안 되겠다 싶은지 "그래. 알았다. 그라마 찍는대이! 앞으로 더 잘해라이." 하고는 진득하게 도장을 눌러 주었다.

우리는 기분 좋게 술잔을 나누며 담소했다. 그리고 우리들의 친

목회인 강일회에 관한 이야기도 나누었다.

강일회는 내가 제안하여 작년 방학 때 결성된 바 있다. 그동안 나를 중심하여 두루 사귀어 온 친구들, 서울에 셋, 대구에 다섯, 그래서 모두 여덟 명이 함께하고 있다. '강건하게 하나 되어 우정을 빛내자'라는 뜻으로 '강일회'라고 이름을 붙였다. 1년에 한두 번, 형편 될 때 만나기로 하였고 내가 총무를 맡았다.

"우리 모두 불우한 친구들이니까 뜻을 같이 하면서 훌륭한 사람이 되도록 우정을 나누마 좋겠다. 도현이 니가 회칙 정한 대로 잘 운영해 도고. 참, 니가 모임 노래도 하나 만들었다면서? 한 번 불러 봐라."

"회가는 무슨. 그냥 학교서 배운 대로 멜로디 좀 붙이고 긁적거려본 긴데…."

오늘따라 호섭이의 표정이 더없이 편안해 보인다. 술도 띄엄띄엄 곧잘 마신다.

"아르바이트는 좀 어떻더노?"

호섭이가 술잔을 권하면서 물었다.

"열심히 하는 중이다. 내가 원캉 초짜라서."

"처음부터 되는기 어딨겠노. 그래도 열심히 해봐라. 결과가 꼭 있을끼다."

실제적인 이야기를 하자면 도서 외판은 아주 힘들고 고충이 심하였다. 사람 애간장을 다 녹이는 그런 힘든 일이었다. 예컨대 대량구입이라도 할 것처럼 거만을 떨어놓고는 막상 인적사항을 물으면 주거가 불확실하였고, 다 되었다 싶다가도 갑자기 딴사람이 끼어들어 훼방을 놓기도 했다. 어떤 사람은 지레 구박을 하여서 입도 못 떼게 하였고, 어떤 사람은 구입할 의사도 없으면서 주물럭거리며 시간을 끌기도 하였다. 팸플릿에도 없는 목록을 찾을 때는 정말 속이 상했다. 그래서 시작할 때의 부푼 희망과는 달리 시들하였다. 하지만 땀방울을 쏟으며 부지런히 뛰고 있다. 세상은 나에게 더 많은 땀방울을 요구하고 있는지도 모르니까.

호섭이가 두 잔쯤을 비웠는가 싶은데 제법 취했다. 나도 술기운이 돌았다. 나는 지금이 기회다 싶어 "호섭아, 이거⋯." 하고, 소중하게 500원을 담은 봉투를 넌지시 내밀었다. 아르바이트 첫 수익금이었다. 그동안 너무 신세를 졌으므로 내 마음 편안하려고 결심한 일이기도 했다.

"이건 또 뭐꼬? 야는 오늘따라 뭘를 자꾸 주노?"

"내가 니한테 너무 신세를 졌다 아이가."

호섭이가 뭔가 싶어 지긋이 봉투 안을 들여다보더니 자동반사 용수철처럼 벌떡 일어서며 소리를 쳤다.

"야, 도현아! 니 내 마음 그렇게 모르나?!"

"⋯⋯."

나는 호섭이의 강력한 반응에 흠칫 놀라 말문이 막혀 버렸다.

"내가 더 밀어주지 못해서 안타깝었다이. 니는 배우지 못한 서러움이 어떤 긴지 아나? 요새는 좀 낫지만도 내가 머리 깜기는 일, 수건 빠는 일 했을 때 손님들이 나를 사람 취급 했는지 아나? 말 빵빵 놓고 이 쌔끼 저 쌔끼 카면서⋯. 내가 벙어리 냉가슴 많이 앓았다. 그래서 내가 배움이 뭔지 안다. 니가 정말로 똑똑하고, 인정 많고, 공부 잘한다 싶어서, 니는 꼭 성공할 수 있다 싶어서, 내가 니를 밀어줄라꼬 진심으로 마음 안 묵었나, 부족했지만도. 우쨌든 친구가 잘돼서 과장되마 나도 과장되고, 사장되마 나도 사장되는 거나 마찬가지 아이가."

호섭이는 그러면서 눈물마저 그렁그렁하였다.

나는 무안하고 미안하여 고개를 들지 못하다가 "알았다. 호섭아. 다시는 안 그라께…." 하고 나지막이 대꾸하였다.

잠시 침묵 끝에 마음을 다스린 호섭이가 말을 이었다.

"그래. 도현아. 됐다. 인자 고만하고 술이나 마시자."

나는 호섭이의 비장한 모습을 지켜보면서 친구가 나에게 무엇을 요구하고 있는지 잘 알 것 같았다. 호섭이의 돈은 땀의 대가 이상으로 신성한 것임을 절실히 깨달았다.

"호섭아. 참말로 미안하다."

내가 일어나면서 두 손을 내밀었다. 호섭이가 일어서더니 나를 와락 끌어안았다. 우리는 한참 부둥켜안았고 한 차례 진한 눈물을 쏙 빼냈다. 우리는 의기투합하여 그곳을 나왔다. 그리고 어깨동무를 하고서 호섭이의 숙소로 발걸음을 옮겼다.

"이 세상~에 부모 마음 다 같은 마음~ 아들딸~이 잘 되라고 행복하라고~"

호섭이가 오기택의 '아빠의 청춘'을 한창 흥얼거리다가 말했다.

"나는 노래라꼬는 이 노래하고 '해운대 엘레지'밖에 모른다이! 도치 니, 노래 잘 하이꺼네 우리 강일회 회가 한 번 불러봐라!"

까짓것! 쑥스럽긴 하지만 목청을 가다듬고 노래를 불렀다. 호섭이가 귀 기울여 듣다가는 점차 장단을 맞추기 시작하였다.

"박치야. 이 노래는 행진곡 스타일로 불러야 된다이!"

"맞다. 맞다! 행진곡 스타일로~!"

우리는 목청 높여 노래 부르며 한껏 우정을 뽐내었다. 어깨가 들 썩거렸다. 푸근하고도 행복한 밤이었다.

강일회가

맴돌다 점을 이룬 자랑스런 친구야

거친 풍파에도 싸워 이겼다

험한 세상 힘겨워도 쉬지 말고 달려라

힘차게 달리는 자 영광이 있다

가는 곳 어디이뇨 피가 끓는다

강건하게 하나 되자 강일회 친구

경부(京釜)선 오고 가며 굳게 맺은 친구야

너와 나의 믿음 속에 의리가 있다

불우하다 원망 말고 끝까지 달려라

최선을 다하는 자 성공이 있다

가는 곳 어디이뇨 피가 끓는다

언제나 함께하자 우리는 친구

고2 시절, 1966년 5월

제12화

갈채

1966년 9월 하순, K고교 교실.

"학생 여러분, 잘 들어라. 우리 학교도 이제 총학생회를 구성해야할 때가 되었다. 앞으로 소정의 과정을 통하여 학생회 정·부회장을 선출하게 되는 만큼 많은 관심을 가지고 참여해주기 바란다."

2학기가 시작된 K고교는 개교 이후 처음으로 실시하는 학생회 임원 선출 행사로 술렁이었다. K고교는 신설 2년차 학교여서 그동안 각 학과의 정·부실장들을 중심으로 학교 업무를 꾸려 왔었다. 하지만 내년도에 신입생이 들면 학년 구성이 완료되므로 이제 학생회의 발족은 당연한 학사 과정이었다.

학생회 임원 선출은 어디까지나 학업의 연장선상이었다. 모든 학생들이 민주적 절차와 방식에 따라 대표 학생들을 선출하는 일이었고, 그런 만큼 그 과정이며 결과에 이르기까지 관심사가 아닐 수 없었다. 또한 임원으로 뽑힌다는 것은 일면 명예롭기도 한 것이어서 누구나 한 번쯤은 자신의 입후보를 저울질하기도 하고 한편으로는 과연 누가 입후보를 할 것인가 하는 점도 매우 궁금하였다. 그러므로 학생회 구성에 즈음하여 전교생들이 술렁이는 것은 어쩌면 당연한 일이기도 하였다.

아무튼 K고교생들의 초미의 관심사는 과연 누가 최종적으로 입후보를 할 것인가 하는 점에 쏠렸고 그 가운데는 나의 이름도 거론되었다. 또 하나의 관심사는 준수와 나의 러닝메이트 여부였다. 아닌 게 아니라 준수와 내가 협력하여 함께 나선다면 싱거운 결과가 예상되기 때문이었다. 하지만 나의 입장은 애매하였다. 초등 때부터 줄곧 임원 활동을 하여 왔으므로 임원직에 관심을 두긴 하였다. 그러나 막상 현실화되고 보니 몇 가지 문제점이 있었다.

우선 거기에 관심을 둘 만큼 생활이 안정되지 못했고 또 미술과에서 결정적으로 나서게 될 준수와의 대립 또한 원하는 바는 아니었다. 한편 줄곧 실장직을 맡아온 광수를 뛰어넘어 자신이 음악과의 단일 후보로 나설 수 있을까 하는 점도 미지수였다.

더욱이 조심스러운 것은 나의 입후보에 대한 학우들의 반응도였다. 만약 학우들의 여론에서 배제된다면 망신살만 뻗치는 일이었다. 나는 일단 침묵하였고 그것은 자연스레 입후보를 포기하는 것으로 해석되었다.

그러나 긴급 소집된 음악과 임시 회의에서는 학생회를 음악과가 선도(先導)할 수 있다면 그것이 최선이며 그러기 위해서는 꼭 단일 후보를 만들어 적극 지원해야 한다는 쪽으로 의견이 모아졌다.

한편으로 최근에 함께 지내고 있는 재길(가명) 등 측근 학우들도 진정으로 학교를 위한다면 당당히 나서서 승패를 초월하여 페어플레이를 해야 한다는 주장이었다.

나 역시 그 점에 대해서는 이의가 없었다. 하긴 그것은 나를 염두에 둔 학우들의 나를 설득하기 위한 합리적 수단이기도 하였다. 아무튼 상황이 그렇게 전개되고 보니 나도 입장을 정리할 수밖에 없었다. 우선 학과의 승리를 위해서는 자신의 입후보와는 별개로 교통정리를 해야겠다는 생각이 들었다.

나는 일단 실장인 광수와 진지하게 협의하였다. 그러나 광수는 전혀 입후보할 의사가 없다면서 오히려 나를 강력히 천거하였다. 의외의 상황이었기에 얼마간은 추이(推移)를 지켜보기로 하였다.

예상한 바와 같이 우리 음악과의 단일 후보는 난항의 기미가 뚜렷하였다. 차분한 성격의 실력자 '갑', 운동 꽤나 하고 활동적인 '을',

나름대로 자존심을 내세우고 있는 '병' 등이 학생회장에 입후보할 의사를 가지고 상대의 움직임을 예의 주시하고 있었다.

광수의 입후보 포기와 지지 의사, 그리고 난항이 예상되는 단일 후보 등등, 나는 고뇌하지 않을 수 없었다. 그러다 마침내 결론을 내렸다. 음악과의 승리를 위해서는 자신이 직접 나서는 편이 훨씬 유리하다는 판단이었다.

하긴 이번 기회에 학우들로부터 리더십을 평가받고 싶은 마음도 생겨났다. 나의 이러한 결심은 입후보등록 마감을 사흘 앞둔 시점이었다.

나의 우선 과제는 음악과의 단일 후보가 되는 것이었다. 나는 다음 날 점심시간을 이용하여 입후보 추정 학생들을 일일이 면담하는 한편, 종례 시간을 통하여 학생회장 입후보를 전격 선언해 버렸다. 그것은 선제효과를 위한 심리전이었고 실제 다수 과원들의 호응을 얻어냄으로써 소기의 성과를 거둘 수 있었다.

미술과에서는 예상했던 대로 준수의 단일 후보가 간단하게 이루어졌다. 이로써 무용과가 후보를 내지 않음으로써 학생회장 선거는 나와 준수의 양자대결로 압축되었다.

나는 먼저 준수를 찾아가 부득이한 입장을 설명하면서 양해를 구하였다. 참으로 안타까운 상황이었다. 준수도 멋진 승부를 기대한다며 쾌히 응대를 해주었다. 우리를 지켜보는 많은 학우들도 멋진 대결을 볼 수 있게 되었다며 격려의 박수를 보내 주었다. 하지만 이제 그들은 준수의 리더십과 나의 리더십 중 어느 하나를 선택해야 할 기로에 서게 된 것이었다.

선거일이 다가오면서 선거전은 점점 열기가 고조되었다. K고교의 유권자 분포는 음악·미술·무용과의 3등분 양상이었다. 하지만 음악과나 미술과의 경우 대개 자체 후보를 지지할 공산이 크므로 결국 승패의 관건은 후보를 내지 않는 무용과의 향배(向背)에 있다고 해도 과언은 아니었다.

나는 무용과 여학생들의 보다 많은 지지를 얻어내기 위하여 부지런히 발로 뛰었다. 그러나 한 가지 꺼림칙한 일이 있었다. 여학생들의 핵심 멤버인 효주의 침묵 때문이었다. 당연히 지원해 줄 것이라 믿었기에 아주 곤혹스러운 상황이었다. 나는 고심 끝에 그녀와 마주하였다.

"효주야. 와 좀 안 도와주노?"

그녀는 대꾸도 않고 새치름하기만 하였다. 내가 거듭 "좀 도와주면 좋은데…." 하고 말하자 그제야 반응하며 "사전에 한마디 상의도 없이? 나 같은 사람은 존재감이 없어서 그렇제?" 하고 쏘아붙였다. 나는 뜨끔하였지만 그나마 안도하였다. 다른 이유가 없었기 때문이다.

"미안하다 효주야. 니를 믿어서 안 그랬나. 나는 니가 절대 우군이다. 참말이다!"

그녀는 그제야 새치름함을 풀었고 평소처럼 밝게 웃어 주었다. 다음 날 효주와 그녀의 단짝인 희숙이, 그리고 무용과의 영희가 관심을 보여줌으로써 나는 한껏 고무되었다.

그러나 선거전의 최대 관건은 뭐니뭐니 해도 선거일 하루 전에 열리게 되는 소견 발표회와 그 성공 여부였다. 나는 같은 과의 무생이를 찬조 연설자로 내정하고 신중을 기하여 연설문 초안을 작성하였다. 그리고 학생과의 김풍삼 선생님에게 자문을 구한 뒤 예행연습에 몰두하였다.

이를테면 연설은 같은 내용이라 하더라도 억양과 악센트에 따라 느낌이 달라지므로 요소요소를 잘 정리하여 마치 웅변가와 같은 자세를 익히려고 애썼다. 실제로 친구네 집 욕실에 들어박혀 맹연습을 하며 울림의 반향을 살폈고 방과 후에는 발표회가 열리게 될 강당 연단에 서서 시험연설을 해보기도 하였다.

당일 오후 마침내 소견 발표회가 시작되었다. 추첨 순서에 의하여 내가 먼저 연단에 섰다. 장내는 잠시 숨을 죽이고 있었다. 나는 수많은 학생들의 집중된 시선에 가늘게 가슴을 떨었지만 한바탕 심호흡을 한 뒤 청중들을 향하여 입을 떼었다.

"이번에 실시되는 학생회 조직에 즈음하여, 여러 학우들의 성원과 뒷받침으로, 또한 꼭 훌륭한 학교를 만들어야겠다는 굳은 신념으로, 학생회장에 입후보한 김도현입니다!"

나는 단상 우측으로 나서서 정중하게 인사를 하였고 박수를 받은 후 다음 말을 이었다.

"학우 여러분! 견공이 석사, 박사 학위를 받고 원숭이가 달나라로 신혼여행을 떠나려 하고 있습니다. 이러한 시대를 사는 우리들이 어찌 감나무에 달린 홍시가 입 안에 떨어지기만을 기다리고 있습니까!"

나는 오른손으로 한 차례 연단을 두드리며 말했고 다시 근엄한 어조로 다음 말을 이어갔다.

"우리는 이제 겨우, 개교한 지 20개월밖에 되지 않은 아기걸음마의 학교입니다. 그러기에 이제 우리들은 우리들의 모교를 위하여 당찬 성장을 위하여 힘찬 발걸음을 내디뎌야 할 때가 되었습니다. 그리고 저는 반드시 그 일을 해낼 수 있다는 확신 아래 여기 이 자리에 서게 되었습니다.

그러나 학우 여러분, 지금 공부하고 있는 우리 학교는, 학우 여러분이 잘 보고 겪어왔듯이, 우리들의 규율과 교풍이 대단히 어지럽습니다. 또한 우리들은 전반적으로 미비한 시설 속에서 공부하느라고 많은 애로를 겪고 있습니다. 때문에 이제 우리들은 하루속히 이 모든 난관들을 극복하고, 반드시 면학의 환경을 조성해야만 합니다. 그리하여 우리 K고교의 전통을 착실히 쌓아가야만 합니다. 여러분~!"

나는 다시 한번 연단을 두드리며 오른손을 높이 쳐들었다.

많은 학생들이 "옳소! 옳소!"로 호응하며 성원의 박수를 보내주었다.

나는 다시 말을 이었다.

"우리들의 난관은, 오직 우리들이 마음가짐을 바로 하여, 힘을 합쳐서, 해결해 나가야 할 것입니다. 여러분!"

나는 다시 한 차례 박수를 받았고 잠시 말을 끊은 뒤 진지한 어투로 다음 말을 이었다.

"사랑하는 학우 여러분. 저와 함께 오늘 이 자리에 서게 된 준수 군은, 얼마 전까지만 해도 저와 약 한 달간을 한 이불 속에서 먹고 자며 함께 등교하기도 했던 둘도 없는 학우입니다. 그리고 준수 군이, 미술 방면에서 빼어난 실력으로 전국 미술계를 호령하고 있는 훌륭한 미술학도라는 사실도 잘~ 알고 있습니다.

그러나 여러분! 우리 학생회는 자기 분야의 실력도 중요하지만 그보다는 진정으로 학생회를 이끌어갈 수 있는, 오직 학교를 위하고, 오직 학우들을 위하여 열~심히 뛸 수 있는 리더십이 더욱 절실하다고 믿습니다. 저는 그동안 학과 부실장으로서 열심히, 소신껏 일해왔기에 오늘 여러분 앞에 과감하게 나서게 되었으며, 여러분의 냉정한 평가를 받고자 합니다."

나는 꼿꼿이 고개를 든 채 나름 요소요소를 잘 정리하고 강약을 구사해 가며 연설해나갔다. 학우들은 나의 마이크 음성이 우렁차게, 또는 격조 있게 그 매듭을 풀어갈 때마다 환호와 성원의 박수를 보내어 주었고, 간간이 자리하고 있는 선생님들도 이따금 격려의 박수를 보내 주셨다.

"학우 여러분! 제가 여러분의 뜻에 의하여 학생회장으로 뽑히게 된다면 다음과 같이, 세 가지 일에 대하여 반드시 실천할 것을 굳게 약속드립니다!"

나는 왼팔을 높이 쳐들고 손가락으로 수를 짚어가며 말했다.

"첫째, 조속한 시일 내에 확고한 기율을 만들어 교풍을 확립하겠습니다. 아울러 학교 측에 건의하여 우리들의 자율적인 활동을 보장받도록 하겠습니다.

둘째, 미비한 시설을 서둘러 확충하기 위하여 재단 측과 기탄없는 대화를 펴나가기로 하겠습니다.

마지막으로 세 번째, 우리 학교의 교훈인 '진·선·미'를 조화롭게 구가하여 참다운 예술을 지향하는 학생으로서의 긍지를 길러 지방에서는 단 하나밖에 없는 우리 대K고교의 전반적인 PR에도 힘쓰겠습니다!"

이 대목에서는 엄청난 환호와 그침없는 박수가 쏟아졌다. 어디에선가 "옳소!" 하는 선동의 소리가 들리기도 하였다. 나는 고조된 음성으로 다음 말을 이어갔다. 이 말은 발표문의 원고에는 없는 무용과를 겨냥한 순간적으로 스쳐간 착상이었다.

"한 가지 더, 학우 여러분에게 덧붙여 드릴 말이 있습니다. 저는 결코 각 과에 편견을 두지 않고 학교 전체를 위하여 일할 것을 약속합니다. 이를테면, 미술과에는 석고상을, 음악과에는 바이올린을 확대 지원할 것이며, 무용과에는 무용복 외에도 무용과의 숙원인 샤워장을…."

장내는 내가 채 말을 맺기도 전에 박수와 폭소와 괴성이 한꺼번에 터져 나왔다. 사실 무용과에서는 샤워장이 염원이긴 하였지만 그보다는 여학생들이 뒤섞여 샤워하는 장면이 연상되었는지도 모른다.

"동시에 마련해 드리고 싶은 생각이 간절합니다. 여러분!"

나의 매듭 말에 익살을 느낀 학우들은 다시 한번 폭소를 터뜨리며 아주 큰 박수를 보내주었다.

"마지막으로 우리는, 학교가 우리에게 무엇을 해줄 것인가를 생각하기 이전에, 우리가 학교를 위하여 무엇을 할 것인가를 먼저 생각하는 학생이 되기를 간절히 소망합니다. 아무쪼록 훌륭한 학생회가 구성될 수 있도록 학우 여러분의 냉철한 판단을 촉구하면서, 이만 영광스런 단상을 내려가겠습니다. 감사합니다, 여러분!"

나는 마지막 대사를 힘주어 매듭한 뒤에 다시 단상 우측에 서서 90도로 고개 숙여 인사하였다. 단상을 내려오는 나의 귓가에는 끊임없는 박수와 함성이 울려 퍼졌고 다음 발표자인 준수가 등단할 때까지도 이어지고 있었다.

그러나 준수의 소견 발표는 화끈하게 타오르지는 못했다. 준수는 아무래도 그의 명성에 걸맞지 않게 예행연습에 소홀한 듯 하였고 그저 평범한 연설로서 그의 소견 발표를 마무리하고 있었다.

그러나 준수의 뒤를 이어 등단한 나의 찬조 연설자는 시종 유머로 학우들의 호감을 사면서도 "학우 여러분! 물론 김도현 군은 화려한 음악도는 아닙니다. 그러나 음악은 시간 예술이기에, 이후 김도현 군의 음악성은 누구 못지않게 아름답게 수 놓아질 수 있을 것입니다.

아무튼 우리들은 예술가를 지향하는 학생이기에, 거기에 걸맞은 환경이 하루속히 이루어지기를 기대하고 있습니다. 그러므로 보다 중요한 것은 과연 누가 이 학교를 지혜롭고 성실하게 이끌며, 많은 예술가를 배출해낼 수 있느냐에 달려 있다고 하겠습니다. 그러면, 그 리더는 누구입니까~ 그 리더는 바로 처음 등단하여 여러분의 뜨거운 박수갈채를 받은 김도현 군이라고 저는 믿어 의심치 않습니다.

그러나 학우 여러분! 우리가 겪어온 김도현 군이 학교를 훌륭히 이끌어갈 것이라는 생각만으로 그에게 표를 던지지는 마십시오. 김도현 군이 비록 외롭긴 하지만 주어진 역경을 억척같이 헤쳐가며 무한하게 성장할 수 있다고 믿을 수 있을 때에, 그에게 여러분의 소중한 한 표를 던져 주십시오!" 하고, 끝매듭을 하여 장내 분위기를 숙연하게 하였다.

그러나 준수의 찬조 연설자는 평범한 연설에다 원고를 까먹는 실수까지 범하고 있었다. 따라서 소견 발표회는 나의 압도적인 우위 속에 막을 내렸고 이제 차분히 최후의 심판을 기다려야 할 차례였다.

다음 날 9월 23일 오후, 투표 시간이 모두 끝나고 개표 결과를 지켜보는 나와 준수의 얼굴이 사뭇 상기되어 있었다. 개표 상황판을 지켜보는 양측 참관인들의 표정에도 수시로 희비가 엇갈리었다.

집계가 끝나고 마침내 승패가 가름되었다. 무용과 여학생들의 보다 많은 지지에 힘입은 바, 유효표 54%를 득표한 나의 승리였다. 하지만 무어라 해도 준수의 실력적 명성은 절대적이었고 다만 나의 승리는 주도면밀한 선거전이 일구어낸 소박한 보상에 불과하였다.

"축하한다. 도현아!"

결과 직후, 먼저 축하의 손을 내미는 준수의 표정이 간신히 웃고 있었다. 나는 준수의 손을 맞잡고 "미안하다 친구야!" 하고 응대했을 뿐, 달리 어떤 말도 하지 못했다. 이런 상황에서 어떻게 처신해야 할지를 미처 생각하지 못했던 것이다.

쓸쓸히 돌아서는 준수의 뒷모습 —냉혹한 것이 승부의 세계라지만— 아마 그 순간, 패배한 준수보다는 승리한 나의 마음이 더 쓰라렸는지도 모른다.

이윽고 나의 지지 학생들이 달려와 나를 여러 차례 헹가래 치며 열광하였다. 모든 학생들이 몰려와 그들의 초대 학생회장을 향하여 뜨거운 축하의 박수를 보내주었다.

나는 마치 마라톤에서 우승한 마라토너처럼 기쁨에 북받쳐 파르르 떨고 있었다. 얼룩진 지난 시절이 활동사진이 되어 스쳐 갔다. 때로는 이렇게 축복받는 날도 있는 것을, 나는 두 손을 번쩍 치켜들고 V자를 그리며 그들을 향해 답례하였다.

오랫동안, 아주 오랫동안 그치지 않는 학우들의 박수갈채는 파랗고 높은 가을 하늘을 향해 승화하고 있었다. 벅찬 영광, 나의 학창시절 뒤안길에 피어난 작은 영광이었다.

제13화

수학여행

1.

1966년 10월 초순, K고교 수학여행 일정.

대구역 광장에 닿았을 때는 저녁나절 여섯 시쯤이었다. 학우들은 대부분 도착해 있었고 삼삼오오 무리지어 담소를 나누고 있었다. 인솔책임자 배한영 교무과장님이 도착하실 즈음엔 거의 집합이 완료되고 있었다.

"현재까지 남학생 24명, 여학생 29명이 집합했심더!"

내가 배 선생님에게 보고를 하고서도 얼마간을 더 기다렸지만 더이상의 참석자는 없었다. 이런저런 사유(事由)로 불참하는 학생들이 턱없이 많아 너무 아쉬웠다.

"수학여행이 단순히 놀러가는 게 아니라는 것, 너그도 잘 알제! 말썽부리지 말고, 안전주의하고, 우쨋든지 학생회장 책임하에 잘 치러야 한대이, 알겠제!"

배 선생님의 당부 말씀이 끝난 뒤 차례차례 개찰구를 거쳐 승차를 완료하고 출발 시간을 기다렸다. 열차는 정해진 시각인 밤 일곱 시에 어김없이 출발하였다. 다소 지루해하던 학우들도 생기를 되찾고 있었다.

"그런데 여학생들은 다 어데 갔노?"

남학생 하나가 궁금해 하던 속내를 털어놓으며 볼멘소리를 하였다.

"따로따로 탔다."

내가 앞쪽의 배 선생님을 의식하여 나지막이 대꾸하자 모두들 표정이 굳어졌다. 여간 서운한 표정들이 아니었다. 그러나 열차가 제속도를 낼 즈음엔 다시 들뜬 분위기로 돌아오고 있었다.

도무지 한곳에 진득하게 머물러 있지를 않았다. 하긴 한 칸 객실

전부가 우리들 차지이므로 자유분방하기도 하였다. 배 선생님의 지시에 따라 앞 칸 여학생들 쪽으로 가서 살펴보니 그쪽에서도 분리 탑승을 매우 아쉬워하고 있었다. 남녀 담임이신 조문길, 박순정 선생님은 뒤쪽에 나란히 자리하시고 담소하고 있었다.

우리들의 수학여행 일정은 2박 4일. 목적지는 강원도와 설악산 일대였다. 대구가 시발점인 중앙선 열차는 우리들을 영주역까지 인도한 뒤에 서울 청량리역으로 향하게 되어 있었다.

수학여행은 교육과정의 일환이 아니던가. 우리 K고교생들은 일상의 학업을 잠시 뒤로하고 자연과 더불어 문화를 접해가며 지식수준을 한 단계 높여가는 임무를 수행하게 될 것이다. 나 또한 선생님들의 지도 아래 학우들과 잘 호흡하며 멋지고 아름다운 여정이 될 수 있도록 최선을 다해야 할 것이다.

열차는 여섯 시간 정도를 달려 자정을 넘긴 0시 50분경에 영주역에 도착하였다. 거기서는 강릉행 열차로 바꿔 타야 하므로 약 세 시간을 기다려야 하는 일정이었다. 따라서 여학생들은 미리 대기하고

있던 강릉행 열차로 옮겨 탄 채, 남학생들은 인근 지정 숙소에 머물면서 출발시간을 기다려야 했다. 열차에서 내리니 새벽 공기가 써늘하였고 한기도 느껴졌다. 낯선 지역이다 보니 어설프기도 하였다.

약 세 시간의 기다림. 지칠 법도 하건만 학우들은 아랑곳하지 않고 저마다들 바삐 돌아갔다. 하긴 1년 반이 넘도록 미운 정 고운 정 함께하며 허물없이 지내온 사이들이 아니던가. 더구나 수학여행이라는 이름 아래 함께 뭉쳤으니 얼마나 부푼 심사이겠는가. 여학생들은 열차 객실에서 남학생들은 숙소 객실에서 마냥 즐거운 한때를 보내게 되리라.

그러하였다. 파고들면 들수록 아리송한 전공과목, 외워도 또 외워도 까먹기 십상인 영어단어, 풀면 풀수록 난해한 수학 해법. 아~ 이 모든 속박과 굴레에서 벗어나 오늘만은 자유인이 되자. 청년이 되자. 자~ 너도 하나 먹고 나도 하나 먹고 오늘만은 부자가 되어 아낌없이 나누리니…. 학우들은 그렇게 말하듯 하나같이 분방하고 너그럽기만 하였다.

새벽 3시 34분. 이윽고 강릉행 열차가 움직이기 시작하였다. 열차가 봉화, 태백을 거치는 동안 대부분의 학생들은 고단한 몸을 움츠렸다. 도계를 향할 무렵엔 서서히 먼동이 트고 있었고 삼척을 지날 즈음엔 시원한 바다 전경이 한눈에 들어왔다.

바다는 푸르고 잔잔하였다. 쉴 새 없이 파도를 철썩이며 한 폭의 풍경화를 그려내고 있었다. 단잠에 빠졌던 학생들도 하나둘 깨어났고 차창 밖으로 새로운 전경이 펼쳐질 때마다 탄성을 지르곤 했다. 내륙 도시에서는 볼 수 없는 신비롭고 그윽한 바다가 곳곳에 배를 띄워가며 평화로운 정경을 펼쳐주고 있었다.

열차는 오전 10시 50분, 약 일곱 시간 만에 종착지인·강릉역에 도착하였다. 우리들은 기지개를 켜며 출찰구를 빠져나왔다. 그리고 역 광장에 모여 인원 점검을 하였고 다시 설악산으로의 출발을 기다려야 했다.

여유로운 마음으로 주변을 둘러보았다. 들은 대로 강릉은 아담한 작은 도시의 인상이었다. 자료에 따르면 강릉은 문화 사적과 관광자원이 풍부한 관광도시로서 이율곡 선생, 김시습 선생이 태어난 예향의 도시라고 한다. 기원전에 예맥족이 살던 곳으로 고려 충렬왕 때 비로소 강릉이라 불리게 되었고 정부 수립 후인 1955년에 인근 지역과 합쳐 강릉시가 되었다고 한다. 우수한 문화 사적지로 경포대, 오죽헌 등이 있고 우리들은 돌아오는 일정에 경포 일대를 둘러보기로 되어 있었다.

우리들은 얼마 후 설악산으로 향하는 맞춤버스에 올랐다. 협소하다는 느낌은 있지만 그런대로 오붓하긴 하였다. 여정이 시작된 후 처음으로 남녀학생들이 함께 하게 되니 모두들 마치 오랜 이별 뒤의 만남처럼 어쩔 줄을 모르고 좋아하였다. 팔짝 뛰고 발을 동동 구르며 환호성을 지르는 학생들도 있었다.

나는 선생님들과 함께 앞쪽에 자리하였다. 차창 너머로는 다시금 바다 전경이 펼쳐졌다. 강릉 시가지를 벗어난 버스는 비포장도로를 달리기 시작하였고 차츰 먼지를 뒤집어쓰면서 시야마저 흐려졌다. 갑자기 승차감이 나빠지자 버스 안 분위기도 맥이 빠졌다.

그러나 유독 맨 뒷좌석에 위치한 몇몇 여학생들만은 고조된 흥취를 거두지 않았다. 마치 광대놀음을 하는 것 같았고 짓궂게 구는 몸짓들이 하도 요상하여 우리들의 입이 딱 벌어졌다. 자세히 보니 무용과의 정림, 미자, 옥순, 미술과의 세정 등 여섯 명의 여학생들 콤비였다. 정림이는 입술마저 빨갛게 칠하였는데 우리는 그네들의 놀이궁합이 그처럼 잘 맞아떨어지는지 미처 몰랐다.

보란 듯 정림이가 유행가요 '열일곱 살이에요'를 부르기 시작하였다. 숟가락을 마이크인 양 입 가까이에다 대고 애교스럽게 연신 눈을 깜빡거리며 간드러지게 불러 젖혔다. 한술 더 떠 그네들 모두가 살래살래 엉덩이춤까지 추어대므로 모두들 요절복통을 하였다.

도로가 다시 포장도로로 바뀌었고 산세가 점점 깊어질 무렵 버스가 멈추었다. 오후 두 시, 설악공원 대형주차장이었다. 주변으로는 이미 여러 학교 학생들이 수학여행을 즐기고 있었고 우리와 같은 재단인 K여상 학생들의 모습도 눈에 띄었다.

한반도 백두대간 허리에 우뚝 솟아 있는 명산 설악산은 이미 작년도에 천연기념물 제171호로 지정되었다고 한다. 산세가 험준하고 웅장하면서도 그윽한 산악미를 지녔으며 마치 수려한 금강산과 웅장한 지리산을 합쳐 놓은 것 같은 아름다운 산이라고 한다. 한편 설악산은 암석의 색깔이 모두 눈같이 하얗기 때문에 '설악'이라 부르게 되었고, 눈이 일찍 오고 오랫동안 남아 있다고 하여 '설산'으로도 부른다고 한다.

우리들은 설악동에 위치한 지정 숙소로 가서 여장을 풀었다. 숙소 앞 널찍한 계곡은 가슴이 확 트일 정도로 맑고도 시원하였다. 우리들은 계곡 한 편에서 묵은 먼지를 씻어낸 다음 허겁지겁 점심식사를 하였다. 잠도 제대로 못 잤지만 먹는 것도 부실하였기에 아주 꿀맛으로 먹었다.

우리들은 식사 후 바로 숙소를 나섰다. 빠듯한 일정으로 허둥대

다가 비로소 여유를 찾게 된 발걸음이었다. 나 역시 불안정한 일정을 앞장서서 챙기느라 마음을 졸였지만 개울을 가로지른 목교(木橋)를 건너면서 비로소 한 사람의 여행자가 되었다. 제때 자지도 먹지도 못하고 강행군을 하는데도 모두들 끄떡도 않는 것으로 보아 과연 즐거운 수학여행이라는 생각이 들었다.

산행을 하면서 겹겹의 산골짜기를 차분히 바라보니 울긋불긋한 단풍들이 너무나 아름다웠다. 여러 종의 나무들이 저마다 예쁜 옷으로 단장하고서 자태를 뽐내고 있었다. 이곳 설악산의 가을 단풍을 '마치 풍악을 울리는 듯하다' 하여 풍악산이라고도 한다는데 과연 소문 그대로 빼어난 풍광이었다. 한동안 학우들과 담소하며 걷다 보니 절 입구를 상징하는 일주문이 나타났고 저쪽 울창한 숲 너머로는 신흥사의 모습이 보였다.

신흥사는 신라 진덕여왕 때 자장율사가 창건하여 향성사라 하였고 1천 년 가까이 번성하였다고 한다. 그러나 임진왜란 때 창건 당시의 9층탑이 파괴되어 3층탑으로 남게 되었고 조선 인조 때 다시 소실(燒失)되었다고 한다. 이곳에 절을 지으면 삼재(三災)를 이길 수 있다고 하여 다시 지은 뒤 신흥사라 이름하였으며 현재 절 일원은 강원도 문화재로 지정되었다고 한다.

나는 큰스님의 유물을 안치하여 둔다는 부도밭을 잠시 둘러본 뒤 법당인 극락보전으로 올랐다. 오르는 동안 5단으로 된 돌계단을 지나쳤는데 미처 설명하긴 어렵지만 화려한 장식들과 석물에 새겨진 특이한 문양들이 인상적이었다. 법당에는 삼존불이 모셔져 있으므로 어릴 때 어머니로부터 배운 관습대로 분향하고 절을 올렸다.

나는 수업시간에 성선설(性善說)과 성악설(性惡說)에 대하여 공부한 적이 있다. 어떤 이가 길을 지나다가 우물가에서 아이가 놀고 있으므로 혹여 빠져 화를 입을세라 살펴주게 되는데, 사람은 본시 착하게 태어나서 그렇다는 맹자의 성선설, 그리고 아이가 숲을 지나면서 벌레를 보고도 아무렇지도 않게 밟고 가니 사람은 본시 악하게 태어나서 그렇다는 순자의 성악설이 그것이다.

나는 그 대목에서 자식이 어떤 본성으로 태어나든 어머니를 대하는 마음만은 다르지 않을 거라 생각해 보았다. 절에 찾아와 삼배를 올리다 보면 저절로 생각나는 어머니, 그리고 짙은 그리움… 나에게 있어 어머니는 어떤 존재일까?

법당을 나와서는 곧바로 큰스님들의 진영이 안치되어 있다는 보제루에도 들르고 조선의 서화가인 추사 김정희 선생의 진필도 감상하였다.

우리들은 이어서 첫날의 마지막 일정인 계조암으로 향했다. 30분가량 오르는 동안 아름답고도 거대한 바위 하나를 만나게 되었는데 그 자체로 하나의 산이라 할 수 있는 울산바위였다. 동양에서 가장 큰 돌산으로서 사면이 절벽으로 되어 있고 높이가 해발 900m쯤 되며 수백 개의 층층을 오르고서야 정상에 이를 수 있다는 거대한 바위산이었다.

울산바위는 경남 울산에서 금강산까지 가기로 하였다가 중도에 주저앉았다 하여 붙인 이름이고, 한편으로는 설악산에 천둥이 치면 그 소리가 바위산에 부딪혀 마치 울부짖는 것 같다 하여 '울산' 또는 '천효산'이라고도 한단다. 일정상 오를 수 없어 아쉬웠지만 다음 기회에는 꼭 한 번 올라보리라 생각하였다.

계조암은 울산바위 못 미처 아래에 위치하고 있었다. 살펴보니 지붕과 벽이 모두 천연 암석으로 되어 있고 바위 밑에 온돌 시설까지 갖춘 특이한 암자였다. 계조암은 이 암자에서 조사(祖師)라고 일컫는 큰스님들이 계속 배출되었기 때문에 붙여진 이름이라고 한다.

계조암 곁에는 흔들바위라고 부르는 특이한 형상의 바위가 하나 있었다. 이 바위는 한 사람이 밀든 백 사람이 밀든 똑같이 흔들리며, 아무리 많은 사람이 밀어도 굴러 떨어지지 않는 신기한 돌이라고 한다. 도무지 믿어지지가 않기에 실제 우리들 여러 사람이 달라붙어 힘껏 밀어 보았다. 과연 전해진 대로 꼼짝을 하지 않으므로 무안하기까지 하였다.

우리들은 거기에서 한차례 단체 사진을 촬영하였고 날이 어두워지기 시작하므로 서둘러 하산길에 들었다. 나는 이곳저곳 볼 것이 많아 뒤쪽에 처져 걸었는데 주변이 참으로 그윽하였다. 모두들 제대로 좀 살펴보면 좋으련만 안내서가 있는데도 건성건성 지나쳐버리니 아쉬웠다. 산 아래로는 낙엽이 무수히 떨어져 쌓여 있었다. 때때로 바람 따라 바스락거리며 이리 구르고 저리 구르고 하였다.

나는 가을 계절이 더 좋았다. 가을은 화려한 단풍도 있지만 그보다는 낙엽에 더 마음이 끌렸다. 음악에 있어서도 격렬하고 웅장한 맛의 베토벤보다는 은밀히 속삭여 주는 듯한 슈베르트가 마음에 닿는다.

나는 천성적으로 감성적인 사람일까? 아니면 성장 환경이 나를 그렇게 만들었을까? 시(詩)가 너무 좋아 읊어보게 되고, 나도 모르는 사이에 음미하며 빠져든다. 낙엽을 보노라면 구르몽의 「낙엽」이라는 시가 저절로 떠오를 정도이다. 음미하다 보면 어쩐지 슬퍼지기도 하고 그러는 사이 심취하게 된다. 시어 한 구절구절이 너무나 애절하고 애틋하게 느껴진다. 전율을 느낄 때도 있다.

낙엽

시몽! 나뭇잎 떨어진 숲으로 가자

낙엽은 이끼와 돌과 길을 덮고 있다

시몽! 너는 좋아하니? 낙엽 밟는 소리를…

낙엽의 빛깔은 정답고 그 모양은 외롭다

낙엽은 애처롭게도 버림당하여 흙 위에 있다

시몽! 너는 좋아하니? 낙엽 밟는 소리를…

저녁 때 낙엽의 모양은 외롭다

바람에 불리어 흩날릴 때 낙엽은 정답게 부른다

시몽! 너는 좋아하니? 낙엽 밟는 소리를…

내게로 오너라 우리들도 나중에는 저 가련한 낙엽의 신세

내게로 오너라 벌써 밤이 왔다. 바람이 몸에 시리다

시몽! 너는 좋아하니? 낙엽 밟는 소리를…

2.

숙소로 돌아오니 저녁상이 우리를 반기고 있었다. 설악산 지역 토산품인 산나물과 도토리묵 등 여러 가지 반찬이 먹음직스럽게 상 위에 차려져 있었다. '시장이 반찬'이라는 말이 있긴 하지만 그게 아니더라도 충분히 진수성찬이었다. 우리들은 워낙 시장한지라 정신

없이 숟가락질을 하였다. 몇 차례 추가 주문을 하였는데도 그릇이 부족할 정도였다.

식사 후 여가 시간에는 여담을 즐기면서 피곤한 몸을 녹였다. 학우들은 더러 세탁소도 가고 쇼핑을 하기도 하였다. 한 무리의 여학생들은 머리를 감느라고 부산하였다.

밤이 깊어 출입을 통제하자 삼삼오오 짝지어 놀던 학생들도 하나둘 잠자리에 들고 있었다. 나는 주변을 정리한 후 본부실로 찾아가서 선생님들께 보고하였다. 그리고 배 선생님과는 잠시 대화도 나누었다.

풍채가 좋으신 배 선생님은 털털하고 구수한 성정으로 학교 운영의 핵심적 역할을 하신다. 체육과목이 전공이고 스포츠맨다운 통솔력과 친화력으로 학생들을 잘 지도하신다. 배 선생님은 수고가 많다며 격려해 주셨다. 아닌 게 아니라 꽤 신경이 쓰이지만 행사를 잘 치르기 위한 당연한 수고이므로 보람 있는 일이라 여기며 최선을 다하고 있다.

"도현아! 그래도 학생회가 생기고부터는 학교에 활력도 생겼고 여러 부분이 많이 좋아졌다. 덕분에 나도 좀 편안해졌다."

학생회 선거가 끝나고 얼마 후 부서별로 임원을 선정하였다. 업무를 분담하고 유기적으로 협력하고 있다. 얼마 전 재단이사장님이 재단 산하 학생회장들을 부르셨다. 애로사항을 말하라 하시므로 나는 시설 확충을 건의하였고 뒤에 공문까지 보내 한 번 더 촉구하였다. 지난 주 국군의 날에는 시내 군인극장을 대관하여 우리들만의 솜씨로 조촐한 '위문공연'을 가지기도 하였다. 수학여행이 끝나면 선도부가 주관하는 '교풍확립기간'이 계획되어 있다.

"선생님, 제가 공납금이 두 번이나 밀려서… 이번 여행에도 무상으로 처리해주셔서 고맙십니더."

"야는 여기까지 와서 무슨… 그라고 여행비는 여행사에서 배려해 준 거다. 하하하, 그 이야기는 고만하자."

배 선생님은 그렇게 손사래를 치셨다. 내가 선생님들과 하도 공납금 실랑이를 하다 보니 타성에 빠진 것일까? 도리어 무안하였다.

배 선생님은 항상 따뜻하셨다. 많은 배려가 있었지만 특히 지난 5월 시험일정 때의 출석 명령이 그랬다. 내가 만일 그때 등교를 하지 않았다면 아마 그대로 주저앉았을지도 모른다. 그렇게 되었다면 난 지금쯤 어디서 무얼 하고 있을까? 정말이지 선생님은 내 학교생활의 든든한 버팀목이시다. 고마운 선생님이시다.

사제 간의 인연은 먼 훗날까지 이어져야 한다. 오랜 세월이 흐른 후에 어느 때 문득 생각나는 인연, 감사하는 마음, 그래서 아름답게 회자되는 추억, 그것이야말로 스승과 제자 간의 참인연이 아니겠는가!

김성운, 박창로, 황돈수, 황성학 선생님, 그리고 배 선생님과 작년 정구와의 사건 때 너그럽게 상담해 주셨던 무용과의 김상규 선생님 등이 나의 가슴에 오래도록 남아 있을 것 같다. 그러고 보니 체육 과목 전공이 많으시다.

"참, 니 집안 어른 중에 학교 선생님 한 분 계시제?"

"예? 우째 아십니꺼?"

"전번에 전화 한 번 왔었는데 외숙이 돼서 생질 하나 못 챙기는 죄인이라꼬 한탄을 하시더라. 잘 좀 챙기달라 카시던데…. 이것저것 물으시면서 안타깝어하셨다."

어머니를 사이에 두고 두 분의 외숙이 있다. 그중 작은 외숙이 정, '진'자(字) '복'자(字)를 쓰시는데 사립학교인 T고등학교의 교무과장 직분이고 공민 과목이며 사사롭게는 나의 스승이시다. 더러 한 울타리에 있는 T중학교로도 수업차 건너 오셨기 때문이다.

외숙은 우리 형제를 마주하면 마음뿐이라며 아주 속상해 하신다. 하지만 외숙도 8남매를 양육하고 있으므로 여유가 없으신 걸 잘 알고 있다. 워낙 올곧고 엄격하셔서 흐트러짐이 없는 분이다. 그러기에 어쩐지 뵙는 것만으로도 주눅부터 든다. 부모를 여의고 난 후 딱 두 번 뵈었는데 두 번 다 혼구멍이 났다. 한 번은 밥상머리에서였다. 까닭을 몰랐다. 서운함도 있었다. 그러다가 은연중 깨달음이 있었다. 여러 갈래 중에서 핵심은 이거다.

"부모 없이 자라지만 기죽지 말고 그럴수록 정신 차려 반듯하게 살아가거라!"

미루어 그런 내용인 것 같았다. 기막힌 훈육, 정녕 훈장님 같은 분이 아니신가! 그래서 외숙을 존경하게 되었다. 나는 자꾸 꾸중을 들어야 한다. 그래야만 싹수가 보일 테니까.

밤이 깊다 보니 주변이 씻은 듯 조용하였다.

"선생님 앞으로도 열심히 하겠심더!"

"그래, 나는 니를 믿는대이!"

선생님께 인사드리고 잠자리로 찾아가 누웠다. 길고 긴 하루였다. 피곤이 겹쳐 녹초가 될 법도 한데 왠지 잠이 오질 않는다. 오랜만에 깨끗하고 폭신한 이불을 덮다 보니 매우 좋다 싶다가도 기어이 아픈 현실이 다가오고 만다. 어느덧 떠돈 생활도 6개월이나 흐른 시점이었다.

언제부터인가 나의 사전에는 '동가식서가숙(東家食西家宿)'이라는 낱말이 구차스럽게 따라다니고 있다. '떠돌아다니며 얻어먹고 지냄. 또는 그런 사람'. 이를테면 넌지시 나의 처지를 빗대어 하는 말 같기도 하다. 그러나 엄격히 구분하자면 나는 아니다. 왜냐하면 나는 결코 무위도식이 아니므로, 분명한 목적의식이 있으므로.

아무튼 그동안 잠은 잤다. 싫든 좋든, 어디에서든 자긴 잤다. 밥도 먹었다. 하루 세 끼 중 두어 끼는 밥이든 빵이든 먹었고 한 끼는 그럭저럭, 하다못해 미음으로나마 때웠다. 지금 내 몸이 곯아 아주 잘못된 것도 아니련만, 어쨌든 지나갔으면 그만 아닌가. 학업을 위해서 훗날의 행복을 위해서 좀 그러면 어떤가. 열심히 공부하겠다고 다짐하였으니 공부만 하면 되는 것 아닌가.

더는 생각말자 마음먹고 억지로 잠을 청했다. 이리저리 뒤척이다가 막 잠 속으로 빨려들 때였다. 언뜻 인기척이 나면서 살며시 문 여는 소리가 들리고 몇 사람인가가 몰려오는 느낌이 들었다. 이어 머리맡에서 무언가 느껴지므로 반사적으로 눈을 떴다. 한 여학생인데 나와 눈을 마주치자 흠칫하더니 대뜸 곁에 잠든 병욱이의 얼굴에다 무언가를 시도하였다. 제지하기에는 일순간이었고 그 행위가 사뭇 진지하므로 그냥 지켜보았다. 손놀림이 아주 유연하였다. 마치 캔버스 위를 누비는 화가와도 같았다. 헌데 그녀의 붓 끝에 완성된 창작품을 내려 보면서 쓴웃음이 났다. 얼굴 위로 알록달록 새겨진 그림은 마치 남양에서 온 토인 같기도 하고 어찌 보면 밤도깨비 같기도 하였다. 그뿐이 아니었다. 그네들이 일시에 사라지자 이번엔 난데없이 얼굴에 똑같은 물감 칠을 한 효주가 쪼르르 다가왔다. 그러곤 내 가슴팍을 다짜고짜 두들겨 댔다. 두어 차례의 주먹손이었고 어린애처럼 응석이 묻어 있었다. 나는 그제야 효주와 나를 커플로 묶어 놀리려는 그네들의 장난임을 알아차렸다. 나의 기척 때문에 엉뚱하게도 곁의 학우가 당한 모양새였다. 나는 효주에게 상황 설명을 하면서도 그녀의 모습이 하도 우스꽝스러워 그만 웃음을 터뜨리고 말았다. 그 순간, 어디선가 숨어 지켜보던 그네들이 "속았지~롱, 속았지~롱" 하면서 박장대소를 하고 튀어나왔다. 그러고는 재미있어 못 살겠다는 듯 깔깔거렸다. 자세히 보니 낮에도 신바람을 냈던 정림 일행이었다. 효주가 그제야 제 얼굴을 의식하고는 몸을 사리며 달아났다. 다시 웃음보가 터져 나왔고 이쪽저쪽 학우들이 잠을 깨고서는 어리둥절한 표정들을 하였다. 아무튼 못 말리는 그네들이었다.

잠을 뺏긴 나는 문득 지난 여름의 일을 떠올렸다. 어쩌다 학교에서 잠을 자게 된 다음 날 이른 아침이었다. 수돗가에서 세수를 하고 있다가 일찍 등교한 그녀 효주와 마주쳤다. 세수하는 게 똑 고양이 같다고 하얀 치아를 드러내며 놀려대던 그녀…. 가 버렸는가 싶었는데 어느새 되돌아와서는 불쑥 뭔가를 내밀어 주었다. 도시락이 들어 있는 예쁜 주머니였다. 나의 사정을 알고 있는 것인지 아침밥 걱정을 한 모양이었다. 에둘러 사양은 했지만 평소에 늘 뽀로통한 그녀였기에 진종일 가슴이 설레었다.

코 고는 소리. 잠꼬대하는 소리. 나는 뒤늦게 꿈나라로 갔다.

3.
이튿날, 깊은 산속에서 맞이하는 새벽은 더없이 상쾌하였다. 계곡은 맑고 기운찬 물을 쉼 없이 흘려보냈고 산언저리의 옹달샘에는 동요처럼 다람쥐가 소풍을 와 있었다. 산자락의 굵은 잎사귀들은 투명한 이슬을 뿜으며 순결을 뽐내고 있었고 갖가지 단풍잎들은 저마다 예쁜 색상을 차려 입고 자태를 뽐내고 있었다.

우리들은 아침식사 후 익숙한 여행자가 되어 비선대로 향했다. 하늘이 찌뿌듯한 게 마음에 걸렸지만 일정을 따르기로 하였다. 어제 만났던 K여상 학생들이 오늘도 동행자가 되었다. 그들과 뒤섞여 신흥사 길로 오르자니 수많은 사람들의 행적이 서려 있는 등산로가 나왔다. 우리들은 등산로를 따라 경쟁하듯 목적지로 향하였고 얼마 후 천불동계곡의 와선대에 도착하였다.

와선대는 큼직한 너럭바위로서 그 옛날 거문고를 즐겼다는 신선(神仙) 마고선이 이곳의 경치를 누운 채 즐겼다 하여 붙은 이름이라고 한다. 수림이 울창한 데다 괴이한 절벽으로 둘러싸여 있어 대단한 절경이었다.

다시 얼마쯤 더 오르니 기암괴석들이 즐비하게 늘어서 있는 비선대가 올려다 보였다. 비선대(飛仙臺)는 설악산의 대표적인 명승이라 할 만큼 시인과 화가들의 발걸음이 끊이지 않았다고 한다. 가운데 미륵봉은 눈을 한참 올려서야 볼 수 있는 그야말로 장관이었다. 아쉬운 것은 오랜 가뭄으로 인하여 시원한 폭포수의 경관을 볼 수 없다는 것이었다.

우리들은 삼삼오오 짝을 지어 사진 찍기에 바빴다. 먼 훗날 추억에 젖어 음미하게 될 빛바랜 사진은 얼마나 감성적이겠는가! 우리들은 학창 시절의 물씬한 추억거리를 위하여 부지런히 셔터를 눌러 댔다. 내려오는 길목에서 다시 한번 미륵봉을 올려다보았는데 폭포수를 볼 수 없다는 것이 못내 아쉬웠다.

숙소로 돌아올 무렵에는 비가 내리기 시작하였다. 그러나 여정을 방해할 정도는 아니었고 어쩌면 더 감미로울 수도 있다는 생각을 하였다. 나는 대열의 중간쯤에서 몇 명의 학우들과 담소하며 걸었다. 별 의미도 없는 주제를 두고 왈가왈부하면서 시끌벅적하게 걸어 내려왔다. 경쟁심들이 생겨 앞선 사람들을 따라잡다 보니 점차 무리를 이루게 되었고 숙소에 도착할 무렵에는 한 덩어리가 되어 있었다. 한 덩어리? 그랬다. 우리는 평생을 함께 하여야 할 대K 고교의 동기 동창생들이 아니겠는가!

숙소로 돌아와서는 점심식사를 하였다. 그리고 잠시 휴식을 취한 다음 다시 오후 일정에 나섰다. 비가 오락가락하였지만 개의치 않고 마지막 일정인 비룡폭포로 향했다. 나는 숙소의 마무리 일로 뒤처져 걷다가 이내 한 무리의 여학생 대열과 합류하였다. 효주와 그녀의 단짝 영희가 함께 하는 대열이었다.

영희가 나의 출현을 반기더니 효주를 슬그머니 내 쪽으로 밀어붙이며, "야들아, 회장님하고 음악부장님이 만났는데 우리들은 그만 빠져주는 게 안 낫겠나!"

그렇게 말하고는 짐짓 일행들을 다그쳐 앞장서 갔다. 효주가 영희를 따라 붙으려다 그녀의 제지를 받고는 얼굴을 붉혔다. 나는 내심 반겼지만 그녀를 향해 미소를 지었을 뿐, 별다른 내색을 하지는 않았다. 하고 싶은 얘기가 없는 것도 아니련만 그냥 이대로가 좋다는 생각을 하였다.

그동안 지켜보았던 효주는 천생 소녀였다. 참하고 아리따운 소녀였다. 도도함이 있는가 하면 흐트러짐도 없었다. 그게 그녀의 매력이었다. 나는 학우들이 그녀와 나 사이를 은근히 시샘하고 있는 것

을 잘 알고 있었다. 하지만 모범 학생의 처신이 어떤 것이어야 하는
지도 명심하고 있었다. 나는 다만 그녀와 함께하는 학창에 만족할
뿐, 그 어떤 것도 의도하지는 않았다.

우리들의 행렬은 긴 꼬리를 물고 산기슭을 돌아 길게 이어졌다.
산허리를 꼬부라질 때마다 새로운 전경이 펼쳐지면서 색다른 감동
을 더해 주었다. 빨주노초파남보, 일곱 색깔의 무지개가 아름다운
꿈의 화원을 그려내고 있었다.

"효주야! 저기 비룡폭포다!"

비룡폭포에 이르자 양쪽 계곡 사이에 매달려 있는 구름다리가 보
였다. 길이가 70m나 된다는데 신기하기도 하지만 아찔한 생각이
먼저 들었다. 평소 30m 정도의 물줄기가 내리꽂히는 비경이라고
하는데 그 역시 폭포수가 보이지 않아 너무 아쉬웠다. 이 폭포에는
모양이 뱀과 같고, 길이가 한 길이 넘으며, 네 개의 넓적한 발을 가
진 용이 살았다고 하는데 처녀를 바침으로써 심한 가뭄을 면했다는
전설이 있었다. 험준한 산길을 오르다 보면 용이 굽이치며 석벽을
타고 오르는 것 같다 하여 비룡으로 부르게 되었다고 한다.

우리들은 구름다리 위를 촐랑거리고 건너면서 그 진풍경을 유심
히 올려다보았다. 오랜 세월 거센 물줄기에 부대껴 인조석처럼 잘
다듬어진 벼랑이 마치 동화 속에서 보는 요술할멈을 연상케 하므로
아주 인상적이었다. 우리들은 빗속이긴 해도 다시 한번 사진 촬영
을 한 후에 아쉬운 발걸음을 돌렸다.

우리들의 하산 대열은 설악동까지 즐비하게 이어졌다. 하산하는
동안 앞서거니 뒤서거니 하면서 장난도 치고 담소도 하였다. 나는
설악동 입구 기념품점에 들러 호섭이를 위한 선물을 골라 보았다.

헌데 뒤따라온 여남은 명의 여학생들이 다투듯 기념품을 고르더니 나에게 안겨 주었다. 극구 사양하고 멋쩍어하는데도 막무가내였다. 나의 주머니와 손은 얼떨결에 많은 선물들로 가득 채워졌다. 그러나 얼굴이 빨개지고 말았다.

숙소에 도착하니 저녁 여섯 시가 넘어 있었고 비는 잦아들고 있었다. 저녁식사를 마치고는 두어 시간 자유시간이 주어졌다. 우리들은 방 가운데를 가로지르고 있는 칸막이를 걷어 제치고 모두 한자리에 모였다. 대화를 하면서 각자의 여행 소감도 발표하였다. 하지만 내일 아침이면 떠나야 한다는 아쉬움이 우리들 모두에게 짙게 깔려 있었다.

오락시간이 시작되었다. 첫머리부터 나에게 노래를 시키므로 가을이면 널리 불리어지는 팝송 '고엽'을 불렀다. 첫머리의 못갖춘마디 곡조를 유념하면서 성의 있게 불렀다. 박수를 많이 받았다. 다른 학우들의 노래도 쉼없이 이어졌다. 박수도 요란하였다. 가수 이미자, 남일해, 남상규, 나훈아 등의 히트곡이 많이 불려졌다.

분위기가 한껏 고조되자 준비해 온 야외용 전축이 트위스트 곡을 전주하기 시작하였다. 우리들은 너 나 할 것 없이 모두 일어나 춤을 추었다. 간간이 림보곡이 나올 때는 파트별로 갈라져 추기도 했다. 대담한 동작은 의외로 여학생 쪽이었고, 여성 상위 시대를 예고하듯 거기 여인네들의 무한한 배짱이 서려 있었다. 우리들은 쉴 새 없이 춤을 추었다. 이 순간만큼은 한껏 젊음이 약동하는 무대였다. 뒤틀어대는 몸짓도, 질러대는 괴성도 결코 추하지가 않았다. 청춘이여 발산하라고, 시간이여 멈추라고 싱싱한 젊음이 불타고 있었다.

다음 날 아침, 날씨는 쾌청하였다. 우리들은 정든 설악동을 떠나

이별의 버스에 올랐다. 30분쯤 버스를 달리니 낙산사의 전경이 나타났고 시야 멀리로 동해 바다의 풍경이 한눈에 들어왔다. 우리들은 시원한 바닷바람을 반겨 맞으며 낙산사 둘러보기에 나섰다.

낙산사는 신라 문무왕 때 의상대사가 창건하였다는데 낙산은 범어(梵語)로 '관세음보살이 항상 머무르는 곳'을 뜻한다고 한다. 또한 의상대는 '님의 침묵'으로 유명한 만해 한용운 선생이 이곳 낙산사에 머물던 1926년도에 세워졌고 의상대사의 이름을 따서 부르게 되었다고 한다. 이곳의 해돋이는 더 이상의 설명이 필요 없는 관동팔경 중의 하나로서 과연 산과 바다가 잘 어우러진 멋지고 아름다운 풍광이었다.

우리들은 조금 높은 곳 절벽 위에 다소곳이 자리한 홍련암도 둘러보았다. 홍련암은 의상대사가 관음보살을 친견한 후에 지은 불전(佛殿)이라고 한다. 불전 바로 밑으로는 주먹크기만 한 구멍이 뚫려 있었고 거기로 바다가 출렁이는 모습을 볼 수 있어 인상적이었다. 다음으로는 원통보전으로 이동했는데 의상대사의 진영이 모셔져 있으므로 눈여겨 살펴보았다.

우리들은 낙산사 일대를 두루 살펴보면서 바다 전경도 감상하고 사진 찍기에도 바빴다. 그리고 일찌감치 도시락 점심을 한 뒤 다시 경포대를 향해 버스를 달렸다. 갈 때와 마찬가지로 좌편 차창 너머에는 시원한 바다 풍경이 이어졌고 해수욕장들의 모습이 눈에 속속 들어왔다. 얼마간을 더 달려 버스를 세우니 거기가 바로 경포해수욕장이었고 눈부신 전경이 한눈에 펼쳐졌다.

우리들은 시원하게 펼쳐진 경포해수욕장의 모래사장을 경쟁하듯 내달렸다. 그리고 바다 저편 출렁이는 파도를 향해 멀리 수평선을 향해 "K고교의 역사여 찬란하여라! 우리들의 우정이여 영원하여라!" 하고, 마구 소리쳤다.

다시 경포해수욕장을 떠나 버스를 달리니 저만치 오른편으로 경포대가 보였다. 신라의 화랑들이 노닐었고 조선의 태조와 세조가 오르기도 했다는 경포대는 하늘과 산, 바다, 호수가 한눈에 들어오는 절경이었다. 조선시대의 정철 선생도 관동팔경 중에서도 으뜸으로 쳤다고 한다.

경포대는 저녁나절 달빛이 쏟아지면 하늘, 바다, 호수, 그리고 술잔과 임의 눈동자 등에 다섯 개의 달을 볼 수 있어 달맞이 명소로도 유명했다고 한다. 그 참! 누구인지는 몰라도 참 맛있게도 묘사하였다는 생각이 들었다.

우리들은 오후 다섯 시쯤 모든 일정을 마감하고 다시금 강릉에서 영주로 대구로 향하는 1박의 기차를 탔다. 소중히 간직하고픈 학창의 추억이기에 돌아오는 열차 속에서도 다시 한번 열정의 불을 지펴 보았다. 그러나 아무래도 떠날 때보다 못한 것은 부푼 기대만큼이나 시들어버린 귀로의 아쉬움 때문이었다.

수학여행은 교사의 인솔 아래 실시하는 단체 여행으로서 학생들이 실제 보고, 듣고, 체득하게 됨으로써 한 단계 지식을 넓혀갈 수 있는 좋은 기회라고 말한다. 그러므로 수학여행의 의미를 그저 일상에서 벗어나 친구들과의 즐거운 여행으로만 치부하지 말고 자연과 생명의 소중함을 일깨우고 역사와 문화의 중요성을 깨달을 수 있는 기회로 삼아야 한다. 한편으로, 무언가 소중한 것을 가슴에 담아올 수 있다면 더욱 좋지 않겠는가!

우리는 너무 나만을 욕심하며 내세우는 것은 아닐까? 우리들은 해맑게 성장해야 하고 아름답게 살아가야 한다. 만남이 있으면 헤어짐도 있다지 않는가? 우리들이 학업을 마치고 헤어지게 되면 다시 만날 날을 기약해야 할 것이다. 바람직한 것은 우리 모두가 오랫동안 함께하고 나누며 행복하게 살아가는 것! 그것이 바로 수학여행의 참 의미가 아니겠는가!

나는 그렇게 2박 4일간의 일정을 소감하면서 고교 시절의 수학여행을 마무리하고 있었다.

기적이 울고 열차도 멎었다. 우리들은 출찰구를 빠져나와 다시금 대구역 광장에 모였다. 그리고 뿔뿔이 흩어지면서 다시는 못 볼 연인들처럼 애틋하게 손짓하며 각별히 작별 인사를 나누었다.

우리들 가슴마다에는 수학여행의 여운이 한참 동안 머물러 있었다. 10월 10일 낮 12시 50분이었다.

제14화

시련

1.

1966년 12월 초순, K고교 교정.

한복 차림의 재길 어머니가 버스정류장에서 내려 곧장 K고교를 향해 걸어오고 있었다. 거치적거리는 치맛자락을 마구잡이로 올려붙이고 잰걸음을 걷고 있었다. 얼핏 보기엔 무슨 시간에 쫓기는 사람처럼 보였지만 실은 불편한 심기로 인하여 자기 주체를 못하고 있는 것이었다.

간밤에는 속이 상하여 도무지 잠을 이룰 수가 없었다. 때아니게 귀향한 외아들이 사흘씩이나 등교를 않은 채 침묵 시위를 하므로, 어젯밤 간신히 달래어 그 사연을 캐본즉 감당할 수 없을 정도로 속이 뒤집혔다. 과연 그럴 만도 하거니와 결코 묵과해서도 안 될 일이었다. 그래서 김천에서 새벽같이 기차로 출발하여 막 K고교를 향해 달려오는 길목이었다.

하긴 재길 어머니도 문제의 그 상대 아이를 알고 있었다. 때때로 아들의 하숙집을 내려가보면 더러 그 아이의 모습이 눈에 띄었고 듣자 하니 집안 사정도 딱하다는데 억척같이 공부를 하고 있다니 일면 기특해 보이기도 하였었다. 그래서 딱히 그 아이의 몫이라고 하기엔 무엇하지만 일부러 아들에게 용돈도 넉넉히 주었고 밑반찬이랑 비상식품이랑 두루 아낌없이 배려하였었다. 그렇건만 그 아이가 오히려 아들을 배신하고 괴롭혔다니 도무지 말도 안 되는 배은망덕이었다. 더구나 아들 녀석이 실의에 빠져 학교를 가지 않으려 드니 참으로 난감하였다. 그러기에 이제 마주치기만 하면 아예 요절을 내겠다고 벼르며 막 K고교의 정문을 들어서는 중이었다.

나는 마침 점심시간이어서 본관이 보이는 교정에 위치하고 있었다. 웬 학부형 한 분이 오시는가 싶어 눈길이 갔는데 바로 재길 어머니였다. 그러잖아도 재길의 무단결석이 궁금한 참이기에 일부러 뛰어가 반기며 꾸벅 인사를 하였다. 그런데? 이게 어찌된 일인가? 재길 어머니가 다짜고짜 멱살잡이를 해오며 고래고래 고함을 치는 것이 아닌가!

"야, 이 배은망덕한 놈아! 니가 학생회장이 되니까 눈에 보이는 게 없제? 이 나쁜 놈아!"

나는 천만 뜻밖으로 재길 어머니에 의해 그렇게 봉변을 당하고 말았다. 하필이면 점심시간에 더구나 본관 쪽이어서 우르르 몰려온 학생들이며 선생님들께 차마 보이지 말아야 할 광경을 보이고 말았다. 나는 얼굴이 홍당무가 되었고 몸 둘 바를 몰랐다.

소란은 만류하는 선생님들의 수고에도 불구하고 한동안 계속되었고 자기 분을 못이긴 재길 어머니가 제풀에 주저앉고 나서야 가까스로 진정되었다. 사건의 추이를 지켜보던 학생들이 일제히 나를 향해 의혹의 눈길을 보내고 있었다.

나는 넋을 잃은 채 담임선생님이 재길 어머니를 인도하여 교무실로 향하는 것을 바라볼 뿐이었다. 교실로 돌아서는 뒷덜미가 너무 부끄러웠다. 상기된 얼굴로 털퍼덕 의자에 주저앉고 얼굴을 파묻었다. 깊은 수렁으로 빠져 들고 있었다.

아무래도 무슨 오해가 생긴 듯하였다. 이리저리 가닥을 잡아보니 무언가 짚이는 게 있긴 하였다. 혹시 오늘 일이 그 때문에 빚어진 것이라면 재길은 사리에 어긋나는 처신을 한 것이고 그 어머니의 처사 또한 분별력이 없는 가혹한 것이었다.

생각이 거기까지 미치자 당장 교무실로 달려가고픈 충동이 일어났다. 때를 놓치긴 했어도 이제라도 대들며 따지고 싶었다. 하지만 마음을 달래었다. 상대가 어른이라는 관념 때문이었다. 오후 첫 수업은 통 머리에 들지 않았다. 자꾸만 그 일이 떠올라 머리가 어지러웠다.

유추해 보면, 재길은 여느 학생처럼 평범해 보이지를 않았다. 미술과 학생인데도 그들의 실장인 준수와는 사이가 좋지 않았다. 아마도 관념 차이 때문인 듯했다. 이를테면 서양화의 한 분야인 추상화는 구상화와는 달리 자기의 추상적 사고를 캔버스에 옮겨놓는 행위일진대 그것을 두고서도 그들 사이에는 개념 논란 같은 것이 있었다. 두각을 나타낸 준수는 본의는 아닐지라도 재길의 그림에 대하여 일면 충격적인 언급을 한 듯도 하였다. 재길은 그래도 딴은 프라이드 꽤나 있는 미술학도니까.

아무튼 언제부터인가 재길은 아주 뒤틀어져 있었다. 제 미술 실력에 회의를 느낀 탓인지 집중력을 잃고 있었고, 그런 만큼 준수를 경원하는 농도도 짙어만 갔다. 그래 보았자 실로 매사에 손해를 보는 것은 제 쪽인데도 기어이 굽히려 들지를 않았다. 아니 극도의 반감으로서 준수를 꺾고 말겠다는 오기마저 생긴 듯 보였다.

재길은 어느 날부터인가 급작스레 나에게로 다가왔다. 나 역시 재길의 속내를 잘 알고 있었기에 그를 각별히 대해 주었다. 나로서는 자연스러운 처신이었다.

그로부터 우리는 매우 가까워졌다. 오랫동안 소외감에 빠져 있던 그도 생기를 되찾고 있었다. 집이 김천이어서 학교 부근에서 하숙을 하고 있었고 그의 배려로 한 달여 동안 함께 지내기도 하였다.

아마도 짐작하건대 문제의 발단은 학생회 임원 선출이 아니었는가 싶다. 일단 재길은 나의 학생회장 당선을 위하여 누구보다도 앞장서 준, 이를테면 공신이었다. 따라서 그는 간접적일망정 준수와의 대결에서 승리한 것이었고 그러기에 짓눌린 자존심도 되찾은 셈이었다. 뿐만이 아니었다. 한편으로는 미술부장으로 임명되는 것도 시간 문제였다. 재길은 뿌듯한 마음으로 학생회 간부 인준의 날을 기다렸다. 학생회장은 틀림없이 제 이름을 호명해 줄 것이라 확신하였다.

마침내 그날이 왔다. 재길은 짐짓 멋을 부려가며 귀 기울이고 앉아 있었다. 헌데, 어인 일인가? 미술부장의 순서에는 엉뚱한 사람의 이름이 호명되고 있지 않는가! 더욱 충격적인 것은 임원 선출이 모두 끝나도록 제 이름 석 자는 아예 거명조차 아니 되는 것이었다.

얼굴이 벌겋게 달아오른 재길은 낙심천만하여 곧바로 교실을 뛰쳐나갔다. 그로서는 도저히 용납할 수 없는 참담한 결과였다. 선거전에서는 선심공세도 필요하다 싶어 용돈도 아낌없이 썼고 온갖 정성을 다하였다. 그렇건만 그까짓 미술부장 한 자리도 없다니 말도 안 되는 배신이었다.

재길은 모든 것이 허망하였다. 미술부장의 영광은커녕 오히려 참담한 꼴을 당하였으니 시간이 흐를수록 원망이 짙어만 갔다. 그리하여 어느 날부터인가 그의 모습은 보이지 않았고 끝내 이렇듯 분란을 일으키고 만 것이었다. 나로서는 그렇게 짐작해 볼 수가 있었다.

광수가 교무실을 다녀온 것은 오후 첫 시간이 끝날 무렵이었다. 나의 사정을 학우들로부터 전하여 들은 담임선생님이 실장인 광수를 불러 재길 어머니와의 화해를 주선한 듯하였다.

"도현아. 오해 다 풀고 왔다. 결국 미술부장 이야기 맞더라. 재길이 어무이가 니 만나서 사과하고 가실라 카더라. 지금 나가봐라."

과연 짐작대로였다. 나는 광수에게 감사의 뜻을 표하고 교실을 나섰다. 재길 어머니는 정문 쪽에서 서성이고 있었다. 나를 보시더니 아까와는 딴판으로 나의 두 손을 감싸 쥐어가며 어색해 하셨다.

"내가 너무 경솔했다. 자식 놈 이야기만 믿고 경솔했다이. 인자와서 이칸다꼬 되돌리지는 것도 아인데, 그렇지만도 용서해 도고. 부모 없이도 꿋꿋하게 공부하는 니가 참말로 부럽다 기특하고. 이거 원 챙피해서 우짜겠노?"

오만가지 생각이 교차했다. 그러나 나는 눈물까지 보이는 재길 어머니의 진심을 받아들이지 않을 수 없었다.

"죄송합니더 어머님. 제가 더 잘했어야 하는 건데…."

나는 재길 어머니가 안절부절못하며 황망히 떠나는 것을 지켜보며 심한 허탈감에 빠졌다.

용서란 무엇일까? 용서하면 무엇이 달라질까? 목숨처럼 소중히 여겨 왔던 명예. 이제 와서 일일이 해명하고 다니는 것도 우스운 일일진대… 실추된 명예는 어디에서 보상받는단 말인가! 아픈 가슴은 또 어떻게 치유한단 말인가!

나는 참담한 심정이 되어 심한 가슴앓이를 했다. 세상 일은 왜 이토록 복잡 미묘하고 사연이 많은 것일까? 감당할 수 없는 주제라면 애초 임원 선거에 나선 것부터가 잘못이었다. 회장이란 직위가 무엇이기에 둘도 없는 친구에게 패배의 좌절을 안겨주고 그것도 모자라 또 한 친구의 가슴을 멍들게 하였단 말인가! 그것은 명예가 아니라 멍에였다.

하지만 변명 같지만 나로서는 그럴 수가 없었다. 아니, 그래서는 안 되는 일이었다. 아무리 상대가 소중하다 해도 대의명분을 저버릴 수는 없는 노릇이었다. 안됀 이야기지만 재길은 천거하기에는 필요조건을 갖추지 못하고 있었다. 다시 그 상황을 겪는다 해도 그렇게 할 수는 없는 노릇이었다. 나에게 있어서 그는 다만 고마운 친구일 뿐이었다.

나는 나머지 수업을 건성으로 마치고 쓸쓸히 교문을 나섰다. 오늘은 어디로 가야 하나? 선뜻 내키는 데가 없는데도 필경 이맘때면 되풀이하는 자문… 그것은 내 떠돌이 학창 시절의 단면을 잘 말해주고 있었다.

2.

12월 중순, K고교 점심시간.

"받을 돈이 얼만데 자꾸 피해가 될 일이가?"

나는 말문이 막혀 고개를 푹 숙이고 있을 따름이었다. 참으로 모양새가 우습게 되었다. 민망하고도 무안하였다. 몇 번이나 약속을 어기고 말았고, 그러고도 또 꽁무니를 빼다가 맞닥뜨렸으니 무어라 할 말도 없었다.

"어쩔라 카노?"

선문사 박 총무가 냉소를 띤 채 거칠게 윽박질렀다. 그는 곧 나를 잡아먹을 기세였다.

하긴 선문사 입장에서는 그럴 만도 하였다. 수금은 또 그렇다 치더라도 한두 번도 아니고 매번 약속을 어겨가며 애를 먹이고 골탕을 먹인 셈이니 괘씸하기도 했을 것이다.

"죄송합니더…."

내가 할 수 있는 말은 그게 전부였다. 어떻게 잘해보아야 할 터인데 수금 영업이라는 게 그렇지를 못했다. 아니, 거의 떼일 상황에 놓여 있었다. 그러니 별 도리가 없었다. 그저 처분만 바랄 뿐이었다.

도서외판 아르바이트도 어언 7개월째로 접어든 상황이었다. 처음 방문 외판은 별 소득이랄 것도 없지만 그래도 일단 학교에서 학우들이 많이 도와주었다. 어찌 보면 행운이었다. 그러나 본격적으로 외판을 시작한 두 달째부터는 활동비마저 보장되지 않는 어려운 상황이었다. 방과 후 어두워지기까지, 그리고 토, 일요일밖에 활동할 수 없는 불리한 여건이지만 나름 최선을 다하였다. 하지만 결과는 신통하지가 않았다. 그런 연유로 1할을 더 할당받을 수 있다는 수금 사원의 몫까지를 겸한 것이 화근이었다. 말이 쉬워 수금 사원이지 수금이란 게 너무 어려웠다. 그래도 비교적 점잖은 사람들과의 거래는 좀 나았지만 대개의 사람들은 도무지 대화가 되지 않았다. 적반하장으로 되레 큰소리를 쳐가며 약속일자를 늦추기 일쑤였고 급기야는 아예 행방까지 감추어버렸다. 하지만 좋은 결과를 기대하면서 열심히 뛰어다녔다. 많은 실적을 올려 손실을 만회해 보겠다는 몸부림이었다. 하지만 결과는 나아지지 않았다. 아니, 시간이 흐르다보니 악성카드만 늘어났다. 당연히 선문사 측의 성화가 빗발쳤다. 그래도 처음에는 이렇게까지는 아니었는데 자꾸 늦추다 보니 완력행사(腕力行使)를 하기에 이른 것이었다.

"어쩔라 카노?"

이제 박 총무는 바로 주먹을 올려붙일 태세였다. 그러나 나는 아무 말도 할 수가 없었다. 말해 봐야 약속 일정을 잡는 것이고 다시금 어기게 될 것이 자명한데 차라리 입을 다무는 편이 낫다는 판단을 하였다.

"아저씨 무슨 사정인지는 몰라도 여게는 학교 아입니꺼. 인자 점심시간도 끝나갑니더…."

줄곧 상황을 지켜보고 있던 창수가 만류를 한답시고 끼어들었다.

"그라마, 연말까지는 기다리줄끼니까 알아서 해라! 회사에다가는 그렇게 보고한다이!"

박 총무는 더 추궁해 본들 별수 없다고 판단했는지, 아니면 점심시간이 끝났기 때문인지, 얼마 후 그렇게 최후통첩을 하고 교실을 물러갔다.

나는 일단 한숨을 돌렸지만 수업에 임할 수가 없었다. 연말까지가 아니라 그보다 더한 시간이 주어져도 어려운 형국이었다. 공납금만 해도 이미 심각한 상황이었다. 두 번이나 밀린 데다 또 한 번 덧붙을 시점이었다. 그렇건만 무슨 재주로 선문사 건을 해결할 수 있단 말인가! 도저히 엄두가 나지 않는 난감한 형국이었다.

정말이지 정처없이 떠돌아다닌 생활 어언 9개월째, 그래도 용케 버텨온 세월이었다. 말이 좋아 동가식서가숙이지 차마 형언할 수조차 없는 고행이었다. 그뿐이라면 그래도 좋았다. 철따라 입어야 하는 교복이며, 수시로 준비해야 하는 교재며, 그저 일거수일투족이 모두 돈이었다. 그나마 학우들의 온정이 있어서 망정이지 벌써 나가떨어질 뻔하였다. 학우들은 저들대로 당번까지 정해가며 두 개씩의 도시락을 제공하여 주었고 더러는 잠잘 곳까지 배려하여 주었다. 그 고마움을 어찌 잊겠는가!

하긴 토, 일요일이 문제였다. 홀로 남겨졌으므로 최소치의 식비는 있어야 했다. 잘 데가 정히 마땅찮을 때는 역 대합실이나 대학병원을 찾아다니기도 했다. 이곳저곳 기웃거리다가 통금시간에 쫓기는 일도 있었다.

그러나 뭐니뭐니 해도 나의 최후의 보루는 죽마고우 호섭이었다. 혹여 누가 아니라고 우길지라도 그는 분명 나의 수호천사였다. 얼마나 눈치가 빠른지 내 눈빛만 보고서도 알아차렸다. 밥이 필요한지, 잠자리가 필요한지, 돈이 필요한지 단박에 알아차리곤 했다. 정녕 고마운 것은 나의 마음을 헤아려 지레 편하게 해 주는 점이었다. 그야말로 성현 형이 입대한 이래 버팀목 역할을 톡톡히 해준 고마운 천사였다.

그렇건만 그저께는 그 천사마저 나의 곁을 떠나 군대의 길로 가고 말았다. 최근에는 효목동 창수네 자취방에서 신세를 지고 있으므로 거기로 초대하여 입대 송별식을 가졌다. 충운이, 식우가 함께 하였고 조촐하게나마 갖은 정성을 다하였다. 나는 송별사를 준비하여 읽었고 함께 석별의 정을 나누었다.

"친구는 대한민국을 지키는 건아로서 당당히 군무에 임할 것이며 반드시 임무를 잘 끝내고 다시 우리들의 곁으로 돌아올 것입니다!"

나는 호섭이의 무운(武運)을 빌고 또 빌었다. 하지만 호섭이를 떠나보내고 난 뒤의 텅 빈 가슴만은 그 어떤 것으로도 채워지지 않았다. 한창 가슴앓이의 와중이었다.

3.
12월 중순.
'성문 앞 샘물 곁에 서 있~는 보~리수 나는 그 그늘 아래 단꿈을 꾸~었네.'

슈베르트의 '보리수' 곡이 은은히 들려오는 것만 같은 감미로운 분위기. 드넓은 초원에 아담한 기와집 한 채가 탐스럽게 드러나 있었다. 눈부신 태양을 머금고 찬연히 빛나고 있었다. 반듯하게 두른 토담에는 담쟁이들의 기세가 좋았고 정원의 꽃들과 어우러져 한 폭의 산수화를 그려내고 있었다.

나는 언제부터인가 그곳에서 살고 있었다. 마당 한편의 안락한 소파에 앉아 화평한 한때를 즐기고 있었다. 헌데 한순간, 어디에선가 한 쌍의 비둘기가 날아들었다. 한참을 처마 위에 내려앉아 서성이더니 나와 눈이 마주치자 기다렸다는 듯 가까이로 내려와 앉았다. 자세히 보니 금둘이였다.

아~ 이게 얼마 만인가! 생이별을 한 지도 4~5년은 되었나 보다. 우리는 반가운 마음에 마주하면서 각별한 애정 표시를 하였다.

그렇게 재회의 기쁨을 만끽한다 싶을 때 금둘이가 다시 처마 위로 날아올랐다. 그리고 잠시 후 또 날아오르더니 나의 주변을 몇 번이나 선회하였다. 여운이 남아 잠시 생각에 잠겨 있자니, 갑자기 "퍽!" 하는 소리와 함께 무언가 부딪치며 떨어지는 소리가 났다. 불길한 마음으로 달려가 살펴보니 금둘이의 암컷이었다. 가슴에 끔찍한 탄흔이 있는 충격적인 죽음이었다. 너무나 가련하여 울며불며 탄식하다가 눈을 떴다. 꿈이었다. 괴이한 꿈이었다.

예희의 근황이 알려진 것은 바로 그날 저녁 때의 일이었다. 대학 입학 때까지 꼭 기다려 달라며 편지를 보낸 지도 어언 10개월, 그동안 이런저런 사연도 많았건만 어디 하루인들 그녀를 잊어본 적이 있던가! 진정 그녀와의 약속은 내 삶의 의미이자 근원 그 자체였다. 그런데 상황은 그게 아니었다. 서울을 다녀온 친구가 뜻밖으로 그녀의 변절소식을 알려준 것이었다.

그야말로 청천벽력이었다. 그러나 믿기지가 않았다. 그래서 희호에게 편지를 썼다. 그리고 끓어오르는 가슴을 억제하며 참을성 있게 기다렸다. 하지만 답장에는 아무래도 상황이 그렇게 되고 말았다는 내용과 함께, 그녀가 측은하긴 하지만 이미 엎질러진 물이 되었으니 미련을 두지 말라는 내용까지 덧붙여 있었다.

나는 며칠 후 이를 악물고 안예희라는 이름 석 자를 나의 가슴에서 모질게 후벼내고 지워버렸다. 흐느끼며 몸부림쳐도 되돌릴 수 없는 것을. 두고두고 미련이 남을지라도 순리를 따라야 하느니. 아무려면 관솔에 인화된 불길처럼 훨훨 타오르던 열정도 때가 되면 사그라지고 마는 것을. 종내는 한 줌의 재가 되어 사그라지고 마는 것을….

이로써 나는 그녀와 함께한 35개월 간의 인연을 비련으로 마감하면서 더욱 힘겹고 외로운 길을 걸어야만 했다.

제15화

마지막 등교

1.

1966년 12월 하순, K고교의 크리스마스 위문공연 일정.

K고교 학생회가 연말연시를 맞아 치러야 할 기획 행사는 불우이웃들을 위한 위문공연이었다. 먼저 학생회가 의결한 일정에 따라 모금 활동을 벌였다. 모금함을 만들어 전교학생들의 자발적 참여를 권장하는 한편, 선생님들을 찾기도 하고 학교 주변상가를 돌기도 하며 온정을 호소하였다. 불우이웃으로 어떤 곳의 누가 합당한지는 우리 회장단에 맡겨졌다. 공평무사하게 치르려면 공공기관에 문의하는 것이 마땅하다 싶어 대구시청에 가서 문의하니 사회과, 마침 그 옛날 아버지가 봉직하셨던 사회과를 찾으라고 하였다. 사회과의 의견은 양로원과 고아원 중 택일하는 것이 좋겠다고 하므로 최종 양로원으로 선택하였다. 불우한 것으로 논(論)하자면 여생이 얼마 남지 않은 연세 많은 어르신들이라는 결론을 내렸다.

음악, 미술, 무용 3부 부장들과 함께 공연을 위한 프로그램을 기획하고 분담하여 예행 연습에 들어갔다. 작은 정성이긴 하지만 사회에 직접 참여한다는 자긍심으로 평소보다 더 성실히 각자의 임무에 열중하였다. 일주일간의 모금 기간도 끝나서 교무실에서 봉인함을 개봉하였고 모금 총액에 따른 사용처도 분류하였다.

우리들의 공연은 크리스마스이브 여섯 시에 대명동에 있는 화성양로원에서 개막되었다. 나는 사회자가 되어 우리 K고교의 위문 공연 취지와 프로그램을 간략히 설명하고 3부의 부장학생을 소개한 뒤 함께 무대 앞까지 나가 큰절을 올렸다. 공연장을 꽉 메운 여든한 분의 할머니들이 박수로 반겨 주셨다.

우리들은 준비한 밴드와 혼성 중창단을 앞세우고 크리스마스 캐

럴을 메들리로 엮으면서 서막을 장식하였다. 다음으로 무용부의 여학생들이 한복을 곱게 차려 입고 타령곡조에 맞추어 춤을 추었다. 군밤타령, 도라지타령, 한강수타령으로 이어졌고 음악부 중창단이 함께 하였다.

다음으로는 미술부의 학생들이 준비한 그림 여섯 점을 내어 놓았다. 규격 60호 크기의 캔버스를 가설무대 앞쪽에 배치하고 할머니들의 추억거리를 소재로 삼았다. '나의 살~던 고향은 꽃 피는 산~골 복숭아 꽃 살구~ 꽃 아기 진달래….'

'고향의 봄'을 배경 음악으로 깔았다.

한때 할머니들이 겪어왔을 삶의 이야기를 화두로 삼았다.

- 할아버지와 나란히 앉아 정답게 웃는 모습

- 피난길에 오른 가족들의 참담한 대열

- 아가에게 젖을 물린 엄마의 모습

- 결혼기념 가족사진

- 손주를 안고 파안대소하는 깊은 주름의 할머니

- 정화수 떠다 놓고 기도하는 모습

그림들은 할머니들에게 이렇게 말하고 있었다.

- 할아버지는 지금 어디에 계실까, 정말 하늘나라로 가셨을까?

- 우리 시대 참혹한 전쟁의 실상에서 자유로운 이가 누가 있을까?

- 그래. 우리 예쁜 아가야. 어서어서 자라서 엄마, 아빠 앞에서 재롱도 떨고 함께 유치원에도 가자꾸나!

- 나도 한때는 슬하에 자식들 거느리고 오붓한 삶을 누릴 때가 있었지…. 온 가족이 오순도순 웃음의 꽃을 피웠었지. 자식새끼들 시집, 장가보내느라

등골이 휘었었지….

- 어이구~, 눈에 넣어도 아프지 않을 내 손주새끼, 그 초롱초롱한 눈망울이
  너무나 그립구나. 보고 싶구나.
- 천지신명께 비나이다~, 비나이다! 우리 가족 모두 무사 무탈하도록 도와
  주소서. 보살펴주소서.

할머니들은 사실적(事實的) 그림 앞에서 점차 눈시울이 붉어지고
있었다. 기어이 눈물을 훔치는 할머니들의 모습도 있었다. 간간이
흐느낌 소리가 들리기도 하였다. 시간이 흐를수록 그 농도가 짙어
갔다.

"왜 여기에 홀로 남겨지셨습니까? 함께했던 가족들은 모두 어디
로 갔습니까? 삶이 너무 힘들지는 않으십니까? 어디 특별히 편찮으
신 데는 없으십니까? 오늘 이 순간만이라도 할머니 본연의 모습을
되찾으시고 실컷 한 번 그리움에 젖어 보십시오! 가슴 저미는 사연
으로 실컷 한 번 울어나 보십시오! 언제 한 번 가슴 터놓고 제대로
울어나 보셨습니까? 원망도 내뱉으시고 한탄도 하시고 미워도 하
십시오! 언제 한 번 가슴 터놓고 제대로 신세 한탄이나 해 보셨습니
까?

'나의 살던 고향'의 곡조가 서서히 멀어져 가면서 꿈결 같기만 했
던 시간이 모두 지나갔다.

한때는 아들딸 오붓하게 거느리며 행복한 가정을 꾸려 왔건만 이
제 이 한 몸 의지할 곳조차 없이 시설에 의탁하고 있다니…. 저 세
상으로 떠날 날만 기다리고 있다니. 오죽 아프고 쓰라릴까! 아무도
돌봐주는 이 없이 쓸쓸히 여생을 보내야 하는 이분들이야말로 우리

사회가 가장 먼저 보듬어야 할 불우이웃이 아니겠는가!

우리들은 할머니들에게 그렇게 위로의 말씀을 드리고 싶었다.

프로그램은 다음 순서로 이어졌다.

우리 민족의 선율 '아리랑' 가락이 서서히 울려퍼지기 시작하였다. 아리랑 가락은 단조롭고 유장(悠長)한 정선아리랑으로 시작되었다가 구성지고 유려(流麗)한 진도아리랑으로 이어졌다. 고된 삶 속에서도 내일의 희망을 노래하는 진도아리랑은 세마치장단으로 시작해 중모리, 중중모리로 조금씩 빨라지기 시작하였고 후렴구에서는 따라 부르는 할머니들도 있었다.

얼마간 숙연하였던 할머니들이 점차 흥을 돋우기 시작하였다. 빠르고 경쾌한 밀양아리랑으로 곡조가 바뀔 때는 더덩실 어깨춤까지 선보이며 춤사위를 시작하였다. 장내 분위기는 무용부 여학생들의 유연하고 날렵한 춤이 가세하면서 마침내 정점으로 치달았다.

아리랑의 가사와 선율에는 우리 민족의 삶과 정서가 고스란히 담겨져 있지 않은가! 시대와 지역에 따라 또 다르다. 한편, 아리랑의 가락에는 늘 고개가 있다. 기쁨, 노여움, 슬픔, 즐거움, 사랑, 미움, 욕심, 할머니들은 그 얼마나 많은 애환의 고개를 넘으셨을까?

이어진 프로그램은 무용부의 단막극 '평화의 종소리'였다. 전쟁터에 나간 손자와 그 할머니의 애절한 사연을 담은 것으로 다시 한번 할머니들의 모성애와 눈물샘을 자극하였다. 할머니들은 사뭇 진지하였고 만감이 교차하는 장면 장면을 미동도 하지 않고 지켜보았다. 연극은 크리스마스에 때 맞추어 평화를 되찾고 아기예수의 탄생을 축복하는 성당의 종소리를 듣는 것으로 막을 내렸다. 할머니들의 열렬한 박수를 받았다.

어느덧 마지막 순서가 되었다. 대미(大尾)는 '어머니 마음'을 부르는 순서였다. 1절은 나의 독창으로, 2절은 효주의 독창으로, 그리고 3절은 모든 부원들의 합창으로 울려퍼졌다. 나는 정성 들여 경건한 마음으로 소절 소절을 음미하며 불렀다. 어르신들을 모시는 연회에서 필연적으로 불리는 곡이련만 부를 때마다 사뭇 다르게 느껴지는 것은 어인 까닭일까? 뿌듯하게 적셔 주는 기쁨일까? 모든 것을 잃어버린 슬픔일까? 기쁨도 슬픔도 아닌 다른 그 무엇일까?

곡이 불리어지는 동안 장내는 숙연하였다. 그러나 할머니들의 가슴 속에는 모성의 본연이 넘쳐났고 향수의 물결이 출렁이었다. 설령 뼛속 깊은 곳에 회한의 파도가 출렁인다 할지라도 실컷 한번 감구지회(感舊之懷)에 젖어보는 호젓한 시간이었다.

공연을 모두 끝내고 장내를 정리한 후 할머니들과의 회식 자리를 마련하였다. 푸짐한 떡국 한 그릇에 훈훈한 인정이 피어오르는 순서, 오늘의 하이라이트였다. 우리들은 마련해 간 선물꾸러미를 일일이 할머니들 손에 쥐여드렸고 할머니들도 우리들의 손을 꼬옥 품어 주셨다.

나는 할머니들의 이야기를 귀담아듣고자 했다. 그리고 거기에 부합하는 이야기를 들려드리고 싶었다. 내일이면 망각 속에 묻힐지라도 이 순간만큼은 가슴 후련한 시간이 되리라 생각하였다. 할머니들은 한사코 나의 손을 잡고 놓아주지를 않으셨다. 그리고 펑펑 눈물을 쏟기도 하셨다. 희망도 절망도 아닌 그 어떤 형용할 수 없는 무언가가 가슴 깊숙한 곳에서 교통하고 있었다.

할머니들의 핏기 잃은 앙상한 손, 굴곡진 주름살, 그리고 제대로 발음조차 못하는 파리한 입술. 나는 한 분 한 분 할머니들의 모습을 소상히 지켜보며 그만 눈물이 어리고 말았다. 위문행사에서 눈물이라니…. 그것이 모순인 것을 잘 알고 있지만 차마 눈물을 거둘 수가 없었다. 생로병사의 순리를 따라 멀지 않아 세상을 떠나가야 하는 할머니들을 생각하면 너무나 가련하여 차마 감정을 숨길 수가 없었다.

불우한 인생의 가련한 종말. 이를 두고 우리 어찌 냉정할 수 있단 말인가. 그러나 나는 뿌듯하였다. 이렇게 흐르는 눈물이야말로 인간 본연의 삶이며 진솔한 마음이라 여겨졌다. 학생회가 조직되고 여러 행사를 치렀지만 이번 행사가 그중 가장 보람 있는 행사라는 생각이 들었다.

하지만 떠날 시간이 가까워 오자 나는 마음이 편치 못하였다. 만남이 있어 헤어짐도 있건만 발걸음이 쉬이 떼어질 것 같지 않았다. 이대로 머물렀으면 좋겠다. 그리하여 가련한 할머니들의 눈이 되고 귀가 되면 좋겠다. 우리들의 순서는 끝났지만 또 다른 순서가 있으면 좋겠다. 그러면 할머니들의 위안은 계속되리라.

마침내 우리 모두들의 표정에 애틋한 여운을 남긴 채 쇼팽의 '이별의 노래'가 울려 나왔다. 그리고 이별 가사를 음미하는 가운데 모든 행사가 서서히 종료되었다. 돌아서는 나의 가슴이 쓰라렸다. 나 스스로 제안하고 기획·실행하였다 해도 과언이 아닌 이 행사의 뒷맛이 이토록 씁쓸하다니 참으로 아이러니하기만 했다. 나는 몇 번이나 뒤돌아보며 배웅하는 할머니들에게 손을 흔들어 보였다. 못내 아쉬운 작별이었다.

2.

시간이 늦었으므로 멤버들을 서둘러 떠나보냈다. 그리고 담당 김풍삼 선생님과 3부 부장들만 반월당 근처 제과점에 들러 간단하게 뒤풀이를 하였다. 오늘부터 긴 겨울방학이 시작되었다. 오랫동안 헤어져야 하므로 아쉬움이 있고, 행사도 무난히 끝났기에 모두들 홀가분한 마음으로 담소하였다. 미술과의 수(외자 이름), 무용과의 순필, 음악과의 효주, 이렇게 넷이서 콤비가 되어 전번 10월 1일 군인극장에서의 '국군 위문공연' 등 많은 일을 해냈다.

얼마 후 우리들은 다시 헤어졌다. 나는 효주를 바래다 줄 생각으로 거기에서 가까운 그녀의 집 공평동으로 방향을 잡았다. 어느새 시간은 10시를 가리키고 있었다. 밤공기가 아주 차가웠다. 효주와 밤거리를 걷는 것은 처음인가 싶었다. 전번 9월 대구시립교향악단 정기연주회 때는 나란히 객석에 앉아 관람하기도 하였었다. 야릇한 마음이었다. 오늘도 그러했다. 크리스마스이브여서 그런지 또 다른 느낌으로 다가왔다. 그녀가 내 곁으로 바짝 붙어 걸으며 말을 건네왔다.

"도현아, 니는 참 묘한 사람이라는 생각이 든다."

"……"

"아무리 힘들어도 기어이 성공을 할 사람, 모든 사람들을 잘 아우르는 좋은 사람, 그런 느낌?"

그녀의 언행이 자못 진지하여 농으로 들리지는 않는다. 무슨 대꾸를 할까 생각 중인데 다시 말을 잇는다.

"도현아, 니는 통 내색을 안 하더라~. 내가 좋은지 아닌지…."

이쯤 되면 나로서도 솔직한 게 좋다는 생각을 했다.

"그래, 내 니 좋아한다 정말로, 그렇지만도 우리는 학생 아이가."

"그래 알았다. 도현아!"

효주가 활짝 웃었다. 어느새 그녀 집 앞까지 왔다. 안녕 인사를 했다.

"잘 가, 도현아~!"

검은 코트에 빨간 교복, 새하얀 옷깃에 녹색 스카프…. 그녀의 모습은 언제 보아도 다소곳한 소녀, 그 자체였다. 우리는 손을 흔들고 서로를 느끼며 헤어졌다. 여느 때와 다른 것은 그녀의 모습 위로 예희의 얼굴이 겹쳐지지 않은 것이었다.

나는 분주했던 하루 일정을 마치고 다시 혼자가 되었다. 중앙파출소를 우측으로 끼고 돌아 중앙통 거리로 나섰다. 새삼스럽게 외로움을 탔다. 끝내 혼자가 되고 말 터인데도 혼자 있다는 것은 늘 서글펐다. 서글픔을 부추기는 것은 거리의 진풍경 때문인지도 모른다. 나는 차츰 추위에 노출되었고 한일극장 앞을 지날 즈음엔 따가운 현실과 마주하고 있었다.

이제 다시는 등교할 수 없을지도 모른다. 등교할 수 있다고 믿기엔 너무 많은 문제들이 얽혀버렸다. 새삼 학교에 대한 애착심이 짙게 묻어났다. K고교와 함께 한 굴곡진 사연들이 뇌리를 스쳐갔다.

나는 차가운 실상을 애써 부인하면서 아카데미극장 앞을 지나쳤다. 문득 누나의 모습이 떠올랐다. 미소를 띠고 있었다. 그러나 지워버렸다. 평화가 없는 누나의 실상은 아픔만 부추길 뿐 아무런 의미가 없었다.

다시금 따가운 현실이 뇌리를 일깨워주고 있었다. 하긴 지금까지 버텨온 것만도 행운이었지…. 불현듯 눈앞에 지폐 뭉치가 아른거렸다. 나는 어느 결에 바보 천치가 되어 바람결에 휘날리는 지폐를 좇고 있었다. 나는 광인처럼 히죽거렸고 아편쟁이처럼 희열하고 있었다.

불현듯 검은 베일이 드리워졌다. 차가운 쇠사슬이 한 겹 두 겹 조여 왔다. 안간힘을 써보지만 아무 소용이 없었다. 언젠가 어머니를 피투성이로 난타했던 그 기분 나쁜 마귀가 고소하다는 듯 히죽거리고 있었다. 나는 버둥거렸다. 아주 깊은 곳으로 빨려들고 있었다.

나는 정신을 여미고 내처 포정동 거리를 걸었다. 반짝이는 크리스마스트리, 네온사인이 휘황찬란하였다. 구세군의 자선냄비, 크리스마스캐럴이 절정을 치닫고 있었다. 데이트족들이 스쳐 가고 있었다.

나는 대구역으로 향하는 횡단로에서 멈추어 섰다. 건너편 신호등이 시그널을 울리며 바뀌고 있었다. 이 밤 따라 절실하게 빨려드는 신호등, 빨간 신호등…. 보도에는 매서운 삭풍이 사정없이 휘몰아치고 있었다. 1966년 12월 24일, 깊은 밤이었다.

제16화

귀순

1.

1967년 5월, 삼덕동 소재 D축견훈련소(畜犬訓練所).

삼덕초등학교 정문에서 북쪽 길을 따라 잠시 걷다보면 좌편으로 꺾이는 막다른 골목길 하나가 나온다. 그 길을 따라 다시 막다른 곳에 이르면 우측으로 천 평 가량의 시설물이 눈에 띈다.

내처 쪽문이 갖추어진 커다란 대문을 들어서면 견공들의 훈련에 필요한 각종 구조물이 눈에 들어오고 가운데로 여남은 평쯤 되는 사무실과 살림을 겸한 막사 하나, 그리고 뒤편으로 훈련견 등 견공들을 수용(收容)하기 위한 견사(犬舍)가 총총히 늘어서 있으니 곧 D축견훈련소이다.

여명이 밝아오자 훈련소에 묵고 있는 수십 마리의 견공(犬公)들이 약속이나 한 듯 용틀임을 시작하였다. 새벽만 되면 으레 발동하는 야성의 몸짓이었다. 이윽고 이곳 맹주인 셰퍼드견 '로드'가 한차례 포효를 하였고 다른 견공들이 일제히 따라 짖어댐으로써 하루의 일과가 시작되었다.

새벽 네 시 반. 소요(騷擾)에 잠을 깬 조 씨가 부스스 눈을 부비며 일어났다. 조간 신문을 보려고 대문 쪽으로 향하는데 그를 알아본 견공들이 또 한차례 요란스레 짖어댔다. 조 씨가 그중 한 마리를 향해 질책의 손가락질을 해 보이자 주변은 금세 잠잠해졌다.

이미 수년간 훈련사 생활을 해 왔으므로 그까짓 견공들의 소란쯤에는 무디어질 법도 한데 조 씨는 그렇지를 못했다. 그렇다고 불결한 막사 마룻바닥에서 어설픈 잠을 자게 된 현실을 탓하는 것도 아니었다. 그저 직업적이려니 하고 만사를 순리로 받아들이는 그런 속 편한 성미였다. 굳이 낙이라고 한다면 주말마다 집에 들러 처자식들과 오붓한 한때를 보내는 것이련만 그마저 어쩌다 거를 때가 있으므로 도무지 무슨 재미로 사는가 싶었다. 하긴 따로 한 가지 낙이 있긴 하였다. 일과를 마치면서 마시는 한 사발의 막걸리, 바로 자위(自慰)의 음료였다. 아무튼 한마디로 40대 초반의 마음 좋은 아저씨, 그가 바로 훈련사 조 씨였다.

새벽 다섯 시 반. 책상 시계가 요란하게 기상 벨을 울렸다. 조 씨가 훈련에 나서면서 소파에 잠들어 있는 나를 흔들어 깨웠다. 나는 한바탕 기지개를 켠 뒤 침구를 정돈하고 일과에 나섰다. 먼저 운동복 차림의 큰형이 애견 '로드'의 러닝을 위하여 자전거를 몰아나가자 나의 짐자전거도 곧장 뒤를 따랐다. '로드'를 시샘하는 견공들이 또 한바탕 요란하게 짖어댔다.

나는 새벽 공기를 가르며 짬밥통이 덜컹거리는 짐자전거를 부지런히 몰아붙였다. 시내 번화가에 있는 요정까지는 20분 정도가 소요되었다. 요정 입구에다 짐자전거를 받쳐 세우고 대문을 한참 지나 깊숙한 곳 주방으로 들어섰다.

짬밥들은 잔반용 드럼통에 수북하게 담긴 채 나를 기다리고 있었다. 나는 주방장에게 연신 굽실거리며 그것을 간추린 다음 물을 줄였다. 오늘따라 양이 많아 세 번씩이나 오가며 용기에 채웠다.

그리고 부근의 요정 두 곳을 더 들러 짬밥을 가득 실은 다음 다시 짐자전거를 되몰았다. 꽤 무거운 양이어서 중심을 잘못 잡다간 넘어지기 십상이었다. 잔뜩 긴장한 채 아슬아슬 평형을 유지하며 조심스레 몰았다. 처음 얼마간은 요령 부족으로 더러 곤두박질을 치기도 했다. 한길에 짬밥을 엉망으로 엎었으니 고약한 냄새가 진동하였고 음식 찌꺼기가 난무하였다. 얼른 찌꺼기를 되담느라 창피한 것도 몰랐고 얼굴은 홍당무였다. 아는 사람과 마주칠까 전전긍긍하였다.

나의 짐자전거가 다시 훈련소 정문을 통과해 들어서자 견공들이 반
긴답시고 또 일제히 짖어댔다. 내가 부엌을 들락거리며 아침식사를
준비하는 동안 조 씨의 훈련 교육은 계속되었다. 셰퍼드견 한 마리가
조 씨의 선행 동작과 구령에 따라 '앉아', '일어서' 등의 동작을 반복하
고 있었다. 그것을 지켜보는 도베르만, 포인터 등 동료견들의 표정이
자못 진지하였다. 어찌 보면 초조하고 근심스러운 모습이었다.

견공들의 교육은 대개 3개월간의 기본 훈련으로 끝나지만 더러는
사냥과 경비 등을 수행하는 특수 훈련도 있었다. 이른바 애견가로
불리는 사람들은 일반인의 상식으로는 도저히 이해할 수 없는 그들
만의 열성이 있었다. 사단법인이라는 이름 아래 애견협회 또는 축견
협회라는 단체도 설립하여 연중에 한두 번은 경연대회까지 주관하
기도 하였다. 소정의 절차에 따라 훈련사자격증을 발급하는가 하면
전국적인 정보 공유도 하였다. 실제로 무슨 대회라고 해서 지켜보면
미스코리아 선발대회를 무색하게 할 정도였다. 하긴 애견 인구가 해
마다 늘어나는 추세이고 보면 애견가들의 그러한 열성은 일면 수긍
이 가기도 했다.

큰형 역시 청년 시절에 '젬'이라고 불리는 셰퍼드견을 길렀었다.
6·25전쟁 상황에서는 위기에 처한 사람을 구조하는 일화, 아니 신
화를 남겼고, 지금도 애견 '로드'를 통하여 그 신화를 잇고 싶은, 이를
테면 극성 애견가 중의 한 사람이었다. 그리고 보면 큰형이 이색적 분
야인 축견훈련소를 운영하게 된 것도 우연한 일만은 아닌 듯하였다.

아침식사를 마친 나는 서둘러 설거지를 끝내고 새벽에 날라 온 짬

밥을 선별하기 시작하였다. 선별 작업은 '로드'와 십여 마리나 되는 훈련견, 그리고 일반인들의 수용견과 그 밖의 강아지들 몫으로 4등 분하는 일이어서 꽤 시간이 걸렸다. 나는 쌀밥덩이와 육류, 해물류 등이 그대로 내버려져 있는 짬밥 통을 집요하게 들춰내며 종류별로 선별하였다. 냄새가 지독하여 어려움이 따르지만 그래도 삼십여 마리나 되는 견공들의 하루 식사량이므로 정성을 기울여야 했다. 선별된 짬밥은 부패하기 쉬운 여름철인지라 서둘러 익혀야 했다. 그리고 일정 시간을 식힌 다음 견공들의 아침밥이 주어졌다. 일찍 차례가 돌아간 견공들은 밥그릇에 주둥이를 처박고 미친 듯 먹이를 삼키며 꼬리를 흔들어댔고 그렇지 못한 쪽은 순서가 다가올 때까지 살살거리고 지딱거리며 법석을 떨고는 하였다.

나의 작업은 소수이긴 하지만 출퇴근 훈련견들을 견주(犬主)의 집으로 인도하고 훈련견들을 지정 견사로 되돌려 놓은 다음, 각기 저녁밥을 먹이고 설거지를 하는 일까지로 이어졌다. 소소하긴 하지만 제법 떨어진 우물가에서 물을 길어 온다든가 규정 시간에 맞춰 강아지들의 우윳병을 빨린다든가 또는 전화를 받거나 연탄불을 조정하는 것, 그리고 찾아오는 손님들을 접대하거나, 청소를 하는 것 등이었고, 더러는 조 씨의 식사를 챙기는 것까지도 나의 소관이었다.

나는 이미 5개월째 그렇게 일해 왔으므로 제법 그럴싸한 일꾼이 되어 있었다. 허리춤에 걸쳐둔 수건으로 연신 흘러내리는 땀방울을 훔쳐가며 분주히 일과를 소화해내는 나의 모습은 숙련된 일꾼 그 자체였다.

밤이 되어서야 일과를 마무리한 나는 술 마시기 좋아하는 조 씨를 따라 인근에 있는 단골 대폿집으로 향했다. 하루를 무사히 마감하였으므로 서로를 위무하기 위한 시간이기도, 나로서는 안타까운 날들이지만 그래도 막연하게나마 재기의 기회를 넘보는 성찰의 시간이기도 했다.

하긴 성찰의 시간은 언제나 울적하기만 했다. 하루하루 바삐 지내다 보니 여기까지 오긴 했지만 뭔가 잘못되어가고 있다는 것만은 분명하였다. 어찌하든 몸부림치며 돌파구를 찾아야겠는데 도무지 기회가 주어지지 않았다. 이것도 저것도 아닐 바에야 모든 걸 팽개치고 훈련사가 될까 하는 생각도 하였지만 조 씨의 현실을 볼 때 차마 내키는 직종은 아니었다. 아니, 그보다는 자존심이 허락하지 않았다. 그렇게 되어버리면 모든 꿈이 물거품이 되므로 결코 받아들일 수가 없었다.

아까부터 나의 표정을 지켜보던 조 씨가 기분 전환을 위한 농을 건넸지만 나는 개의하지 않은 채 한숨만 쉬었다. 한숨이란 자기 번민의 발산이라고 하지 않던가. 그러고 보면 내가 이곳 생활에서 얻어낸 것은 고작 한숨뿐인 듯했다.

지난 겨울방학. 나는 어찌하든 미결 공납금을 마련해야만 했다. 선문사의 미결 문제는 차치하고라도 공납금만은 절대적 과제였다. 나는 여러 방책을 강구하며 백방으로 노력하였다. 그러나 갖은 몸부림에도 불구하고 공납금 마련은 쉽지 않았고 하루 이틀 시간이 흐르다 보니 점점 다급해졌다. 더욱 안타깝고도 처량한 것은 어디에다가 하소연할 곳조차 없다는 점이었다.

자포자기를 할 때였다. 문득 생각나는 곳이 있었다. 직업군인인 사촌형이었다. 단 하나뿐인 사촌형은 경기도 연천 어느 부대에서 하사관으로 근무하고 있었다. 먼 길을 어렵사리 찾아가 간곡하게 입장 설명을 하였다. 그러나 사촌형은 그리 심각한 상황으로 받아 주지 않았다. 야속한 생각도 없지 않았지만 그런 것은 아무래도 좋았다. 있을 수 있는 일이니까.

하지만 맥없이 돌아서는 나의 겨울은 너무 추웠다. 얼어 죽기 십상이었다. 정말이지 더 이상은 떠돌 수도 없고 생존을 위하여 지푸라기라도 잡아야 할 처지였다. 그래서 찾아간 곳이 큰형의 D축견훈련소였고 나는 기어이 귀순자가 되고 만 것이었다.

사람들은 형제간의 우애가 하늘이 내려준 정리(情理)라고들 한다. 하지만 큰형에 대한 나의 선입견은 그렇지를 못했다. 형은 언제나 거인이요, 이방인이었다. 미처 오르지 못할 산이요, 쳐다볼 수조차 없는 하늘이었다. 쓰라린 추억이요, 상흔이었다.

그러나 큰형은 거지꼴이 되어 찾아간 나를 의외로 따뜻하게 맞아주었다. 그뿐이 아니었다. 사정 이야기를 경청하여 주더니 함께 풀어 나가보자며 가슴을 활짝 열어주었다. 아니, 명령을 내려주었다. 나로서는 그저 하룻밤 묵으며 말이나 한번 꺼내보자던 심산이었기에 너무나 감동적이었다. 한순간에 모든 난제를 해결할 수 있게 된 나의 기쁨은 하늘을 날 것 같았다. 새로운 보금자리를 찾게 되었다는 들뜬 마음에 눈물마저 핑 돌았다. 겨울방학 기간 중인 1967년 1월 중순이었다.

다음날부터 콧노래를 부르며 짐짓 앞장서 훈련소 일을 도왔다. 조금도 힘들지 않았고 하늘은 푸르고 바람도 시원하였다. 그러나 애태우던 개학일이 다가왔는데도 큰형은 아무런 조치가 없었다. 혹시 날짜를 잘못 짚고 있는가 싶어 귀띔을 하는데도 여전히 말이 없었다.

차일피일 시간이 흘러갔다. 나는 안절부절못하며 날짜를 보내는 동안 점점 맥이 빠지기 시작하였다. 헤어날 수 없는 나락으로 빠져든다는 사실이 차마 괴롭고 안타까웠다. 그러나 새 학년이 시작되었는데도 큰형은 여전히 말이 없었다.

나는 발끈하였다. 야속하다 못해 머리끝까지 분노가 치밀었다. 나는 마침내 큰형을 붙잡고 따지기 시작하였다. 생각하면 할수록 억울하고 서러움이 북받쳤다. 마구 나뒹굴며 악을 쓰기도 했다. 그러나 그것도 한순간의 몸부림일 뿐 별다른 진전은 없었다. 오히려 마음만 쓰라렸다. 한차례 뺨을 올려부친 큰형이 나를 부둥켜안고 눈물을 뿌린 탓이었다. 나는 더는 말을 할 수가 없었다. 큰형의 진심을 알았으므로 그것만으로도 다행이라고 생각하였다. 모든 것을 잃어버릴지언정 큰형과의 우애도 중요한 것이라 생각하였다.

나는 모든 것을 포기한 채 부지런히 일을 하였다. 마치 고삐에 이끌려 묵묵히 일하는 황소처럼 무아의 상태로 일을 하였다. 삶이란 이런 것이려니 하면서 입술을 깨물며 자위하였다. 잡념이 생기지 않아서 좋았다.

하지만 세월이 흐르다보니 한동안 숨죽이고 있던 배움에의 소망이 다시금 꿈틀거렸다. 사내답지 못하게 한 번쯤 쓰러진 것으로 갈팡질팡하다니 리듀서를 대하기가 부끄러웠다. 하지만 차선의 방법, 즉 학원에 다니며 공부하는 방법도 있다고 생각하니 다소 위안이 되었고 새로운 용기도 생겼다.

나는 틈틈이 책을 들여다보며 참을성 있게 기회를 엿보았다. 그러나 좀처럼 기회는 오지 않고 자꾸만 시간이 흘러갔다. 아니, 조 씨의 조수 역할을 하던 또래 아이가 갑자기 그만둠으로써 오히려 작업량이 늘어나고 말았다. 조수의 일 중 하나는 훈련견들을 출퇴근시키는 일이었다. 애초엔 사람이 없으므로 얼떨결에 맡게 되었는데 어찌된 것인지 후임자는 오지 않고 차츰 작업량만 늘어났다. 나는 결국 조 씨의 조수 몫까지 떠맡아 1인 2역의 일을 감당하기까지에 이른 것이었다.

조 씨가 주모에게 윙크를 보내더니 김치 한 접시를 더 얻어냈고 그것을 안주 삼아 또 한 잔의 대포사발을 마시고 있었다. 조 씨는 술을 참 잘 마셨다. 술 배가 따로 있다더니 그를 두고 하는 말 같았다. 아무튼 그는 참으로 좋은 사람이었고 인정 또한 넉넉하였다. 그가 사나워지거나 냉정해질 때는 오직 견공을 가르치는 시간뿐이었다.

조 씨가 입버릇처럼 나에게 당부하는 말이 있었다. 이를테면 어깨를 활짝 펴고 좀 사내답게 굴라는 것이었다. 젊디 젊은 녀석이 걸핏하면 한숨이나 쉬어대고 어디 그래서야 큰 인물이 되겠느냐는 핀잔이었다. 깊이 새겨보면 애정 어린 충고였다. 모르긴 해도 조 씨는 나를 기특하게 여겨 주었다. 비록 짬밥통이나 나르는 주제가 되었지만 여느 아이들과 다르다며 무슨 일이 있을 때마다 칭찬을 아끼지 않았다. 그러기에 나는 조 씨와 마주할 때면 늘 같은 질문을 던지곤 하였다.

도무지 형은 동생의 공부를 시킬 마음인지 아닌지 그걸 알고 싶다는 내용이었다. 그러나 조 씨는 늘 대답을 회피하곤 하였다. 납득이 안 가는 것은 오히려 자기 쪽이라면서 얼버무리곤 했다. 나름대로 짐작하는 바는 있지만 오해의 소지가 있다면서 입을 다물곤 하였다.

헌데 오늘은 조 씨가 그 답변을 할 듯도 하므로 일부러 아양을 부려가며 두어 잔의 술을 더 권하였다. 조 씨가 술을 거푸 마시더니 나의 손목을 당겨 어루만져가며 마침내 입을 떼기 시작하였다.

"도현아, 니 참말로 그렇게 공부가 하고 싶나?"

내가 솔깃하여 귀를 기울이자 조 씨가 손바닥을 떡 펴더니 손가락을 짚어가며 말했다.

"도현이 니 서열이 몇 번짼지 생각해 봤나? 자, 봐요. 엄지는 니 형수고 인지 중지 무명지는 조카들이고, 그라마 나머지 요 계지는 니 몫인가 싶지만도 그것도 아이란 말이다. 고것이 바로 핵심이거든. 세상이 다 그런기다. 그러니까 니 형이 니를 공부를 안 시킬라카는기 아이고 못 시키는 거지! 그러니까 너무 형을 원망하지 말거라. 그래도 급한 일이 생기봐라. 나서줄 사람은 형이라카이. 자… 인자 본론인데 잘 들어라이. 니가 참말로 공부를 할라카마 형한테 월급을 달라 캐라, 월급을. 그래서 돈을 모아서 당당하게 공부하마 안 되겠나? 내가 시켰다카지 말고, 내 모가지 달아난대이!"

조 씨가 하고 싶던 말을 시원하게 털어 놓았다는 듯 걸쭉하게 한 잔 술을 더 들이켰다.

아닌 게 아니라 조 씨의 설명은 납득이 갔다. 여태껏 겪어온 세상이 그랬으니까 새삼 가슴 아파할 일도 억울할 것도 없었다. 이상의 세계와 어긋나는 현실, 그 괴리를 새삼 큰형에게 따져 물을 일도 아니었다. 하지만 나는 꼭 공부를 해야만 하니까 그것이 문제였다. 큰형의 입장만 헤아리다 보면 결국 공부를 할 수가 없으므로 그것이 숙제였다. 나는 또 한차례 한숨을 쉬며 허탈감에 빠졌다.

조 씨가 많이 취하여서는 나의 자리로 옮겨 앉더니 나의 엉덩짝을 장단인 양 두드리며 유행가를 뽑아댔다.

"문패~도 번~지 수~도 없는~주~막~에~"

이처럼 설득력 있는 아저씨가 겨우 견공 선생님이라니 나는 고르지 못한 세상사를 향해 눈을 흘겼다. 그리고 훈련소를 향해 비틀거리며 앞서가는 조 씨의 뒷모습을 바라보면서 씁쓸하게 웃었다.

개똥 냄새 흠씬 배어있는 D축견훈련소. 나는 다시금 낡은 소파에 몸을 맡기고 눈을 감았다. 길고도 고단한 하루를 마감하는 순간이었다.

호섭아,

잘 있었나? 힘은 안 드나? 나는 덕분에 잘 지내고 있다. 그리고 오늘은 좀 쉬어간다. 그래서 재미있는 이야기 하나 해줄끼다.

오늘 우리 형님 애견인 우리 훈련소 두목견 '로드'가 아침 러닝을 갔다 오더니 어딘가 출장을 다녀왔다. 출발하기 전에 쇠고기 살코기 세 근에다가 달걀 노른자위 세 개를 풀어서 맛있게 닦아 먹고 다녀왔다.

호섭아, 종견이 무언지 모르제? 씨 종(種), 개 견(犬), 즉 '교배를 전문으로 하는 개'라는 말이다. 워낙 혈통이 좋아서 여러 곳에서 교섭이 온다.

호섭아, 아니 박치야!

니 우리 훈련소 한번 와 보면 속이 확 뒤집힐 거다. 이쪽 애견가들이 얼마나 재미있는지 모르제? 일단 거창하게 '사단법인'이라는 타이틀을 앞세우고 난 뒤에 축견협회, 애견협회 등의 이름으로 개마다 신상 족보서를 발급하고 있는데 결국은 순수 혈통을 보장한다는 뜻인기라.

예를 들면, 부견(아버지 개)은 '로드 오브 파인 힐(멋진 언덕길)'인데 성이 파인 힐이고 이름이 로드다. 즉 이 개는 파인 힐 가문의 자손이라며 한껏 자랑을 해보이는 것이다. 모견은 '로즈 오브 엘리자베스(엘리자베스의 장미)'라고 이건 참말로 영국 엘리자베스 여왕한테 걸렸다 하면 사형감 아이겠나? 맞제? 아무튼 일단 이름을 그렇게 붙여서 서양 사람들 기를 확 꺾어 놓고 시작하는데 그건 아무것도 아니다. 언제, 어느 때, 어느 협회가 주관하는 미견대회 무슨 체급에서 무슨 상을 받은 개라고 떡 써 놓으면서 화려한 경력을 자랑하는기라. 참말로 우리 사람들 족보는 아무것도 아인기라!

박치야, 그런데 중요한 것은 지금부터다. 이거 원, '개 팔자가 상팔자다'라는 말을 듣긴 했지만. 우리 두목견 '로드' 말이다. 나는 구경도 못 하는 쇠고기 살점을 수시로 즐기면서 무슨 권투선수들이 기선 제압하듯 앞발 뒷발 꽉꽉 리드미컬하게 굴려가면서 기고만장하는데 거기서 내가 군침을 흘리고 있으면 그거는 무슨 팔자고? 사람 팔자가, 개 팔자가? 나 참, 더러워서…. 쩌그가 두 끼밖에 안 먹고 우리가 세 끼 먹는 것 빼면 쩌그가 완전 KO승이다. 맞제, 재밌나?

그라고 박치야, '개밥에 도토리'라고 하는 말 들어봤게? 내가 요새 하루에 수십 마리씩 아침 저녁으로 개들 밥을 주고 있는데 찜밥 끓여서 식힌 다음(안 식히면 개들 이빨 다 빠진다), 골고루 영양소 배분해서 먹인다. 그라고 나중에 그릇 정리하러 가보면 밥그릇마다 도토리만 달랑 뒹굴고 있다. '아~ 이래서 개밥에 도토리라는 말이 나왔구나!' 내가 하도 신통방통해서 씩 웃었다. '어차피 나의 삶은 너와는 무관하다. 그러니 피차 안 본 걸로 하자.' 뭐 그런 뜻이 아니겠나? 누구하고 좀 닮았는 것 같제? 아무튼 이거 좀 연구할 가치가 있다는 생각을 했다.

박치야, 재미있었나? 너무 늦었다, 자자.

1967년 5월 28일

친구 도치가

제17화
리듀서 Ⅱ

1967년 6월,

나는 나의 열다섯 번째 일기장(1967. 6. 4~7. 19) 머리에 다음과 같이 써 두고 나의 마음을 다시금 다잡았다.

'다짐'

나에게는 든든한 배경이 있습니다. 금언이 있습니다. 곧 아버지의 말씀입니다.

나는 때때로 아버지의 품에 안깁니다. 그리고 아버지의 말씀을 듣습니다.

나는 아버지의 말씀을 가슴 깊이 새기기에 그 어떠한 아픔도 이겨낼 수 있습니다.

반드시 이겨낼 것입니다.

나는 가렵니다. 아버지가 원하시는 길을 가렵니다. 그리고 기어이 이룩하겠습니다. 더불어 사는 세상을 만들어가겠습니다.

아버지, 멋쟁이! 아버지, 사랑합니다.

'권토중래(捲土重來)'라는 한자성어가 있다. 뜻을 풀이해 보면 '한 번 패하였다가 세력을 회복하여 다시 쳐들어 옴, 또는 한 번 실패한 일을 의욕적으로 다시 함'으로 되어 있다.

나는 큰형네 D축견훈련소 생활 만 8개월 만인 1967년 9월, 그곳에서의 생활을 마감하고 거처를 다시 누님 댁으로 옮기게 된다. 누나는 나에게 다시금 학업에 도전할 수 있는 기회를 제공하게 되며 나는 재기의 기틀을 마련하려고 절치부심(切齒腐心)한다. 그리고 이듬해인 1968년 3월 야간 고교에 편입하게 되는데 그야말로 일컬어 권토중래(捲土重來)의 세월이 아니었는가 싶다.

'와신상담(臥薪嘗膽)'이라는 한자성어도 있다. 뜻을 풀이해 보면 '섶에 누워 쓸개를 맛본다는 뜻으로 원수를 갚거나 마음먹은 일을 이루려고 괴로움과 어려움을 참고 견딤'으로 되어있다.

　주경야독(晝耕夜讀)으로 학업을 이어가게 된 나는 이듬해인 1969년 3월, 마침내 오매불망(寤寐不忘) 염원하던 대학생이 되어 비로소 어깨를 펴게 된다. 그리고 다시 한 번 대학 졸업을 위한 과정을 겪게 되는데… 짧지 않은 그 30개월의 기간이야말로 와신상담의 세월이 아니었는가 싶다.

　그간의 세월, 즉 큰형네 사업장에서의 1967년 6월 일정부터 1969년 전반기까지의 이야기는 리듀서와의 대화를 통하여 이어가려고 한다.

1967년 6월 4일(일) 흐림, 한때 비

　흐릿하더니 한때 비가 좀 내렸다.

　오늘 새로운 일기장으로서 15권째다. 리듀서로 명명한 지도 10개월, 일기를 쓴 지도 어언 만 3년이 되어 간다. 요즘은 일기가 무엇인지 좀 알 것 같다. 어떻게 써야 하는지, 반성이 무엇인지, 점점 체계가 잡혀가는 것 같다.

　"3년간 일기를 쓴 사람은 뭔가를 이룰 수 있는 사람이고, 10년간 쓴 사람은 뭔가를 이미 이루어 놓은 사람이다."

　요즘 화제가 되고 있는 미우라 아야코 여사가 쓴 『빙점』이라는 소설 내용 중 한 구절이다. 일기를 쓰고 있는 사람으로서 의미심장한 교훈으로 새기고자 한다.

　소설 속의 주인공 요코는 유괴범의 자식으로서 기구한 생애를 살게 되지만 자신의 운명을 굳은 의지로 풀어나간다. 요코는 이렇게 가슴에 응어리진 사연을 토로한다.

"돌을 씹는 한이 있어도 꿋꿋하게 살아가겠노라고 하던 요코의 가슴에도 얼어붙어버린 마음이 있었습니다. 범인의 자식으로 태어난 잘못 때문에 이 요코의 가슴에도 빙점이 생겼습니다."

요코는 유년 시절을 이곳저곳 옮겨 살며 한없는 고통에 직면하지만 예쁜 모습으로 가파른 언덕길을 오른다. 어쩌면 나의 떠돌이 생활과도 같은 점 때문에 훌륭한 교훈을 얻었다. '독서는 마음의 양식'이라는 말이 절로 떠오른다.

모처럼 조용한 하루여서 심신을 푼다. 그래서 일요일이 좋다.

1967년 6월 6일(화) 현충일

오늘은 현충일이다. 현충일(顯忠日)은 국가를 위해 목숨을 바친 순국선열(殉國先烈)들과 전몰(戰歿)장병들의 충렬을 기리고 얼을 위로하는 날이다. 전국 모든 지역에서 10시 정각에 1분간 묵념도 하고 집집마다 조기(弔旗)를 내걸었다. 그리하여 나라를 위해 목숨을 바친 애국선열과 국군장병들의 넋을 위로하고 아울러 충절도 추모하였다. 우리 지역은 앞산의 충혼탑에서 거행하였다.

『명상집(冥想集)』을 한 권 구해서 읽고 있다. 읽다 보니 단박에 가슴에 와 닿는다. 깊이 새기며 실천하려고 일기에 별도로 옮겨 적는다.

오늘의 금언 〉

"인생은 한 권의 책과 같다. 바보들은 그 책을 아무렇게나 넘겨가지만 현명한 사람은 정성스레 읽어내려 간다. 왜냐하면 그들은 단 한 번밖에 그 책을 읽을 수가 없다는 것을 잘 알고 있기 때문이다." – 장 파울

1967년 6월 9일(금) 비 조금

오늘 하루도 몹시 바쁜 일과였고 지금은 늦은 밤이다.

반가운 소식이 있었다. 오늘 호섭이가 입대 후 첫 편지를 보내왔다. 전방부대에서 육군 보병으로 복무하게 되었다고 한다. 어언 입대 6개월째를 맞았구나. 이제 호섭이는 어엿한 대한민국 육군으로 다시 태어났다. 그동안 수고했다.

다음은 내가 호섭이에게 보낸 일곱 번째 편지의 중요 내용이다.

"친구야, 고맙다. 한겨울 훈련이라서 동상 악화를 염려했었는데 무사하다니 아주 다행스럽구나. 친구야, 11697836 너의 군번을 대한민국 국민의 한 사람으로서 자랑스럽게 생각한다. 꼭 기억하마. 특별히 전할 말은 너의 입대 2개월 후쯤 서울로 떠난 종하가 옥수동 어느 이발소에서 자리를 잡았다는 소식이다.

친구야, 지난 3월 29일이 너의 생일이었는데 그땐 네가 훈련병 시절이라 편지를 보낼 수 없었다. 내년엔 제대로 멋있게 축하해 주려고 한다. 그럼 오늘도 안녕!"

당분간은 친구의 군복무를 응원하는 뜻으로 호섭이를 대하듯 일기를 쓰려고 한다.

오늘의 금언 〉

"생은 죽음에서 생긴다. 보리가 싹트기 위해서는 그 씨가 죽지 않으면 아니 된다." – 간디

1967년 6월 12일(월)

호섭아, 오늘 희호에게서 편지가 왔다.

그런데 웬 라이터 행상(行商)? 서울 시내 다방을 돌아다니며 만년필, 라이터, 선글라스, 뭐 그런 것들을 팔고 다닌다는데 꽤 돈도 번단다. 이 친구가 넉살 하나는 그만이어서 할 만은 하겠지만 그래도 좀 그렇다. 참 엉뚱한 친구이다. 그러나 기왕 시작했다니 응원해 주어야겠다. 그렇제?

오늘의 금언 〉

"괴로움이 남겨놓고 간 것을 씹어 보라! 고난도 지나고 보면 감미롭다."
– 괴테

1967년 6월 17일(토)

호섭아, 아니 강 일병! 오늘 하루도 무사히 보냈겠지? 요즘은 어쩌다 보니 네 이름으로 일기를 쓰는 모양새가 되었다.

오늘은 작은형이 군 입대(3월 28일) 후 세 번째 편지에 사진을 동봉하여 보내주었다. 늠름하고 당당한 어깨. 사연 사연마다 사랑이 듬뿍 담겨 있더라. 형은 대학 1학년을 마치고 바로 입대하였고 너처럼 전방부대에서 전차병으로 복무하게 되었다. 군번은 310×7233 이다.

친구야, 형은 나에게 이렇게 당부하였다.

"공부 열심히 해라. 외롭다고 생각하지 말거라! 우리에게 더욱 소중한 것은 지금 주어진 현실이 아니라 반듯하고 자랑스러운 내일 이다."

호섭아, 형에게 바로 답장을 썼지만 내가 중퇴하였다는 사실만은 알리지 않았다. 나의 중퇴 사실을 알면 너무 힘들어할 것이므로.

또 형과 고교 동기생인 용만 형도 월남에 파병된 후 첫 엽서를 보내왔더라. 그래서 바로 답신을 썼다. 용만 형의 엽서에는 사이공 항구가 그려져 있더라. 고추장과 김치가 너무 그립다고 하네. 너도 그러한지? 아무튼 용만 형의 무운을 빌었다.

호섭아, 다음 주에는 식우에게 가서 토끼 한 쌍을 얻어오게 될 것이다. 이미 약속이 되어 있다. 식우는 이제 가구제작 기술자가 되어 혼자서도 가구를 완성할 수 있게 되었다. 대단한 친구제? 강 일병, 잘 자거라. 안녕!

오늘의 금언 〉

"추위에 떤 자만이 태양의 따뜻함을 느낄 수 있다. 인생의 고뇌를 겪은 자만이 생명의 존귀함을 안다." – 휘트먼

1967년 6월 24일(토)

호섭아, 오늘은 식우에게 가서 토끼 한 쌍을 얻어왔다. 이 토끼를 잘 키우는 것은 곧 식우에 대한 우정이라고 생각하고 정성들여 키우려고 한다. 토끼집 두 개를 만들었고 양지바르고, 나팔꽃이 피는 곳에 마련하였다. 나팔꽃의 꽃말이 '기쁜 소식'이므로 일부러 그랬다. 그리고 수성방천에 나가 클로버 풀을 뜯어왔고, 때맞추어 먹이고 있다. 토끼를 소중하게 기를 것이다.

호섭아, 오늘은 같은 과에서 친하게 지냈던 재균이를 만났다. 토요일이라 시내에 나갔다가 우연히 만났는데 어쩐지 얼굴이 화끈거

렸다. 학교를 중퇴해버린 열등의식이라 할지…. 어느새 내 가슴에
는 불명예의 응어리가 생겨났나 보다. 재균이는 나의 사정이 어려
운 걸 알고 도시락 정성을 아끼지 않았던 고마운 친구인데…. 속도
털어내지 못하고 그냥 웃으며 얘기하다가 헤어졌다. 새삼스레 학교
친구들이 보고 싶더라.

오늘의 금언 〉

 "눈물과 함께 빵을 씹어본 자가 아니면 인생의 맛을 알지 못한다." - 괴테

1967년 7월 2일(일) 한때 소나기

 호섭아, 어느덧 달이 바뀌어 7월이다. 요즘은 소나기도 자주 내
리고 비오는 날이 많구나. 나는 날이 갈수록 바빠진다. 조 씨 조수
가 그만둔 뒤로 더욱 그렇게 되고 말았다. 며칠 전 새로 조수가 한
사람 왔었는데 사흘을 못 버티고 가버리니 나는 '닭 쫓던 개 지붕 쳐
다보는 꼴'이 되고 말았다. 공부할 시간이 전혀 없다는 게 문제이다.

 호섭아, 요즘은 내가 좀 우울하다. 부엌일과 형수님 때문이다. 하
루 종일 일거리가 기다리고 있어서 바빠 죽겠는데 설거지를 잘 못한
다고 정색으로 핀잔을 주니 말이다. 어떻게 받아들여야 할지, 여자
도 아니고 남자살림이 그렇지…. 그래서 내 꼴이 한심하다. 형수님
은 왜 나를 머슴 대하듯 하는지…. 그게 너무 서운하고 속이 상한다.

 호섭아, 며칠 전 두용이가 진해 해병대로 입대를 한다며 대구에
들렀었다. 충운이와 식우 모두 모여서 환송 파티까지 열어주었는데
이 친구가 신체검사를 통과하지 못했다고 의기소침하여 되돌아왔더
라. 위로하여 올려 보내긴 했지만 마음이 편치 않구나.

"인생에 있어서 무엇보다도 어려운 일은 거짓말을 하지 않고 지낸다는 그것이다. 그리고 자기 자신의 거짓말을 믿지 않는다는 그것이다." − 도스토예프스키

1967년 7월 4일(화) 늦게 비

호섭아, 오늘 오랜만에 지난 일기장을 들춰보면서 성찰하여 보았다. 아직도 부족한 게 많다. 특히 친구들에게 너무 집착하는 것 같다. 집착도 무언가 효율적이어야 하고 발전성이 있어야 하는데 마냥 내 멋에 겨워 행동해 온 것 같아 많이 부끄럽더라. 하긴 그 시행착오가 곧 발전일 수도 있겠지만. 아무튼 나는 너를 좋아한다. 너는 내 삶의 원동력이다. 절대 과언이 아니다. 친구야, 어디 아프지 말고 부디 잘 지내기 바란다! 오늘도 안녕!

오늘의 금언 〉

"살고 고민하고 투쟁해야 한다. 고민과 투쟁을 꿋꿋하게 견뎌냄으로써 하나의 인간으로 성장할 수 있다." − 로맹 롤랑

1967년 7월 6일(목)

오늘은 어머니 기일이다. 큰형 댁에서 외할머니, 그리고 모처럼 자형과 누나가 동참하여 함께 제사를 모셨다. 누나와 자형은 지난 4월에 가족들 모두의 소망대로 화해하였고 이제는 잘 살고 있다. 얼마나 다행스런 일인가!

"어머니, 오늘은 기쁘시지요? 보고 싶습니다. 군 생활 중인 형들

잘 좀 보살펴 주세요. 그리고 어머니, 이 막내 절대 쓰러지지 않고 기죽지도 않고 열심히 살아갈 겁니다. 안녕히 가십시오!"

호섭아, 작년 어머니 기일에는 너와 함께 서로의 어머니에 관하여 여러 이야기를 나누었었는데…, 제상에 올리라고 수박까지 사주며 배려해 주었던 너의 사랑과 의리를 잊지 않고 있다. 고마운 친구, 오늘도 무사히 보냈겠지? 보고 싶구나.

'어머니 기일의 명상'

삶에 있어 슬픔을 안고 산다는 것이 반드시 불행만은 아니다.

"참된 기쁨엔 참된 슬픔이 있고, 참된 사랑엔 참된 미움이 있다."

이것은 독일의 시인 실러의 말이다.

우리 인간의 삶에는 슬픔이 없을 수 없다. 슬픔이 기쁨의 어머니가 된다면 너무 지나친 표현인지 몰라도 어쨌든 슬픔과 기쁨은 서로 나눌 수 없는 것이 사실이다.

인간이 눈물이 말라버리면 벌써 그 인간은 인간의 맛을 잃은 화석(化石)같은 존재가 되어 버린다. 슬픔을 알고 눈물이 있으므로 해서 사람이 사람의 맛이 나는 것이다. 사람이 천사가 아니고 그렇다고 해서 짐승이 아닐 바에는 가슴에 눈물이 있어야 하고 눈시울에 슬픔이 잠겨있어야 한다.

인간의 삶이 비애요. 비애가 곧 삶이라는 것을 알아야만 제대로 된 삶을 살 수 있는 것이다. 온갖 생의 굴곡과 기복을 스스로 체험하면서 이마에 주름이 잡혀가는 모습은 정말 처량하지 않을 수가 없다. 이 자신의 모습을 바라보고도 한 방울 눈물이 없으면 거기 종교도 없고 또 삶의 의미도 없는 것이다.

우리들은 우리들의 하루가 우리에게 더 많은 슬픔을 주었다 하더라도 이것을 불행이라고 단정해서는 안 된다. 이것이 인생을 더 아름다운 것으로 조각하고 수놓는 과정으로 생각하고 이 슬픔의 참맛을 더 깊이 이해하여야 한다.

오늘 이 겨레의 아픔을 생각하면서 한 방울 눈물이 없으면 그 인간을 무엇에 쓸 것이며 인생의 골수에 잠재한 생의 고해를 슬퍼하지 않는 사람을 어찌 사람으로 인정하겠는가!

슬픔에서 인생을 알고 눈물에서 종교가 나오고 모든 미(美)와 선(善)과 진(眞)이 아마도 슬픔의 산물인지도 모른다. 모나리자의 얼굴에도 그 미소와 더불어 어딘지 모르게 슬픔이 또한 숨어 있다.

아름다움이란 기쁨과 슬픔, 웃음과 눈물을 잘 조화시켜 놓은 데 있는가 보다. 슬픔을 결코 불행으로만 생각하지 말아야 한다.

나는 이제 "참된 기쁨엔 참된 슬픔이 있고, 참된 사랑엔 참된 미움이 있다"는 실러의 말을 다시 한 번 생각하면서 이 밤을 보내려 한다.

『명상집』 '슬픔' 81쪽에서 인용2

1967년 7월 11일(화)

호섭아, 오늘 아주 오랜만에 꿈속에서 아버지를 만났다. 너무 포근하고 행복하였다. 아버지는 내가 입대를 한다니 격려하여 주시며 지참금도 챙겨주셨다. 섭섭한 마음으로 헤어졌는데 헤어지고 나서 아버지의 얼굴이 다시 떠오르지 않아 당황하였다. 떠올리려 애를 쓰다가 눈을 떴다. 그래도 오랜만에 아버지를 뵈었으니 다행스럽다. 꿈속에서 하필 왜 입대 장면이 나왔을까? 아마도 주변 가까운 사람들이 모두 입대를 해버린 까닭이 아닐까 싶다.

오늘의 금언 〉

"만약 이 세상에 고통이 없다면, 죽음이 모든 것을 마멸시켜버릴 것이다. 만약에 상처가 나에게 고통을 주지 않는다면 나는 그것을 고치려 하지 않고 그로 인하여 나는 죽고 말 것이다." – 크라이슬러

1967년 7월 14일(금) 비

무덥고 힘든 장마철이 계속되고 있다. 형수가 친정에 다니러 갔기 때문에 사람들 밥까지 챙겨야 한다. 몸이 모자랄 상황이다. 덥고 바빠서 짜증이 난다. 그러나 짜증을 내서 이로울 건 하나도 없다.

"참된 기쁨엔 참된 슬픔이 있고, 참된 사랑엔 참된 미움이 있다."

우리들의 삶에는 슬픔이 없을 수 없다. 우리들은 우리들의 하루가 우리에게 더 많은 슬픔을 주었다 해도 불행이라고 단정해선 안 된다. 슬픔은, 아픔은 불행이 아니다.

고달프고 목마른 하루. 호섭아, 나는 이제 나 스스로를 위로할 수 있게 되었다. 이 밤이, 이 피곤한 밤이 반드시 슬프지만은 않구나.

오늘의 금언 〉

"악이 우리에게 선을 인식시켜 주듯이 고통은 우리에게 기쁨을 느끼게 한다."
– 크라이슬러

1967년 7월 22일(토)

호섭아, 앙고라토끼가 새끼를 가진 모양이다. 토끼를 얻어 온 지도 어언 한 달이 다되어 가는데 부지런히 풀을 먹이고 정성을 들이니 좋은 결과가 오는 것 같다. 새끼를 가졌을 때와 낳을 때 어찌하면 좋은지 요령을 익혀야겠다. 몇 마리나 낳을까? 나는 부자가 되겠네.

호섭아, 오늘 종하로부터 첫 편지가 왔다. 솔직하고 꾸밈없는 자세가 종하의 장점인 것 같다. 이제 자주 편지를 주고받을 수 있을 것 같아 기대가 크다. 내가 하도 잔소리를 하니까 다시 일기를 쓰고 있다고 한다. 반가운 소식이제?

호섭아, 오늘 수성동으로 토끼풀도 뜯어올 겸 갔다가 모처럼 충운이와 정담을 나누고 왔다. 충운이는 비교적 자존심이 강해서 마찰도 생기지만 나하고는 죽이 맞아서 만났다 하면 헤어지기가 싫어진다. 그 친구는 남다른 정감이 있어서 좋다. 그렇제? 잘 자거라.

오늘의 금언 〉

"인간은 타향에 태어난다. 산다는 것은 고향을 찾는다는 그것이다. 생각한다는 것은 산다는 것이다." — 베른

1967년 8월 5일(토)

오늘 심부름으로 대봉동 작은외숙 댁엘 다녀왔다. 일요일이어서 외숙, 외숙모 모두 계셨다. 정유 형은 서울에서 학교(한양대학 공대)를 다니므로 만날 수 없지만 세유 동생이랑 순자 누나, 그리고 명자도 보았다. 세유 동생은 정유 형만큼이나 그림 솜씨가 좋은데

오늘 동생이 그려둔 수채화 몇 점을 부러운 마음으로 감상하였다. 또 옛 이야기도 나누고 행복했던 지난 시절을 떠올릴 수 있었다.

─ 돌이켜보면 난 참 개구쟁이가 아니었던가! 새로 생긴 동네여서 텃세도 통했지만 줄곧 골목대장의 영광을 누리기도 하였다. 스무 명이나 되는 또래들을 이끌고 병정놀이며 갖가지 놀이에 날 저무는 줄 몰랐다. 우르르 떼 지어 수성방천을 누볐었다. 여름이면 물놀이로 귀청 마를 새가 없었고 겨울이면 썰매 타느라 손등 성할 날이 없었다.

돌연히 어머니가 돌아가셨다. 그전에는 일 년 두 번 명절 때면 작은형이랑, 여기 외가의 정유 형이랑, 세유 동생이랑 서로의 집을 오가며 얼마나 정겨웠던지. 큰외가며 인척 댁이며 하루 종일 쏘다녔었지. 용돈도 두둑했었지. 한 번은 신천동 큰외갓집 언덕배기를 오르다가 삽살개에게 물리기도 했고. 얼마나 혼쭐이 났으면 지금도 엉덩이가 아픈 것 같다.

외숙은 내가 중퇴했다는 사실을 들으시고 거푸 한숨을 쉬셨다. 학교 배 선생님에게 전화를 거시는 등 염려를 많이 해주셨는데 난처하였다.

"도현아, 지난 일은 지난 일이고. 지금부터라도 정신 바짝 차리고 학교를 다닐 궁리를 해야 한다이. 그래야 부모 없이 사는 설움을 딛고 제대로 사람구실을 할 수 있는 기다. 그래서 니처럼 불우한 사람들을 위해서 일도 하고, 봉사도 하고…. 국가를 위해서 기여도 해야지. 그래야 가문의 자존심을 지킬 수 있는 기다. 안동 김씨, 동래 정씨 핏줄 이어받은 자손이 막가는 사람이 되어서는 절대로 안 된대이…."

간곡하게 당부하신 외숙의 말씀이었다. 가슴깊이 새기고 보니 새로운 용기가 솟는 것 같다. 집으로 돌아오면서 내가 무얼 어떻게 하며 살아가야 할지 곰곰이 궁리하여 보았다.

"괴로워하라. 죽어라. 그러나 그대가 마땅히 되어야 할 그런 자가 되라. 한 사람의 인간이 되라!"

1967년 8월 9일(목)

호섭아, 오늘 훈련을 수료한 졸업견이 있어서 견주 댁으로 갔다가 인상 깊은 일이 있었다. Y대학 공대 교수인 정기호 교수님이시다. 교수님은 공학자로서 기품도 겸비하시고 소박하고 서글서글하시다. 졸업견을 인도하고 나오려는데 교수님께서 나를 불러 앉히고는 차 대접까지 해주셨다.

"자네는 여느 아이들과 달리 범상치 않은 면이 엿보이는데 왜 학업을 그만두었는가?" 하고 물으셨다. 교수님이 어째 내 사정을 알아내셨을까? 아침 저녁 오가며 훈련을 받는 견공이 있어서 몇 번 뵐 기회는 있었지만…, 얼떨떨하여 머뭇거렸더니 덧붙여 말씀하셨다.

"역사적으로 큰 인물들은 하나같이 엄청난 고통을 이겨내신 분들 아닌가!"

내가 무슨 말씀인지 잘 알아듣지 못하고 죄지은 사람처럼 고개를 숙이고 있는데 "공부하고 싶으면 언제든 나를 찾아오게."라고 말씀해 주셨다. 참으로 감사한 분이 아니신가. 용기백배라는 말은 이럴 때 쓰는 말이다. 얼마 전 외숙이 하신 훈계와 더불어 좋은 교훈이 될 것 같다.

호섭아, 참 고마운 교수님이시제?

1967년 9월 3일(일)

오늘 학교 같은 과 친구인 상녕이를 우연히 만났다. 나의 이야기를 재균이에게 들었다며 매우 안타까워하였다. 상녕이는 자상하고도 의지력이 돋보이는 사귈 만한 친구이다. 다시 보자고 하였지만… 기약은 없다.

하지만 나는 반드시 떳떳한 사람이 되어 옛 친구들을 만나리라 다짐해 본다.

오늘로서 작가 유주현 님의 『대원군』 1, 2, 3권을 모두 읽었다. 근세 말 권력자 흥선대원군(1820년~1898년)의 권모술수와 우리 안동 김문과의 권력 투쟁사를 자세히 소개한 역사 대하소설이다. 근대사인데다 우리 안동 김씨에 관한 역사물이어서 관심 있게 읽었다. 교육에 의하여 지식을 얻고 문화에 의하여 교양을 얻는다.

사람이 사는 데 세 가지 조건

첫째, 무언가 해야 할 요구를 가져야 하고

둘째, 무언가 해야 할 능력을 가져야 하고

셋째, 무언가 하지 않으면 안 될 책임을 져야 한다.

1967년 9월 5일(화) 때때로 비

호섭아, 오늘 누님이 불러서 누님 댁을 다녀왔다. 며칠 전 작은형이 누나에게 편지를 하여 나의 신상에 관하여 호소하였다고 한다. 최근에 내가 작은형에게 중퇴 사실을 알리는 편지를 보냈었다. 형이 자꾸 학업에 관하여 말하니 더는 감출 수가 없었다. 현실적으로 여기에서는 공부가 불가능하다고 적었더니 형이 단단히 마음먹고 누님에게 편지를 썼던 모양이다.

　누님은 나에게 이런저런 것을 묻더니 형님네에 있지 말고 집으로 들어오라고 권유하여 주었다. 조카 넷 모두, 특히 입시를 앞둔 조카가 있으니 돌봐주고, 또 누님 친구들도 아이들 과외를 시키려고 하니 아르바이트를 하며 학업을 계속하면 좋지 않겠느냐는 내용이었다.

　호섭아, 그렇게 된다면 얼마나 좋겠느냐! 귀가 번쩍 띄었다. 얼마나 다행스러운 일인가. 감사한 일인가! 꼭 그렇게 되었으면 좋겠다. 누님 댁에서 오랜만에 자형과도 대화하였다. 따뜻하게 대해주시니 정말 고마웠다.

　그러나 호섭아, 큰형님은 어찌 생각할지…. 그것이 걱정이다. 이곳에는 일꾼도 없는 형편인데. 그렇지만 꼭 관철시켜야 한다. 나는 무엇보다 공부가 우선이니까.

1967년 9월 12일(화)

　호섭아, 그저께 큰형하고 상의한 끝에 허락을 받았고 오늘 짐을 꾸렸다. 큰형은 오히려 미안하다고 하였다. 제대로 공부도 못 시키고 무엇 하나 제대로 해준 게 없다며 안쓰러워하였다. 이쪽은 돌아보지도 말고 속히 떠나라고 하였다. 그러니까 그간 미운 정 고운 정 나누었던 D축견훈련소 생활 8개월 만이다.

　어제 훈련사 조 씨가 막걸리 마셔가며 나에게 말해주셨다. 너무너무 잘되었다고 하지만 서운하다고. 그러나 너는 꼭 성공할 거라고 격려해 주셨다. 그간 정들었던 '로드', 그리고 수많은 견공들이여, 이 사람의 앞날을 지켜봐 주렴. 나 열심히 살아갈 것이다. 형수님은 표정이 없다. 서운한 것인가? 호섭아, 지금 이 순간 리듀서가 웃고 있다. 너도 기뻐해라!

1967년 9월 16일(토)

호섭아, 오늘부터 아이들의 선생님이 되었다. 둘째 조카 민경(가명)이 외에 누님 친구들의 또래 아이들 다섯 명이다. 오후 세 시경 시작하여 다섯 시경 마쳤다. 아이들의 우선 목표는 중학 입시인데 열심히 가르치면 좋은 결과가 있을 것으로 믿는다. 나머지 누님의 아이들 셋은 틈틈이 가르치기로 했다.

호섭아, 꿈만 같다. 이불이 폭신하고 독방이 생겨 너무 좋다. 누님 집은 새로이 이사를 하였는데 양품매장과는 좀 떨어진 남일동, 즉 한일극장 뒤쪽 방향에 위치하고 있다. 솟을대문이 있는 한옥으로서 주인댁은 본채를, 그리고 누나네는 그 본채 건너편 쪽에 새로이 지은 독채에서 살고 있다. 나는 본채 조금 비켜난 곳에 별도의 방이 하나 있어서 거기에서 거처하게 되었다. 생전에 주인댁의 어머님이 사용하셨다고 한다.

1967년 9월 28일(목)

호섭아, 아이들의 아르바이트는 순조롭게 진행 중이다. 입시까지 두 달여 남았으니 최선을 다하여 좋은 결과를 얻고 싶다. 나는 아이들의 예습과 복습을 도와야 하므로 교과서와 참고서를 집중 분석하면서 하루 하루의 교과를 준비하고 있다.

제4회 ABC경기에서 우리나라 농구가 일본에 63:62로 신승했다. 얼마나 시소 게임을 벌였는지 그야말로 스릴 만점이었다. 모두들 일본만은 꼭 이겨야 한다고 주장한다. 한때 식민지로 전락했던 우

리 민족의 자존심이 아니겠는가! 이로써 우리나라 팀은 7전 전승의
전적으로 일단 내년도 올림픽 출전권을 확보하였다. 필리핀과의 게
임이 남아 있다.

호섭아, 아래 사연은 2년 전 국어시간에 선생님께서 '국화' 주제
의 글을 써 보라 해서 긁적거린 것이다. 이제 가을이 확연하제?

국화

아~ 산들바람 불어오는 상큼한 계절,

수줍은 듯 살포시 피어난 너 화사하고 미쁘구나, 참으로 청초하구나

아~ 소슬바람 불어오는 낭만의 계절

하지만 이별은 슬프다 이대로 머무르럼

이맘때면 반겨 맞는 너의 모습은

꿈결에 그려 보던 나의 소녀상

1967년 10월 3일(화)

호섭아, 오늘은 우리나라가 세워진 지 꼭 4,300년이 되는 개천절
(開天節)이 아니냐! 우리 민족의 최초 국가인 고조선 건국을 기념하
는 국경일인데 너도 좀 쉬어가는 것인지…?

나는 상관없이 아이들 공부 일찌감치 가르치고 여유를 가져본다.
이곳 생활도 한 20일 되고 보니 많이 익숙해졌다. 정신없이 복닥거
리며 살다가 조용한 생활을 하게 되니까 정서적으로 안정감은 있지

만 또 슬슬 가을 분위기를 타는 것 같다.

오늘 세계주니어 미들급 선수권자인 우리나라의 김기수 선수와 동급 1위인 미국의 프레디 리틀과의 15회전 권투 경기가 서울운동장 야구장 특설 링에서 벌어졌다. TV로 경기를 관람하였다. 김기수 선수가 판정으로 1차 방어에 성공하여 기쁘구나. 김 선수 파이팅!

오늘의 금언 〉

집안 사람이 과실을 범하거든 모름지기 격노하지 말며 가벼이 여겨서 넘겨 버리지 말아라. 지적하여 말하기 어렵거든 다른 일에 비유하여 점잖게 타일러라. 오늘 깨닫지 못하거든 내일을 기다려 깨우쳐주라. 봄바람이 추위를 덮고 화기가 얼음을 녹임과 같을지니 이것이 곧 가정의 모범일 것이다.

1967년 10월 10일(화)

호섭아, 오늘이 일기를 쓴 지 만 3년이 된 날이다. 즉, 일기장 리듀서의 생일이다. 그동안 모두 17권을 채웠는데 처음 3권은 소각해 버렸다만 나머지 14권 중에 5권이나 분실하여 너무 안타깝다. 내가 떠돌이 생활을 하다 보니까 일기장을 보관하는 것도 예삿일이 아니었다. 어쨌든 크게 반성해야 할 대목이다. 앞으로 소중히 간직하려고 한다.

호섭아, 그동안 독서한 책 중 멋진 내용들이 있어서 적어 보았다.

"단 하나의 세계, 그것은 나의 것이다. 육체와 영혼을 노래하는 것도 나다. 천국의 희열도 지옥의 고뇌도 나와 더불어 있다. 나는 너무 움츠러 들지 않았느냐. 자존을 소리 높여 외쳐보자."

"슬기와 재주로써 내 너를 이곳까지 인도하였나니. 네 이제부터는 네 뜻을 길잡이 삼아 가거라. 험난한 길, 좁은 길목은 이미 다 벗어나 이곳에 이른 너이거늘. 보아라. 태양은 네 이마에 비치지 않았느냐."

호섭아, 오늘같이 뜻깊은 날 네가 있으면 좋은 얘기 많이 나눌 텐데 아쉽다. 그래도 나는 부자다. 네가 있고 리듀서가 있으니까.

1967년 10월 18일(수)

호섭아, 오늘 작은형으로부터 가슴에 새길 만한 편지가 왔다.

"네가 정신적으로 많이 성장해 있다는 것을 알게 된 형은 한없이 기쁘고 행복하였다."

"네 생활을 네 혼자 힘으로 개척해나갈 수 있다는 마음가짐으로 공간을 메워나가기 바란다."

"명석 군을 만나서는 나 없는 동안에는 나와 같이 생각하고 여러 가지 말들을 귀담아 듣고 네가 잘 판단해서 네 생활에 보탬이 되었으면 좋겠다."

"아우야! 내 사랑하는 아우야, 지금 우리 형제들이 겪고 있는 현실은 우리의 삶에 있어서 결코 긴 시간이 아니다. 언젠가 멀지 않은 날에 우리 형제들이 함께할 시간들, 그 행복한 시간들이 반드시 오리라 믿는다. 오늘 하루도 푸근한 가슴으로 살아가자꾸나."

호섭아, 우리 형 참 멋있제? 최고다. 동생인 나는 그렇게 믿는다. 시련을 두려워하지 말고 우리 형제들이 함께 행복하게 살아갈 수 있는 그날을 위하여 파이팅!

1967년 10월 24일(화) 유엔의 날

　작은형의 당부가 있어서 명석이 형을 찾아가 만났다. 명석 형이 워낙 완벽한 사람으로 각인되어 있어서 부자연스럽기도 하고 나의 처지가 위축되기도 했다. 그러나 명석 형이 편안하게 이끌어주므로 나의 현실을 소상하고 진솔하게 설명할 수 있었다. 현재는 다소 안정적이지만 또 어떤 일이 닥쳐올지 모르니 염려가 있다고 했고, 그러나 어떤 난관이 있어도 공부는 꼭 하고 싶다고 하였다.

　명석 형은 다음과 같이 당부하였다. "언제, 어느 때 무슨 일이 생기더라도 너 스스로가 독립할 수 있도록 정신무장을 하라.", "치밀한 계획과 꾸준한 실천을 통해 목표점에 도달하라.", "세상없어도 학업은 계속하라. 모든 수단을 동원하여 진학하라."는 요지의 충고를 하여 주었다.

　진심으로 걱정해주는 또 한 사람의 형이 있다고 생각하니 행복하였다. 형은 헤어질 때 한 번 더 이르기를, "형제에게 걱정을 끼치지 않기 위해 너 자신을 희생하지 마라."는 의미심장한 당부도 하였다.

　집으로 돌아와 그 말의 뜻을 풀이해 보니 '공부가 우선이고 나중에 보답하면 된다'는 뜻으로 받아들여진다.

　명석이 형은 인물도 체격도 말 그대로 호남(好男)형이다. 태권도를 비롯해 운동도 잘하고 학업 실력 또한 출중하여 대한민국 최고라는 경북대학 의과대학 본과에 재학 중이다. 그러니 더 이상 무슨 설명이 필요하겠는가! 의리도 대단하여 불우한 친구인 나의 형을 가까이에서 보살폈으니 그만한 우정이 또 어디에 있겠는가!

　나는 작은형이 학교 친구들과 어울릴 때 더러 함께한 적이 있다. 그래서 형의 학교 모임인 '경종회'를 잘 알고 있다. 명석, 병학, 찬

규, 병익, 춘우, 영곤, 형현, 재학 형 등인데 모두 멋쟁이라고 생각한다. 그중에서도 명석 형만은 어떤 인품인지 내가 잘 알고 있다. 매력이 넘친다.

누가 나에게 이 세상 제일 멋쟁이가 누구냐고 물으면 나는 주저하지 않고 "김명석!"이라고 대답할 것이다.

일기를 쓰고 있는 이 순간 명석 형의 모습이 떠오른다. 짙은 눈썹에 강렬한 눈빛, 그리고 이지적 인상에다 티 없이 웃을 때는 영화배우 뺨치는 매력이 있다.

"명석이 형, 고맙습니다. 잘 새기고 반드시 그렇게 하겠습니다. 반드시 진학하겠습니다. 우리 형이랑, 경종 멤버들이랑 끝까지 아름다운 우정을 나누시고 이 세상에서 제일 훌륭한 의사 선생님이 되십시오."

리듀서! 나 오늘 명석이 형 잘 만났제? 안녕!

1967년 11월 6일(월)

새벽 6시 40분에 원대동 시외버스 주차장을 출발하여 10시 좀 넘어 안동에 도착했다. 다시 10시 18분에 안동을 출발하여 11시 7분에 임동에 도착하고 인근의 둘째 고모 댁에 안착했다. 안동군 임동면 중평동, 즉 우리의 본향이다.

고모와 고종사촌들의 환대를 받았다. 고종사촌 중 맏이인 ○○형은 현재 마산의 이름난 K기업에 근무 중인데 만나지는 못했다. 형은 대구의 우리 집에서 고등학교를 다녔고 또 졸업까지 하였다. 그래서 친형제처럼 허물없이 지내온 사이이다.

점심식사를 하면서 고모에게 집안 선산(先山) 이야기를 꺼냈고 속리산에서 큰고모와 나누었던 이야기를 들려 드렸다. 고모도 어딘가에 선산이 있을 거라며 꼭 찾아보자고 하셨다.

점심식사 후 주변 일가들을 두루 찾아뵙고 인사를 드렸다. 마침 면사무소에 근무하는 인척 한 분이 있으므로 선산 이야기를 했다. 집안 내력을 살펴보면 실마리를 찾을 수도 있겠다며 애써 보겠다고 하였다.

내친김에 그동안 궁금했던 집안 할아버지, 할머니들에 관해서도 알아보았다. 증조할아버지와 할아버지의 함자, 그리고 할아버지가 1881년 1월 3일생이라는 것을 확인하였다. 시골의 특이성은 씨족 사회에서나 엿볼 수 있는 가족적인 분위기이다. 신분의 상하, 빈부의 격차를 뛰어넘고, 오로지 선·후대에 따라 서열을 구분하는 모양새다.

나름대로 신중하게 처신을 한다. 고모네 주변에는 일가들이 많구나. 나는 어디를 가나 아버지 함자(銜字)에 수반되는 막내아들이구나.

고모의 따뜻한 대접에 감사드린다.

1967년 11월 7일(화)

난생 처음으로 할아버지, 할머니 산소를 찾아가 참배하였다. 고모 댁에서 40분 정도 걸렸는데 야산 깊숙한 곳 언저리에 두 분이 모셔져 있었다. 나는 한 번도 두 분을 뵌 적이 없다. 이 세상에 태어난 지 만 19년이 다 되어 비로소 두 분께 인사를 드리게 된 것이다.

본의는 아니지만 결과적으로 불효를 한 셈이어서 마음이 무겁다. 이번 귀향길은 심부름에 의한 것이지만 다음엔 나 스스로 찾아뵙고 참배하고 싶다. 할아버지, 할머니, 저 열심히 살겠습니다. 고모, 고맙습니다.

오후 3시 반에 임동을 떠나 대구에 도착하니 밤 7시 53분이었다.

1967년 11월 17일(금)

오늘 오후 중앙통 거리에서 효주를 만났다. 서로 반기긴 했지만 나로서는 안부만 나누고 돌아설 수밖에 없었다. 11개월 만의 우연한 만남, 뜻밖의 만남, 준비 없는 만남, 할 말은 많았어도, 가슴은 뛰었어도 나는 중퇴자가 아닌가, 가진 것도 없지 않은가! 적어도 그녀 앞에서 나는 낙오자일 뿐이다. 가슴에 묻어둔 절절한 그리움도, 사나이의 자존심마저도 그녀 앞에서는 다만 사치일 뿐이다. 이제 이 미련을 어찌할꼬! 회한을 어찌 감당할꼬?

그녀와의 인연,

이별은 했어도 아리땁던 소녀…

이제는 없기에 그리운 소녀…

세월이 흘러도 못 잊을 소녀.

1967년 11월 24일(금)

가을이 깊었다. 낙엽이 뒹군다. 막바지다. 허전하고 허무하다. 내가 왜 이럴까? 그래… 효주를 만난 것을 기화로 잠재했던 가을이 기어이 깨어났나 보다.

무섭다. 하루 진종일 바쁘다가도 늦은 밤 혼자 있게 되면 견디기가 쉽지 않다. 나의 영혼은 마냥 K고교의 추억과 미련과 효주의 환영에 젖어있다. 주제넘게, 학교도 그만둔 처지에 웬 모순일까! 하지

만 나의 가슴을 내가 감당하지 못하면 누가 있어 나의 가슴을 진정
시켜 줄 것인가!

설잠

스산한 계절   애절한 사연은
낙엽이 흩날리면   가슴을 에고
옛 너를 불러 나를 홀려   한 맺힌 절규가 되어
다가서는 소녀야   밤하늘을 떠돈다
날이면 아련한 추억
밤이면 설잠 재우누나

아~ 소녀는,
스쳐간 옷깃
미완의 학창
애련(哀戀)의 세레나데

1967년 11월 25일(토)

　호섭아, 오늘은 뜻깊은 날이다. 우리들의 친구 식우의 생일이니
까. 오늘 일과를 마치고 예정대로 식우의 생일을 축하하였다. 종하
도 서울에서 내려와 함께하였다. 식우는 이제 어엿한 가구제작 기
술자가 되었다. 일취월장(日就月將)이라는 말은 이럴 때 쓰는 말이

아니겠느냐.

식우는 또 얼마 전에 태권도 유단자가 되기도 했다. 참 보기가 좋다. 집념이 있는 친구이다. 더욱 열심히 하라고 격려하며 진심으로 축하해 주었다.

충운이도 자리를 함께했다. 그리고 새로이 만부라고 하는 친구도 참석하였다. 만부는 지난 5월 학교친구라며 충운이가 소개해준 바 있는데 나보다 나이가 꽤 많더라. 충운이는 나와 두 살 차이인데 그 보다도 더 많아 처음엔 어렵더라. 만부는 이야기 많이 들었다며 기 어이 하대(下待)를 하자고 하더라. 대학 재학 중에 입대를 하였고 현재 대구지역 모 부대에서 군 복무 중으로 제대 말년이라고 한다. 첫 인상이 서글서글하고 대화하는 게 거리낌이 없어 보이더라. 좋 은 친구라는 생각이 들었다.

오늘 식우의 생일은 우리 친구들이 모처럼 함께한 축복의 날이기 도 했다. 하지만 네가 없어 모두들 아쉬워하였다.

호섭아, 오늘 하루도 무사히 보내기를… 안녕!

1967년 12월 1일(금)

12월 첫날. 오늘은 둘째 조카 민경이의 중학 입시일이다. 하지만 기온이 급강하하여 상당히 추웠다. 조카는 제 엄마의 모교인 성명 여중(신명학교)에 지원하였는데 돌아와 채점해 보니 177개 문항 중 160개 이상을 맞추었다. 여유있게 합격권에 들 것으로 보인다.

오늘 입시장에는 수험생과 학부형의 만남이 근절되었다. 서로 마 주할 수 없기에 상대적으로 초조, 긴장감은 적었으나 애는 더 탔었 다. 나는 교문 밖에서 대기하면서 마지막 시험이 끝날 때까지 기도 하였다. 시험 출제의 난이도는 작년에 비해서 낮았고 교과서 중심으로 출제하였다고 한다.

우리 둘째 조카 민경이 인물도 예쁘고 다소곳하다. 성명여중의 이미지에 딱 어울린다. 한동안 가정이 평탄하지 못하여 마음고생이 있었지만 잘 극복하였다. 이제 모녀 동창생이 되는 것은 시간문제로 보인다. 그동안 수고 많이 하였다. 큰조카 민정(가명)이, 그리고 셋째와 막내도 모두 기뻐하였다.

자형, 그리고 누나! 저도 한몫을 했네요. 안정된 환경을 제공하여 주어서 고맙습니다.

추기 : 내가 가르쳐 온 아이들이 입시에서 비교적 좋은 성적을 올린 것으로 최종판명되었다. 한숨을 돌린다. 리듀서, 고맙습니다.

오늘의 금언 〉

"눈밭 속을 걸어가더라도 모름지기 함부로 걷지 마라. 오늘 나의 발자국이 마침내 뒷사람의 길잡이가 될 것이니." – 서산대사

1967년 12월 21일(목)

오늘부터 시내 왕실다방에서 준수의 미술 개인전이 며칠 동안 열리게 되었다. 준수는 약 한 달 전부터 가정에 문제가 생겨 어려운 상황에 처해 있었다. 그래서 개인전을 준비하기까지 내가 정성껏 도왔다. 다방을 대관하고 홍보 팸플릿 인쇄도 하고 액자를 구입하는 등 꽤 많은 일들이 있었다.

오늘 첫날인데 꽤 많은 손님이 오고 있다. 다방 사면 벽에다가 그림 30여 점을 전시했는데 방명록에 내방객들의 이름이며 축하의 글

들이 쌓이고 있다. 두어 건의 예약 상담도 있었다.

"준수야, 축하한다. 오늘 개인전을 개최하기까지 수고 많았다. 오늘 이 시간이 화가의 길로 나선 너의 생애에 중대한 교두보가 될 것으로 믿는다. 너의 개인전이 성황리에 무사히 종료되기를 진심으로 바란다."

오늘 축하 자리에 학교 배한영 선생님과 김풍삼 선생님이 오셔서 축하해 주셨다.

배 선생님을 오랜만에 뜻하지 않은 자리에서 뵙고 말았다. 그간의 사정을 소상히 말씀드리고 학업만은 계속하겠다고 정중히 말씀드렸다. 반가워하셨다. 다시 뵙기로 하였다. 김 선생님은 학생과를 맡아 주셨기에 친근감이 있고 늘 동질감을 느낀다.

선생님의 말씀 중에 "가장 마지막에 잘 웃는 자가 진짜 잘 웃는 자이다."라는 말이 생각난다.

오늘은 또한 아버지의 기일이었다. 큰형님 댁에서 제사를 모셨다. 큰고모가 참석하셨다. 아버지께는 누나네 집에서의 새로운 생활을 설명해 드리고 어떠한 일이 있더라도 꼭 학업을 이어가겠다고 말씀드렸다.

1967년 12월 28일(목)

호섭아, 1967년 올 한 해도 사흘밖에 남지 않았구나. 다시 새로운 기분으로 새해를 맞을 차비를 해야겠다. 한겨울인데 그동안 군무에 충실하고 있는지 아픈 데는 없는지 궁금하구나.

호섭아, 오늘이 만 1년, 너의 입대 직후 군번이 막 매겨진 날이다. 이제 상병 계급장을 달았고 후임병들도 생겼다니 그곳도 제법 사람냄새가 나서 좋겠다. 11697836 군번이 너와 함께 길이 빛나도록 최선을 다해주기 바란다.

나는 누님 댁 생활 4개월째인데 모든 것이 평안하다. 하고 있는 아르바이트도 순조롭고 우선 경제적으로 찌든 때를 벗게 되어 무엇보다 기쁘다. 내년 3월이면 자력으로 편입학을 하려고 한다. 그리고 대학 진학을 위해서 최선을 다할 것이다. 지켜봐 다오.

호섭아, 이곳 어른들도 모두 안녕하시고 친구들도 잘 있다. 특별 뉴스는 서울의 윤광이가 자원 입대를 하더니 기어이 월남전에 파병될 거라고 한다. 본시 기백이 있는 친구니까 잘 싸우다 돌아올 것으로 믿는다. 무사귀환을 빌 뿐이다. 그리고 충운이도 내년 3월(19일)에 입대를 하게 되었다. 대한민국 남아의 당연한 의무인데 씩씩하게 들여보내려고 한다. 그리고 이미 소식을 전하였지만 충운이의 소개로 만나게 된 만부라는 친구, 꽤 좋은 친구로 생각된다. 다음 기회에 만나 교제하면서 서로 유익한 친구가 되었으면 한다.

또 한 가지 소식이 있다. 우리 어릴 때 동네에서 함께 지내다가 이사로 뜸했던 택철이를 오랜만에 만났다. 중학 졸업 후 안경테 만드는 공장에서 기술을 익히더니 어엿한 기술자가 되어 있더라. 집안 살림을 도맡고 있어서 고모부께서 —택철이가 나의 고종 인척인 것은 알고 있제?— 아주 흐뭇해하셨다.

그밖에 식우도 여전하고 서울의 종하, 희호도 잘 지내고 있다. 두용이도 어디 취직을 한 모양이다.

호섭아, 꽤 밤이 깊었다. 올 한 해도 잘 정리하고 내년에는 더욱 건강하고 보람찬 한 해가 되었으면 싶구나. 오늘은 희랍의 철학자

소크라테스가 한 말 중 감명적인 구절이 있어 적어 보낸다.

"아무리 내 방이 좁지만 이 방에 내 친구를 채울 수 있다면 나는 더 바랄 게 없을 만큼 기쁠 것이다."

친구야. 어떻노? 멋있제! 우리처럼 친구 좋아하는 사람들이 잘 새겨야 할 구절이라 생각한다.

1968년 1월 1일(월)

송구영신(送舊迎新). 묵은해를 보내고 새로운 한 해 1968년을 맞았다. 새해엔 꼭 학업을 재개하고 대학 진학을 위한 발판을 마련해야 한다. 모처럼 여건이 조성되었으니 치밀한 계획과 꾸준한 실천을 통해 목표를 달성해야 한다. 이제 그동안의 고생스러웠던 세월은 훌훌 털고 앞으로 나아가야 한다. 젊어서 고생은 사서도 한다지 않느냐. 뒤돌아보지 말고 앞으로, 앞으로!

1968년 1월 8일(월)

오늘 작은형의 편지를 받았는데 공무로 지프차를 탔다가 차체가 크게 요동치는 바람에 윗입술과 치아 하나를 다쳤다고 한다. 너무 속이 상한다. 탈 없이 잘 나아야 할 텐데….

크리스마스 전에 조카들에게 위문편지를 쓰게 하여 보냈더니 반갑게 잘 읽었다고 한다. 조카는 글 쓰는 공부를 하였고 형은 위로를 받았으니 일석이조(一石二鳥)다.

형은 오늘 편지에서 대인관계에 관하여 충고해 주었다. "어떤 경우이든 절대 부딪치지 말고 원만하게 교류하라."고 일러주었다.

오늘 다시 새 일기장이다. 20권째다. 짧은 시간이었지만 일보 전진하는 마음의 자세가 필요하다.

1968년 1월 16일(화)

오늘 배한영 선생님을 만나 뵙고 전학 문제를 상담하였다. 재학 당시의 미결사항을 잘 보완한 후 타 학교로 편입 조치해 주겠다고 하셨다. 야간부에 편입하면 좋겠다고 말씀드렸다. 학비를 벌어야 하므로.

배 선생님께서 좋은 말씀을 많이 들려주셨고, 전학이 확정될 때까지 애써 주기로 하셨다. 용기백배다. 대학 진학 때까지 최선을 다하여 선생님의 은혜에 보답해야 한다. 은혜를 모르면 사람이 아니다.

1968년 1월 22일(월)

어젯밤 10시 넘어 우리나라에 큰 사건이 발생하였다. 북괴가 청와대를 습격하기 위하여 무장특공대 31명을 남파한 사건이다. 이 사건은 남북 대치 상황에서 일어난 무력 도발이어서 세계적으로도 큰 관심사가 되었다. 공비들 28명은 현장에서 사살되었고 한 명은 생포, 그리고 두 명은 북으로 달아났다. 생포 공비 김신조의 기자회견 장면이 방영되었는데, 지난해 8월부터 남한의 주요 건물 파괴와 정부 요인 암살을 위해 특수 훈련을 받았다고 한다. 훈련원도 2천 명이나 된다고 하니 놀랍다. 마치 전쟁이라도 난 것처럼 매스컴들이 종일 시끄러웠다. 북괴의 야만적인 행위, 잔혹한 행위에 국민의 한 사람으로서 분노하며 놀라움을 금치 못한다. 너무너무 속상하고 가슴 아픈 일이다.

하지만 생포된 공비, 꼭두각시의 몰골을 보노라니 측은한 생각도 없잖아 있다. 같은 민족끼리 이게 무언가!

후기(後記)

　－ 이 사건으로 인하여 최규식 종로서장 등 경찰관 2명, 제1사단 이익수 준장,
　　 민간인 등 33명이 전사하였고 부상자도 50명이 넘는 것으로 집계되었다.
　－ 북으로 달아난 공비 중 한 명은 후일 박재경으로 밝혀졌다.
　－ 생포된 김신조는 후일 서울침례신학교에서 침례 신학을 전공하고
　　 서울 성락교회의 목회자가 되었다.

1968년 1월 27일(토)

　오늘 K고교의 제1회 졸업식이 있었다. 그동안 함께하며 정들었던 학우들아, 정말 축하한다. 그리고 도시락 정성을 아끼지 않았던 모든 친구들, 잠자리를 배려해 주었던 정구, 준수, 창수, 세명, 그리고 재길아. 정말 고마웠다.

　모두들 대학 진학도 하고 각자의 제 갈 길을 향하여 나아가거라. 멋진 삶을 살아가거라. 함께하지 못하여 정말 미안하구나. 하지만 언젠가는 나도 함께하는 날이 올 것이다. 꼭~ 안녕히~!

　나는 오늘 나에게 엄습한 아픔을 주체하지 못하고 시내 '시보네' 음악감상실에 홀로 앉아 팝송 한 곡을 신청하였다. '해변의 길손 (Stranger On the Shore)'이다.

해변의 길손

나 여기 홀로 우울하게 서서
파도가 철썩이는 것을 보며
그대에 대한 꿈만 꾸고 있네
내 모든 꿈, 내 모든 것을
송두리째 빼앗은 채
그대의 배가 멀리 떠나가는
모습을 바라보고 있다네
파도는 깊이 탄식하고
바람은 미친 듯 울부짖고
내 두 눈에는
뜨거운 눈물이 흘렀다오
"내 사랑이여, 돌아오라."고
애원, 애원하면서

아~ 난 왜,
왜 이렇게 살아야만 하는지?
난 마냥 쓸쓸히
해변을 떠도는 길손인가요?

아~ 난 왜,
왜 이렇게 살아야만 하는지?
난 마냥 쓸쓸히
해변을 떠도는 길손인가요?

그동안은 이 노래를 멜로디로만 즐겼었는데 차분히 영어가사를
해석해 보면 '이별'이 주제이다. 너무나 처절하고 슬픈 사연이다.

예희와 효주와 그리고 이별… 이 곡은 이미 그녀들과 나의 이별
을 예고하였던 것은 아닐까? 모두가 내 곁을 떠나갔구나. 오늘 하
루는 더욱 그러하다.

이런 날은 곱씹는 쓸쓸함이 있다. 나 홀로 고독한 나그네가 되어

해변을 거닌다. 추억에 젖어, 사랑에 젖어, 아픔에 젖어….

안녕~, 정든 친구들, 그리고 나의 모교 K고교여!

안녕~, 사랑하였다, 내 학창의 클라이맥스였다. 안녕!

1968년 2월 1일(목)

오늘 성현 형의 편지를 받았다. 옛 동일약방에서 점원을 구한다니까 가 보라는 내용인데 그곳 사장이 형을 잘 아니까 나를 염두에 두고 부탁을 해 온 모양이다. 숙식도 가능하다고 하고 공부도 할 수 있을 거라고 한다. 그렇잖아도 등교하게 되면 아르바이트를 할 수 없어 고민했는데….

누님과 의논하였다. 스스로 학비를 벌어 공부하고 싶다고 하였다.

성현 형의 군복무도 이제 10개월쯤 남은 것 같다. 형 고맙습니다.

1968년 2월 8일(목)

동일약방에 찾아가서 사장님을 만나서 취업이 확정되었다. 낮에는 약방업무를 보고 밤에는 학교를 다니는 것으로 하였다. 월급도 차차 올려주겠다고 한다. 사장님이 나를 잘 알기 때문에 형처럼 생각하고 충실히 근무하기만 하면 된다. 내가 직접 학비를 벌 수 있게 되어 너무 좋다. 누님이 안쓰러워하지만 지금까지 돌보아 주신 것만으로도 너무 감사하다.

1968년 3월 4일(월)

오늘 H고등학교 3학년에 편입하여 첫 등교를 하였다. 모든 게 낯설지만 처음은 늘 그런 것이므로 차차 익숙하게 될 것이다. 이제 나의 학업은 1차 관문을 통과하였다. 학비로 인한 고통도 덜게 되었고 이제는 목표한 바를 향하여 달려가기만 하면 된다.

모든 분들에게 감사한다. 특히 자형에게 감사한다. 이젠 누님을 아끼며 잘 살고 있으니까. 무엇보다 나의 학업에 결정적인 도움을 주었으니까. 이젠 묵묵히 소처럼 일할 것이다. 주경야독의 정신으로 부지런히 일하며 공부할 것이다. 리듀서, 고맙다. 지켜봐 다오.

1968년 3월 17일(일), 음 2월 19일

'친구야!'

어쩌면 따뜻한 봄날이 이미 찾아왔는지도 모른다.

봄날 - 만물이 다시 움튼다. 개나리 진달래 다시 꽃피우고 노랑나비, 흰나비가 춤을 춘다.

이 봄 약동의 계절에 넌 무엇이 하고 싶으냐?

무엇이 그리운 것이냐? 사랑스러운 것이냐?

호섭아!

오늘이 너의 생일. 이 시간 못 견디게 보고 싶구나.

친구야. 지금 당장 만나자

나는 나의 푸근한 안식처에 너를 데리고 와서

홍차 한 잔 진하게 끓여 놓고,

또 사과랑 귤이랑 고운 접시에 담아

너에게 먹으라고 권한다.

그리고 집을 나선다.

넌 작업복을 걸쳐 입고, 넌 푸른 군복을 입고 밝은 태양을 받으며 수성들판으로 향한다.

우리는 옛날 옛적을 회고한다.

오솔길이라도 좋고 잔디 위라도 좋다.

오붓하게 둘이서 가없는 정담을 펼친다.

친구야!

우정이란 아무렇게 주고받을 수 없는 것!

우리는 오랜 세월을 함께하며 우정을 키워 왔노라.

북돋우고 키워가면서 태산을 만들어 가자.

하지만 친구야!

그것만이 우리의 숙제는 아니다. 보다 중요한 것은

우리가 보다 아름답고 의미 있는 사회인이 되는 것,

바로 그것이다. 우리는 잘하고 있다. 분명히!

친구야!

오늘이 너의 생일, 축하한다. 축하한다!

친구 호섭이의 생일을 축하하면서

1968. 3. 17

대구에서 친구 도현

1968년 3월 19일(화)

오늘 충운이가 입대하였다. 모두 성서 50사단 신병훈련소 입구까지 쫓아가서 배웅하였다. 친구의 형인 충남 형과 형수, 친구의 여자친구, 그리고 만부와 내가 함께하였다.

어제는 충운이네 집에서 식우와 종하, 그리고 예전 정구네 옆방에 살았던 상락 형까지 포함해 조촐하게 송별식을 가진 바 있다.

"친구야! 뒤돌아보지 마라. 우리들이 있지 않느냐. 너는 오로지 한 사람의 군인이 되어라. 너의 가슴에서 우러난 사나이의 기질로!"

1968년 3월 31일(일)

일기를 수년간 쓰다 보니까 때때로 일기장을 되읽어 볼 때가 있다. 오늘도 그렇듯 일기장을 살피다가 문득 회고록을 써 보고 싶은 생각이 들었다. 평소에 좀 더 주의 깊게 써서 잘 관리한다면 그게 곧 회고록이 되는 것이 아닐까.

오늘 도스토예프스키의 『죄와 벌』을 완독하였다.

4년간의 시베리아 감옥 생활, 거기엔 『죄와 벌』이 잉태한 휴머니즘이 있다. 범죄자의 고독한 사랑이 있다. 인간의 아름다운 영혼이 있다. 고뇌를 통하여 완성되는 거룩한 인성이 있다.

1968년 4월 5일(금)

생일이다. 이제 만 19세가 되었다. 우리 친구들은 생일이 되면 항상 축하 모임을 가지곤 하는데 내가 그동안 꾸준히 주선해 온 산물이다.

오늘은 식우, 준수, 만부와 함께하였고 덕담도 나누었다. 친구들은 무엇보다 나의 학업을 염려하였고 그런 만큼 용기도 북돋워 주었다. 식우는 『내일이 오는 길목에서』라는 수필집을, 준수는 '시집'을 선물하여 주었다. 고맙다.

또 이번 생일에는 횡재를 했다. 어제 사촌 형수가 대구로 오셨다기에 찾아가 인사를 드렸다. 사촌 형님은 여전히 군무에 충실하시고 조카들도 잘 있다고 한다. 그런데 뜻밖에 작은형이 전해 달라고 했다며 봉투를 건네준다.

돈이 3천 원이나 들어 있었다. 작은형은 현재 사촌형이 소속한 군부대 부근에서 복무하고 있는데 돈은 어떻게 마련하였는지…? 아무튼 너무 고맙다. 유용하게 쓸 것이다.

오늘은 식목일이기도 하다. 식목일은 국가공휴일로 지정되어 있고 덕분에 오늘 하루를 쉰다. 초·중학교에 다닐 때는 학교 행사로 나무 심기를 했다. 송충이를 잡기도 했다.

그러나 오늘같이 형편이 닿지 않을 때는 마음으로라도 나무를 심어야 한다. '산림녹화'를 강조하시던 선생님의 말씀이 기억에 남아 있다. 최근에 알게 되었는데 식목일이 처음으로 공휴일로 제정된 날이 1949년 4월 5일이라고 한다. 바로 내가 세상에 태어난 날이므로 보통 인연이 아니다. 그래서 내가 키가 큰지 모르겠다. 현재 173㎝인데 중2, 중3때 부쩍 자랐고 형제들 중에서도 내가 제일 크다.

1968년 4월 12일(금)

이제 한 달여, 학교생활도 웬만큼 익숙해졌다. 야간학교 수업은 네다섯 시간이면 족하다. 진학반과 취업반으로 구분되어 있어서 서로 간에 교류가 별로 없다. 자기에게 주어진 주요 일과가 직장인지 학교인지 헷갈릴 때도 있다. 수업이 끝나면 부리나케 돌아선다. 우리 야간학교 학생들의 생활상이다.

나에게 주어진 일상도 그렇다. 학교 아니면 약방에서 줄곧 시간을 보내므로 단조롭다. 약방 일은 매약이 전부이므로 손님이 원하는 것을 내놓으면 되고 또 필요한 것을 주문하면 된다. 업무가 단순

하므로 책 읽을 시간이 많아 좋다. 책 읽고 싶었던 소원을 덤으로
성취한 셈이다.

아무튼 나는 평정을 찾았다.

고진감래(苦盡甘來), 쓴 것이 다하면 기쁨이 온다는 평범한 진리
를 굳이 말하지 않더라도 평화를 찾았다. 그러나 해야 할 일은 여전
히 많다. 어서 대학을 가서 열심히 공부하고, 졸업하여 취업하고, 그
래서 안정된 삶을 살고 싶다. 그리고 사람답게 살아가고 싶다. 모두
를 아우르며 서로 사랑하고 나누며 가슴 따뜻하게 살아가고 싶다.

1968년 4월 20일(토)

오늘은 『맹자』에 나오는 '인자무적(仁者無敵)'에 대하여 살펴볼 기
회가 있었다. 가훈(家訓)이나 경인구(驚人句)로도 널리 사용된다는
이 말의 뜻은 인(仁), 즉 어진 삶을 실천하는 자(者)는 적이 없다는
뜻으로 평소 배려와 사랑으로 세상을 살아가라는 가르침이다. 나도
그런 사람이 되고 싶기에 가슴 깊이 새겨 본다.

1968년 4월 25일(목) 늦게 비

오늘 약을 사러 온 한 분에게 외상 매약을 하였는데 입장이 난처
하게 되었다. 사장님을 잘 알고 있다기에 별 의심 없이 약을 주었는
데 알고 보니 그게 아니었다. 너무 꺼림칙하다.

김우종 님의 『내일이 오는 길목에서』라는 수필집을 읽고 있다.

그는 "참되게 산다는 것은 결국 고독하게 산다는 것."이라고 말한
다. 나는 언제나 외롭다. 그래서 친구 사귀기를 좋아하고 그들과 우
정을 나누면서 외로움을 달래기도 한다.

그런데 이번에 작가가 말하는 '고독'은 그러한 고독이 아니다. 내면세계의 고독이다. 즉 가슴속의 고독이다. 가슴 깊숙이 새겨진 고독은 사람을 만나서 해소하는 것이 아닌, 정신세계의 수양을 뜻하고 있는 듯하다.

1968년 5월 12일(일) 비

'고독'에 관하여 공부를 계속하고 있다. '고뇌'에 대해서도 공부하고 있다.

"우리는 고뇌를 철저하게 경험함으로써 고뇌를 치유할 수 있다."

"극도에 이른 고뇌는 오래 계속되지 않는다. 어떤 사람이건 그것에 꺾이고 말든가 아니면 그것에 익숙해져서 아무렇지도 않게 된다."

"자신의 고뇌를 자세하게 들여다보는 그 일이야말로 자신의 마음을 달래는 수단인 것이다."

세 구절 모두 음미할 가치가 있다. 모두 이름난 작가가 우리에게 들려주는 이야기이다.

1968년 5월 26일(일) 한때 비

오늘 옛 동네 소꿉놀이 친구들을 한꺼번에 만나 우의를 다졌다. 개구쟁이 시절 어지간히도 몰려다녔었다. 신나게 떠들고 까불었었다. 더러 싸움질도 했었는데… 이제는 어른이 다 되었구나.

상환, 종우, 동광, 건국, 대창 등인데 키다리 종우는 대학교에서 농구 선수로 활약하고 있고 상환이는 어디 직장을 다니고 있다고 한다. 그런데 그다지 밝아 보이지들 않아 아쉽다.

친구들아, 우리 각자가 열심히 노력하여 잘되어 만나면 좋겠다!

1968년 6월 19일(수)

어제(음 5월 23일) 준수로부터 아버지가 돌아가셨다는 비보를 들었다. 수업을 마친 뒤 준수네로 가서 문상을 하고 위로하였다. 부의금도 준비하였다. 진심으로 애도하고 돌아왔다.

"준수야, 힘내라! 고난 앞에 굴하지 않는 정신 자세, 지금 너에게 주문하고 싶다."

1968년 7월 19일(금) 초복

충운이의 입대 4개월을 맞아 위로의 편지를 보냈다. 그리고 우리의 우정을 위하여 몇 마디를 긁적거려 보냈다. 친구의 입대 이후 16번째 편지다.

사과나무

친구야, 볼긋하고 야무진 열매 참으로 탐스럽구나
우리 한번 심어볼래 사과나무를!
양지바른, 습기 잘 눅는 순전한 환경을 찾아
정성들여 거름 주고 착실히 거두어보자
누가 더 많이 딸까?
내가? 네가? 아니지… 똑같이
친구야, 복스럽고 탐스러운 열매
우리 한번 심어보자 사과나무를!

1968년 8월 15일(목)

오늘은 우리 대한민국 정부가 세워지고 독립국가가 된 지 20주년이 되는 날이었다.

나는 '대한독립 만세!'라는 소리가 낯설지 않다. 많이 들어 봤다. 우리들은 그 말을 예사로이 여겨서는 안 된다. 우리 민족이 그 독립을 쟁취하기 위하여 얼마나 많은 희생을 치러냈던가!

나는 김구(1876년~1949년) 선생을 잘 알고 있다. 1945년 8월 15일, 우리나라가 해방이 되었다. 그러나 이념 대립으로 인하여 한반도는 그만 남과 북으로 갈라졌다. 조국으로 돌아온 김구 선생은 한반도에 통일 정부를 세우려고 노력하다가 암살을 당하셨다. 70평생을 조국의 독립을 위해 몸 바치신 선생의 자서전『백범일지』에는 다음과 같이 밝히고 있다.

"네 소원이 무엇이냐?" 하고 하나님이 물으시면 나는 서슴지 않고 "내 소원은 대한 독립이오."라고 대답할 것입니다.

"그 다음 소원이 무엇이냐?" 하고 물으시면 나는 또 "우리나라의 독립이오."라고 할 것입니다.

또 "그 다음 소원이 무엇이냐?" 하는 세 번째 물음에도 나는 소리를 높여서 "나의 소원은 우리나라 대한민국의 완전한 자주 독립이오."

얼마나 신선하고 함축적인가!

이분 외에도 1907년 헤이그 만국평화회의에서 일본의 침략 흉계를 알리고 자결했던 이준(1859년~1907년) 열사, 33인의 민족 대표로서 3·1운동을 주도하였던 손병희(1861년~1922년) 선생, 침략 원흉 이토 히로부미를 사살한 안중근(1879년~1910년) 의사, 천

안 아우내 장터에서 시위를 지휘하다가 일본 헌병대에 체포되었으
나 감옥에서도 만세를 부르다 옥사한 유관순(1902년~1920년) 열
사, 또 이봉창(1900년~1932년) 의사, 윤봉길(1908년~1932년) 의
사 등, 수많은 우국지사들의 애국·애족정신을 기리는 하루였다.

1968년 8월 23일(금) 비

오늘이 처서다. 새벽녘 귀뚜라미는 가을이여 어서 오라고 울어대
고, 맹위를 떨치던 더위는 이별은 싫다고 옷소매를 부여잡는다. 그
러나 나는 가을이 좋다. 속히 오너라.

이제 진로를 결정해야 할 때다. 문학에의 꿈이 오랜 소망으로 자
리 잡고 있지만 살아가야 하는 현실도 중요하다. 고민스러운 상황
이지만 결론을 내려야만 한다. 정기호 교수님을 뵙고 진로 상담을
할 생각이다.

1968년 8월 24일(토)~8월 26일(월)

작은외숙이 위독하시다는 급보를 받고 밤 8시경에 큰형님과 누님
과 같이 경북대학 의대병원으로 달려갔다. 외숙은 지치고 파리한 모
습으로 병실에 누워 있었고 의식이 없었다. 외숙모와 외사촌들이 수
심에 찬 얼굴로 병실을 지키고 있었다. 나는 누님과 외숙모가 외숙
의 병세를 얘기하고 있는 틈바구니에서 그만 눈물을 떨구고 말았다.

지난 7월 하순, 방학이 시작될 무렵 제자 세 학생이 동촌유원지에
물놀이를 갔다가 그중 한 학생이 급물살에 휘말려 실종이 되었다고
한다.

외숙은 교무과장으로서 또 학급 담임으로서 현장에서 꼬박 열흘

간 애를 태우다 쓰러지셨다고 한다. 독감이 급성간염으로 발전하였고 그 합병증으로 패혈증 증세를 보이고 있다고 한다.

큰외가 쪽의 두 형님, 그리고 누나도 오셨다. 외할머니는 부산 인척 집에 다니러 가셨다는데 소식을 듣고 쓰러지실까 두렵다. 외숙이 훌훌 털고 일어나시기를 간절히 빌어 본다.

오전 10시 반에 다시 병원을 찾았다. 외숙은 차마 형언하고 싶지 않은 모습으로 양팔에 링거를 꽂은 채 산소호흡기에 몸을 의지하고 있었다. 의사와 간호사들이 연이어 들락거렸다. 외사촌형제들 모두와 누님이 망연자실하고 있었다. 초조하고도 절박한 시간이 흘러갔다.

오후 두 시쯤 병원 측의 퇴원 권유가 있었다. 회복 불능의 통지나 마찬가지였다. 외숙모가 절규하고 외사촌들의 통곡소리가 터져 나왔다.

외숙은 그래도 의식은 있어 보였다. 눈은 느리지만 깜빡이었고 입술은 산소호흡기가 부담스러운 듯 경련하고 있었다. 차마 지켜볼 수 없는 안타까운 상황이었다. 나는 더 이상은 참지 못하고 눈물을 터뜨렸다. 고개를 돌리고 말았다.

그러나 희망이 생겼다. 앰뷸런스까지 대기시켰지만 돌연 퇴원 조치가 취소되었다. 의외로 혈압이 안정되고 있다고 한다. 기적의 희망을 안고 오후 세 시경 약방으로 돌아왔다.

간절히 기도하였다. 내 가슴속에 존경이란 이름으로 자리 잡고 있는 어른, 우리 어머니의 유일한 동생, 그분 외숙을 떠나보내고 싶지 않으므로….

병실에서 밤을 새운 누님이 외숙의 타계 소식을 전해왔다. 절체절명의 상황을 잘 견디시나 했는데 오후 들어 돌연히 나빠지셨다고 한다.(오후 2시 15분)

외숙은 우리들 모두의 주체할 수 없는 슬픔과 애도 속에 정든 집으로 돌아오셨다. 연일 함께 슬퍼하고 염려하였던 학교 선생님들의 조문이 줄을 이었다. 꼿꼿하신 성정으로 오로지 교육자의 사명감으로 살아오신 외숙, 정 진(字) 복(字) 어르신, 생의 마지막까지 제자를 사랑하며 아낌없이 당신의 몸을 던지셨다.

1968년 8월 28일(수)

외숙의 장례식이 T고등학교 교정에서 학교장으로 치러졌다. 외숙은 거의 평생을 봉직하셨던 정든 학교, 그리고 동료 선생님들과 제자들의 오열을 뒤로한 채 영원히 떠나가셨다. 대구고보(경북고)와 일본중앙대학 법학과를 수료하셨고 향년 58세이시다.

'나는 외숙을 존경한다. 외숙처럼 자기 본분에 충실하며 헌신적인 삶을 살아가고 싶다. 모든 사람을 두루 사랑하며 따뜻한 가슴으로 살아가고 싶다.'

나는 그렇게 다짐하며 나의 스승이기도 한 외숙을 경건한 마음으로 보내드렸다.

1968년 8월 31일(토)

아침 저녁으로 제법 쌀쌀하다. 수업을 끝내고 오랜만에 준수를 만나 교제했다. 준수는 내가 이런저런 이야기를 털어놓으며 진로 문제를 고민하였더니 문학의 길도 좋지 않으냐고 조언해 주었다.

며칠 전 준수로부터 소개받은 바 있는 재행(동인회 시인) 씨의 투고 시(詩)를 매일신문 문화면에서 읽었다. 부러웠다. 하지만 나의 현실은 언감생심 너무 먼 곳에 있는 것 같다. 안타깝다.

1968년 9월 2일(월)

2학기가 시작되었다. 어제 자습용 영어 교재를 한 권 사려고 시청 부근 헌 책방거리를 뒤졌는데 없었다. 오늘 학교를 마치고 다시 남산동 대도극장 부근 책방을 돌아다녔지만 또 없었다.

그래서 그냥 『뉴 코스 잉글리시』라는 책으로 한 권 샀다. 이제 입시까지 4개월밖에 남지 않았다.

1968년 9월 14일(토)

중추절은 아직 좀 남았건만 부모님의 꿈을 꾸다가 깨고는 한참 동안을 멀뚱하게 앉아 있었다. 나는 아버지, 어머니와 함께 즐거운 명절 일정을 보내고 있었다. 꿈속이긴 해도 오랜만에 부모님을 뵙게 되어 좋았다. 그런데 부모님은 이번에 떠나신 외숙을 어떻게 맞이하셨을까? 기뻐하셨을까? 슬퍼하셨을까? 참으로 얄궂다.

1968년 9월 17일(화)

지난 12일부터 6일간에 걸쳐 진행된 제49회 전국체육대회에서 우리 경상북도 팀이 우승을 차지하였다. 서울 팀의 기세에 꺾여 매번 준우승에 머물렀는데 '타도 서울'의 슬로건까지 내건 이번 대회에서 마침내 우승을 차지하였다. 우리 경북 팀은 이번에 제일 많은 임원진과 선수단을 파견하였다고 한다. 축하! 아주 잘되었다.

오늘 충운이의 군 복무 6개월을 맞아 스물한 번째 편지를 보냈다.

1968년 9월 22일(일)

택철네가 집을 샀다. 그동안 살아오던 원대동 쪽인데 큰방이 두 칸이고 작은방이 세 칸이나 되는 아주 널찍한 집이다. 고모부네는 오랜 세월 어렵게 살아왔었다. 그래서 더욱 기쁘다.

마침 오늘이 휴일이어서 만부와 같이 축하도 할 겸 찾아가 도배 일을 도우고 왔다.

고모부는 요즘 한도산업에 근무하시는데 집을 산 것은 순전히 큰 아들 덕이라며 아주 마음껏 자랑을 하셨다고 한다. 고모부네 가족들, 그동안 누리지 못한 행복 마음껏 누리시기를.

1968년 9월 29일(일)

보름 전부터 틈틈이 읽어온 전봉건 님의 『고독한 안개』를 완독하였다. 사랑과 우정, 그리고 삶과 고독을 이야기한 대화식 소설이다. 우리 학생들이 꼭 읽어야 할 책이라 생각한다.

요즘은 여건이 좋아서 독서를 많이 하는 편이다. 최근 한 달 사이 헤르만 헤세의 『데미안』, 앙드레 지드의 『좁은 문』을 읽었고, 이전에는 미우라 아야코의 『운명』 상·하권, 앤 알렉산더의 『핑크드레스』, 이어령 님의 『장군의 수염』 등을 읽었다.

"좁은 문으로 들어가기를 힘쓰라. 멸망으로 인도하는 문은 크고 그 길이 넓어 그리로 들어가는 자가 많고, 생명으로 인도하는 문은 매우 좁기 때문에 찾는 이가 적음이라."

『좁은 문』은 우리들에게 어떤 삶을 살아야 할 것인가를 가르치고 있다. 의로운 길은 좁다. 그러나 참고 이겨 내야만 한다. 그 길이 바로 좁은 문이다. 그것이 참다운 삶이 아니겠는가!

1968년 10월 1일(화)

오늘은 국군 창설 20주년이 되는 날이다. TV를 통하여 서울 여의도 자유의 광장에서 거행된 기념식 광경을 지켜보았다. 우리 대한민국 국군은 세계 제4위의 막강 군대를 자랑하고 있다고 한다.

감사하고 축하한다. 아울러 현재 군복무 중인 형들과 그리고 호섭, 충운이에게 위문편지를 보냈다.

1968년 10월 3일(목) 개천절 비

모처럼 아카데미극장에서 이어령 님의 원작 영화 '장군의 수염'을 감상했다. 마침 얼마 전에 소설을 감명 깊게 읽었기에 꼭 보고 싶었다.

"한 사나이의 죽음은 '고독' 때문이었다. 수갑을 채워 연행할 수도, 법정에 출두시킬 수도 없는 '고독', 그가 범인이었다."

나는 돌처럼 굳었다. 아주 진지하였다. 이어령 원작, 이성구 감독 작품으로 김승호, 신성일, 윤정희 등의 배우가 출연하였다.

1968년 10월 10일(목)

오늘 리듀서의 다섯 번째 생일이다. 이제 만 4년간을 일기를 쓴 셈이다. 나로서는 너무 소중한 날이어서 자축을 하였다.

요즘에는 배를 주려 움켜쥘 까닭이 없고 마음을 쥐어짜며 울어야 할 일도 없다. 예전에 비하면 확연히 그러하다. 그러다 보니 더러는 무미건조하다는 생각마저 든다. 그게 평화요, 평정인 것도 모르고… 이전까지는 수시로 벼랑에 몰리다 보니 불안하기 그지없었다. 표현이 좀 어색하지만 매 맞고 사는 사람이 매를 맞지 않으면 도리어 불안하듯, 내 가슴에는 은연중 피해망상 같은 것이 잠재하고 있는지도 모른다.

하지만 이제 안정감이 생긴 건 확실하다. '고독'이니 '고뇌'니 하면서 배부른 소리를 하고 있다.

오늘이 마침 종하의 생일이기도 하다. 그저께 편지를 보냈으므로 오늘쯤 받아 볼 것이다. 축하한다. 종하의 아버님이 좀 편찮으시다는데 빨리 회복되시기를….

1968년 10월 15일(화)

그저께부터 제19회 올림픽이 멕시코에서 열리고 있다. 그런데 우리나라의 성적이 너무 부진하다. 경제가 발전하고 있다지만 아직 스포츠까지는 아닌가 보다. 단체 종목과 일반 종목에서는 아주 실망스러운 상황이고 겨우 투기 종목에서만 선전하고 있다.

한편 제22회 전국 지구별 초청 황금사자기 고교 야구대회 최종 결승에서 경북고교가 D고교에 7:2로 이겨 우승하였다. 고교 야구대회 중 유일하게 패자부활전이 있는 이 대회에서 D고교는 준준결승에서 대구상고를 이겼고 승자 결승에서 경북고교를 4:2로 눌렀으나 패자 결승에서 0:3, 그리고 최종 결승에서 2:7로 경북고교에 연패하였다.

나도 초등학교 시절 피구와 야구를 무척 즐겼었다. 그래서 야구를 아주 좋아한다. 올 들어 경북고교 야구팀이 최일류 투수, 임신근

선수를 앞세워 대통령배 고교 야구대회 2연패, 청룡기 선수권대회 등 전국 규모 고교 야구대회를 모두 휩쓸며 승승장구하고 있다. 아주 반갑다. 대구상고도 파이팅!

1968년 10월 16일(수)

『내 사랑 별에 빌며』라는 책을 어렵사리 구하여 읽었다. 주인공은 고교 동기생을 사모하다 스무 살의 젊은 나이로 목숨을 내던진 일본 여고생 사헤키 히로코이다. 그녀의 생전 일기를 죽은 뒤에 출간하여 화제가 되었다는 책, 감동의 사연이었다. 이 책이 일본에서 베스트셀러가 될 수 있었던 것은 한 여고생의 순수한 사랑 고백이 독자들의 공감을 얻었기 때문이란다. 책의 주인공인 히로코와 가쓰미의 사연은 나의 K고교 시절을 연상시켜 주었고 나를 다시 한번 슬픈 학창 시절로 되돌려 놓고 말았다.

1968년 10월 19일(토)

작은형이 휴가를 나와서 오랜만에 만나 보았다. 명석이 형이랑 여러 친구들이 모인 자리였는데 형의 친구들 대부분은 경북대학교의 의대생들이다.

형의 친구들은 언제나 일류이고 멋이 있다.

형은 1학년을 마친 후 입대하였고 현재 전차병으로 전방 부대에서 복무중이다. 그런데 뜻밖에 나에게 또 돈을 3천 원이나 안겨 주었다. 군대생활을 하면서 무슨 돈이 있다고…. 번번이 사랑을 받는다. 보태서 학비로 요긴하게 쓸 것이다. 형, 고마워!

1968년 10월 29일(화)

성현 형이 오늘 마침내 군복무를 마치고 우리들의 곁으로 돌아왔다. 그간의 파란곡절을 생각할 때 구구절절 떠오르는 사연이 많다. 나로서는 외로운 세월이었지만 형의 입장에서는 사나이의 길을 다녀온 것이므로 모든 것을 이겨낸 지금, 아름다운 추억으로 돌리고 싶다.

오늘 자형과 누나, 그리고 우리들의 예비 형수인 선녀 '캥거루'와 함께 축하자리를 가졌다.

세월은 흐르고 우리들은 나이를 먹는다. 그러면서 역사를 만든다. 역사에 떳떳한 사람이 되는 것, 그것은 삶을 살아가는 우리에게 무엇보다 중요하다.

형은 이미 취직이 확정적이라니 반갑다. 어느 복지시설의 총무부장직이라고 한다. 한꺼번에 겹경사가 일어났다.

제19회 멕시코올림픽이 어제 폐막되었다. 우리나라는 은메달 하나, 동메달 하나에 그쳤다. 너무나 아쉽고 속상하다. 일본은 18회 올림픽에 이어 연속 3위를 차지하여 우리 국민들의 부러움을 샀다.

1968년 11월 7일(목)

오늘 진로 상담을 위하여 Y대학교 공대 학장실로 가서 정기호 학장님을 뵈었다. 평소의 생각을 담아 세세하게 말씀드렸더니 결론은 이러하다.

빨리 사회에 진출하려면 실업, 즉 공업 계통을 지망하는 것이 훨씬 현명한 선택이다. 우선 2년제, 즉 전문학교를 가서 실력을 배양하면 곧바로 취직이 가능하다. 직장을 다니면서 자급자족이 되면 얼마든지 진학도 하고 무엇이든 할 수 있다.

"자네로서는 최선의 방향일세. 자네의 향학열이 기특해서 많이 도와주고 싶구면."

학장님은 내가 잘 알아들을 수 있도록 주변 사람들의 사례까지 들어가며 자상히 상담하여 주셨다. 고민스럽다. 원래 꿈꾸던 진로는 아니니까. 아무튼 학장님의 배려에 감사드린다.

오늘 미국 제37대 대통령 선거에서 공화당의 리차드 닉슨이 당선되었다.

1968년 11월 15일(금)

가을, 가을이 깊어 가고 있다. 나는 다시금 가을에 젖고 있다.

가을은 그리움이다. 가을은 기다림이다. 그러나 나의 가을은 오직 그리움만 있을 뿐 기다림은 없구나.

누군가가 그리워지는 이 계절, 나는 가만히 있을 수가 없구나. 몸부림을 치는구나. 안타까운 이 심사를 긁적거려 본다.

'불면(不眠)'

리듀세! 잠이 아니 온다. 이 방은 아주 숨이 막히는 것 같다. 창문을 열어다오. 내 곁에 다가와다오.

아~아 리듀세! 나는 쓸쓸하다. 답답하고 가슴이 아프다.

난 울고 싶다. 목 놓아 울고 싶다.

리듀세! 난 아프지는 않다. 난, 난 말이다 사랑을 하고 있는 거다.

그 누구인가를…

'늦가을'

깊어 가는 가을이다. 가을을 '정서의 계절'이라고 했다지?

그 정서란 것 글쎄… 그러기에 우린 고독한지도 모르겠다.

뼛속까지 파고드는 절절한 고독, 도무지 헤어날 수 없는 수렁 같은 것.

고독이라는 것 글쎄… 옛 현인들이 숱하게 읊었듯 우리네 삶의 필연인지도 모르겠다.

하지만 그놈이 결코 따갑지만은 않은 걸 어쩌나?

어쩌면 달콤한 듯도 하므로 우리는 정녕 고독하지 않은 삶을 사는지도 모르겠다.

그렇다, 너무 깊이 빠져들지 말거라. 그냥 가을은 가을이다. 가을이 지나면 다시 겨울이 올 뿐 달라지는 것은 아무 것도 없지 않으냐.

1968년 11월 18일(일)

요즘은 가수 차중락의 '낙엽 따라 가버린 사랑'이 나의 외로움을 부추기고 있다. 재작년 가을엔가 선을 보였는데 이젠 전 국민의 사랑을 받고 있는 달콤한 듯 쓰라린 노래이다.

낙엽 따라 가버린 사랑
낙엽이란 관념 하나만으로도 슬플진대,
가버리다니…,
사랑마저 여의고 가버리다니….

이 노래는 번안 가요로서
애초에 미국의 유명 가수 엘비스 프레슬리가 부른

'Anything That's Part of You'라는 노래곡이기도 하다.

"찬바람이 싸늘하게 얼굴을 스치면
따스하던 너의 두 뺨이
몹시도 그리웁구나
푸르던 잎 단풍으로
곱게~ 곱게 물들어
그 잎새에 사랑의 꿈
고이 간직하렸더니…
아~ 아~ 그 옛날이 너무도 그리워라
낙엽이 지면 꿈도 따라가는 줄 왜 몰랐던가
사랑하는 이 마음을 어찌하오 어찌하오
너와 나의 사랑의 꿈 낙엽 따라 가버렸으니…"

서정적인 노랫말(작사 강찬호)에다 원곡조보다 편곡조가 낫다.
애절하고도 감미롭다. 들으면 들을수록 은근하고 애처롭다. 차츰
몰입하게 되면 사람의 애간장을 송두리째 녹여 놓는다. 가슴을 깊
이 울린다. 그러면서도 잔잔히 풀어지고 오히려 위안을 받게 된다.
　그래서 반했다. 길을 가다가도 이 노래가 들려오면 발걸음을 멈
추고 귀를 기울이게 된다. 마지막 소절에다 후주(後奏)까지 마저 듣
고서야 걸음을 떼게 된다.

1968년 11월 22일(금)
오늘 다시 정 학장님을 찾아뵙고 진로 상담을 하였다. 그간 마음

의 갈등이 있었으나 나의 형편으로는 아무래도 학장님께서 권유하신 공업 계열이 좋겠다는 결론을 내렸다. 일단 Y전문대학에 지망하기로 하고 오늘 아예 학교를 한번 둘러보고 왔다.

요즘 공업 계열은 장래가 유망하여 선호도가 높다고 한다. 다만 수학 실력이 좋아야 하는데 비교적 부족한 나로서는 불리한 측면이 있다. 남은 기간 최선을 다할 것이다. 꼭 합격하고 싶다. 소망을 이루려면 열심히 공부하는 것뿐이다.

1968년 11월 26일(화)

오늘 오후 두 시, 시내 현대예식장에서 성현 형의 결혼식이 있었다. 신부는 물론 10년 연애사를 기록한 우리들의 선녀, 강○○ 님이다. 부모님이 계시지 않아 쓸쓸함이 있지만 집안의 모든 어른들이

성현 형 결혼식 때 왼쪽부터 아래 큰형, 누나, 형수, 문현 형, 위 성현 형, 나

참석하셨고 택철네 고모부와 자형이 많은 사랑을 쏟아 주셨다.

주례는 아버지의 동창이신 김동진 선생님께서 맡아 주셨고 김상규 예총경북지부장이 사회를 보셨다. KBS전속악단이 웨딩마치를 울려 주었고 형은 신부에게 가수 남일해의 '축배의 노래'로 사랑을 고백하였다.

아버지, 어머니. 이 기쁜 날 함께하지 못하여 너무 서운합니다. 셋째를 위하여 축복해 주소서!

1968년 12월 5일(목)

오늘 동사무소에 가서 주민등록증을 발급받았다. 난생 처음 신분 확인증을 받은 날인데 절차가 꽤 까다로웠다.

주민등록증은 세로 모양으로 12자리 숫자가 명시되어 있는데 앞 여섯 자리는 시, 구, 동을 의미하고, 뒷부분 숫자는 등록 순서로 부여하였다고 한다.

오늘은 또 '국민교육헌장'이 선포되었다. 국민의 한 사람으로서 깊이 새기며 실천할 필요가 있다.

1968년 12월 13일(금)

지난 7일부터 감기 기운이 있더니 몸살로 이어져 사나흘 고생하였다. 식욕도 없고 생기를 잃었다. 입시에 대비해야 하고 곤두세울 과제도 많은데 정신을 여며야 한다. 평소의 몸무게가 53kg 내외인데 50kg까지 떨어졌다.

힘내라 리듀서! 중대 과제가 눈앞에 있지 않느냐!

1968년 12월 23일(월) 때때로 눈

미국 해군 정보수집 보조함 푸에블로호가 지난 1월(23일) 원산 앞바다에서 북한에 나포되어 세계가 떠들썩하였다.

그 승무원 83명(사체 13구 포함)이 오늘 미국으로 송환 조치되었다. 그나마 미국이 자국민의 안전을 위하여 영해침범을 시인, 사과한 끝의 마무리이다. 북한은 대체 왜 그럴까? 많은 젊은이들이 희생된 안타까운 사건이었다. 다시는 이런 일이 없어야 한다.

올 해외의 굵직한 사건들을 보면 '소련군의 체코 침공', '로버트 케네디 암살사건', '마틴 루터 킹 목사 암살사건' 등이 있었다. 모두 참담한 사건이었다.

1968년 12월 31일(화)

무신년(戊申年)이 간다. 누가 무어라 하든 아랑곳하지 않고, 뒤돌아보지 않고 잘도 가는구나. 지금 이 순간이 왠지 아쉽다. 안타까움이 있다. 이제 제야의 종이 울릴 시간도 50여 분밖에 남지 않았구나.

며칠 전부터 일기장을 읽으며 무신년 한 해를 돌아보았다. 반성도 하였다. 그리고 나름대로 회고의 소감도 써 보았다. 찾아오는 기유년(己酉年)을 알뜰하게, 의미 있게 살아갈 것을 다짐해본다. 무신년이여 안녕!

1969년 1월 9일(목)

새해 연초부터 아버지, 어머니를 모셨다.

오늘(음 11월 21일)은 어머니의 진갑날인 동시에 아버지가 돌아가신 지 8주기가 되는 날이다. 오늘 새벽 큰형 댁에서 아버지의 제사를 모셨고 오후 다섯 시에는 시내 옥련암에서 어머니의 진갑재를 올렸다. 진갑재에는 외할머니, 큰고모, 자형과 누나 등이 참석하셨다. 옥련암은 어머니가 생전에 자주 다니셨던 사찰인데 나도 몇 번 따라다닌 기억이 있다.

재를 모시고 나서 어머니 생각에 울적하여 있는데 나이 지긋하신 비구니 스님 한 분이 나에게 넌지시 유인물 하나를 건네 주셨다. 무언가 싶어 읽어 보았다.

부모은중경(父母恩重經)
  "어떤 사람이 있어

  그 왼쪽 어깨에 아버지를,

  오른쪽 어깨에 어머니를 메고서

  살갗이 닳아 뼈에 이르고

  뼈가 패어 골수에 이르도록

  수미산(須彌山)을

  백천 번 돌더라도

  부모의 깊은 은혜는

  능히 다 갚지 못하느니라⋯."

  *수미산 : 불교에서 세계의 중심에 솟아 있는 성산(聖山)

부모님의 은혜를 말하고 있는 '부모은중경'이라고 한다. 정말 단박에 가슴에 와닿는 감동의 글귀이다. 어떤 사람이 나에게 물은 적이 있다.

"자네는 어린 자네를 두고 홀연히 떠나 버린 부모가 원망스럽지 아니한가?"라고. 그러나 나는 그리워할 뿐 부모님을 원망해 본 적이 없다. 오히려 부모님은 나의 뜨거운 자긍심이다. 왜냐하면 나의 부모님은 떳떳한 삶을 사셨으니까, 주변사람 모두에게 칭송받는 삶을 사셨으니까.

만일 지금 부모님이 살아 돌아오신다면 나도 선뜻 수미산을 돌겠다. 결연한 심정으로, 천 번, 만 번이라도…. 나의 부모님은 내 곁을 서둘러 떠나셨지만 나는 아직도 부모님을 떠나보내지 못했다. 부모님은 언제나 나의 가슴 한편에 머무르시며 내가 가야 할 길을 인도하여 주시곤 한다.

외할머니를 큰외숙 댁까지 모셔 드리고 왔다. 외할머니는 연세 팔순을 훌쩍 넘기셨는데도 여전히 부처님을 향한 정성이 대단하시다. 백팔염주(百八念珠)를 손에서 놓지 않으신다. 그러기에 건강하신지도 모르지만.

하지만 오늘따라 수심이 가득하고 수척해 보이신다. 자식들을 둘이나 앞세우신 외할머니의 삶은 과연 어떤 것일까? 내 마음이 너무 너무 아팠다.

오늘은 모처럼 가족들과 함께한 날이구나. 나는 오늘 다시 한번 두 분 부모님의 상호 인연을 상고(詳考)해 보았다. 천생연분이 아니랄까 봐 같은 날에 맞춰 생과 사를 나누셨단 말인가?!

1969년 1월 31일(금) 폭설

며칠간 눈이 오락가락하더니 오늘 엄청난 눈이 내렸다. 50년 만의 폭설이라고 한다. 오늘 일찌감치 대학 입시를 위한 원서준비를 하였고 시간적 여유가 있기에 누님 댁을 찾아 인사도 드렸다. 마침

눈이 펑펑 쏟아지므로 조카들과 눈도 맞고 눈싸움도 하면서 동심의 한때를 즐겼다.

그저께는 큰조카 민정이가 고입 시험을 치렀는데 잘 보았다고 하니 반갑고 고맙다.

3년 전 홀로서기를 한답시고 정구네에서 자취를 하였었지… 그 시절이 은연하게 떠오른다. 당시 첫눈이 오던 날 너무너무 외로워서, 평온하기만 한 세상이 얄미워서 긁적거렸던 넋두리….

첫눈

아~ 눈이 오는구나
온 세상 포근히 감싸 안고
눈이 오는구나
아~ 쌓이는구나
지붕 위에도 장독대에도
무심결의 눈이 쌓이는구나
눈 한 송이 고즈넉함, 눈 한 송이 외로움
눈 한 송이 그리움, 그리움

1969년 2월 3일(월)

오늘 마침내 H고교를 졸업하였다. 무어 대단할 것도 없으므로 주변에 별로 알리지도 않았고 조용히 치렀다. 하지만 몸은 H고교에,

마음은 K고교에 있었다는 것이 솔직한 심정이다.

　아무튼 나는 길은 멀지라도 분명 축복받은 사람이다.

　리듀서, 그렇지 아니한가!

1969년 2월 5일(수)

　오늘 대망의 대학 입시일. 올 들어 최저기온으로 영하 13도를 기록하였다.

　모르겠다. 시험시간 내내 여간 고역이 아니었다. 그래도 최선을 다하였으니 이젠 조용히 결과를 기다릴 수밖에 없지 않은가!

　지금 이 순간 나는 제정신이 아니다.

1969년 2월 8일(토)

　호섭아, 친구야, 나보다 더 기뻐할 것 같아 오늘 대학입시 합격 사실을 먼저 알린다. 꿈만 같다. 이미 편지로 알렸지만 지난 2월 3일 H고교를 졸업하였고 이어 5일에 대학입시를 치렀는데 어제 합격 사실을 통지받았다. Y전문대학 기계공작과이다.

　친구야, 이 감격과 기쁨을 주체할 수 없어 어찌할 바를 모르겠다. 너를 비롯하여 친구들의 성원이 있었기에 가능했던 내 일생 최대의 감격스런 날이라 아니할 수 없다.

　그리고 무엇보다 이 순간을 맞은 것은 정기호 교수님의 음덕이 절대적이었다고 말하고 싶다. 감사 인사를 드리려고 찾아뵈었더니 반기며 격려해 주었고 '형설출판사'에서 발간하는 대학교재 구입권까지 희사해 주었다. 학장님의 성원에 진정 감사드리면서 열심히 공부하려고 한다. 사랑하는 친구야, 다시 한번 기쁜 소식 전하며 이만 줄인다. 안녕히….

친구 도현이가

1969년 2월 12일(수)

도현아, 받아 보아라.

친구야, 축하한다. 이게 꿈이냐, 생시냐? 너의 대학 합격 소식을 듣는 순간, 군이고 뭐고 당장 달려가 너를 얼싸안고 한바탕 춤이라도 추고 싶었다. 너무나 좋고 기쁘다. 지금 확실히 꿈이 아니제?

도현아, 친구야! 어찌 생각하면 너를 도와주지 못해 늘 마음이 찝찝하였는데 그 어려운 상황 속에서도 기어이 합격 소식을 전해 오다니 정말 너무 감동적이고 고맙다.

도현아,

내가 너의 합격 소식을 듣고 제일 먼저 생각난 것이 너의 시 '샛별'이다.

공납금을 못 내서 학교 교실에서 쫓겨나고 동촌유원지가 바라다보이는 언덕 한갓진 곳에서 시름에 젖어 썼다는 너의 시 '샛별'은 너의 학창 시절의 고난의 역사를 고스란히 담고 있다고 생각하였다. 그러나 그 아픔을 딛고 기어이 대학에 진학하고만 너의 집념은 가히 칭찬받아 마땅하다.

친구야, 이제 그렇게 가까이에서 만나고 싶어하던 너의 샛별이 머리말에까지 다가왔으니 부디 그 집념으로 대학을 졸업할 때까지 분발해 주기 바란다. 그리하여 네가 그렇게도 꿈꾸던 너의 세상, 꽃과 벌·나비가 아우르는 인연의 고향, 그 소망의 세계로 힘차게 달려가기를 바란다.

도현아, 너는 참으로 장하다. 나는 네가 걸어온 길을 잘 안다. 너의 아버지가 돌아가실 때부터 너를 쭉 지켜봤다. 너는 보통 아이로 보이지 않았다. 정말 얼마나 우여곡절도 많고 힘겨웠느냐. 얼마나 마음이 아프고 배가

고팠느냐! 이제 그런 아픔 다 떨치고 네가 대학생이 되어 탄탄대로를 걸어갈 생각을 하니 저절로 기분이 좋고 신바람이 난다.

친구야, 내가 군 생활을 하면서 절실하게 느낀 게 있다. 우리가 진정한 군인이 되기 위하여 사격훈련을 해야만 하는데 M1소총을 제대로 쏘기 위해서는 사전에 준비해야 할 과정이 있다. 먼저 몇 발의 총을 쏴서 탄착군을 형성하게 되면 그 결과를 보고 조준점을 조정하게 된다. 그 조정이 중요하다. 얼마나 성의 있게 조정하느냐에 따라서 사격의 성공 여부가 결정되기 때문이다. 그래서 얻은 교훈이 이것이다. 한 가지 목표가 설정되면 가급적 빨리 정확하게 자기 정신을 바로 세우고 앞으로 나아가야 한다는 것, 그것이다.

친구야, 또 있다. 완전 군장을 하고 10km 구보를 하는 것도 평소에 자기 몸을 잘 단련한 사람은 결코 중도에 쓰러지지 않는다. 즉, 유비무환의 정신이 있어야 한다는 것을 깨달은 것이다.

도현아, 내가 너무 기분이 좋아서 오늘 별소릴 다 하게? 그러나 저러나, 너의 대학 등록금은 우째 되노? 가만히 생각하니까 그게 걱정이네…. 아무튼 오늘 기쁜 소식 전해 주어 너무 고맙고 기분 좋다. 친구야, 이젠 푹 좀 쉬어라. 다시 한번 축하한다.

전방에서 친구 호섭이가

1969년 2월 18일(화) 비

호섭아, 군복무 중인 친구가 별 걱정을 다 한다. 미안하구나. 그러나 절대로 걱정하지 마라. 사실은 나도 은근히 가슴을 졸였는데 오늘 지정 일자에 맞추어 등록금을 완납하였다. 등록금이 44,000원 정도인데 속리산 큰고모, 그리고 자형과 성현 형이 분담 쾌척해 주었고 그동안 내가 벌어둔 돈까지 보태서 무난히 처리하였다. 앞으로도 등교하기까지 적잖은 돈이 필요하겠지만 얼마간의 비상금이 있어 무난할 것 같다. 이제 학비의 고통으로부터 해방되었다는 사실이 꿈만 같고 합격 못지 않은 감격이 있다.

친구야, 아무튼 이제 내가 마침내 꿈에 그리던 대학생이 되는가 보다. 모두가 너의 덕분이고 친구들의 성원 덕분이다. 특히 충웅이와 식우가 아주 기뻐하였다. 졸업할 때까지 열심히 공부하여 꼭 훌륭한 사회인이 되고 싶다. 주변 사람들의 기대에 어긋나지 않도록 최선을 다할 것이다. 지켜봐 다오.

친구야, 이제 나는 동일약방의 점원생활을 접고 다음 주에 다시 누님 댁으로 들어가게 되었다. 공부 때문에 더 이상 근무를 할 수 없게 되었다.

그리고 돌발 소식이 하나 있다. 종하가 4월 17일자로 입대를 한단다. 두어 달 남았는데 4월 8일이 아버지의 회갑일이어서 그것에 서울의 다니던 이발소도 그만둔다고 한다. 아버지 회갑연을 정성껏 차려드린 후 입대를 하겠다고 한다. 멋지다. 그러나 모두들 잘도 떠나들 가는구나. 그럼 안녕히.

친구 도현이가

1969년 3월 1일(토)

오늘은 3·1절 50주년이 되는 날이다. 3·1절은 1919년 3월 1일을 기해 일어난 우리 민족의 거족적인 독립만세운동을 기념하는 날이다.

오늘 어느 독립의사의 회고록을 보았다. 3·1운동 당시 태극기를 손에 쥔 채 독립만세를 부르다 피를 흘리며 죽어 갔다는…, 그것도 태극기를 쥔 오른손이 일본 헌병의 칼에 찔리게 되자 왼손으로 태극기를 옮겨 쥐면서까지 죽어 갔다는 얘기를 읽고서 과연 애국이 무엇인지를 다시 한번 느낄 수 있었다.

일본에 의해 36년간이나 유린되었던 우리나라. 어찌 이날을 잊겠는가! 나는 일본이라는 나라에 대하여 가슴속 깊이 전의를 불태운다. 그리고 나라를 되찾기 위해 몸 바쳤던 우국지사들을 상기해 본다.

오늘 마침 우리나라의 김기수 선수가 장충체육관에서 거행된 복싱 동양 미들급 선수권 쟁탈전에서 일본의 미나미 히사오 선수를 제압하고 4개월 만에 잃었던 타이틀을 되찾았다. 나는 김기수 선수의 승리를 예측하고 있었다. 왜냐하면 오늘이 3·1절이 아닌가!

1969년 3월 3일(월)

오늘 대명동 Y전문대 캠퍼스에서 입학식을 치렀다. 새 출발을 다짐하고 공학도의 길을 향해 매진하라는 학장님의 격려사가 있었다. 상견례를 끝내고 Y대 공대 본부로 건너가서 정기호 학장님을 뵙고 인사를 드렸다. 기계과의 서인보 교수에게 당부해 두었으니 잘 따르고 열심히 공부하라고 일러 주셨다. 바로 서 교수님을 찾아뵈었더니 반가이 맞아 주셨다.

"정 학장님으로부터 언급이 있으셨네. 학장님은 본교 설립의 주역이시고 우리 이공계의 큰 어른이시네. 자네를 가리켜 '향학열이 남다른 청년'이라고 잘 좀 보살펴 달라고 하셨네.

그러기에 내가 자네에게 한마디 하겠네. 자네도 잘 알고 있겠지만 지금 우리 대한민국의 젊은이들이 목숨을 내건 월남전에 자원 참전하고 또 서독으로까지 파견되어 광부로, 간호사로 일하고 있지 않은가. 나는 늘 그들이 고맙고 자랑스럽다네. 정든 가족과 이별

하고 이역만리 머나먼 곳으로 건너가 피눈물을 흘리며 일하고 있는 그들이 안쓰럽기도 하지만 천연자원이 부족한 우리나라가 어떻게 살길을 찾겠는가? 우리가 그 젊은이들을 앞세워 차관을 1억 달러나 얻어 와서 그것을 밑천 삼아 큰 힘을 내고 있지 않는가! 그래서 지금 우리나라가 일어서고 있다네. 얼마나 눈물겨운 사연인가.

결론적으로 나의 이야기의 주제는 이제 우리 젊은이들이 나서야 할 때가 되었다는 거네. 가난한 이 나라를 짊어지고 앞장서야 할 사람들이 바로 젊은 자네들이라는 것을 이야기하는 걸세. 열심히 공부하게. 그리고 산업 전사가 되어서 애국도 하고 멋진 젊은이가 되어야지. 멋진 삶을 살아야지!"

참 멋진 교수님을 만나서 행운이라는 생각을 했다. 선생님들은 대개 자신의 전공 분야만을 화두에 올리는데 서 교수님은 공학이 아니라 인문학을 가르치는 것 같다.

우리 기계과 학생 40명 중에 초등학교 동기생인 재경이의 모습이 보여서 아주 반가웠다. 전혀 뜻밖이어서 저나 나나 입을 딱 벌리고 마주보며 웃었다.

재경이는 대구에서는 꽤 알려진 주물공장 D공업사의 맏아들인데 심성이 좋아서 학교 다닐 때도 가깝게 지냈던 친구이다.

나는 또 그렇다 치고 저는 무엇하다가 2년이나 늦춰 이제 대학을 들어왔는지…? 또 하나, 대봉이라는 친구가 나의 파트너가 되었다. 고향이 군위라고 한다.

1969년 3월 10일(월)

오늘 오전에는 위생학과 공학개론을 청강하였고 오후에는 기계공작에 대한 실습이 있었다. 이어서 독일인 호만 교수의 제도시간이 있었는데 간단치가 않다. 여덟 시간 수업을 마치고 나니 오후 4시 40분이다.

하교 때는 통학버스를 이용하지 않고 일반버스를 이용하였다. 되도록 걸어서 다닐 생각인데 집까지는 30분쯤 걸리겠구나.

만부가 내일 제대를 한다. 1·21사태로 기약 없이 지연되어 애를 태우더니 마침내 제대를 하는구나. 친구야, 축하한다.

1969년 3월 14일(금)

오늘 처음으로 전기용접 실습에 임했는데 조교님이 "아주 훌륭하다." 하므로 기분이 좋았다. 기술 익히는 것도 중요하지만 자칫 눈을 버릴 수도 있다는 충고가 있었다. 조심해야지.

오늘 오후 교련 시간에는 M1소총을 지급 받아 총검술 훈련을 받았다. 길이 110cm에 무게가 4kg이 넘는다고 한다. 또 쉽지 않은 동작을 되풀이하므로 꽤 힘이 든다. 그러나 필수적 이수 과목이므로 군소리 말고 임해야 한다. 장차 입대를 하게 되면 유익하게 작용하지 않겠는가.

오늘 6개 학년 과정 일본초등학교 교과서를 구입하여 일본어 독학에 들어간다. 학교에서 실습수업을 받다 보니까 곳곳에 일본어 잔재가 튀어나오곤 하니 이럴 바에야 차라리 일본어 공부를 하여 극일(克日)을 해야겠다는 생각이 들었다.

지금도 어른들은 식민잔재의 슬픈 역사로 인하여 더러 일본어를 사용하고 있다. 알아보니 일본어가 크게 어렵지 않다고도 한다. 우리 국어와 문법상으로도 엇비슷하다고 한다. 우선 '히라가나, 가타

카나' 50음절을 익히는 게 중요하다.

1969년 3월 21일(금)

바람이 꽤 부는 날인데 신입생 환영회가 있었다. 선배들이며 타과 학생들과도 터놓고 교류하였다. 보컬 밴드까지 동원되어 한바탕 즐기고 보니 이제 비로소 대학생이 된 것 같다.

환영회를 마치고는 재경이와 대봉이 셋이서 2차를 하였다. 재경이는 여전히 소탈한 모습이고 대봉이는 소박한 인상이다. 친하게 지내고 싶다.

어제 목 우측 부위에 임파선이 잡혀서 제법 충격이 있었다. 이게 뭐 병원균 따위를 없애는 역할을 한다는데 누님이 나보다 더 심각한 표정이다. 내가 지금 그런 것에 신경 쓸 상황인가!

1969년 4월 5일, 음력 2월 19일(토)

오늘이 나의 스무 번째 생일이다. 그리고 호섭이로부터 생일 축하편지까지 받았다. 그래서 더욱 의미 있는 하루였다.

도치야, 보아라.

오늘 너의 생일을 진심으로 축하한다. 그리고 나는 또 나의 생일을 자축한다. 너와 내가 천생연분이 아니랄까봐 같은 날 이렇게 양·음력(2월 19일)으로 생일을 맞이하게 되었구나.

친구야, 내가 너를 처음 만난 것이 네가 초등학교 6학년 때였다. 어느새 이렇게 세월이 흘러 네가 대학생이 되고 스물한 살이 시작되고… 감개무량하구나.

대학생활은 좀 어떤지? 너의 편지를 여러 통 받아 대략적 느낌이 있긴 하지만 아무쪼록 학문 열심히 하고 기술 잘 익혀서 훌륭한 공학도가 되어 주길 바란다.

나도 어느새 고참병이 되어 제대까지 한 10개월 남았나 보다. 유종의 미를 거두기 위하여 최선을 다할 것이다.

오늘 다시 한번 너의 생일을 축하한다. 8월 마지막 휴가 때 우리 한번 얼싸안고 기쁨을 나누어 보자. 나는 마치 큰 숙제를 풀어낸 기분이다. 도치 네가 분명히, 확실하게 대학생활을 하고 있다는 것이 믿기지 않을 만큼 꿈만 같구나.

오늘은 나도 너에게 축하의 시 한 편 보낸다. 우리 부대 나의 후임병이 문학도인데 그 친구에게 네 이야기 하였더니 이 시를 골라 주더라.

A. E. 하우스먼의 '내 나이 스물 하고 하나이었을 때'이다.

전방에서 박치가

제18화

바닷가에서

1.

1969년 8월 상순, 경주 대본해수욕장.

하늘은 쾌청하였고 뭉게구름 한 조각이 두둥실 떠 있었다. 바다는 청량하였고 하늘과 맞닿은 곳에 그림 같은 수평선을 그려 놓고 있었다. 해변 소나무 숲속으로는 알록달록한 텐트촌이 지나는 이들을 유혹하였고 거기 유유(悠悠)하는 피서객들의 모습은 세속을 잊은 듯 한가롭기만 했다.

우리들은 모처럼 피서라는 이름으로 대구를 떠나왔다. 철이 좀 늦은 감도 있지만 친구 호섭이의 휴가기간을 이용한 기획 여행이었고 멤버도 그만하면 만족할 만하였다. 그런 만큼 오붓하고도 멋진 피서 여행을 기대하였다.

대구 지역 사람들은 대개 피서지로 포항 해수욕장을 선호하였다. 그 밖의 지역은 교통도 낯설 뿐더러 '피서지 하면 포항'이라는 고정관념마저 있었다.

하지만 두어 번 다녀와본 결과 너무 북적대었고 그러다 보니 오붓하다거나 안정적인 맛은 떨어졌다.

그래서 비교적 조용한 곳을 찾느라고 또 최근에 해저 왕릉이 발견되었다 하므로 이곳 대본해수욕장을 찾은 것이다.

기획 여행? 그랬다. 즉 '3정의 여행'이었다. 3정 여행? 우정과 애정과 여정(旅情), 그렇게 3정 여행을 기대하였다.

우리들은 해변 한갓진 적당한 공간에 마주 보는 두 개의 텐트를 쳤다. 텐트 상단을 축으로 차양용 비닐도 걸쳤고 널찍하게 공간을 확보한 다음 여장을 풀었다.

점심때가 되어 밥도 짓고 불판에다 돼지고기도 올려놓았다. 준비해 온 야채와 밑반찬도 내놓고 나와 만부, 호섭, 그리고 택철이, 은선(가명)이, 또 은선이의 친구 혜림이, 그렇게 여섯 명이 오붓하게 둘러앉았다.

우리들은 자유분방하게 떠들고 즐기면서 맛있게 식사를 했다. 모처럼 도회의 일상에서 벗어나 자연과 어울려 판을 벌이니 한결 가뿐하고 흔쾌하였다. 출발 때는 처음 만나는 사람들도 있어 서먹함이 있었는데 금세 편안한 사이가 되었다. 이심전심이 작용한 듯하였다.

"우리들의 멋진 만남을 위하여 건배~!"

내가 분위기 조성을 위하여 건배를 제안하였고 모두들 호응하며 막걸리와 음료수 잔을 높이 치켜들었다.

"건배, 건배!" 하고 잔들이 부딪쳤다. 서로 간에 덕담도 소감도 한 마디씩 오갔다. 그러는 사이에 혼연일치가 되었고 자연스레 여정에 젖어들었다.

이렇게 아늑하고 오붓할 수 있을까? 굳이 설명을 해야 할까! 우리들은 마냥 들떠 있었다. 특히 한 사람, 은선이의 기분은 그저 그만이었다. 연신 까르륵대며 짐짓 나를 향해 살갑게 굴었다.

새롭게 사귄 만부는 '1·21 청와대 습격사건'으로 인하여 군 복무 기간이 자그마치 6개월이나 늘어난 비운의 사나이였다. 만날 때마다 "제대! 제대!" 하면서 노래를 부르더니 지난 3월에야 비로소 그 소원을 성취하였다.

곧장 다니던 대학에 복학을 하고는 고향 현풍에서 건축재를 원형대로 옮겨와 새집을 짓기 시작하였다. 대명동 달성군청 뒤편의 하천 언저리였고 나 또한 부쩍 가까워졌기에 휴무 때가 되면 일부러 찾아가 한몫을 거들 정도였다.

살가운 아가씨 은선이는 만부의 고종 동생으로 그녀의 집과 신축 현장과는 불과 10분 거리였다. 더구나 그녀가 인근 달성군청 부속 실에서 근무하다 보니 나와는 자연스레 마주치곤 하였다. 지난 2월에 막 여고를 졸업하였고, 천성이다 싶을 정도로 명랑 쾌활하고 붙임성도 있었다. 제 고종 오빠를 잘 따를 뿐 아니라 나에게도 격의없이 대하므로 금세 허물없는 사이가 되었다. 나보다 한 살 아래로 공직자 아버지를 두었고, 위로 군의관 생활을 하고 있는 오빠, 그리고 여동생이 하나 있었다. 한마디로 아담하고 귀염성 있는 참한 아가씨였다.

오늘의 캠핑도 은선이가 주도한 모양새였다. 내가 만부를 만났을때 호섭이의 휴가 일정을 화두로 올리며 캠핑 이야기를 꺼냈더니 그녀가 곁에서 듣고 있다가 자기도 꼭 끼워 달라고 간청을 하였다. 그 일정으로 휴가를 내겠다면서.

제 오빠가, "어디 남자들 틈에 끼이려 하느냐?"며 방어막을 치니까 아예 친구 혜림이까지 불러다 놓고 생떼작전을 불사(不辭)하므로 허락을 하고 말았다. 그래서 이런 모양새가 되었고 택철이의 경우 좋은 기회다 싶어 내가 특별히 추천하였다. 그래서 이와 같이 성원(成員)이 된 것이었다.

잠시 휴식을 취하였다가 바다 쪽으로 향했다. 바닷가 백사장은 고운 은빛가루를 뿌려놓은 듯 시원하게 펼쳐져 있었고 우리들은 끝없이 펼쳐진 백사장을 따라 무리지어 거닐었다. 걸음을 쫓아 발자국이 그려지면 파도가 밀려와 지워 버리곤 했다. 속이 훤히 들여다보이는 바닷물은 더없이 청담하였고 이따금 갈매기들이 내려앉아

자맥질을 하기도 하였다. 아름답고 평화로운 바다가 우리들을 은근히 유혹하고 있었다. 감미로운 영화 음악 '피서지에서 생긴 일'의 주제가가 들려오는 듯하였다.

우리들은 너 나 할 것 없이 동심으로 돌아갔다. 은선이가 느닷없이 내 팔을 잡아끌더니 냅다 바닷물에 몸을 던졌다. 나는 얼떨결에 내키지 않는 수영에 나섰다. 그녀는 하얀 속살을 다 드러내 놓고 마냥 신바람을 냈다. 내가 민망하여 주춤하는데도 전혀 거리낌이 없었다. 나의 뒤를 따르며 물장구를 치더니 어느새 튜브에 올라 앉아 밀려오는 파도에 몸을 내맡기고 있었다. 무슨 아가씨가 수줍음도 없이 저리 대놓고 좋을까 싶었다.

잠잠하던 호섭이도 뒤따르던 혜림이에게 사인을 보내더니 금세 수영솜씨를 선보였다. 멀리 헤엄쳐 나가는데 경남 고성 바닷가 출신답게 예사로운 솜씨가 아니었다. 혜림이는 수영복차림이라 몸을 사리는가 싶더니 슬그머니 튜브에 오르고는 파도타기를 하고 있었다.

만부도 뒤질세라 호섭이를 뒤따르며 농익은 수영 솜씨를 선보였다. 망설인다 싶던 택철이도 마침내 파도를 향해 돌진하였다. 그런데, 아차! 얼떨결에 바닷물을 한입 삼키더니 피식 무안한 웃음을 웃기도 하였다.

한차례 수영을 즐긴 후에는 듬성듬성 자리 잡고 있는 갯바위에 걸터앉았다. 물안경을 끼고서 바다 속 주변을 들여다보니 온갖 생물들이 눈에 쏙 들어왔다. 얄궂고 신기하므로 관찰의 재미가 쏠쏠하였다.

한편, 해변을 달리면서 마냥 촐싹거리는 것도 그에 못지 않은 재미였다. 천진함이 묻어있는 동심의 세계라고 할까, 태초의 아담과

이브의 회귀라고 할까!

그렇게 웃고 즐기는 사이에 '3정 여행'의 첫날이 저물고 있었다. 노을이 지면서 바닷가의 풍경도 바뀌었다. 모래사장도 열기가 식으면서 본연의 모습을 되찾고 있었다. 떠나가는 사람들의 아쉬워하는 모습과 찾아든 사람들의 들뜬 모습이 교차하기도 하였다.

우리들은 다시 텐트 앞에 둘러앉아 맛있게 저녁식사를 하였다. 낮 동안 재미있었던 순간들을 되짚으며 여담을 즐기고 소감도 나누었다. 캄캄해지기 시작하므로 등불을 밝혔고 텐트 바닥도 견고히 하였다. 해변 기후를 감안하여 텐트 주변으로 물꼬까지 터놓으니 만사가 튼튼하였다. 안정감에 젖다 보니 한결 더 오붓하였다. 한창 신나게 떠들어대며 놀다보니 나른해지므로 약속이나 한 듯 휴식에 들었다.

밤바다는 끊임없이 파도를 철썩이고 있었다. 이따금 뱃고동이 울어댔고 송도의 등대가 한적한 밤바다를 지켜주고 있었다. 적막의 세계로 빨려든 고즈넉한 밤바다…. 한동안 기척조차 없었다.

"파도~소리 들리는~ 쓸쓸~한 바닷가에~ 나 홀~로 외로이~ 추억을~ 더듬네~."

안다성의 '바닷가에서' 멜로디가 절로 그려지는 시간. 은은히 허밍을 하며 사색에 잠겨 있노라니 언뜻 기척이 났다.

"만부 오빠는 여게 잘라꼬 왔나? 퍼뜩 나온나!"

텐트에서 내다보니 은선이가 안달을 부리며 투덜거리고 있었다. 하긴 맞는 말이었다. 모처럼 기획 여행을 와 놓고서는 초저녁부터 늘어져 있다니….

은선이가 짐짓 시끌벅적 상을 차리는가 싶더니 텐트 안까지 쳐들어와서 남자들을 몰아붙였다.

"빨랑빨랑 나오이소! 그라고 도현이 오빠는 여게 내 옆에 앉으이
소. 빨리…!"

피서 여행은 그때가 세 번째인데 매번 친구들과 함께하였다. 여
행이라고 하면 무슨 특이한 플랜도 있어야 하고, 아가씨들과의 미
팅도 있으면 금상첨화이련만 우리 친구들은 아예 맹탕 숙맥이어서
뜨뜻미지근하기만 했다.

하긴 언젠가 한번 여행 때는 미팅이 성사될 듯도 하여 고군분투
(孤軍奮鬪)한 적이 있다. 그때는 나와 식우, 택철, 종하, 이렇게 넷
이었는데 비가 척척하게 내리는 포항 어느 부둣가에서였다. 어시
장에서 우연히 한 무리의 또래 여자 아이들과 마주쳤는데 그쪽에서
먼저 말을 걸어오므로 떠듬거리며 말을 섞게 되었다. 시작이 순조
로워서 웬 횡재인가 싶었다.

하긴 그런 때일수록 매듭을 차분히 풀어나가야 하는데 친구들은
그저 헤벌쭉하여 좋아만 하였지 무얼 어쩌지도 못하고 자꾸 나만
앞세우려 하였다. 부득이 내가 나섰고 딴에는 애써 말을 붙여 가며
성사시키려 하였다. 그러나 그쪽도 찬반 논란이 있다 보니 가타부
타하였고 그러는 사이 양쪽 거리가 너무 벌어져 그만 흐지부지되고
말았다.

속이 상하여 되돌아가 핀잔을 주려는데 친구들의 말이 가관 걸작
이었다. 쭈그려 비를 맞고 둘러앉아서는 "작전 짜고 안 있었나…!"
하고 변명을 하는 것이었다. 작전? 작전은 무슨… 날 샌 것도 모르
고…. 남은 혼자서 말 같은 아가씨들 여럿 상대하느라고 혼쭐이 났
구먼. 쯧쯧….

일이 그렇게 되고 말아 아주 속이 상했었다. 불현듯 그때 생각이 떠올라 택철이를 쳐다보며 빙긋이 웃고 있는데 "오빠 빨리 안 앉고 와 웃기만 합니꺼?" 하면서 은선이가 다시 재촉을 하였다. 얼른 그녀가 원하는 대로 그녀 옆자리에 앉았다.

판을 벌이는 일이래야 몇 가지 먹을거리 내다 놓고 막걸리 마셔가며 흥을 돋우는 것이 고작이었다. 한동안 웃고 즐기면서 의미 있는 대화를 나누었다.

– 호섭이는 어느새 고참병이 되었고 제대를 4개월가량 남겨 두고 있다. 제대를 하면 생활전선에서 성실히 그동안 살아왔던 것처럼 멋지게 살면 좋겠다. 따뜻하고 넉넉한 가슴을 가졌기에 소박한 삶을 잘 살아갈 것으로 기대한다. 기회가 주어진다면 빨리 이발소 주인이 되도록 돕고 싶다. 마지막 휴가기간을 함께하여 정말 행복하다. 만부와는 첫 대면이지만 모두 좋은 친구이므로 평생 아름다운 우정을 이어갈 것으로 기대한다.

– 만부는 그동안 사귀어 온 친구들에 비하면 개성이 강하다. 충운이가 소개를 해서 그런지 충운이와 성격이 닮았다. 나의 죽마고우들은 서로 속까지 나눈 사이이고 비교적 다정다감하고 애틋한 감정이 있다. 그러나 만부는 최근에 만난 데다 연령차가 있다 보니 조심스러움이 없잖아 있다.

친구는 농가의 장손으로서 책임이 막중하다. 건장한 체격에다 호남아(好男兒)다. 팔을 걷어붙이고 무언가 일을 나설 때 보면 이른바 삼돌이와 같은 뚝심과 우직함이 있다. 한편으로는 학구적이고 낭만적이기도 하여 더러 김춘수 님의 시(詩) '꽃'을 암송하기도 한다.

– 택철이는 엄격하게 말하자면 나와 삼종형제지간이다. 나보다

4개월가량 빠른데 그냥 친구 삼기로 하였다. 초등학교 때까지는 한 동네에서 함께 자랐던 소꿉동무이기도 하다. 내가 아버지를 여읜 후로 원대동으로 이사를 하였고 그래서 한동안 뜸했었다. 어느 날 집안 행사로 만났더니 안경 제조공장에서 안경테를 만드는 어엿한 기술자가 되어 있었다. 4남매의 장자로서 부모님을 잘 모시며 제 역할을 톡톡히 하고 있다. 자랑스럽다. 동생들 뒷바라지하느라 많이 힘들 것이다. 하지만 어려움을 극복하며 억척스레 살고 있으니 감동적이다. 고진감래(苦盡甘來)라는 말이 있듯 훗날 반드시 잘 살아갈 것으로 믿는다.

- 이 자리에는 없지만, 충운이는 예정대로 지난 3월에 대구 50사단으로 입대의 길을 떠났다. 신병 훈련기간 중에 단체 면회를 갔었는데 너무나 아쉽게도 사격 훈련에 참가 중이어서 못 만나고 돌아온 바 있다. 충운이는 지금 광주에서 후반기 교육까지를 잘 마친 상황이다. 어디론가 곧 배속이 될 것이다. 친구의 군번 31058372도 우리 육군의 활약사에 길이 남을 것이다.

나는 친구들과 오랫동안 교제하면서 우정이란 무엇일까? 하고 골똘히 생각해 본 적이 있다. 우정이란 무엇인가? 우정이란 우리의 삶에 있어서 가장 소중한 정신적 가치이다. 우정 속에는 아름다운 덕이 내재되어 있다. 친구 사이란 서로 아낄 줄 알아야 한다. 외로운 친구가 있으면 위로해 주어야 한다. 물론 어려울 때도 도와주어야 한다. 또 친구의 허물을 용서해 주는 아량과 관용이 있어야 하고 친구가 잘못된 길을 걸으면 지적해 주어야 한다. 서로 간에 양심을 지켜야 하고 믿음이 있어야 한다. 저만 잘났다고 우쭐대는 것은 친구가 아니다. 친구일수록 겸손함을 잊지 않아야 한다. 또 사랑할 줄도 알아야 한다.

일생 동안 변함없는 우정을 나눈다는 것은 얼마나 어려운 것인가, 그러기에 또 얼마나 아름다운 것인가! 친구와 포도주는 오랠수록 좋다는 속담도 있지 않은가. 나는 우정에 관하여 그렇게 듣고, 읽고, 배웠다.

우리들은 무슨 우정학을 논하는 토론장처럼 한참 동안을 그렇게 우정에 관한 이야기를 나누며 정겨운 한때를 보내었다. 은선이와 혜림이도 우리들의 이야기를 귀담아 들어 주었다. 그래서 판이 훨씬 잘 어울려 돌아갔다.

2.

이튿날 새벽, 작정하고 일출의 바닷가로 나갔다.

어둠을 뚫고 바다 저편 먼 곳으로부터 여명이 왔다. 이윽고 먼동이 트고 있었다. 난생 처음 바라보는 일출 장면, 가슴이 벅차올랐다. 마침내 저 너머 수평선으로부터 붉은 점 하나가 고개를 내밀었다. 서서히 햇무리가 일면서 눈부신 태양이 솟아올랐다. 천지가 개벽하였다. 우주를 단숨에 밝혀낸 눈부신 일출, 우리들은 누가 먼저랄 것도 없이 마주하며 호응하였다. 감격의 일출, 감동의 순간, 환희의 순간이었다.

우리들은 오후 들어 인근 봉길리 앞바다에 위치하고 있는 수중 왕릉을 찾았다. 해안에서 200m쯤 바다 저편으로 그리 크지 않은 자연암석이 양쪽으로 늘어서 있었다. 그 가운데로 수중 왕릉이 있다 하므로 먼발치에서나마 주의 깊게 바라보았다.

능의 주인공인 문무왕은 삼국통일을 완수한 위대한 왕이 아니던 가! 믿을 만한 소식통에 따르면 그의 유언에 따라 이곳 동해에서 불교 법식에 따라 화장(火葬)하고 장사를 치렀다고 한다.

문무왕의 유언인즉, 이곳 동해에서 호국의 용이 되어 왜구의 침입으로부터 나라를 구하는 것이었다고 한다. 바위 틈에서 장사를 지냈다고 하여 대왕암이라고도 불린다는데 세월을 거슬러 당시의 상황을 유추해 보면 문무왕의 애국애족 정신이 진정 놀랍고도 감동스러웠다.

덧붙여 대왕암에 올라 보면 동서남북 사방으로 바닷물이 마치 수조(水槽)처럼 흘러든다고 한다. 더구나 동쪽으로 나 있는 수로는 파도로 유입되는 바닷물을 잔잔히 유지할 수 있도록 구조화하였다니 아주 신비로웠다. 평소엔 파도가 거칠기 때문에 어딘가 숙연함이 있고 일출 장면 또한 아주 웅장하여 저절로 위엄이 느껴진다고 한다.

인근에 있는 감은사는 신문왕이 부왕(父王)인 문무왕의 명복을 빌며 지었다고 하는데 위치상으로 이곳 문무왕릉을 바라보고 있다니 옛 사람들의 주도면밀함에 감탄을 금할 수가 없었다.

텐트로 돌아와 일찌감치 저녁식사를 하고 주변으로 산책도 하였다. 새벽에 화려하게 낮을 밝혔던 태양도 서서히 저물면서 바닷가는 다시금 차분한 모습으로 되돌아왔다. 이따금 불어오는 바람결이 차갑게 느껴지면서 역시 바닷가는 시원해서 좋다는 생각을 하였다.

'시원하다'라는 형용사는 대구 사람들에게 각별한 의미를 담고 있다. 이를테면 대구 사람들은 당연한 듯 분지 기후에 살고 있지만 사실 대구라는 도시는 아주 덥고, 또한 춥기만 하다. 그래서 대구 사람들은 상대적으로 그만큼 불리한 기후에서 살고 있다는 것이다. 그러나 그들은 결코 분지 기후를 탓하지 않는다. 이미 주어진 환경이므로 거기에 잘 적응하여 현명하게 살아가는 방법을 찾아내고 만다.

예컨대, 대구 사람들이 이곳에 오면 쾌적한 환경이 너무 좋아 무슨 일이든 진취적이 된다. 열정적이고 역동적이 된다. 그러나 이곳 사람들이 대구에 오면 아무래도 움츠러들고 환경에 적응하느라 우왕좌왕하게 된다.

그렇다면 운명적으로 어디에서 태어나는 게 더 좋은지 자명하다. 그러므로 대구에서 태어나 대구에서 살고 있는 것이 더 잘되었다는 결론에 이르게 된다. 이를테면 '분지 기후'의 역설(逆說)이다. 나는 이번 여행에서 불현듯 그걸 느끼고 또 배우고 있다.

대구의 분지 기후에 관하여 우스갯소리 한 토막이 있다.

부산에서 살던 어느 중년 부부가 초여름인 6월 초순에 맏아들의 직장근무지를 따라 대구로 이주(移住)하게 되었다. 와서 살아 보니 이전에는 전혀 겪지 못한 '찌는 듯한 더위'와 마주하게 된다. 더위가 차츰 부담스러워지지만 별수 없으므로 애써 견뎌 본다.

그런데 그뿐이면 얼마나 좋겠는가! 극성스러운 모기의 공세까지 있고 보니 가려움까지 겹쳐 가히 고통스럽다. 그래도 그럭저럭 7월을 맞았다. 그리고 중순을 보내기까지 내성도 생겨나 참을만도 하였다.

하지만 하순에 들고부터는 생지옥의 나날이 계속되었다. 해가 빠지면 좀 시원해질 법도 한데 무슨 놈의 고약한 날씨가 밤만 되면 가마솥이 되어 푹푹 찌는 게 아닌가! 비라도 좀 오면 좋으련만 오지도 않고 어쩌다 내리긴 해도 칙칙하기만 하고…. 게다가 날마다 찾아드는 열대야 속에서, 정말이지 해양성기후인 부산에서는 말로나 들었던 그 열대야 속에 온전히 생으로 갇히고 말아 도무지 잠을 이룰 수가 없지 않은가!

그런 와중에 8월을 맞이하였고 더위는 초순을 보내도록 전혀 수그러들지 않았다. 특이사항은 은연중 주변 사람들에게 듣자 하니 9월 중순이나 되어서야 그 무더위가 수그러들 것이라고 한다.

무어? 끝나는 게 아니고 수그러든다고? 기가 막히면서 덜컥 겁이 났다. 더욱 주눅이 드는 것은 주변 사람들의 예사로운 태도였다. 날씨가 찌거나 말거나 모기가 물거나 말거나 도무지 꿈쩍도 하지 않는 것이었다.

그래서 자의 반 타의 반으로 그것도 홧김에 결론을 내리고 말았다. 비록 여러 가지 불이익과 부작용이 따를지라도 일단은 탈출하고 보자!

그 부부가 부산으로 되돌아 이주하는 9월 초순, 그날도 무더위는 여전히 기승을 부렸다. 떠나는 순간 그 부부가 이구동성으로 남긴 말은 지금도 나의 기억에 생생하게 남아 있다.

"아무리 생각해도 대구 사람들은 맨 정신으로 사는기 아인기라~. 살짝 맛이 갔는기라. 우리도 그래 되기 전에, 마, 도로 부산으로 가는 기 장땡이다이! 아~ 돌겠다~ 돌았삐리겠다! 나는 처음에 '열대야, 열대야!' 카길래, 열대지방에서 나는 무슨 과실인가 싶었대이! 여게가 진짜 사람 사는 데가 맞나?!"

이상은 내가 잘 아는 어느 부산 태생의 가족이 겪은 바 그대로의 실화이다. 실제 대구는 나의 기록에 의하면 족히 만 4개월가량은 섭씨 30도를 웃도는 날씨가 이어지고 그 기간 중 반 이상은 열대야로 보아도 좋을 것이다. 더욱이 문제가 되는 것은 대구지역의 폭염이 날이 갈수록 은근히 그 농도가 짙어가고 있다는 것이다.

점점 밤이 깊어 갔다. 다소 지루하다 싶은데 은선이와 혜림이가 바람을 쐬러 갔다가 돌아왔다. 그런데 은선이의 손에 생선튀김, 도루묵 한 접시가 딸려 왔다. 옛날 임금과의 일화도 있다는데 고소하고 맛깔스럽다. 도루묵 덕분에 다시 판이 돌아갔다.

어제는 남자들이 판을 주도했는데 오늘은 아가씨들이 제법 앞서 갔다. 아주 신바람이 났다. 혜림이는 비교적 수줍음이 있지만 은선이는 완전히 고삐가 풀렸다. 내 곁에 바짝 다가와 막걸리 한 잔을 더 달라더니 단숨에 들이키고는 "크윽!" 입가로부터 턱 아래까지를 훑어 내리며 농군 흉내를 냈다. 좌중이 한바탕 웃음보가 터졌다. 혜림이도 어느새 호섭이의 곁에 찰싹 붙어 누이 오라비에게 응석하듯 막걸리 잔을 권하기도 하였다. 못 말리는 아가씨들….

다시 흥취가 고조되었다. 은선이가 손뼉을 장단 삼아 '노란 셔츠의 사나이'를 선창하는데 아주 잘 불렀다. 그리고 한차례 노래가 쭉 돌아갔다. 트위스트곡이 이어지자 은선이가 쇼 무대를 연출하였다. 춤사위가 펼쳐졌다. 모두들 바삐 싸돌아갔다. 이것이 청춘인가 싶었다. 청년인가 싶었다.

"청년을 미혹시키는 자 −청년− 청년은 자기 자신을 뭐라고 생각하는가? 청년이란 무엇인가? 여러분은 자신에게 그렇게 묻고 있는가?

청년은 자기가 생각하고 있는 그대로의 것은 결코 아니다. 어느 시대에 있어서도 그러하다. 하물며 현대에 있어서는 더욱 그러하다.

이 시대에 청년이 그대로 청년으로서 머물러 있기란 지극히 어렵다. 왜냐하면 오늘날 인간사회에 있어서 청년의 역할은 거의 상실되고 청년의 가치마저도 망각되고 있기 때문이다.

여러분은 온전한 인간, 가능한 사회인으로서 살기 위하여 여러분의 청년을 내동댕이치지 않으면 안 될 것이다. 그러기 때문에 청년은 고독하다. 참으로 고독하다.

무엇 때문이냐? 정념, 정념의 세계에서 살고 있기 때문이다. 청년은 직접 우주와 연결되어 있다. 청년은 상념 속에서 살고 있기 때문에 모든 것이 가능할 수 있다. 청년은 그 각자가 하나의 우주를 형성하고 그것에 군림하고 지배하며 살고 있는 것이다. 그것이 청년의 현실이다.

그러나 청년이 한 사람의 사회인으로 살아가기 위해서는 전혀 별개로 보이는 사실이 있다. 그것은 다름 아닌 청년의 역할을 박탈하고 제거하려고 하는 세계이다. 청년을 청년으로 내버려 두지 않는 세계이다.

전자를 인간적 현실, 후자를 사회적 현실이라 부르자. 이 두 개의 현실은 상호 간에 과격한 충돌만 있을 뿐 조금의 양보도 없다. 많은 청년이 여기에서 패배한다. 여러분의 긍지는 꺾이고 순결은 더럽혀진다. 그렇게 해서 여러분은 사회적 현실 속에 이윽고 믿음직한 동료, 판에 박힌 '호청년'이 되어 가는 것이다.

그러나 여러분! 결단코 그 '호청년'이 되려고 지향해서는 안 된다. 나는 고독만이 청년에게 남겨진 유일한 특권이라고 말하고 싶다. 다시 말한다. 청년의 고독이란 무엇이냐? 그것은 투쟁인 것이다. 인간적 현실, 사회적 현실, 이 두 개의 충돌하는 불덩이 속에 몸뚱

이를 두는 것이다. 그 싸움을 내 몸 속에 지니고 있음을 말하는 것이다.

이 상극, 이 싸움 속에서 여러분 자신의 손으로 자신의 인간형을 수행하지 않으면 안 된다. 가야 하는 그 길은 멀고 험할 것이다. 여러분은 그 과정에 있어서 고독한 것이다.

그 방법은 매우 어렵다. 사회적 현실에 도전할 때, 여러분은 초조와 분노 속에 살게 되리라. 청년이 청년으로 머물러 있고자 할 때 여러분은 철학하는 것에서 도피할 수 없다. 처음에 약동하는 진정한 청년의 정신은 그 싸움을 거쳐야만이 비로소 여러분 자신의 것이 될 수 있을 것이다.

나는 재삼 말하고 싶다. 여러분! 꼼꼼한 '그 청년'이 되려고 해서는 안 된다. 자기에게 성실한 대담함이야말로 청년의 진정한 태도라 할 수 있는 것이다.

여러분은 아직 실감으로 느껴지진 않을 것이다. 겨우 병아리들이니까. 그러나 가까운 장래, 그것은 틀림없이 여러분 자신의 문제가 될 것이다.

지금 그 출발에 즈음하여 단 한 가지 꼼꼼한 호청년이 되지 않겠다고 생각하라. 예를 들면 회사에 취직하기 위하여 취직시험의 시험관이 만족할 만한 조그맣고 똥그란 인간이 되지 말라는 것이다. 결함이야말로 청년으로서의 싸움에서 받는 고귀한 상처인 것이다."

"전 신문에 보도된 대로 배지가 달린 교복을 입고 싸웠습니다. 그러나 지금 전 만족합니다. 내가 싸워 친구를 죽음에서 구한 것에 대해서 저는 저 자신을 칭찬해 주고 싶습니다. 그러나 이것이 학교의 명예에 관한 일이라면 할 수 없습니다. 벗을 버리고 보존되는 학교의 명예보다는 벗을 살리고 퇴학당하는 남아의 불명예를 택하겠습니다."

이상은 내가 대학생이 되어 탐독한 유명 소설 『태양의 계절』 내용 중 핵심이다.

청년의 길은 과연 어떤 길이어야 하는가? 정의가 있고 신념이 있어야 한다. 소신이 있고 뚝심이 있는 의로운 길, 그 길을 과감히 걸어갈 수 있는 청년, 우리도 그런 청년이 되어야만 할 것이다.

한바탕 판을 돌리고 나서 은선이가 하자는 대로 둘이서 방파제로 나갔다. 어둠이 짙은 밤바다에는 거친 파도 소리만 들려왔다. 등대가 선회하고 뱃고동이 울어대며 한적한 밤바다를 파수하고 있었다. 등대가 가까워지자 파도 소리가 더욱 거세졌다. 파도는 기세 좋게 방파제를 뛰어올랐다가 물벼락이 되어 흩어지곤 했다.

은선이가 뭐라고 말을 하고는 있는데 파도 소리에 묻히고 만다. 대충은 알아들었지만…. 은선이는 내가 좋은가 보다. 더 가까워지고 싶은가 보다.

은선이가 되돌아 텐트가 보이는 곳에 다다랐을 때 앞서의 분방하던 태도를 누그리며 다소곳이 내 앞에 섰다. 잠시 뜸을 들이는가 싶더니

"아까 전에 노래했던 '노란 셔츠의 사나이'는 도현 씨라예!"

그렇게 고백을 하고는 잰걸음으로 텐트에 쏙 들어가 버렸다.

'도현 씨?' 이 아가씨가 이제껏 '오빠'라고 호칭하더니 별안간 동격(同格)으로 절하시켜 버렸다. '노란 셔츠'는 또 무언지…? 그냥 은

선이가 사라져 간 텐트 쪽을 바라보기만 했다.

자리에 누워 곰곰이 노랫말을 음미해 보았다.

"노란 셔츠 입은 말없는 그 사람이 어쩐지 나는 좋아 어쩐지 맘에 들어. 미남은 아니지만 씩씩한 생김생김 그이가 나는 좋아 어쩐지 맘에 쏠려. 아~ 야릇한 마음 처음 느껴본 심정, 아~ 그이도 나를 좋아하고 계실까? 노란 셔츠 입은 말없는 그 사람이 어쩐지 나는 좋아 어쩐지 맘에 들어."

내 얼굴이 빨개지고 말았다.

사랑이란 무엇일까? 한마디로 정의할 수는 없을 것이다. 사랑의 방정식이 존재한다면 기어이 풀어낼 테지만…. 사랑은 또 어떻게 시작해야 하는 것일까? 잘은 알지 못하지만 서로의 가슴이 교통하였을 때 비로소 사랑이 싹틀 수 있다고 생각한다. 서로 만나면서 가슴이 설레야 하고, 알고 싶고, 나누고 싶고, 그리하여 소통 후에 느껴지는 진정한 기쁨과 자부심, 그리고 보장된 미래, 그것이 사랑이 아닐까! 아무려면, 그렇게 말은 하지만 간단하지만은 않을 것이다.

나의 가슴에 은선이는 청아한 꽃이다. 이제 막 피어난 순결한 꽃이다. 은선이는 구김살이 없을 뿐더러 명랑하고 긍정적이다. 그리고 아름답다. 그러기에 가슴에 와 닿는 무언가가 있다. 하지만 다른 그 무언가가 자꾸 그 이름자를 뭉개려 든다. 살포시 웃고 있는 그녀의 얼굴 위로 누구인가 얼굴 하나가 겹치고 만다.

내일을 위해 잠은 자 두어야지…. 밤바다는 쉬지 않고 파도 소리를 들려 주었다. 아무도 없는 쓸쓸한 바닷가. 홀로 거니는 길손이 있다. 추억에 젖어, 그리움에 젖어, 홀로 걷는 길손이 있다.

내가 말했다. "리듀서! 하나 물어보자. 나는 '노란 셔츠의 사나이'인가? '해변의 길손'인가?"

우리들은 다음 날 오전, 모든 피서 일정을 끝내고 대구로 향하는 버스에 몸을 실었다. 우리들은 모처럼 멋진 여행을 했다. 아름다운 사람들과 함께한 기분 좋은 '3정 여행', 잊지 못할 기획 여행이었다. 다음 날, 나는 언제 그랬냐는 듯 다시 일상으로 돌아왔다.

이로부터 약 4개월 후 은선이는 '화니'라는 애칭으로 나의 삶에 한층 더 가까이 다가왔다.

그녀는 이따금 MBC라디오 '별이 빛나는 밤에' 프로그램을 통하여 감미롭고도 다정다감한 사연을 띄워 주었고, 한번은 다음 일기장으로 사용하라며 대학 노트 한 권을 건네주기도 하였다. 노트 앞머리에는 어느 시인의 시 한 편이 제목도 없이 쓰여 있었는데 나중에야 알게 되었지만 그 시인은 바로 라이너 마리아 릴케였고 제목은 '사랑의 노래'였다.

노트는 당연히 나의 서른여섯 번째 일기장(1969. 11. 16~1970. 1. 15)이 되어주었고, 나는 다음과 같은 글로써 그녀에게, 그리고 노트에 화답하였다.

'화니에게'

화니가 말했다.

'그대의 넋을 건드리지 않으려면 어찌 내 넋을 간직하리까!'

리듀서가 화답했다.

'그대는 넓고 푸른 나의 초원을 마음껏 노닐 수 있는 오직 한 사람

의 소녀인 것을!'

　오~ 리듀서여!

　달콤하고 멋진 노래를 불러다오.

　오직 화니의 가슴에만 들릴 수 있는 감미롭고도 아름다운 노래를.

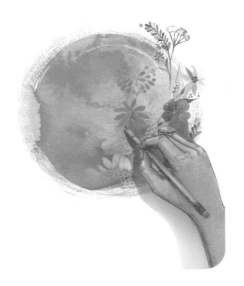

제19화

분지 이야기

1.

1970년 4월 중순, 서울 을지로 소재 을지예식장.

예식장에 들어서자 많은 하객들로 붐볐고 즐비하게 늘어선 축하 화환들이 눈에 들어왔다. 희호 부모님께서 환한 얼굴로 하객들을 맞이하고 있었다. 차례를 기다렸다가 꾸벅 인사를 드렸다. 과분하게 반겨 주셨다. 희호의 모습은 보이지 않았다.

오래지 않아 예식을 알리는 방송이 흘러나왔고 하객들이 자리를 잡느라 잠시 소요가 있었다. 나는 신부 측 맨 앞쪽에 자리하였다.

예식이 시작되었다. 사회자가 주례를 소개할 즈음 기척을 느껴 돌아보니 그제야 희호가 막 뒷자리에 앉고 있었다. 희호는 그다운 짓궂음으로 눈을 찡긋해 보이더니 뒤쪽의 누군가를 가리켰다.

거기! 뜻밖에 너무나 뜻밖에 예희가 이쪽으로 눈길을 주고 있었다. 나는 흠칫하였지만 태연한 척 몸짓 인사만을 보낼 뿐이었다. 눈길을 마주친 그녀는 화들짝 놀라며 황급히 모습을 감추려 하였다.

미처 생각하지 못했다. 이곳이 희호 누나의 결혼식장이니까 이종 사촌인 그녀가 올 수도 있다는 것을.

신랑 소개와 더불어 신랑이 입장하자 하객들이 박수를 보내고 있었다. 하지만 나는 예식에 집중하지 못하고 왠지 모를 허탈감에 빠져들었다.

무엇 때문에 이토록 가슴이 뛰고 피가 끓는 것인가? 어느덧 4년이라는 세월이 흘렀고 그녀는 이미 지워 버린 사람이 아니었던가!

신부가 아버지 손에 이끌려 입장하는 동안 주례석 왼편의 그랜드 피아노가 바그너의 웨딩마치를 안단테 콘 모토로 노래하고 있었다.

은은하고 향기로운 협화음… 세상에서 가장 아름다운 운율이건만 나에겐 다만 비련의 곡조로 들릴 뿐이었다.

너무나 충격적이었던 그녀의 변절 소식, 그때 그 순간 한 마리의 성난 사자가 몸부림치며 갈기를 세웠었지. 단 하나뿐인 심벌(symbol)에게 바쳐 온 순정을 자조(自嘲)하면서… 끝내 애처롭게 절규했지만….

혼인서약에 이어 주례 선생의 주례사가 시작되고 있었다.

그녀를 알고 처음 맞이했던 크리스마스 이브, 뜻밖의 전보를 받고 역으로 달려갔을 때는 막 어두워지고 있었다. 그녀의 모습은 좀처럼 보이지 않았다. 도렷한 시신경에 지쳐가던 나는 아주 늦은 밤 마지막 열차에서야 그녀의 모습을 발견할 수 있었다. 반가운 마음에 환영 인파를 비집고 "예희야!" 하고 소리쳤다.

그녀는 반응이 없었다. 다만 시무룩이 다가와서는 "미워!"라는 한 마디만을 하고 비켜섰다. 검정색 코트에 사복 차림을 한 그녀는 몰라보게 성숙해 보였다. 눈물이 글썽한 그녀는 대뜸 "왜 그렇게 편지하지 않았어?" 하고 쏘아붙였다.

그랬다. 굳이 답하자면 벅찬 현실 때문이었다. 하지만 미움을 살 걸 번연히 알면서도 답신을 보내지 못한 내 가슴이 더 아팠는지 모른다. 우여곡절의 삶 속에서 체득해야 했던 왠지 모를 공허감, 반드시 답장을 띄우는 것만이 최선은 아니라고 생각하였다. 아니, 그녀를 진정으로 아꼈기에 한 걸음 더 먼 곳을 지향해야 한다고 생각하였다.

깊은 밤, 우리는 주변 사람들의 시선에 쫓겨 엉거주춤 거리로 나섰다. 자선냄비가 울어대는 중앙통 거리엔 함박눈이 쏟아졌고 연인들의 행렬이 줄을 잇고 있었다. 우리는 차츰 크리스마스 분위기에 동화되었다. 슬그머니 팔짱을 끼었다. 그녀의 표정도 차츰 밝아졌고 언제 그랬냐는 듯 해맑게 웃고 있었다.

자취방으로 향하는 수성들판 길엔 눈보라가 세차게 휘몰아쳤다. 나는 그녀를 감싸 안고 걸었다. 그녀의 코트 주머니에 슬그머니 손을 넣고 그녀의 작은 손을 감싸 쥐었다.

"또 그럴 거면 돌아가지 않을 거야!"

걸음을 멈춘 그녀가 나를 뚫어지게 올려다보았다. 그녀의 입술이 파르르 떨리고 있었다.

처음 그녀는 연필에 불과하였다. 썼다가 지울 수도 있는 한갓 연필이었다. 하지만 그녀는 어느새 미처 겨를도 없이 내 곁에 바짝 다가와 있었다.

그녀는 꿈이었다. 캔버스에 그려 가는 한 폭의 그림이었다. 정말이지 그녀는 욕망이 아니었다. 기어이 완성해야만 할 꿈이었다. 그녀는 심벌이요, 나는 수행원이었다.

아~ 눈은 미친 듯이 퍼붓고 있었다. 제쳐 두었던 아쉬움을 그득히 채우고 싶었다. 눈 묻은 머리카락을 날리며 다소곳이 숨을 몰아쉬는 그녀. 그 고운 얼굴, 까만 눈동자…. 그녀는 만인 앞에 자신 있게 내어놓을 나의 심벌임에 분명하였다. 그날 그 밤…. 심벌을 지킨다는 일념으로 뜬눈으로 꼬박 밤을 새웠었지.

"꼭 편지해야 돼!" 그렇게 하루를 보채다 쫓겨간 그녀의 애틋했던 얼굴이 아련하게 떠올랐다.

"도현아, 무슨 생각을 그렇게 하노?"

희호가 어깨를 툭 치는 바람에 상념이 깨어지고 말았다. 주위엔 어느샌가 행진하는 한 쌍의 원앙에게 꽃가루 세례가 퍼부어지고 있었다. 나는 자세를 여미고 경자 누나에게로 다가갔다. 그리고 진심 어린 축하의 말을 건넸다. 누나는 행복감에 젖어 있었다.

안내 방송으로 피로연은 길 건너 삼오정이라고 알려 주었다. 시계는 12시 반을 가리키고 있었다. 2층 계단을 내려 거리로 나왔다. 왕성한 봄기운이 거리에도 가로수에도 넘실대고 있었다. 오랜만에 찾아온 서울, 감회가 새로웠다. 하늘을 향해 치솟은 빌딩이며 꼬리에 꼬리를 문 자동차며 여전히 수도 서울의 와글와글 현상을 고수하고 있었다.

나는 미끈한 대리석 건물의 삼오정 출입문을 열어젖히고 2층 다다미홀로 들어섰다. 두리번거리며 살폈으나 아는 사람의 모습은 볼 수 없었다. 친구라도 하나 있다면 서먹함을 좀 덜 터인데. 대구든 서울이든 모두들 입영을 해 버린 현실이 안타까웠다.

홀 가장자리에 자리 잡고 주문을 했다. 냉면이 날라져 왔다. 별맛을 느끼지 못하고 젓가락질을 했다. 식사를 하는 도중 희호네 가족들이 들어섰다. 인사하고 자리 시중을 했다.

일단 예희가 보이지 않아 안도하였다. 그녀와 마주칠까 봐 이곳에 오는 것도 망설였었다. 그러나 오산이었다. 잠시 후 어머니의 팔짱을 끼고 나타난 그녀는 설상가상 나의 곁에 멈추어 서고는 거침없이 나를 소개하였다.

"엄마, 이틀에 한 통 씨야. 대학생이 된 지도 오래인걸."

티 없이 웃는 그녀의 보조개가 얄밉게 시선에 들어왔다. 어머니는 화사하였다. 희호 어머니와 너무 닮으셔서 단박에 알아보았다. 정중히 인사를 드렸다.

"참 훌륭한 청년이지비. 고생도 무척 했음메. 아! 고학으로 대학까지 들어가지 않았겠소! 나, 하도 기특해서 어깨를 몇 번이나 토닥여 주었소. 우리 희호 아 새끼가 도현이 절반만 따라간다믄, 나 일어나 춤이라도 추겠소!"

상석에 앉으신 희호 아버지가 너털웃음을 웃으시며 끼어드셨다. 과분한 칭찬이라 얼굴이 빨개졌다.

"아~, 그래, 도현이 청년. 반가워요. 우리 예희가 그저 '도현이, 도현이!' 노래를 부르고 난리를 치더니만…."

어머니는 지긋이 나를 바라보셨다. 너무나 잘 알고 있다는 듯 어설픈 미소에 한숨을 섞어 내쉬며 시선을 떼지 않으셨다. 예희는 다소곳했지만 태연을 가장하고 있었다. 못내 좌불안석이건만 자꾸만 그녀와 시선이 마주쳤다. 나는 희호네 가족들이 식사에 들기 전에 서둘러 삼오정을 빠져나왔다. 빨리 해방되고 싶기에 건너편 다방에서 희호를 기다릴 심산이었다.

거리엔 선선한 바람이 불어와 답답한 가슴을 씻어 주는 듯했다. 들어선 다방은 아담하였고 카운터의 전축이 클리프 리차드의 '상록수'를 들려주고 있었다. 한쪽 구석에 자리하고 신문을 펼쳐 들었다. 그러나 뒤적거릴 뿐 마음은 자꾸 삼오정으로 쏠렸다. 나도 모르게 그녀의 상념에 젖어 들었다.

"어찌하든 나는 반드시 찾아갈 거야. 대학 진학의 기쁜 소식을 안고 너를 찾아갈 거야. 군중의 갈채 속을 유유히 걸어가는 개선장군처럼."

그녀에게 보냈던 마지막 사연이 후렴이 되어 청각을 괴롭혔다. 다시 그녀와 주고받았던 사연들이 활동사진이 되어 되돌아왔다.

"난 말이야. 처음에 '예희 씨!' 하고 왔기에 편지를 읽으면서도 차마 손을 대지 못하고 멀리에 놓구 읽었었어. 내가 한창 연애라도 하고 있는 것 같은 그런 감정이 느껴졌기 때문이야."

"현아! 네가 밥을 한다고? 나 지금 웃고 있어. 부엌에 있는 널 상상하면서 말이야. 밥이 3층으로 되지 않는지? 손에서 반찬 냄새가 나겠지? 설거지랑 집안 소제랑 정말 우습구나. 한 번만 봤으면. 어머! 현아, 얼굴이 빨개졌네. 미안, 또 미안."

"현아, 오늘 사진을 받고 아버지 같은 인상을 자아내게 하는 모습을 보고 기쁨의 환호성을 질렀어. 의젓하던데? 한 치 어긋남이 없는 딱 과녁에 꽂힌 화살처럼 말이야. 그런 얼굴에 눈물을 흘려서야 될까? 현아, 내일 학교에 널 데리고 갈래. 그리고 서울 어디를 가더라도 널 데리고 다닐 거야!"

"현아, 아무 때고 꿈이든 생시든 너희네 약방에 가서 네 동네 아가씨들의 성화처럼 나도 APC 2원어치 사러 갈 테니 각오해. 그 아가씨들에게 하는 것처럼 안 판다구 쏙 들어가지 말고 말이야."

"요사이도 약방에 앉아서 지나가는 사람 관상을 보고 있니? 만약 내가 지나가면 무어라고 그럴지? 모르니까 막 주워 담겠지? 그런데 '네가 바로 현아로구나!' 하면 넌 무안해서 어떻게 할래? 활명수 속으로 들어갈래? 박카스 속으로 들어갈래? 큰일이야, 그치?"

"현아, 무엇 때문에 그러는 거야? 학칙을 어겨 근신 처분을 받았다고 하지 않나. 실망이 너무 컸어. 현아를 그렇게 보지는 않았거든. 이제까지 보고 싶던 생각이 싹 가실 정도야. 그런 못난이를 만나고 싶어 애태웠을 예희는 아니잖아?"

"언제 서울에 와서는 남의 동네까지 쳐들어왔담."

"여러분, 제가 진짜 안예희이거든요. 제가 진짜인 걸 증명할 테니까 잘 들어 보세요~ 으음, 김도현의 생일은 식목일이고, 혈액형은 A형, 나에게 열 번째의 편지에 사진을 보내 주었고, 지난 만우절 때는 하도 요상한 장난을 쳐서 내 눈 밖에 난 사람, 게다가 가끔 나에게 무안을 주는 경상도 머스마. 에~ 또, 다음은 뭐더라…?"

"아무튼 정말 멋진 만남이었어. 마치 한 편의 영화같이 말이야. 현아의 첫인상은 뭘까. 처음엔 어리게 느껴졌지만 대화하는 것이 어쩐지 어른스러워서 그런 생각은 이내 없어졌어. 그런데 그렇게 순박한 얼굴을 가지고 한때 불량소년 짓을 하였다니 도저히 이해가 가지 않아. 턱 아래에 예쁜 점 하나가 있는 참 좋은 인상이었어."

"현아, 지난 일기장을 모두 태워 버리고 새 출발을 한다구? 일기장에 이름도 붙이고…. Reducer는 결국 선생님도 되고, 부모님도 되고, 친구도 되겠네? 참 괜찮은 발상인데? 현아는 참 대단해."

그녀와의 활동사진은 그칠 줄 모르고 돌아갔다.

나는 자세를 고쳐 잡고 한차례 심호흡을 했다. 더 이상 빠져들지 않으려고 짐짓 딴전도 피웠다. 그러나 다짐과는 달리 뇌리는 다른 상념으로 이어지고 있었다.

그래, 목적지를 향해 부지런히 달렸다. 겹겹진 언덕길을 발바닥이 부르트도록 달렸다. 따가운 폭염 속을 혀를 빼물고 달렸다. 자갈밭, 가시밭길도 마다하지 않았다. 그런데 너는 없었다. 파란 하늘이 사뿐히 청색 띠를 내려 모두가 반겨 주는 그곳에 유독 너의 모습만은 보이지를 않았다.

허망한 독백이 꼬리를 물고 이어졌다. 어쩌면 반드시 미움만은 아닌지도 모른다. 미움이 곧 사랑이라고 하지 않던가! 어쩌면 나는 지금도 그녀를 사랑하고 있는지 모른다. 아니, 사랑하고 싶은지도 모른다.

다방 음악이 흘러간 옛 팝송을 훑어간다 싶더니 낯익은 전주, 앤디 윌리암즈의 '해변의 길손'으로 이어지고 있었다. 우연의 일치일까. 아~ 나의 가슴이 감당할 수 없이 요동치고 있었다.

"현아, 앤디 윌리암즈의 '해변의 길손'을 들어 봐. 왜 요즘 밤늦게 라디오 프로그램 '한밤의 음악편지'에서 오프닝 뮤직으로 나오는 곡 있잖아! 전번 만났을 때 현아가 '고엽'이라는 노래를 좋아한다고 했었는데 이 가수도 그 곡을 불렀거든. 현아 음역으로는 잘 어울릴 거야. 원어로 가사를 적어 보내니까 배워 두었다가 언젠가 만날 때 들려줘. 애잔한 색소폰 선율에다 바닷가 정취가 물씬 풍기는 쓸쓸하면서도 의지가 굳은 그런 사연의 노래야."

나는 차라리 미쳐 버리고 싶었다. 감당할 수 없는 가슴이 콸콸 요동치고 있었다. 그러다 짜릿한 황홀경이 왔다. 이대로, 이대로 끝나 버린다 해도 그냥 그대로 좋다는 생각이 들었다.

희호는 한 시간도 더 지나서 다방으로 와 주었다. 나는 주체할 수 없는 애상을 떨쳐 버리려고 잠시 화장실을 다녀온 뒤 희호와 마주 앉았다.

"오래 기다렸제? 하루 종일 얼마나 뺑뺑이를 쳐 놨는지 온몸이 뻐근하다 아이가!"

희호는 그러면서 의자 등받이가 휘어지도록 기지개를 켰다. 정장 감색 양복 차림의 희호는 제법 틀이 잡혔다. 그런데도 어쩐지 개구쟁이 기질이 엿보여 옛 생각을 했다. 피식 웃음이 나왔다.

"희호야, 우리 종로 야시장에서 까불고 놀던 시절 생각나나?"

"그래 생각나고 말고다. 내가 정의의 사나이 리차드 아이가."

"맞다, 친구야. 나는 제갈(공명)이었고."

다시 그 시절 부산 아저씨네 만두가게에서 나누었던 대화가 떠올랐다.

"희호야, 니 오늘부터 리차드다."

"야, 리차드가 뭐꼬? 양놈 이름 아이가? 그라마 내가 양놈이가? 야, 우리 아부지는 순 국산하고도 함경도산인데 니 갑자기 와 그라노?"

"니, 알라모라 카는 영화 못 봤나? 거게 나오는 주인공이 리차드 위드마크다. 야성미가 있고 한쪽 눈이 짝째이지만도 매력적이고…. 딱 희호 니하고 닮았대이!"

"아~ 그래그래. 눈이 좀 똥~굴하고 잘생기지는 안 했어도 사나이답게 생긴 그 사람 말이제? 성격파 배우라카마 그 사람 아이가. 그카고 보이 눈이 희호하고 많이도 닮았다이."

"야, 제갈아. 그라마 내가 그 사람 리차드, 그, 무슨 마크? 하여튼 그 사람하고 닮긴 닮았는 모양인데, 그렇다 치더라도 하나는 확실히 틀렸다. 나는 '정의의 사나이'가 아이잖아? 아저씨 안 그렇십니꺼?"

"희호야! 그거다. 내가 진심으로 바라는 기 그거다. 니 오늘부터 정의의 사나이가 되라는 말이다! 아까 니 잘하자꼬 아저씨 앞에서 약속한 거 맞제?"

"하여튼 요 제갈이한테는 못 당한다이. 그래. 내 오늘부터 '정의의 사나이' 하꾸마. 자, 브라보~!"

우리들은 그처럼 의기투합하며 맹서를 다졌고 홀이 떠나갈 듯 웃어 젖혔었다. 이제 와 생각하니 까마득한 옛이야기가 되었다. 언제 이렇게 세월이 흘렀을까! 저와 나의 세월이 어언 10년이구나.

"도현아, 니 나가고 나서 우리 엄마가 어머니날이면 잊지 않고 보내 준 니 편지 사연 이야기하면서 눈물을 다 비치시더라. 우리 가족 모두가 니 칭찬 많이 했다. 꿋꿋하게 잘 견디고 인자 멋진 청년이 되었다며…. 친구야, 너무 좋다. 그자? 그라고 보이꺼네 우리 인자 청년이다 그자?"

"고맙다 친구야. 우리 청년 맞다. 내가 좀 마르긴 했어도 키가 170cm가 넘는다 아이가. 인자 진짜 장정이다!"

"그래, 니 처음 만났을 때는 내보다 키가 작았는데…. 우쨌든 우리 인자부터 청년다운 신념을 가지고 배짱 좋게 한번 살아가 보자. 도현아!"

우리는 손바닥을 마주치며 웃었다. 여드름 투성이의 철부지였었지….

"그런데 희호야, 니 정의의 사나이가 되겠다카던 그 약속은 확실히 지키고 있제?"

희호가 잠시 눈을 감고 뜸을 들이는가 싶더니 특유의 그 슴벅눈을 하면서 진지하게 말을 이었다.

"도현아, 니는 공부가 하고 싶어 죽는데 나는 와 이렇게 공부가 하기 싫은지 모르겠다. 그러이꺼네 일찌감치 대학은 포기한 기고, 그런데 또 우리 군대 가야 안 되나? 곧 갈낀데 내가 할 수 있는기 뭐가 있겠노? 취직도 그렇고, 밑천도 없고, 그래서 궁리하다가 어느 날 다방에서 행상(行商)하는 사람들 유심히 보고 있다가, '저거다!' 싶어서 결정했다. 우선 생활전선에 뛰어들어서 몸으로 부딪쳐 보자. 경험도 쌓으면서 나중을 기약하자. 그래서 이 다방 저 다방

돌아다니면서 라이터 장사를 안 하고 있나… 그런데 벌이는 짭짤하다. 세상 공부도 하고….”

희호는 말을 마치고 나서도 자신의 처신이 유별나다 싶은지 또 특유의 그 슴벅눈을 하며 이번엔 헛기침까지 하였다.

하긴, 희호는 벌거벗겨 허허벌판에 내던져 놓아도 기어이 살아 돌아올 친구이다. 보다 많은 체험을 통하여 더욱 강인해질 것이라는 확신을 가지고 있다. 그 행상의 영역이 너무 살벌한 경쟁지대는 아닌가 싶어 걱정스럽지만.

“그런데, 니 사정은 좀 어떻노? 편지에 대충 써 났더라만도 아직도 고생이 많제?”

되레 희호가 물었다.

대학에 잘 다니고 있다. 전공 수업은 물론이고 실습실에 투입되어 현장 기계공으로서의 기능도 익히고 있다. 이번 학기만 지나면 졸업까지 한 학기를 남겨 놓게 된다.

지난해 2학기는 장학금을 받아 해결하였다. 그 후로는 가정교사의 직분으로 봉덕동에 사는 보원이, 경원이 두 초등생 형제를 가르치며 충당하고 있다. 아이들 성적이 월등히 향상되어 졸업할 때까지 계속 일할 수 있다. 은선이라는 아가씨가 주선해 주었고 학업에 큰 힘이 되고 있다.

졸업을 하게 되면 바로 입대 일정이지만 그렇지 않을 경우 취직도 가능하다. 현재는 만부라고 하는 친구의 집에 거처하며 함께 등교하고 있다.

이제 누나는 안정된 삶을 살고 있고, 성현 형은 제대를 하였다. 작은형은 연말에 제대를 할 것이다. 그러기에 든든한 울타리가 다시 생겼다. 모두들 떠나가고 홀로 버티던 시절을 생각하면 지금은 천국이다. 이제는 만사가 형통이고 감히 행복이라는 말을 언급할 수 있을 만큼 안정되었다.

대체로 그런 이야기를 들려주었다.

경청하던 희호가 말을 채 맺기도 전에 벌떡 일어났다. 그리고 나를 부둥켜안고 볼을 비벼대며 기뻐하였다. 주변 사람들이 의아해 눈총을 주었지만 우리는 아랑곳 않고 다시 한번 얼싸안았다. 쾌재를 불렀다.

눈물이 핑 돌았다. 지난날의 서러움 때문이 아니었다. 성취감 때문이었다.

2.

우리는 누가 먼저랄 것도 없이 의기투합하여 다방을 나섰다. 그리고 다음 목적지인 무교동으로 향했다. 낙지볶음에다 막걸리나 한잔 하면서 실컷 회포를 풀어 볼 심산이었다.

무교동은 일요일이어서 젊은이들로 붐비고 있었다. 우리는 적당하다 싶은 식당 하나를 골랐고 비교적 외진 곳에 자리를 잡고 주문을 하였다.

"니 오늘 꼭 갈라카나? 벌써 여섯 시가 넘었는데?"

"가야 된다. 막차는 꼭 타야 된다."

우리는 주문 음식이 식탁에 놓이자 오늘의 주인공인 경자 누나의 행복을 기원하며 축배를 들었다.

"우리 별짓 다하고 컸제?"

"전적으로 동감하는 바일세!"

희호가 고개를 끄덕이며 평소처럼 너스레를 떨었다. 싸움질하는 것도 모자라 동네 바닥을 휩쓸더니 나중엔 조직 세계까지 기웃거렸다. 돌이켜 보면 어이없는 한 시절이었다.

"그래도 그만 했으이 다행이었다. 그자?"

"전적으로 동감하는 바일세!"

그러면서 우리는 한바탕 웃었다.

다시 강일회 친구들의 면면을 떠올렸다. 맨 먼저 군대를 갔던 호섭이가 지난해 11월 제대하여 자리를 잡았고 종하는 며칠 전 입대를 하였다. 윤광이, 두용이, 식우, 충운이가 현재 군복무 중이고 그리고 나머지 우리 둘이다. 모두들 열심히 살고 있고 또 앞으로도 멋지게 살아갈 것이다. 우리는 군대생활을 하고 있는 친구와 월남에 파병된 윤광이의 무운을 빌면서 다시 한번 건배의 잔을 부딪쳤다.

홀은 손님들로 가득 찼고 들락거리는 사람들로 인해 북새통이 되고 있었다. 초저녁부터 엉망으로 마셔 난장판이 된 코너도 있었다.

우리는 다시 옛 시절로 돌아가 정다운 사연들로 꽃을 피웠다. 그러는 사이 취기를 느꼈다. 나의 손목시계가 밤 여덟 시를 가리키고 있었다.

"희호야, 인자 고마 일어나자."

"오늘 안 가마 안 되나?"

희호는 기분이 그저 그만이므로 딱 하루만 쉬어 가라고 애걸하다시피 했다. 하지만 수업도 그렇지만 가정교사로서의 책무는 저버릴 수 없었다. 헌데도, 도저히 그럴 수가 없는데도 희호는 또 술을 주문하고 있었다. 나의 처사가 원망스러운지 짐짓 늑장을 부리고 있었다.

"니 내 일자리 떨어져도 되나?"

"그거는 안 된다. 그렇지만도 당일 왔다 갈 거, 뭐하러 왔노? 자슥아!"

희호는 다시 시계를 들여다보는 나를 향해 한참 눈을 흘겼다. 우리는 30분가량을 더 지체하다가 그곳을 나왔다. 술값만은 제 몫이라 우기며 희호가 지불하였다.

이제 시간이 급하게 되었는데도 희호는 계속 늑장을 부렸다. 제까짓 게 기차를 놓치면 별수 있겠느냐는 심산이었다.

역사로 들어서니 열차 시간이 임박해 있었다. 서둘러 플랫폼에 이르러 굳게 악수를 나누었다. 무슨 대단한 이별이라고 희호가 덥석 나를 감싸 안더니 등을 토닥여 주었다. 그리고 주머니에서 쪽지 하나를 건네며 아까부터 망설인다 싶던 말을 내뱉었다.

"도현아, 예희 누나가 이 편지 전해달라 카는 바람에 아까 좀 늦었다이. 도현아, 이 말은 중요한 말인데… 누나는 절대로 변절한 일이 없다이. 니가 느닷없이 대학 들어갈 때까지 기다려달라 카이 절교 선언인 줄로 알았던 모양이다. 누나가 한 6개월 정도는 미쳐 있었다. 니 때문에…. 그때 내가 연락 한번 하고 싶더라만도 니 공부 방해하는 것 같아서…. 아까 낮에 이모가 한참 니를 바라보시는 것도 그런 연유 때문이었을 끼다. 이모가 강제로 약혼을 시켰다 아이가! 니를 잊게 할라꼬…."

밤 열차가 서서히 움직이기 시작하였다. 나는 느지막하게 열차에 뛰어오르며 손을 흔들었다. 희호도 이만큼 숨 가쁘게 달려오며 보이지 않을 때까지 손을 흔들어 주었다.

열차는 친구의 모습을 뒤로하고 속도를 내기 시작하였다. 차창

가에 앉아 가슴을 저리면서도 친구의 늑장 부리던 모습을 떠올렸
다. 새삼 좋은 친구라는 생각이 들었다. 이만한 친구가 곁에 있다는
사실만으로도 흐뭇하였다.

"희호야, 미안하다. 하룻밤 머무를 수 있다면 얼마나 좋겠노? 니
하고 내하고 실컷 웃고 또 실컷 울 수도 있는데…. 그래야 속이 시
원할 낀데…. 그렇지만도 우짜노. 우리 다음에 만나거든 실컷 마시
고 이야기도 하고 축배를 들자. 그라고 가장 마지막에 웃는 웃음의
의미가 어떤 것인지를 토론해 보자."

나는 웃었다. 활짝 웃었다. 차창 너머 밤하늘에는 무수히 많은 별
들이 영롱하게 빛나고 있었다.

현아,

예식장에서 뜻밖에 너를 보았을 때 얼마나 가슴이 방망이질 쳤는지 몰
라. 피로연에도 가지 않을까 생각했지만 왠지 마음은 거기에 가 있었어.
결국 엄마와 함께 간다는 핑계로 그곳엘 갔고, 거기에서 이모부네 가족들
의 칭찬을 한 몸에 받고 있는 너를 보면서 죄책감이랄지, 후회랄지 가슴
이 찢어지게 아팠어.

현아,

너와 나의 아픈 이별. 그때 그날 너의 절신 통지를 받고 이젠 네가 날
싫어하게 되었구나 하고 생각했어. 우리는 그전에 수없이 다짐을 했었잖
아. 세상 무슨 일이 있어도 함께하자며 굳게 언약을 했었잖아.

현아, 너와 절연하고 나서 너무 힘든 나날이었어. 너의 환상에 젖어 몸
부림치며 오랜 날들을 괴로워했었어.

현아,

이제 4년이란 긴 세월이 흘러갔고 나는 약혼까지 했었던 사람이야. 그것이 너를 잊기 위한 방편이었다 한들 지금 와서 되돌리기엔 너무 틈새가 벌어진 것 같아. 그리고 너의 계속되어야 할 학업 등 아무래도 우린 기차 레일같이 평행선을 유지해야 할 운명을 배당받았나 봐.

아무튼 현아, 나는 너를 좋아했고… 또 사랑했어. 그래… 사랑… 죽어도 좋을 만큼 사랑했어! 하지만 사랑이라는 것이 꼭 소유하고 곁에 두어야만 하는 것은 아닐 거야. 먼발치에서나마 그 사람을 진정 그리워하고 염려하고 행복을 빌어주는 것, 보다 순수하고 아름다운 것, 그게 바로 참사랑이 아니겠니? 나 지금도 똑똑히 기억하고 있어. 너의 '분지 이야기' 말이야.

"예희야, 나는 내가 태어나 살고 있는 이곳 대구를 사랑해. 자랑스러운 대구시민이니까. 그리고 분지의 삶이 아무리 악조건이라지만 나는 그마저 사랑할 거야. 악조건을 무릅쓰고 꿋꿋하게 제 갈 길을 가는 사람, 그리하여 제 소임을 다하는 사람, 이를테면 멋진 '분지의 사나이'가 되고 싶어. 그런 삶이 참다운 삶이 아닐까!"

현아, 미안해. 너와 함께하지 못해서… 그러나 난 분명히 말할 수 있어, 넌 승리했다고! 네가 약속한 대로 악조건 속의 분지에서 의연히 성장한 한 그루의 싱그러운 상록수, 그게 바로 너의 참모습이었어. 현아는 인간의 의지가 얼마나 강인하고 아름다운 것인가를 많은 사람들에게 여실히 보여 준 거야.

현아, 고마워. 승리를 축하해. 하지만 '분지 이야기'는 이제 그만 막을 내려야 할까 봐. 왜냐하면 이제 현아는 그토록 소망했던 '분지의 꿈'을 이루었으니까. 아니 이루어냈으니까….

부디 남은 학업 잘 마무리하고 훌륭한 사람으로 우뚝 서 주기를 바라겠어.

현아! 현아는 나의 가슴 깊숙한 곳에 영원히 존재할 거야.

현아, 안녕~! 부디 안녕~!

1970년 4월

'봉지 이야기'를 마감하면서

예희

고별

아~ 어찌하리오!　　　　　이제 이별이라니

비보를 듣는 순간　　　　　한없이 슬프고

한 마리의 성난 사자가　　　못 견디게 아프구나

갈기를 세웠었다　　　　　　차라리 웃으며 보내련다

가슴이 무너져 내렸다　　　　추억만은 간직하면서

　　　　　　　　　　　　　어찌하리오!

그대, 망부석이련만　　　　　어찌하리오!

철새, 철새가 되었구나　　　　그대와 내가 그리던

그대 있음에 해 떴고　　　　　찬란한 금빛 꿈은

호기로운 시작이요　　　　　　허망하게 사라졌구나

의미 있는 안녕이었거늘

이제 싸늘한 대지에

홀로 남은 나는 뉘인가

그래그래…

감당 못 할 아픔일지라도

어차피 나의 몫이려니…

그대 철새여

얼마나 쪼아댔을까!

그 부리의 아픔을,

슬픔을 내가 아노니

눈물일랑 거두어라

서툴렀기에,

보잘것없었기에 미안

울어 예지 말고

훠얼~훨 날아가거라

그대가 꿈꾸는 낙원으로

1970년 4월

그대를 사모했던 도현

'아버지께 올립니다.'

아버지, 오늘 저 입영합니다. 지금 막 사단 정문을 통과하고 있습니다. 아쉬움에 뒤돌아보니 친구들이 손을 막 흔들어주고 있습니다. 은선이는 발을 동동 구르며 어쩔 줄을 몰라 하네요. 눈물 어린 손수건을 흔들어 줍니다.

한번 뒤돌아보길 잘했습니다. 호섭이, 택철이, 만부, 그들 모두가 저의 소중한 친구들이니까요.

아버지, 더러는 새들의 노래 소리를 귀찮아할 때도 있었습니다. 학업의 굽이굽이를 너무 벅차게 돌아온 탓은 아닐는지요. 그럴 때마다 저는 자위와 인내를 떠올렸습니다.

하지만 한 푼의 화폐, 그 통용 가치를 너무나 잘 알면서도 한번쯤 피 끓는 가슴을 쓸어 주지 못한 것은 아쉬움으로 남아 있습니다.

그러나 결코 서러워하지는 않습니다. 설령 가슴이 멍울져 검붉은 피를 쏟는다 해도… 그건 어디까지나 저에게 주어진 삶, 제가 감당해야만 할 삶이었으니까요.

아버지, 하지만 이제 저 걱정 없습니다. 산 넘고 물 건너 찾아갔더니 빛나는 졸업장이 저를 반겨 주었습니다. 조금 힘들긴 했지만 성취감이 워낙 컸기에 뿌듯하기만 했습니다.

아버지, 입영하는 이 순간 삶이 무엇인지 조금은 알 것도 같습니다. 이제 사랑도 미움도 제 가슴에 너끈히 담을 수 있을 것 같습니다. 한편, 저와 함께한 모든 이들이 저에게 무엇을 요구하고 있는지도 알 것 같습니다.

아버지, 저쪽 저만큼에 병영이 보입니다. 훈련병들의 함성이 들려옵니다. 완전군장 꾸려 군가에 발맞추어 구보를 하고 있습니다. '진짜 사나이' 군가가 쩌렁쩌렁 울려옵니다. 그들이 자랑스럽습니다. 우리 조국 대한민국의 국경일이, 국치일이 왜 생겼는가를 잘 알고 있기 때문입니다.

"흙 다시 만져 보~자 바닷물도 춤을 춘다. 기어이 보시려~던 어른님 벗님 어찌 하~리. 이 날이 사십~년 뜨거운 피 엉긴 자취니, 길이길이 지키세 길이길이 지키세…."

아버지, 초등학교 때 의기양양하게 불렀던 '광복절 노래'입니다. 이젠 정말 실감으로 다가옵니다.

아버지, 이제 잠시 아버지의 곁을 떠납니다. 남자의 삶을 위하여 조국으로 달려갑니다. 아무렴요. 저의 내일은 반드시 아름다울 것입니다.

참, 아버지. 일기장은 어디다 두었냐고요? 아~, 예. 아까 그 여식 아이

은선이에게 맡겼습니다. 그간 써온 7년간의 일기를 고스란히 나무 상자에 담아 봉인하고 정중히 맡겼습니다.

아버지. 잘 다녀오겠습니다. 그리고 아래 아버지의 말씀을 반드시 준수하겠습니다.

"남아란 모름지기 기개가 뚜렷해야 한다. 항상 굳세고 대범해야 한다. 여의치 않다고 좌절하거나 주변 환경에 예민해서는 안 된다. 비록 불우하다 해도 목표한 바를 향하여 꾸준히 정진할 수 있는 사람. 그리하여 자기 발자국을 분명하게 남길 수 있는 사람. 욕심을 내자면 모두가 더불어 사는 세상을 지향하는 사람. 그런 사람이 훌륭한 사람인 것이다."

1971년 2월 2일

막내둥이 올림

충성! 육군 훈병 김도현은 1971년 2월 5일자로 멋쟁이 군번을 명(命) 받았습니다. 이에 신고합니다. 63019494, 육삼공일구사구사 충성!

친구들과 함께 왼쪽부터 만부, 나, 식우

후기(後記)

동기생 유감(有感)

지난해(2014년)에는 두 번의 기회를 통하여 동기생들을 만나 볼 수가 있었다.

1월에는 대구 그랜드호텔(다이너스티 홀)에서 K고교의 총동창회 정기총회가 열렸다. 장경옥 교장 선생님, 신철원 재단 이사장님, 박창근 총동창회장님이 임석한 가운데 졸업생(47회까지) 400여 명이 참석하여 모교의 교훈인 '진(眞)·선(善)·미(美)'의 의미를 되새겨 보았다. 참되고 착하고 아름다운 예술인이, 사회인이 되라는 교훈, 참으로 의미심장하였다.

※장경옥 스승님은 2002년 8월 대구지역 중등여교장단 연수회(硏修會)의 일원으로 나의 근무처 호렙오대산청소년수련원(이하 호렙)에 오신 바 있다. 그날 경유지인 이효석생가로 예우마중을 나갔다가 조우(遭遇)하였고, 이후 꾸준히 인사드리고 있다.

우리 1기생은 나를 포함하여 모두 열 명이었다. 나는 졸업생 자격은 아니지만 속 깊은 동기생 박재균의 권유로 참석하였고 근 반세기 만에 동기생들을 만나 오붓하고도 즐거운 한때를 보낼 수 있었다.

※박재균 동기는 2001년 당시 대구서부교육청 장학사로 근무하고 있었는데 업무를 보다가 해후(邂逅)하였다. 2012년 2월 침산중 교장직분을 끝으로 명예 퇴임하였다. 각별히 친교하고 있다.

그리고 12월에는 재경(在京) 동기생들의 초청으로 서울 잠실나루역 인근 부산횟집에서 만나게 되었다. 모두 아홉 명이었고 각별한 인사를 나누었다.

돌아오는 길에 상기(想起)하였다. 지난 반세기의 추억을…, 그리고 가슴에 응어리졌던 옛 사연을 떠올려 보았다. 한 번은 함께할 수 있었던 수학여행의 추억, 다른 하나는 함께할 수 없었던 졸업식의 사연이었다.

수학여행

"기적이 울고 열차도 멎었다. 우리들은 출찰구를 빠져나와 다시금 대구역 광장에 모였다. 그리고 뿔뿔이 흩어지면서 다시는 못 볼 연인들처럼 애틋하게 손짓하며 각별한 작별 인사를 나누었다.

우리들은 해맑게 성장해야 하고 아름답게 살아가야 한다. 만남도 있지만 헤어짐도 있다지 않는가? 우리들이 학업을 마치고 헤어지게 되면 다시 만날 날을 기약해야 할 것이다. 바람직한 것은 우리 모든 친구들이 오랫동안 함께하고, 나누며 행복하게 살아가는 것! 그것이 바로 수학여행의 참 의미가 아니겠는가!

나는 그렇게 2박4일 간의 일정을 소감하면서 고교 시절의 수학여행을 마무리하고 있었다.

우리들 가슴마다에는 수학여행의 여운이 한참 동안 머물러 있었다. 1966년 10월 10일 낮 12시 50분이었다."

졸업식

"오늘은 1968년 1월 27일. K고교의 제1회 졸업식이 있었다. 나는 그 자리에 없었지만… 그러나 학우들아, 그동안 함께하였던 정든 친구들아, 진심으로 축하한다!

그리고 도시락 정성을 아끼지 않았던 모든 친구들, 나를 위해 잠자리를 배려해 주었던 정구, 준수, 창수, 세명, 그리고 재길아. 정말, 정말 고마웠다. 모두들 대학진학도 하고 각자의 길을 향해 나아가거라! 멋진 삶을 살아가거라! 함께하지 못해 미안하다. 하지만 언젠가는 나도 함께하는 날이 올 것이다. 꼭~ 그날이 올 것이다. 안녕~ 정든 친구들, 그리고 나의 모교인 K고교여! 안녕~ 사랑하였다. 내 학창의 클라이맥스였다. 안녕!'

정말이지 동기생들을 만나게 된 그 두 번의 일정, 한마디로 꿈을 꾸는 것만 같았다. 수학여행 때는 함께하였건만 졸업식 때는 함께 할 수 없었다. 마음만으로 축복하였다. 그리고 먼 훗날을 기약하였다. 그런데… 그 훗날이, 그 훗날이 바로 그때 그 순간이었는가 보다.

"친구야, 우리 빡빡머리, 단발머리로 만나 기약 없는 이별을 하였었지. 이게 얼마만인가, 꿈은 아닐 테지?! 어느 날 문득 생각날 때면 회색빛 머리 쓸어내리며 낡은 앨범 빛바랜 사진 속에서나 볼 수 있었던 그리운 친구, 먼 인생길 반세기나 돌아 이제야 만났구면. 친구를 보는 순간 옛 모습을 읽을 수 있어 더욱 반가웠다네.

친구, 어떻게 살았는가? 힘겨운 세상사 사연도 곡절도 많았겠지? 우리 이제 만났으니 모든 것 다 내려놓고 오로지 순수했던 그 시절 동기생 그 자체로 만나세. 때때로 만나 속 깊은 이야기도 나누고, 못다 한 정 듬뿍 주고받으며, 서로 밀어주고 끌어 주고, 보태기도 나누기도, 기대기도 보듬기도 하면서 이 세상 다하도록 오래~오래 영원히 함께하세. 아무렴 50년 친구가 어디 그리 흔하던가!

아무쪼록 늦게 만난 것 아쉽거든 내가 선뜻 친구를 향해 따뜻한 손 내밀고, 친구가 그리려 하거든 캔버스가 되고, 부르려 하거든 반주(伴奏)가 되고, 추려고 하거든 장구가 되면 좋지 않겠는가. 혹여 고달픈 세상사로 눈물 그렁거리거든 차분히 손수건 꺼내 넌지시 건네주고, 어쩌다 황당한 일 당해 고개 푹 숙이고 있거든 내 일처럼, 그러나 신중히 나서 주고, 어딘가 심히 아파 보이거든 지혜롭게 치유의 길로 나서게 하면 좋지 않겠는가. 아무렴 그게 곧 50년의 우정, 천생의 인연이려니.

어이~ 여보게 친구들, 짝꿍들! 우리 이다음 무리지어 만나거든 어깨동무 한번 야무지게 하여 보세. 흥겨워 부르곤 했던 옛 유행가 한바탕 목청껏 뽑아 보고, 우리 빡빡머리, 단발머리 시절로 되돌아가 트위스트 한바탕 질~탕하도록 추어 보세!"

이 대목에서 이번에 함께하였던, 그리고 그동안 전화상으로나마 소통하였던 동기생들 그 이름 한번 불러 보련다.

우선 애석하게도 이미 저세상으로 떠난 친구들이 있다. 삼가 명복을 빌면서

강보훈, 구영희, 김성조, 김세정, 김경렬, 김춘경, 김춘수, 김학진, 김현숙, 김희숙(희정), 박광수, 박세명, 박재균, 박진규, 배창득, 백선주, 성병태, 신현기, 안영주, 윤상철, 이미자, 이상녕, 이형숙, 장인수, 전진희, 정복영, 주노미, 주수, 최위선, 최정열 등등… (이상 가나다 순)

한편 김성조는 '대구예총 예술제'에 참가(2014년)하는 등 지역 유명화가로, '하트heart 화가'로 알려진 김세정은 '교총예술대상'을 수상(2012년)하는 등 서울미협 부이사장으로, '대한민국학생예술문화상'을 수상한 성병태는 국내외 초대전 320회 참가가 말해 주듯 국제적인 화가로, 일찍이 '조선일보 광고대상'을 연속 수상한 주수는 전문 광고인 겸 유명화가로, 그리고 배창득(박사)과 이상녕은 대학교

수로, 박광수, 윤상철(해외체류), 장인수는 목회자로, 박세명은 신문사 중견기자로, 김학진은 사업체운영, 신현기, 이형숙은 전문 업장 운영, 그리고 일부 동기생들은 근무처에서 근속 중임을 확인하였다.(파트별 가나다 순)

한편, 지난 5월 셋째(2015. 5.17~23) 주에는 모교의 개교 50주년 기념행사가 모교 및 대구문화예술회관에서 성대히 열렸다. 나를 포함한 우리 참석 1기생들은 때맞추어 배한영 은사님 댁을 예방하였고 정성껏 사은(師恩)의 마음을 담아 꽃다발을 안겨 드렸다. 반세기 세월에도 아랑곳없이 여전히 건재하신 우리 스승님, 고맙습니다. 사랑합니다. 부디 만수무강하소서!

※배한영 스승님은 2000년 8월 본교 교장으로 재임 중이신 것을 인지하고
　직후 방문하여 큰절을 올렸다. 각별히 모시고 있다.

또한 지난 9월 둘째 주(2015. 9.7~8)에도 동기생들의 모임이 있었다. 나를 포함하여 대구와 수도권에 거주하는 동기생 14명이 참석하였고 첫날은 청량산 등반, 둘째 날은 도산서원, 하회마을 관람 등 1박 2일의 일정이었다. 사랑과 웃음이 넘쳐나는 화합의 한마당이었다. 이후로는 정례모임을 갖기로 하였고, 모임의 명칭도 '예우회(藝友會)'로 정하였다. 안동의 박세명(경상매일신문 북부본부장) 동기가 주관하였고 행사비를 전액 부담하는 등 동기애를 보여 주었다.

참석하였던 동기생들, 참 즐겁고 행복하였네. 참석하지 못한 동기생들, 너무 아쉬웠네. 다음엔 부디 꼭 함께하기를.

동기생들과 만난 것을 계기로 작년의 '세월호 사건', 그리고 금년의 '메르스 여파'까지 겹쳐 나의 일상이 달라지고 있다. 전철도 시외

버스도 타보는데 새삼스럽다. 외출복도 마땅치 않다. 그러고 보니 세상도 변했지만 오랫동안 세상을 떠나 있었던 것 같다. 지난 그 삶이 아쉬워 동기생들을 향한다. 먼저 찾아주는 동기생도 있다. 그중 하나가 학창시절에도 콤비였던 주수이다. 만났다 하면 화두가 쉼 없이 이어진다. 반세기의 거대한 수레바퀴… 반추하다 보면 들끓는다.

"친구야, 내 이래밖에 못 살아왔대이, 미안하대이!"

"그만하마 잘 살아왔는데 와카노, 친구야?!"

그러다 보면 대여섯 시간도 잠깐이다. 한잔 술도 있다. 술술 넘어간다. 2차는 노래방… 누가 먼저 '친구야'(윤항기)를 부르면 '친구야 친구'(박상규)로 화답하고, '사랑해'(라나에 로스포) 곡은 듀엣으로 불러 제친다. 누가 K고교 동기생 아니랄까봐… 우리 처음 만나 헤어질 때 부둥켜안으며 인사로 나눈 말 "친구야, 우리 인자 자주 보재이!" 둘 다 동시에 건넨 그 말, 참으로 신묘하였다.

자꾸자꾸 나이를 먹는다. 가는 세월을 어찌하겠는가! 보다 많은 교유(交遊)로써 속 깊은 골수(骨髓)의 우정을 나누고 싶다. 동기생들의 강녕·행복을 빌어 마지 않는다.

사동에게

이른 봄 살며시 고개를 내미는 연둣빛 새싹을 만나노라면 얼마나 반가운가! 청초한가!

맨 먼저 꽃망울을 터뜨리는 들꽃 복수초(福壽草)는 행복을 상징하는 꽃이다. 이른 봄 이 꽃을 보고 있노라면 누구든 축복받은 느낌을 가지게 된다.

어지러운 세상 떨치고 순전한 삶을 사는 이들이 있다. 무척이나 착한 사람, 눈물이 많은 사람, 감동의 영상 앞에서 희로애락을 공유할 줄 아는 사람, 그처럼 순전하고, 성실한 사람들이 잘 살아가는 행복한 세상, 그런 세상, 아름다운 세상이 어서 속히 정착되기를 바라면서….

사동에게

봄날이

더없이 포근하네요

삭풍을 이기고

살포시 고개를 내민

연둣빛 새순 때문입니다

복수초가

더없이 반갑네요

산고를 이기고

보란듯 고개를 내민

순황의 청초함 때문입니다

그대가

더없이 아름답네요

어지러운 세상 떨치고

순전한 가슴을 얹는

순백의 마음씨 때문입니다

* '사동' – 사랑하는 동지(同志)의 준말

한강이여 물결이여

'한강'에 관심을 가지게 된 것은 호렙 근무가 막 시작된 2000년 4월이었다. 서울지역 S중학교의 행사를 주관하게 되었을 때 주무 선생님께서 "체험학습지로 좋을 듯합니다. 주변 설명 두루 좀 해 주세요." 하고 요청하였기 때문이다.

한강이여 물결이여

그대 한강이여
백두대간 영봉에서 용솟음쳤도다
검룡소, 우통수의 샘물이 되어
태백준령의 계곡수가 되어
낮은 곳으로 향하였도다
소백산, 월악산, 속리산까지라도
손짓해 부르며
충주·여주를 벗 삼고
양평으로 향하였도다
금강산에는 언제 기별하였던가
기꺼이 함께하노니
비로소 한강의 물결이 되었도다

그대 한강이여
민족의 대동맥이 되어, 젖줄이 되어
수도 서울을 한껏 추켜세우며
도도히 흐르고, 또 흘렀느니
할아비의 넉넉한 가슴으로
북녘의 손까지 덥석 잡았노라

그대 물결이여
천삼백 리 먼 길을 휘돌고 돌아
지칠 줄 모르고 달려오셨네
파란곡절을 몸소 헤치며
기어이 하나를 이뤄내셨네

그대 한강이여

감히 한 민족을 감당하기에

부족함이 없는 그대여

줄기차게 낮은 곳을 향하며

순리의 평화와

겸양의 미美를 가르쳤노라

아우른 삶과

배려의 멋을 구가하였노라

그대 한강이여

우리 모두 기억하리니

순국선열과 호국영령께서

보우하신 이 나라를

그대는 문명이요, 기적이었나니

반만 년의 찬란한 역사였느니

오~ 나의 사랑

그대 황해에 닿거들랑

반드시 전해주시게

조국은 기어이 번영하여

만천하에 우뚝 섰노라고

아~ 영원무궁하여라

한강이여, 물결이여!

자랑스러운 배달의 겨레여

그로부터 '한강' 공부가 시작되었다. 끈질긴 답사 과정도 거쳤다. 그리고 2006년 봄 세 번째 체험학습자료집 『오대산 나들이』에 자세히 소개하였다.

한강은 우리 민족의 문명과 역사의 근간으로서 민족의 대동맥이며 수도권 시민들의 젖줄이 아니던가!

조선조 단종 2년 정인지 등이 엮은 『세종실록지리지』에 의하면 '오대산 서대(西臺) 아래의 수정암 옆에 샘물이 용출하는데 물빛과 물맛이 매우 뛰어나고 그 무게 또한 그러하며 우통수(于筒水)라 한다. 즉, 월정사에 소재하는 금강연(金剛淵)이 한수(漢水)의 발원이 되므로 봄, 가을로 이곳 관(官)에서 제사를 올렸다.'라고 기록되어 있다.

이후 1982년 대통령령으로 하천법이 제정되면서 '한강의 발원은 강원도 태백시 창죽동 금대산(1,418m) 북쪽 계곡, 즉, 검룡소(儉龍沼)이다. 하구는 경기도 김포시 월곶면 보구곶리 유도(留島) 31m 산정(山頂)으로부터 남북으로 그은 직선이며, 유역면적 34,473㎢(북한지역 8,118㎢ 포함), 유로연장 497.5km, 총 하천연장 7,256km이다.'라고 공식 발표되었다.

한강의 발원지가 우통수에서 검룡소로 바뀐 것은 두 곳의 길이를 곡선거리로 계측한 결과 검룡소가 32.5km 더 길었기 때문인데 우리 조상들의 방법대로 직선거리로 계측할 경우 우통수가 오히려 8.15km 더 긴 것으로 확인되었다.

돌이켜보면 한강과 마주한 15년 세월, 정녕 짧지 않은 세월이었다. 한창 '분지 이야기'를 준비하던 2013년 2월, 문득 무엇에 홀린 사람처럼 가슴속 깊은 곳에서 우러난 술회가 바로 '한강이여 물결이여'이다.

가을, 그리고 오대산

    태백산맥은 힘찬 기세로 금강산, 설악산을 지나 대관령, 태백산으로 이어지는데 태백산맥이 대관령을 넘기 전에 곁가지 하나를 늘어뜨리게 된다. 이것이 바로 차령산맥으로 오대산은 이 산맥의 분기점이다.

가을, 그리고 오대산

울긋불긋 오대산
한껏
자태를 뽐내더니
어느 사이
시들어 간다

나의 터전
호렙의 드넓은 뜰도
나뭇잎들도
떨어져 뒹군다
바람 가자는 대로

10월도 저무는 날
어느 가수의
'잊혀진 계절'이 들려 올새
모처럼
버거운 가을을 만난다

행사로 겨를이 없어
잊힌 듯 살았느니
문득
세월을 불러 본다
흘러, 흘러 10년여

세월은 파노라마로

절절히

가슴에 흐르고

짙은 파문 끝으로

사라져간다

가을은

다시 가을이 되어

속절없이 오리니

뒹굴고 바동거리다

그예 스러지리라

그래도

삶은 아름다운 것

사랑으로서 넉넉하리라

주고받는 모든 사랑이

나눔이요 행복인 것을

백두대간 중추에

우뚝 솟은 다섯 봉우리

참으로 의연하다

만고의 오대산

그대를 닮고 싶구나

오대산의 봉우리는 대부분 평평하고 봉우리 사이를 잇는 능선 또한 경사가 완만하고 평탄한 편이다. 설악산이 날카로운 기암으로 이루어진 것과는 달리 오대산은 장쾌하면서도 듬직한 육산(肉山)이기 때문이다.

오대산은 봄에는 온통 화려한 꽃동산으로, 여름에는 시원하면서도 울창한 계곡과 숲으로, 가을에는 아름다운 오색 단풍으로, 겨울에는 설화를 피워 내는 눈부신 설경으로 우리들에게 차분히 다가온다.

후덕한 산 오대산이 다시 한번 가을을 향유하는가 싶더니 어느 사이 떠날 채비를 하고 있다. 봉우리에도 골짜기에도 그리고 나의 터전 호렙 마당에도….

아~ 가을이 몸부림치며 뒹굴고 있다, 흩어지고 있다. 더미가 되어 이리저리 구른다. 처연하다.

그뿐인가. 어디선가 늦가을에 불리어지는 가요 '잊혀진 계절'의 전주(前奏)가 들려온다. 가슴 쓰라린… 왜 그 사랑하는 사람과 헤어지면서도 변명 한번 못 했다던 가수, 그 바보 가수가 목 놓아 흐느낀다. 울부짖고 있다.

이런, 이런 사람 같으니라고…! 누가 오늘이 10월의 마지막 날이 아니라고 했는가?

문득 잠재해 있던 가을이 내면 깊숙한 곳으로부터 엄습해 온다. 아~ 이렇듯 가을이 시리도록 저물고 있는 것을 미처 몰랐구나, 아~ 이 계절 가을에 밀물처럼 밀려오는 소회가 있다. 달콤하고도 쓰디쓴 추억이여 그리움이여!

하지만 그런 것 모두 다 잊어야지, 초연(超然)해야지….

그저 사랑하면서, 나누면서, 의연하게 살아가면 그만인 것을….

아버지께 아룁니다

아버지께 아룁니다.

아버지, 저 여기까지 왔습니다. 그리고 제 일기 51주년을 맞이하였습니다. 그간의 세월 반추해보면 사연도, 곡절도 많았습니다만 그래도 여기까지 잘 왔습니다.

아버지, 결론적으로 저는 행운아입니다. 행복한 사람입니다. 숱한 고비를 넘고 넘어 여기까지 잘 왔으니까요.

아버지, 이제 대한민국은 광복 70주년과 더불어 정부수립 67주년을 맞이하였습니다. 몸소 아버지께서 겪으신 우리 조국 대한민국은 격동의 역사를 숨 가쁘게 달려왔지요. 일제 침략과 해방, 좌우 대립과 전쟁, 산업화와 민주화의 과정에 이르기까지. 때로는 고통에 힘겨워도 하고 때로는 스스로 이뤄낸 성취감에 감격의 눈물을 흘리기도 하였지요.

또한 6·25전란 속에서 어린 시절을 보낸 우리 전후 세대(1940~50년대 초반)들은 산업화 시대의 선봉에 나서느라 꽤 힘이 들었답니다. 이역만리 일터에서, 산업현장, 도시공단에서, 농촌·어촌·산촌에서, 그리고 저마다의 직장에서….

그리하여 이제 대한민국은, 70년 전 최빈국(最貧國)이었던 우리 조국은 1인당 국민소득 3만 달러를 바라보는 세계 제10위권의 경제대국으로서, 세계무역 제8대 강국으로서, 나아가 지구촌 5대 스포츠를 모두 유치한 스포츠 강국으로서, 뿐만 아니라 문화·예술 방면에서도 한류 열풍을 일으키는 등 전방위적 초고속 성장을 하였답니다. 한편으로는 '한강의 기적'을 바탕으로 남의 도움을 받는 나라에서 남을 돕는 첫 나라로 탈바꿈하기도 하였지요.

이 모든 것은 아버지세대의 크나큰 노고와 헌신, 아울러 6·25 국군 전사들, 그리고 UN 참전국 용사들의 희생이 뒤따랐기 때문입니다. 이제 필요한 과제는 하루 속히 남북 평화통일을 이루어 완전한 국가가 되는 것, 그리고 더욱 풍요로운 민주 선진국가가 되는 것입니다.

아버지, 유구한 세월을 우리 대구권 시민들과 호흡을 함께해 온 팔공산맥은 여전히 우리들의 든든한 버팀목이자 울타리가 되어 주고 있습니다.

아울러 아버지가 사랑하신 대구는 섬유산업의 눈부신 발전으로 일찌감치 인구 100만 도시(세계 제98호)를 돌파하였고 1995년도에는 광역시(廣域市)로, 최근에는 '2011 세계육상선수권대회'를 개최하는 등 인구 250만 명의 국제적 도시로 우뚝 섰습니다.

한편 아버지가 이름 붙이신 수성동은 일찍이 23개동(洞) 규모의 수성구로 격상하여 서울 강남 못지않은 교육특구가 되었고 '교육도시 대구'의 자존심을 굳건히 지켜 내고 있습니다.

아버지, 그간 아버지의 손자·손녀들도 반듯하게 자랐고 착하고 따뜻한 배우자 만나 아들·딸 낳고 기르며 성실하고도 믿음직한 삶을 잘 살고 있습니다.

아버지, 고맙습니다. 사랑합니다. 아버지께서 바른 삶을, 나눔의 삶을 사셨기에 저희 후세가 이렇듯 행복합니다.

아버지, 어느 누구이든 개인의 역사를 남길 테지요. 저의 역사는 어떻게 기록될까요? 되돌아볼 때 부족하고도 부끄러운 것 많습니다. 그러기에 성찰의 삶을, 아름다운 삶이 무엇인지를 깊이 헤아리겠습니다.

아버지, 지금 이 순간 지난 60여 개 성상(星霜)의 세월이, 꿈만 같은 세월이 저의 뇌리를 스칩니다. 기쁨, 노여움, 슬픔, 즐거움, 사랑, 미움… 숱하게 겪어온 그 칠정(七情)의 세월들이 활동사진이 되어 스쳐 갑니다. 뿌듯함이 있는가 하면 아쉬움도 있습니다. 자책도 있습니다.

아버지, 수필집 『영원과 사랑의 대화』 저자인 김형석(96세) 연세대 명예교수는 인생을 되돌릴 수 있다면 예순 살로 돌아가고 싶다고, 인생의 노른자 시기는 65~75세라고 하네요. 그 나이에는 생각이 깊어지고, 행복이 무엇인지, 세상을 어떻게 살아야 하는지 알 수 있기 때문이라고 합니다. 마침 제가 지금 그 시기의 초반기를 살고 있습니다. 의미심장합니다.

아버지, 이제야 오랫동안 미루어 왔던 숙제를 모두 마친 기분입니다. 아주 홀가분하고 편안합니다. 더불어 가진 건 없지만 제 가슴을 넉넉히 채워 주고 있는 132권의 노트, 그 손때 묻은 일기장이 있기에 아주 행복합니다.

아버지, 마지막 그날까지라도 아버지의 가르침을 받들며, 더불어 사는 세상을 지향하고 자기 발자국을 남기는 사람이 되겠습니다.

아버지, 이만 맺습니다. 함께해 주셔서 감사합니다. 삼가 막내가 아뢰었습니다.

1.

원장님, 후 세대들의 산 교육자이신 김도현 원장님의 『일기와 함께한 50년』 부제 '나의 삶, 분지 이야기' 수기를 눈물이 나도록 실감하며 읽었습니다. 대단하십니다. 문장 표현도 어찌 이렇게 좋으십니까. 시나리오로 출품하시면 좋겠네요. 참으로 출간을 잘하셨습니다. 표현이 자연스럽고 꾸밈이 없어 순수하게 느껴집니다. 한 편의 드라마를 보는 듯합니다.

원장님, 천신만고, 우여곡절의 세월을 잘 극복해 내셨기에 오늘이 있으시네요.

원장님의 학창 시절은 남달리 조숙하였고 의연하셨네요. 선친의 훌륭하신 유전인자를 그대로 잘 물려받으셨다는 생각을 하였습니다.

원장님이 자랑스럽습니다. 자랑스러운 오늘이 있기까지에는 필경 어제가 있었던 게지요. 마땅한 보상이라고 생각합니다.

원장님, 정말 베스트 북을 잘 보았고 많은 공감을 하였습니다. 그리고 지금의 나 자신이 얼마나 풍족한지도 깨달았습니다. 참으로 좋은 선물 받았습니다. 고이 간직하겠습니다.

늘 건승하시고 행복하시길 기원합니다.

– 前 서울 ○○ 중학교 교사 **한 상 학** 드림

※ 한상학 선생은 2011년 5월 '신일스승상'을 수상하였습니다.

2.

원장님 안녕하세요?

학년 초에 좀 바빠서 얼마 전에서야 다 읽어 보았습니다.

『일기와 함께한 50년』 부재 '나의 삶, 분지 이야기'

김도현 원장님의 일생이 파노라마처럼 그려집니다.

오랜만에 정말 감명 깊은 독특한 책을 대하게 되어 너무 좋았습니다. 또한 원장님의 삶의 깊이에 대한 경외심과 함께 강퍅해져 가는 제 자신을 성찰하며 부끄러움이 느껴졌고, 그래서 되돌아보는 계기가 된 것 같습니다.

친구들과의 진한 우정, 그리고 예희·은선과의 소설 같은 사랑… 힘들었지만 멋진 청년기를 보내셨다고 느껴집니다. 동가식서가숙의 어려웠던 시절을 극복하는 부분에서는 눈시울이 여러 번 붉어졌고요. 132권의 일기를 통해 나타나는 진솔한 인생 이야기에 큰 박수를 보내 드리고 싶습니다. 여러 가지 교훈되는 내용이 많아서 제 아들과 딸에게도 꼭 일독을 권할 생각입니다.

저도 대구는 좀 인연이 있습니다.

20여 년 전 어느 해 여름이었겠네요. 대구에서 약 한 달간 1급 정교사 연수를 받으면서 그 찌는 듯한 무더위는 익히 경험한 바 있습니다. 그 무더위가 멋진 '분지 사나이'를 만들어 냈군요. 그리고 대구에서 가까운 구미에서 3년간 고등학교를 다녔었고요.

이미 오대산을 닮아 있는 원장님, 주로 오대산에 계시겠지만 머지않은 날 한번 뵐 기회가 있지 않을까 생각됩니다. 원장님을 뵌 지는 오래지만 인자하신 얼굴은 잘 기억하고 있습니다.

내내 건강하시고 늘 행복하시길 기원합니다.

– 서울 ○○ 중학교 교감 **이 용 경** 올림

3.

친구야,

며칠 밤낮으로 흐르는 눈물 닦아 가며 너의 역작 『일기와 함께한 50년』 부제 '나의 삶, 분지 이야기'를 읽고 또 읽어~ 오늘 새벽 '후일담'을 덮었다.

희호와 함께한 중3 시절부터 오대산 '호렙'까지의 너의 파란만장한 일생은 한마디로 '성실'이었다.

존경스럽다. 내 곁에 너 같은 친구가 있다는 게 가슴 뿌듯한 행복이다.

지금까지 살아오느라 애 많이 썼고 마음고생도 많았다. 남은 후반기의 인생, 문학을 좋아하는 문학 친구야~ 역작 『일기와 함께한 50년』 쓰다듬으며 좀 쉬어가며 행복하게 살다 가자. 이제 너 좋아하는 야구도 보고 음악도 즐기고 부르며….

아무튼 참 잘 살아온 한평생이었고, 너의 심혈을 기울인 대작이구나. 잘 보았다.

친구야, 행복·건강하자 친구야! 보고 싶다 친구야~!

– 前 서울 ○○ 고등학교 교사 · 초등학교 동기생 **손 상 락**

일기 51주년을 맞으며

어느 가을날 수성 초원에서 우연히 마주쳤지.

어설프되 절실한 벗, 되찾은 혈육이었다네.

주체 못 할 외로움에 넋두리 하소연에 희망가를 불러 주고, 행진곡

을 들려주며 토닥여 주었지.

오래잖아 스승이 되었다네.

은근슬쩍 몰아붙여 반성학을 가르쳐 주었지. 더도 말고 덜도 말고

부디 진실하라고….

한창 때는 복습과 예습까지를 겸하였다네.

더불어 살라고, 약속은 지키라고 자잘하게 요구하였지.

열정과 끈기만은 특강으로 다뤘지. 열정은 나아가는 것, 끈기는 기

다리는 것이라고.

아무튼 듬직하고도 아름다운 꿈, 미래의 설계였다네.

어언, 세월 불혹이 되었을 때는

그대가 곧 행복인 것을, 덤으로 행운인 것도 깨달았지.

때로는 삶이 그대인지 그대가 삶인지…, 자존심이요, 존재의 이유

였지. 반려자요. 연인이었다네.

세월 어느새 반세기가 지났네 그려.

이제는 분명히 알게 되었다네. 하늘이 무얼 말하고 있는지.

그대는 오롯한 역사, 한 권의 스토리, 영원무궁이요. 위대한 스승.

더러는 잘못도 저지르고 실수도 하였다네. 너그러이 용서하시게나.

졸업장은 언제 주시려나? 함께하였기에 행복하였네라!

—끝—

—함께해 주셔서 감사합니다. '일기와 함께한 60년' 부제 '41년 만의

초대'에서 다시 뵙기를 소망합니다—

'기록'의 힘을 통해 행복과 긍정의 에너지가
팡팡팡 샘솟으시기를 기원드립니다!

권선복
도서출판 행복에너지 대표이사

'적자생존'이라는 말이 있습니다. 본래의 뜻은 "환경에 적응하는 생물만이 살아남고, 그렇지 못한 것은 도태되어 멸망하는 현상"이지만, 요즘은 다른 의미로도 쓰이고 있습니다. 바로 '적자(적는 자)'가 '생존(살아남는다)'는 뜻입니다. 바로 '기록'이 그만큼 중요한 것임을 강조하기 위해 생겨난 말이겠지요.

『일기와 함께한 50년』 부제 '나의 삶, 분지 이야기'는 무려 50년간의 일상을 기록한 '일기'를 한데 묶은 저자의 에세이집입니다. 50년간 꾸준히 나의 삶을 써 낸다는 것은 아무나 할 수 없는 힘든 일입니다. 하루의 기록을 남기는 것만 해도 힘이 드는 일인데, 그것을 다년간에 걸쳐 꾸준히 해 왔다는 것은 자신의 삶에 대한 애정이 없으면 불가능한 일이 아닐까 싶습니다. 그렇기에 저자의 생생한 이야기가 고스란히 담긴 이 책이 더욱 애틋하고 귀중하게 여겨집니다. 특히 '일기'란 자신이 뱉은 말에 대한 반성이나 했던 행동들에 대한 후회가 담겨 있기 마련이므로, 스스로를 낮추고 겸손한 자세로 삶을 살아온 저자의 지난날에 대한 감탄이 절로 나옵니다.

지금까지 수많은 '기록'들이 우리의 유산으로 남아 지금까지 전해지고 있습니다. 선조들이 적지 않았다면 우리는 역사에 대해 알 기회조차 없었을 것입니다. 우리가 기록한 우리 개개인의 일기도 훗날 찬란한 역사가 되고 유산이 될 수 있습니다. 오늘부터라도 독자분들께서 한 줄씩 짧게나마 삶의 단상을 써 내려가는 기쁨을 맛보시기를 바라며, 행복과 긍정의 에너지가 팡팡팡 샘솟으시기를 기원드립니다.